L'ANELL D'ÀTILA

Albert Salvadó

Als meus fills, Meritxell, Laura i Miquel, amb el desig i l'esperança que puguin construir un món millor.

ISBN: 978-99920-1-915-3
Dipòsit legal: AND.189-2012

©*Albert Salvadó* ®
www.albertsalvado.com

Diseny portada: Sarabia Photo

ÍNDEX

L'IMPERI ROMÀ L'ANY 450 D.C

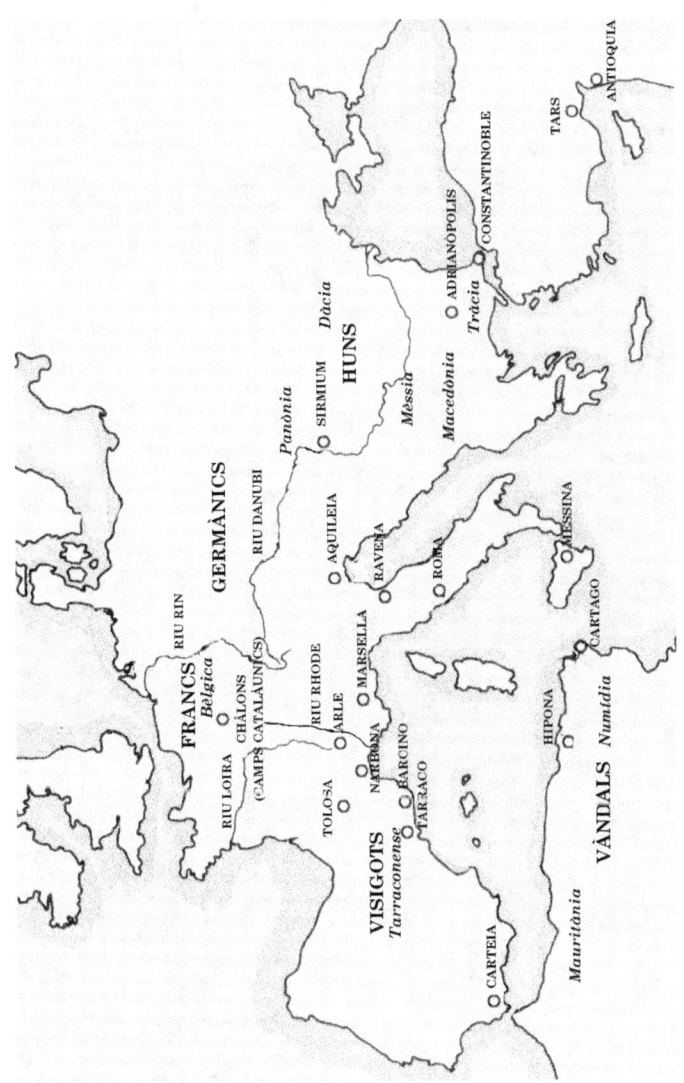

ARBRE GENEALÒGIC DE L'ÈPOCA DE GAL·LA PLACÍDIA

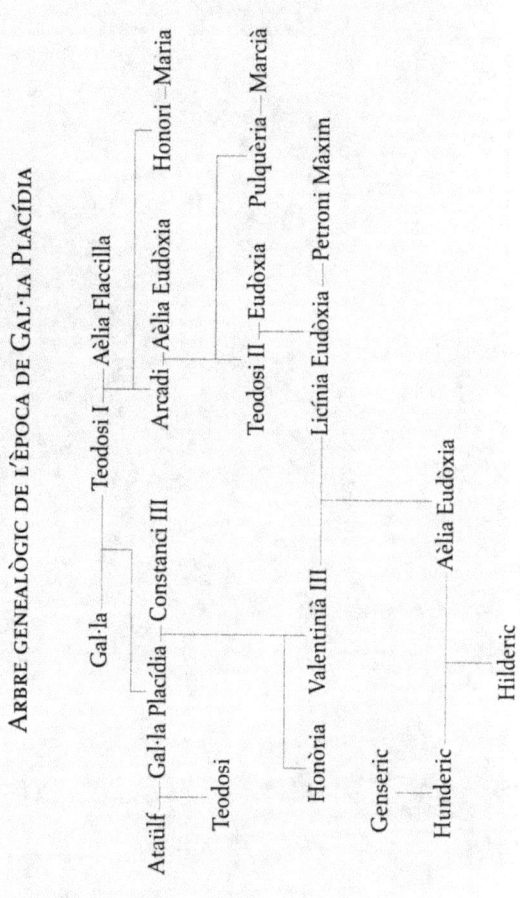

ARBRE GENEALÒGIC DE L'ÈPOCA DE GAL·LA PLACÍDIA

CARTA DEL SENADOR SEVER AL PREVERE PAU OROSI

Estimat Pau,

Vaig rebre amb molta felicitat la teva carta. En ella no em dius com has aconseguit localitzar-me, però és un detall que fretura d'importància. La veritat és que la vaig rebre fa tres mesos, tot just desembarcar a Tarraco, i em va causar una gran alegria, perquè no tenia cap notícia teva. Ni tan sols sabia si eres viu...

Trobo lloable que hagis seguit els consells del bisbe Agustí, que Déu tingui a la seva glòria, un home sant i un savi com pocs n'hi ha hagut, i dediquis la major part del teu temps a escriure una història universal. Falta ens fa. No sé si et podré ajudar, perquè de la teva carta dedueixo que vius convençut que el desastre de Roma es deu al paganisme i que la grandesa de l'Imperi implica la misèria de la resta del món civilitzat. Jo, per contra, crec que som nosaltres que portem a la sang el germen de la destrucció des del mateix dia del nostre naixement.

Em demanes que t'expliqui allò que ha passat. No ho he pogut fer fins ara, perquè ha estat una tasca llarga i difícil (sobretot difícil) i he hagut d'invertir més temps que no pas havia imaginat, però finalment he conclòs un relat que recull el pòsit de la meva memòria.

Ja fa anys, molts anys, massa temps!, que tu i jo no parlem i em sap molt de greu que els metges et prohibeixin viatjar. Poca cosa ha canviat aquí, des que ens vas abandonar per fugir dels sueus i vas arribar a Hipona. Llàstima que no coincidíssim durant la meva estada al nord d'Àfrica. Tarraco segueix sent la ciutat acollidora de sempre i les representacions al teatre són tan riques com quan tu hi eres. L'actor Eutic, malgrat que és un visigot educat entre bàrbars (perdona, he oblidat que tu també ets visigot), ha demostrat que té bons dots de recitador i cada cop em meravella amb un text repetit milers de vegades, que hauria de matar d'avorriment. Tanmateix, ell afegeix petites inflexions de veu que el transformen i li atorguen un nou alè de vida.

Tu i jo som les restes d'un passat ja perdut i m'agradaria tornar a seure plegats a les grades i escoltar els versos per, després, poder caminar per la sorra de la platja i acabar amb la remor de les aigües, parlant, dialogant, perquè ja no som joves i no podem córrer com en altres temps ni cabussar-nos en les càlides aigües de la Mediterrània. Tanmateix, podríem conversar sense acritud, sense vehemència, amb el desig de trobar explicacions i l'esperança d'entendre'ns.

La casa, que va ser propietat de l'avi, del pare i ara meva, segueix ocupant el petit turó a prop del teatre, tal com la coneixies de petit, quan jugàvem plegats, però s'ha anat engrandint amb el pas del temps. Primer (recordes?), quan érem un parell d'infants, només cinc habitacions envoltaven un petit pati que feia d'hort, però les successives ampliacions han transformat aquell racó en veritable peristil, les habitacions han reculat i han aparegut les columnes que sostenen el porxo rectangular, mentre que el nombre d'habitacions s'ha doblat i un passadís condueix al bany, a la cuina, a les habitacions dels criats i als magatzems. Amb el pas dels anys, l'atri ha esdevingut de generoses proporcions, en part a cel obert, on el pare rebia les nombroses visites que eren pròpies de tot senador romà que anava a províncies per passar-hi algunes temporades. Penso que ja no faré cap més modificació. Els anys ens tornen éssers conformistes i còmodes, perquè l'excés d'energies perdudes ens obliguen a cercar el repòs i a deixar que les noves generacions prenguin el comandament.

Tot just acabo de dir-te que poca cosa ha canviat i no és del tot cert. Fa uns dies va arribar un jove senador procedent de Ravena. El més jove dels senadors que mai no havia vist. Més jove, fins i tot, que el meu fill Antoni, quan va començar. T'ho explico perquè ell, per atzar, ha estat l'encarregat de posar punt i final al relat de les meves memòries. I ho ha fet sense saber-ho, amb l'oferiment més increïble que puguis imaginar-te.

Ara, mentre escric aquestes paraules, la mar roman tranquil·la, uns vaixells surten de port i només uns petits núvols gosen tacar l'immens blau del cel. A baix, al costat de la platja, el mercat respira vida i la gent es mou amb la parsimònia que atorga el clima temperat. Imagino que encara ningú no està al corrent de la desgràcia que acapara l'Imperi. Per això em faig la il·lusió que tot segueix igual i que res no pot destorbar la pau que (crec) Déu m'ha concedit, sense que els meus mèrits siguin prou importants per merèixer-la.

Sortosament ja haurem mort quan la història ens jutgi i ens demani ¿què heu fet, desgraciats? Per fortuna no haurem de donar comptes de com hem esfondrat tot un imperi i com hem aconseguit que Roma deixi de ser la capital del món civilitzat. Si més no, als nostres descendents, perquè de donar comptes a Déu, poc ens n'escaparem. I tot per aquest afany de poder que se'ns ha menjat.

Tu, amic Pau, tens la noble tasca de perpetuar la història en els volums i jo he furgat en el passat i he cercat el record de tot allò que aquests ulls van veure i aquestes orelles van escoltar, de totes aquelles decisions que van contribuir al desastre al qual ens hem vist abocats. A la teva carta dius que he gaudit d'una posició de privilegi i que he estat el més gran espectador de la història. Potser sí, però puc assegurar-te que no ha representat cap privilegi, sobretot quan recordo el preu que he hagut de pagar. Massa elevat! Miro enrere i veig els morts que amollonen el camí que he ajudat a traçar, i no puc defugir la responsabilitat que per justícia em correspon. Ja sóc massa vell.

He trigat més del compte, perquè la tasca era feixuga. Volia relatar els fets, tan sols dels fets, però, per més que ho he intentat, no he pogut deixar de banda els sentiments que han omplert el meu cor. O, millor dir, els sentiments que l'han buidat fins no deixar-hi res, perquè no hem d'oblidar que, mentre la generositat omple, la cobdícia buida. En aquest escrit trobaràs pensaments que et poden ofendre, detalls íntims que poden malmetre la idea que puguis tenir de mi. Et demano disculpes, però ¿què seria de la història, si li manqués la sinceritat?

A partir d'aquí, amic meu, treu tot allò que hagis de treure i transforma la història en la crònica freda dels fets freds que han glaçat el cor de Roma fins acabar amb ella per sempre més o, ben al contrari, afegeix els pensaments i els sentiments i procura que la foguera perduri a través dels temps i arribi als nostres descendents, que ja no sé ni qui ni què seran. Contemplo el meu nét i veig en ell un visigot, més que no pas un romà. Passejo per Tarraco i m'adono que els seus carrers han perdut l'aire marcial dels nostres temps. Altres rostres, altres veus, altres llengües ocupen les places. Tot plegat ha canviat tant!

Juntament amb el meu escrit, t'envio totes les cartes, tant les que vaig rebre dels meus fills com les que guardo de Júlia, la meva estimada esposa, i tots els documents que he preservat tots aquests anys, sense saber del cert la raó que m'ha impulsat a mantenir vius uns records que em fan més mal que no pas bé. Amb ells podràs comprovar que tot el que explico, malgrat que hi ha algun passatge que no l'he viscut directament, és cert. Dels documents, que van arribar a les meves mans mercès als càrrecs ocupats, podràs extreure'n molta més informació que et permetrà completar els forats que les vivències personals deixen sense omplir. Espero que, a les teves mans, serveixin per perpetuar la història d'un imperi que no hem sabut conservar, que hem acabat per esfondrar.

Amic, bon amic, tot allò que queda de bo i de noble dins meu (si és que encara no s'ha exhaurit del tot) és per a tu. A mi només em resta esperar la fi dels meus dies al costat dels pocs parents que tota aquesta disbauxa m'ha permès conservar.

Només et demanaré que quan escriguis en els llibres de la història, miris de no ser gaire dur amb tots nosaltres. No vam ser capaços de fer-ho millor i, per desgràcia, aprenem amb l'experiència i, prou sovint, la lliçó arriba tard.

Finalment, voldria, també, que aquest escrit fos la meva confessió final. Procura que les teves oracions aconsegueixin que Déu m'atorgui la gràcia del seu perdó, malgrat que durant tota una vida no han estat moltes les vegades que he girat els ulls cap a Ell.

Sincerament, rep el testimoni de la meva profunda i eterna amistat.

Sever

1.- DOS GENERALS I UNA EMPERADRIU

Si hagués de triar-ne dos, entre tots els generals dels darrers temps, indubtablement els noms serien Aeci i Bonifaci. A tots dos els vaig conèixer i a tots dos els vaig servir. I al seu servei, corrent per aquests móns de Déu, no vaig veure néixer cap dels meus tres fills. Júlia va parir Serena, la més gran, a Tarraco mentre jo era a l'Àfrica, a Hipona; Marc, el primogènit dels barons, va veure la primera llum a Ravena, a la casa que teníem a prop del palau imperial; i Antoni va néixer a Roma, a la Ciutat Eterna, a casa de Sara, la germana de Júlia. I ell, com ja saps, és l'únic que va entrar de ple a la política. No sé si existeix alguna relació, però puc jurar que, de ben petit, les discussions les duia a la sang i és la vida que el va guiar cap al senat, tot impedint-li de seguir les passes del seu germà. Tanmateix, allò que sí és cert és que en totes aquelles ocasions, bé per una raó o per una altra, sempre era lluny de casa i quan, per fi, vaig decidir que havia arribat el moment de seure'm una estona i reflexionar al costat dels meus, Antoni ja havia fet els deu anys i Serena ja era tota una dona, mentre que Marc havia esdevingut un soldat.

Bé! A tu, totes aquestes coses no t'interessen. Sí, com amic, però no com a historiador, però no puc separar-les de la resta, perquè és la meva història.

Havia de triar un punt per començar i no ha estat gens senzill. Primer he pensat que hauria d'haver iniciat aquest relat amb el meu naixement, que va tenir lloc a Tarraco perquè la mare, durant el quart mes de gestació, es va sentir indisposada i no va tornar a Roma amb el pare, el senador Antoní, fill de Brauli, sinó que es quedà amb l'àvia i, seguint els consells del metge, va esperar pacientment estirada al llit la meva arribada en companyia dels seus altres tres fills i germans meus. En aquell temps l'emperador Honori havia succeït el gran Teodosi al capdavant de l'Occident, mentre que Arcadi ho havia fet a l'Orient. Tanmateix, d'aquesta època només puc destacar-ne el desgraciat incendi que va acabar amb la vida del meu germà gran Juveni i que va sumir la mare en una depressió que mai més no va poder superar, per la qual cosa va restar per sempre més a Tarraco i d'allà no se'n va moure fins al dia de la seva mort, quan jo tenia deu anys. A més, aquest episodi prou que el coneixes, perquè tu hi eres i no t'aportarà cap novetat. Juveni era el preferit de la mare i contra aquestes inclinacions poc hi podem fer, malgrat que a mi també em va alletar i em va sostenir entre els seus braços, prodigant-me els amanyacs que tota bona mare dedica a qualsevol dels seus fills.

Després he pensat que seria bo iniciar la història quan vaig anar a viure a Roma, en entrar a l'escola militar, però, llevat de les aventures i les anècdotes, poca cosa podria afegir-hi, perquè al pare gairebé no el veia, l'altre germà Lèpid ja era soldat i havia estat destinat a Aquitània i l'única que tenia cura de mi era la meva germana Emília, però ella no estava al cas dels avatars de l'Imperi i les converses es reduïen a temes banals.

Seguint la cronologia dels fets, he fet un salt per cercar el moment que vaig deixar l'escola i em vaig integrar plenament a l'exèrcit. Aquest canvi em permetia deixar enrere l'adolescència i atrapar l'etapa de la vida que ens atorga responsabilitats. Emília, per la seva banda, s'havia casat amb Hirci, un mercader mig grec mig romà, i havia marxat a viure a Constantinoble, on també va morir quan va donar a llum el seu primer fill, que tampoc va sobreviure. El clima, pel que es veu, no va ser benigne amb ella. I jo vaig esdevenir fill únic, per obra i desgràcia de la notícia que ens arribà l'any següent. Lèpid havia caigut en un enfrontament amb els ostrogots que miraven d'establir-se a la Gàl·lia.

El pare, ja gran i amb un cor malmès i força delicat, va decidir que havia arribat el moment de deixar pas a les noves generacions i va prendre les dues darreres grans decisions. La primera casar-me amb Júlia, filla de Màrius Andrea, magistrat de la cort de Roma, home ric i poderós. I, la segona, va ser nomenar-me el seu hereu universal. I un cop fet això, es va retirar a la seva estimada Tarraco i va esperar pacientment que arribés l'instant de retrobar-se amb la mare, infortuni que ens atrapà uns anys després.

Com pots veure, Júlia i jo no ens vam casar per amor, sinó que el nostre matrimoni va ser fruit d'un acord entre pares, sense que en cap moment pogués manifestar el meu parer. És el costum de Roma i l'amor cristià poc ha pogut fer per canviar una situació que hem heretat dels nostres avantpassats.

Ah, Júlia, Júlia, Júlia! Era dolça i abnegada, bona cristiana i temorosa de Déu, però també era capaç d'atorgar-me qualsevol plaer i comprendre i disculpar totes les meves debilitats, que eren moltes perquè mai no he estat un bon cristià. El pare havia abraçat aquesta religió en veure que li era més favorable per establir bones relacions amb la majoria del senat. Sempre m'ho deia: si vols fer carrera, cerca una bona ombra.

Haig de reconèixer que en els primers temps no ens vèiem gaire, la meva esposa i jo, a causa de les meves destinacions que sempre eren precàries. I és que els primers temps de la carrera del soldat no s'hi adiuen gaire amb la vida familiar, perquè la necessitat de pujar graons et duen sempre d'un costat a l'altre, lluny de casa, amb altres pells que t'abracen per consolar-te de les mancances. No, no són les millors circumstàncies per establir una relació ferma.

Potser, aquesta és una de les raons per la qual jo no sentia per ella la mateixa devoció i em vaig acostumar a una vida que em permetia gaudir d'experiències de tot tipus, sabent que sempre tenia un lloc on retornar i uns braços que m'acollirien de bon grat. I tant que sí! Puc ben afirmar-ho. Quan ens retrobàvem, no perdíem el temps. Júlia era tota passió. En un dels meus retorns, només obrir la porta, em va treure el casc i el va llançar damunt dels servents, que van fugir esperitats. Llavors em va mirar i em va abraçar oferint-me la seva boca i atrapant-me la llengua. Em va complaure tant aquella rebuda que allà mateix la vaig rebregar per terra i ens vam posseir mútuament entre beixos, crits i esbufegades. Quin goig, esparracar-li el vestit! Aquella violència m'excitava, em recordava les donzelles que perseguia quan acabava una batalla, que fugien espaordides fins que les atrapava i les sotmetia amb l'ajut dels meus soldats, per després passar-les-hi i contemplar com les penetraven, un darrere de l'altre, mentre cridaven i cridaven fins perdre la veu i les forces i esdevenir cossos inerts al nostre enter caprici. Tanmateix, a diferència d'aquelles pobres desgraciades, quan Júlia s'encenia, les seves dents es clavaven a les meves espatlles i m'arrencaven crits de ràbia que encara m'empenyien més cap a ella, que suportava les meves embranzides amb les cames ben obertes i els ulls clavats en els meus, desafiant. En altres ocasions jugava amb mi. Fins i tot m'havia arribat a lligar les mans al cap del llit i m'excitava per abandonar-me en el darrer moment, quan el món era a punt d'esclatar dins meu. Llavors, la insultava i ella es reia de mi. Era un joc a cavall entre el plaer i el dolor, una barreja de fred i calor. Un dia vaig aconseguir alliberar-me quan s'apartava, la vaig atrapar, va caure bocaterrosa i la vaig penetrar per l'anus. Em va maleir, però li va agradar, perquè ho vam repetir moltes vegades. Semblava talment que amb aquella intensitat ella volia suplir la quantitat i haig de confessar que, un cop em vaig establir definitivament, aquella passió va minvar per donar pas a la calma i la serenor de la llar, perquè ja no era el mateix, perquè la veia cada dia. Però, dins la meva memòria són presents tots i cadascun dels retorns a casa, que ella sabia adobar adientment.

Perdona aquest desviament de la història, amic Pau, però no ho he pogut evitar. Cada cop que penso en el passat, tot ell em cau al damunt i... ¿com puc separar uns fets dels altres?

Bé! Finalment, he cregut que, per no allargar-me gaire i per cercar un inici adient per aquest desastre, el millor és arrencar amb l'enfrontament dels grans generals i la participació decisiva d'una dona que ens ha marcat a tots plegats.

És curiós. La meva primera acció militar, amb cara i ulls, va ser participar a la conquesta de Ravena, la nova capital de l'Occident que havia substituït Roma. I dic que és curiós, perquè prou coneixes que la darrera acció de la meva vida pública també va tenir lloc a Ravena, i també va ser un enfrontament. Només que ben diferent.

Honori havia mort enemistat amb la seva germana Gal·la Placídia, que va haver de fugir a Constantinoble, i (ja se sap) enmig de l'enrenou sempre guanya el més ràpid. Per això Joan, el secretari primer del difunt, es va alçar en armes i va asseure's a la cadira imperial. Però, enfrontar-se a una dona és perillós i, més encara, si són dues. Gal·la Placídia va recórrer a la seva estimada cosina Pulquèria, germana de Teodosi II, quan l'emperador de l'Orient li va negar el seu ajut, després de mesos i mesos de pregar i pregar. I qui manava de debò a l'Orient? Teodosi...? No, evidentment. De manera que a l'usurpador Joan se li van posar les coses prou difícils quan el general Bonifaci em va ordenar marxar des de Cartago per travessar la península italiana i aplegar-me a l'exèrcit enviat per Teodosi a les ordres d'Ardaburius.

Vaig pujar de pressa cap al nord amb els escassos tres mil homes que comandava i, en arribar a Rimini, em va sorprendre la notícia que la flota del general de Teodosi havia topat amb una tempesta que dispersà els vaixells, i que el mateix comandant havia caigut presoner de l'usurpador Joan, que esperava conservar el seu tron mercès a l'aliança que Aeci li havia promès amb el huns, però que no acabava d'arribar.

Ardaburius va ser tractat amb distinció, tal com correspon a un home de la seva posició, però l'usurpador Joan va cometre l'error de deixar-li massa llibertat, tot pensant que el general de l'Orient es posaria del seu costat, però en l'amor i en la guerra tot es permès i l'excés de confiança pot esdevenir fatal.

Vaig estar sospesant quina seria la millor de les decisions. O tornava a Cartago o esperava l'arribada d'Aspar, l'altre general, fill d'Ardaburius, que havia viatjat amb la cavalleria per tota la costa de la mar Adriàtica en companyia de Valentinià, l'aspirant al tron de l'Occident, de la seva germana Honòria i de la seva mare Gal·la Placídia, que governaria mentre durés la minoria d'edat del successor d'Honori. Recorda que, en aquells dies, Valentinià no era sinó un infant de sis anys que havia estat nomenat nou emperador de l'Occident per ordre i gràcia de Teodosi. O millor dit: per decisió de les seves tres germanes Arcàdia, Marina i, al capdavant, Pulquèria.

Coneixia ben poc l'usurpador. Només el recordava d'haver-lo vist al costat d'Aeci en alguna ocasió. Però, els comentaris que m'havien arribat d'ell no eren gaire afalagadors. Deien que era ambiciós i cruel, i la veritat és que ho havia demostrat, perquè tots aquells que havien posat en dubte la seva legitimitat eren morts. I és clar que, ben pensat, Roma té molta experiència en casos similars.

Quan ja gairebé havia pres la decisió de retornar a Cartago, perquè poca cosa podria fer amb les escasses forces, em vaig assabentar que Aspar ja era a prop, però per la banda nord, i vaig enviar un missatger. El consell d'Aspar, prou assenyat, va ser esperar.

Encara no havia transcorregut una setmana que van arribar altres missatgers amb noves instruccions. Ardaburius, aprofitant l'excés de confiança de l'usurpador, havia aconseguit que part de la tropa es passés al seu costat i s'avingués a obrir les portes de Ravena només veure'ns arribar, a Aspar pel nord i a mi pel sud.

Sense cap més dilació, em vaig posar en marxa i, la veritat és que no hi vaig trobar gaire resistència. Les portes, tal com era previst, es van obrir al nostre pas. Tampoc van haver-hi gaire morts. I... bé... Ardaburius, tal vegada, es va excedir un xic amb Joan. Sí... Penso que no era del tot necessari tallar-li la mà i passejar-lo damunt d'un ruc perquè el poble l'escopís a la cara i l'insultés durant tot el trajecte fins al circ d'Aquilea, com tampoc era imprescindible muntar l'espectacle que va acabar amb el seu cap separat del cos i clavat a la punta d'una llança. Però... què vols fer-hi? Com deia Constantí el Gran, allò que és fet...

La mateixa tarda Helió, patrici de Constantinoble, enviat especial de Teodosi, saludà l'entrada de Valentinià amb el títol d'August, davant de tot el senat. Aquell infant, dempeus, al costat de la seva mare i amb cara d'espantat, ja era emperador de forma oficial, després d'haver rebut a Constantinoble el títol de *nobilisimus* i a Tesalònica el de Cèsar. A una indicació de Gal·la Placídia va acceptar la porpra i la diadema i va rebre les aclamacions dels senadors com qui se sorprèn per una pluja inesperada. Fins i tot recordo que Màrius, un dels meus oficials, em va fer el comentari que la princesa Honòria, només un parell d'anys més gran, mantenia el cap més dret i semblava assumir amb més dignitat el paper que l'esdevenidor li havia reservat. M'hi vaig fixar i vaig copsar la determinació que manifestava aquell rostre de només vuit anys, que prou que s'assemblava al de la seva mare, i aquella barbeta que s'avançava dominadora, mentre els ulls es movien inquiets i miraven d'abraçar-ho tot, des d'una punta a l'altra de les grades del senat. Em va sorprendre de valent aquella noieta. Ho haig de confessar.

A la mateixa cerimònia s'anuncià el solemne compromís matrimonial del nou emperador amb Licínia Eudòxia, la filla de l'emperador Teodosi i de l'emperadriu Eudòxia. Valentinià guaità de cua d'ull Gal·la Placídia i va fer un gest per atrapar-li la mà, però una sola mirada va ser suficient per tallar el tímid intent. Havia de començar a aprendre que un emperador sempre estarà sol.

Per aquell temps no ho sabia, però aquest anunci no era altra cosa que la confirmació d'un pacte entre dones. Teodosi, com sempre, suposo que només va badar boca per dir que sí. Era evident que el pacte ja estava lligat i ben afermat feia dies, des de l'última conversa entre Pulquèria i Gal·la Placídia.

Aquella va ser la primera ocasió que vaig veure Gal·la Placídia de ben a prop i la recordo com si fos ara mateix. Una dona més que notable: néta de Valentinià I, filla de Teodosi el Gran, cosina de Teodosi de Constantinoble, germanastra d'Honori, esposa del rei Ataülf, esposa de Constanci III, mare de Valentinià III i, indubtablement, vertadera emperadriu de Roma durant una bona colla d'anys. Penso que poques vegades ha existit una persona tan predestinada com ella ni tan emparentada amb la cadira imperial. A ella, amic Pau, li hauràs de dedicar una bona part dels teus escrits.

Gal·la Placídia no era gaire alta, el cap ben dret, el seu cos era proporcionat, amb uns pits altius que es mantenien ferms i uns malucs rodons i ben marcats. El seu rostre era noble, el nas petit i simpàtic, la barbeta quadrada mostrava el seu caràcter fort i el front alt acabava d'emmarcar uns ulls grans de mirada profunda que canviaven al mateix temps que els seus llavis molsuts s'allargaven per mostrar un somriure o per adoptar el rictus de la fúria. Tothom deia que tenia un caràcter forjat per a la lluita i el dolor i que no era fàcil de convèncer ni de doblegar, però que gaudia d'una bona dosi d'intel·ligència i que era prou pràctica com per saber quan s'havia de retirar.

El seu ensenyament havia començat amb Alaric, cabdill dels visigots, saquejador de Dalmàcia, Il·líria, Macedònia, Grècia i Roma, on va capturar Gal·la Placídia i se la va endur com a ostatge. Sort que el rei visigot va morir poc després d'entrar a Roma i el succeí

Ataülf. Per això l'emperadriu d'Occident encetà la seva carrera política amb un càrrec ben curiós: reina dels visigots. Perquè Ataülf es va enamorar perdudament d'ella i se la va endur a Barcino. No podia ser d'altra manera, perquè quan la vaig conèixer era formosa com una flor, altiva, orgullosa, ferma i elegant com una deessa, i això que ja feia més de deu anys que el rei dels visigots era mort, dos que el seu segon marit, el general Constanci, esdevingut emperador pòstum, també era enterrat, i ella havia parit tres infants. I, malgrat tot, el seu cos seguia despertant passions.

Explicaven que Ataülf, aquell bàrbar, aquell rei sense cap mena d'educació civilitzada, va ser el seu gran amor durant els quatre anys que van viure a Barcino, que havia pres la supremacia a Tarraco. Encara hi havia gent que recordava les llàgrimes que Gal·la Placídia va vessar amb la mort del seu fill, a qui havia posat per nom Teodosi en honor al seu pare estimat, i, després, amb l'assassinat del seu espòs a mans de la bèstia que era Singeric, que també va fer matar els sis fills d'Ataülf haguts en un anterior matrimoni. I no content amb aquesta disbauxa, va ordenar a la reina caminar durant dotze llegües davant del seu cavall i la va llançar entre les esclaves, fins que, set dies després, el poble es revoltà i el va matar. El seu successor Vàlia la va conduir amb honor fins a les portes de Roma i la canvià per sis-centes mil mesures de blat que Honori va ordenar pagar per la seva germanastra.

Tota una història que permet afirmar, sense cap mena de dubte, que aquella dona havia nascut per arribar ben lluny. La darrera vegada que algú va prendre una decisió per ella va ser quan Honori la va casar amb el general Constanci, un home ja gran i brau soldat, però sense cap mena d'atractiu, amb qui la van obligar a compartir el llit i amb qui va tenir dos fills, però a qui mai no va atorgar el seu amor.

Honori va regnar durant vint-i-vuit anys farcits d'actes luctuosos i estranys afers que duien al mateix llit germans, oncles i nebots i que preparaven secretament aliances que significaven l'infortuni de molts. Fins i tot deien que Gal·la Placídia s'havia agitat amb ell i havien comès incest. I suposo que no els faltava raons, perquè de tothom eren conegudes les sospitoses abraçades que li dedicava i com les seves mans es colaven entre la roba d'ella cercant el darrer dels racons, o els petons llargs i humits que deixaven marques de xuclades en aquell coll blanc i immaculat, i com la respiració de l'emperador s'alterava quan la mirava amb ulls de desig. Massa evidències, no creus? Sobretot coneixen les disbauxes d'un home que en públic lloava Déu i en privat només vivia per al seu plaer.

Expliquen també, perquè jo no ho vaig viure ni ho vaig veure, que Honori es va enfadar amb Gal·la per culpa de Moravi. L'eunuc de l'emperador era un ésser intrigant que havia assolit una posició de privilegi amb els favors comprats i venuts al llarg dels anys i no podia permetre que la germanastra de l'emperador manés més que ell.

Amic Pau, em quedo meravellat de comprovar el paper tan destacat que els eunucs han tingut en els darrers temps de la història de l'Imperi, pel damunt de senadors, magistrats, prefectes i qualsevulla autoritat. Ells, esgarrats de ben petits, convertits en el contrari del que haurien de ser, s'han revelat contra tot i contra tothom i han pres el poder des de l'ombra. Enganyada la natura amb l'absència de les parts masculines més vitals, impossibilitats de parir fills, perquè l'engany no arriba més enllà d'una veu prima, d'unes carns fofes i d'unes formes femenines, el seu caràcter pretén emular les intrigues de les dones fins a l'extrem que les ultrapassen i les ridiculitzen. Tanmateix, coneixen l'home, perquè duen dins seu l'esperit d'un mascle, i saben allò que han de fer i allò que han de cercar, com s'han de moure i com han d'escórrer fins la darrera gota de la seva víctima. Diuen que Moravi, en el moment de sentir que l'emperador ejaculava dins del seu anus llançava les mans enrere i l'acariciava per sota dels testicles, mentre mormolava paraules tendres i aconseguia arrencar-li qualsevulla promesa. Va ser així, que va guanyar la partida a Gal·la Placídia, que prou que va intentar recuperar el favor del seu germà, però no va poder, malgrat que també gaudia de més armes que tot un exèrcit. Puc donar fe que, quan jo la vaig conèixer, conservava intactes totes les seves legions, i puc jurar que, si se m'hagués obert de cames, no li hauria dit que no. Aquella dona tenia un atractiu animal que la feia desitjable a qualsevol ull i era capaç d'obtenir tot allò que ambicionava, quan ho desitjava i de qui volia, sense cap mena de fre.

Bé, no puc deixar-me arrossegar pel dolor dels records ni pels remordiments, i no vull que vegis en les meves paraules ni una espurna d'odi, perquè ja he viscut prou fets i he esgotat tot sentiment. Tot i així no puc amagar la vehemència pròpia de qui ha contemplat decisions absurdes i no ha pogut de fer res de res per impedir-les. O, pitjor encara, no ha tingut el valor de fer-ho.

Ravena era una ciutat gran que encara va estendre més les seves muralles des que Gal·la Placídia va establir la seva residència. Qualsevulla ciutat creix quan una emperadriu la tria per seure el seu cul, perquè necessita espai per ventilar les seves llufes. Això és el que diria Àtila i, malgrat que el seu llenguatge era baix, vulgar i brut, no aniria lluny d'osques, perquè centenars de servents i milers de personatges obscurs prengueren el palau de Ravena a l'assalt per ser a prop de la font del poder i aconseguir favors i riqueses. En vaig conèixer un bon grapat. Alguns, fins i tot, em venien a veure refiats que jo els podia ajudar en els seus afers i m'oferien diners a canvi d'introduir-los als passadissos de les sales d'audiència. Només perquè els veiessin. Amb això ja en tenien prou, perquè després podien explicar que eren allà per tal o tal raó i fer el negoci que desitjaven amb el babau de torn que s'empassava qualsevulla història. I en aquest joc, hi entràvem tots: des del soldat de la porta a l'oficial major. Tothom érem venedors d'allò que no posseíem, capaços d'assolir un poder inexistent, coneixedors de qui no coneixia ningú, parents imaginaris d'algú important i ànima de tota decisió.

Em vaig quedar meravellat de la quantitat de diners que simplement canviaven de mans, cada dia, sense produir absolutament res. Diners buits, que deia Bonifaci amb menyspreu, però que jo vaig acceptar de bon grat i que em van permetre engrandir les meves propietats. Per desgràcia el pare ja era mort i no podia alertar-me de certs perills que condueixen al pendent de la corrupció.

Aeci va arribar a Ravena al front d'un exèrcit de cinquanta mil huns quan Joan ja era mort. Va ser una sort immensa, perquè veient la situació, el general decidí que el millor era aplegar-se al vencedor i es dirigí cap a Arle per lluitar contra els visigots i restablir la pau al nord de l'Occident. En aquesta ocasió no vaig tenir prou temps per conèixer-lo.

Mesos després em va escriure el meu general en cap i m'ordenà que tornés a Cartago. Em va saber molt de greu perdre aquella oportunitat d'esdevenir un home immensament ric, però no m'hi podia negar. Allà quedava Sebastià, el seu nebot, al capdavant de la guàrdia imperial.

Júlia, en aquells mesos, havia vingut a Ravena per ocupar la casa que el pare tenia a prop del senat, i que ja era meva. Serena ja despuntava com una doneta ben maca i l'ajudava en tot. Marc havia decidit que volia ser soldat, com jo, i la nova capital era un bon lloc per començar la seva carrera. De manera que vaig parlar amb Sebastià, i Marc va entrar a l'escola militar amb una bona recomanació que li permetria accedir a la millor instrucció i als llocs d'oficial.

Quan li vaig comunicar que tornava a l'Àfrica, Júlia s'entristí, però jo havia previst la situació i li vaig regalar un anell que havia encarregat a un artesà que coneixia prou bé i que va saber interpretar el meu desig com cap altre. Era una peça tota d'or amb un parell de coloms esculpits damunt d'un niu. Dues petites filigranes que són una vertadera obra d'art. Li va agradar tant, el regal, que aquella nit va quedar embarassada del nostre fill Antoni.

*** ***

En els dos anys següents Aeci va aconseguir mantenir quiets els visigots a la Gàl·lia, entre altres raons, perquè recordaven que la nostra emperadriu va ser la seva sobirana, i Bonifaci, per la seva banda, tampoc no va tenir gaires problemes a l'Àfrica. Havíem entrat en un període de bonança que em va permetre viatjar successives vegades a Ravena, conèixer el meu fill Antoni, passar alguns dies amb Júlia i descobrir un home que esdevindria vital per a Roma.

Aeci era un jove general a qui tothom respectava. Aquell que el coneixia bé, explicava que era capaç de mantenir-se dempeus quan el darrer dels seus homes queia defallit. Caminador infatigable sota la pluja i el vent, sense menjar, sense beure, sense obrir boca i sense dormir, atrapava sempre el seu objectiu. El pare d'Aeci, Gaudenci, ja era mort. Un gran home, manifestava tothom. Havia anat escalant llocs lentament, fins assolir el rang de mestre general de la cavalleria. Però no va ser d'ell que Aeci va aprendre a cavalcar, a disparar l'arc i a llançar la javelina, sinó dels seus adversaris, perquè es va passar la major part de la seva joventut fent d'ostatge d'algú. Gaudenci havia consentit per bé de l'Imperi que el seu fill, després romandre amb els visigots, passés a mans dels huns com a prova de bona voluntat.

Aquesta és una pràctica prou corrent per afermar una pau amb garanties certes o per guanyar un temps preciós que serveix per refer exèrcits o cercar noves aliances, mentre l'enemic resta adormit i confiat.

En una de les meves visites a Ravena vaig coincidir amb Aeci, que també s'havia desplaçat des d'Arle per informar l'emperadriu, i vaig rebre una invitació per sopar plegats.

Aeci era un home afable, amb un rostre noble i agradable, capaç de somriure amb facilitat, parlador i simpàtic. No era gaire alt, però el seu cos era proporcionat i feia la sensació de traspuar agilitat i rapidesa. Em va rebre amb molta cordialitat i el sopar es va allargar fins a altes hores de la nit. Em va fer moltes preguntes sobre l'Àfrica i sobre Bonifaci i va respondre totes les que jo li vaig posar, sense que en cap moment tingués la sensació que m'amagava res ni que pretenia res, excepte passar una agradable vetllada i oferir-me la seva amistat.

Recordo, fins i tot, que en un moment de la conversa vaig veure que duia al braç dret, poc més amunt del canell, a la cara interna, dues petites cicatrius paral·leles, força curioses, i li vaig preguntar per elles.

Em va explicar que eren de feia anys, del primer cop que va ser amb els huns, quan Roma l'oferí com a ostatge. Ruas, el rei de totes aquelles tribus, va decidir que l'educaria amb els seus nebots Àtila i Bleda, fills del seu germà Mundzuk, mort ja feia temps.

En veure arribar Aeci, Bleda es mostrà indiferent, però Àtila el tractà amb recança i l'acceptà amb desgrat. Deia que era un porc romà i que els romans som una colla de covards i mentiders. Tampoc és d'estranyar. Els darrers emperadors no han estat gaire afortunats amb les seves actuacions.

Durant els dies posteriors, es creà una forta rivalitat entre els dos joves i Àtila va poder comprovar que Aeci no era cap melindrós. La seva estada entre els visigots havia enfortit el seu cos i el seu caràcter fins a l'extrem que suportava amb estoïcisme la fam i la son i en aquells dies ja era capaç de caminar i caminar fins caure esgotat. Totes aquestes qualitats eren agradables a Ruas que sempre el posava com un exemple a imitar, cosa que encara exasperava més la rivalitat d'Àtila, que de cap de les maneres podia competir amb l'educació del romà ni amb les formes exquisides que emprava per qualsevulla acció.

Al contrari que Aeci, el perfil del rostre del nebot predilecte de Ruas tenia la forma de punta de fletxa. S'iniciava al naixement dels cabells, seguia tot baixant pel front en una línia recta fins atrapar l'extrem del nas i s'endinsava de nou cap a la barbeta atorgant al conjunt una agressivitat feroç coronada i enaltida per la trena de cabell que partia del bell mig de la closca i queia enrere fins atrapar-li l'esquena. I quan tombava el rostre, qui el contemplava descobria que les celles formaven una sola línia, espessa, amb els pèls esvalotats que semblaven discutir entre ells i barallar-se per poder sobresortir. Aquelles celles eren la frontera que separava la superfície plana del front d'unes conques enfonsades amb uns ulls petits, foscos i durs, guardats per uns pòmuls protuberants i ossuts mal dissimulats per la barba enrinxolada. Hi havia que comentaven que quan s'enfadava aquells ulls s'enfosquien més i més i el seu rostre semblava la viva imatge del diable, moment que ningú no era capaç de predir quina seria la següent passa, per la qual cosa infonia terror.

Una nit Aeci dormia a la seva habitació. Tot era fosc i va sentir que la porta s'obria. Va escoltar atentament. Algú s'atansava. Va obrir un xic les parpelles i esguardà. Era Àtila amb l'espasa a la mà. Va continuar en silenci, sense moure's. Àtila s'apropà al llit i li va posar l'espasa a la gola, però Aeci no va reaccionar, sinó que se'l va mirar fixament, va esperar i, finalment, Àtila va enretirar l'arma, li va fer un tall al canell dret i sortí sense badar boca.

L'endemà, Aeci se'n va anar a trobar Àtila, li mostrà el braç dret i li va preguntar:

—Què significa aquest tall al canell?

—Quan l'espasa surt de la beina mai no pot tornar neta. Aquesta és la llei.

—I per què no m'has ferit de valent?

—La paraula de Ruas és la paraula dels huns, i és sagrada —somrigué Àtila—. No has tingut por de morir?

—Sóc el vostre ostatge. El meu pare així ho ha acceptat. Si Ruas decideix la meva mort, jo haig de callar, perquè la paraula del noble Gaudenci és llei —el va desafiar.

Aquella mateixa tarda Àtila i Aeci esdevingueren germans de sang i la rivalitat que els havia separat es mudà en la més forta de les amistats. Al voltant del foc, els punyals van tallar la carn i les sangs es van barrejar per segellar un pacte etern, deixant en Aeci l'empremta d'una nova cicatriu, d'aquelles dues cicatrius que el general romà mostrava amb orgull.

*** ***

Dies després d'aquell sopar revelador, Aeci marxà de nou cap a Arle i jo vaig tornar a Cartago, profundament impressionat per aquell home i pel seu relat.

2.- UNA TRAÏCIÓ

Sempre he considerat Cartago, i encara ho faig, com la terra més rica que mai no he conegut. I suposo que tu estàs d'acord amb mi. No em vaig endur Júlia, ni cap dels meus fills, perquè representava una destinació temporal. I ho era en un inici, malgrat que haig de confessar que m'hi hauria quedat per sempre més, perquè la vida al nord de l'Àfrica era un regal constant. Els graners, els de totes les ciutats, des de la pròpia Cartago fins a Hipona i molt més enllà, eren perpètuament plens a vessar i les branques de les oliveres romanien tan farcides que gairebé arrossegaven per terra, cosa que obligava els colliters a prendre més jornalers, mentre els fabricants d'oli havien de pagar més braços que maneguessin les premses i els vaixells només s'aturaven el temps necessari per carregar les bodegues i sortir cap al nord, cap a la resta de l'Imperi. No era gens estrany que tothom digués que Cartago era el graner de l'univers. Set províncies, l'una més fèrtil que l'altra, s'estenien banyades per la Mediterrània i els cereals i les oliveres ocupaven cada pam de terreny sota l'esplendor d'un sol com mai no s'ha vist en tot l'Imperi.

Pel que fa a l'art, poques vegades ha existit una col·lecció d'obres tan vasta i tan prolífica com la de Cartago, la Roma africana, tal com l'anomena tothom, on els artesans tenien tanta feina que havies de pregar-los que t'escoltessin i pagar fortunes per aconseguir que deixessin un treball per dedicar-se al teu encàrrec. I poc t'hauré de recordar que aquesta ciutat magna, rica i poderosa brillava especialment pels seus jocs al circ i per la grandesa dels seus teatres que estaven perfectament integrats en una arquitectura majestuosa que cobejava les escoles i els gimnasos, les tertúlies i les discussions filosòfiques més profundes.

Era, sens dubte, la ciutat més opulenta de totes les del nord de l'Àfrica i bona part de la Mediterrània, i la més lliberal, perquè entre les disputes donatistes i l'ortodòxia esgrimida per Agustí, bisbe d'Hipona i gran amic i confident del general Bonifaci, havia nascut una moral força particular que mirava de fer conviure qualsevulla creença i, tal vegada, era l'únic lloc que conservava l'antic costum de separar plaer i obligació, sexe i matrimoni. Des que Escipió l'Africà la va reconstruir a partir de les cendres, les cases de cortesanes i els seus harems eren famosos pertot arreu. Fins i tot, el propi comte, a esquenes de Lídia, la seva esposa, gaudia d'un gineceu particular de concubines que mantenia amb absoluta discreció, i jo, tampoc ho negaré, era estranya la nit que m'allitava sol.

Com si fos un contrapunt obligat, poques llegües més a l'oest s'alçava Hipona amb una moral estricta, uns costums basats en els ensenyaments del seu bisbe Agustí i un art religiós que era mostra de la seva devoció i enveja de molts altres prelats cristians que contemplaven com els monjos de Cartago podien ser insultats pels carrers i la fe de molts dels seus estadants romania somorta. I tot allò encerclat per les muralles que donaven pas a un dels ports més grans de tota l'Àfrica.

Quant a la nostra feina, poca n'hi havia. Els moros no es movien de la serralada de l'Atlas, els donatistes ja havien rebut prou amb Honori, i la resta considerava que, mentre poguessin viure en pau i omplir les seves panxes, no calia cap més revolta. Era un oasi completament allunyat dels canvis socials que havien tingut lloc a Itàlia, a la Gàl·lia i a Hispània, on els esclaus i els treballadors de la terra havien esdevingut pobres desgraciats al servei dels grans terratinents, entre els quals m'hi podia comptar jo. Tanmateix, la llunyania m'impedia de pensar en aquests afers i poc volia trencar-me les banyes en allò que qualificava d'absurdes comparances. La vida és per viure-la amb plenitud i ¿què hi ha de més ple que el plaer? Si tu no prens allò que el destí diposita a les teves mans, un altre ho farà. Aquesta era la meva filosofia, el nord de la meva existència i l'única raó que em bellugava de valent. De manera que em vaig dedicar tranquil·lament a compaginar la feina militar amb els negocis que molts comerciants em proposaven per tal d'obtenir beneficis addicionals, per restar exempts de certs impostos o per gaudir de protecció i escortes per als seus vaixells.

Una bona època, si només em fixo en les riqueses obtingudes. Ja ho puc ben dir. Negocis fàcils i segurs que omplien la meva bossa fins a rebentar i que em permetien de viatjar a Ravena de temps en temps amb un bon carregament d'or i plata i de mercaderies de tota mena.

Però, aquella vida es va acabar de sobte, perquè res no és etern.

*** ***

Va ser a la tardor. Jo tornava d'Hipona amb una columna de soldats. Vaig descavalcar i me'n vaig anar a prendre un bany, però Bonifaci em va cridar que hi anés de seguida. L'ordre era imperiosa. Gairebé sense donar-me temps de rentar-me per treure'm la pols del camí, vaig córrer cap a palau.

El comte era assegut a la taula del consell militar i l'envoltaven els oficials principals: Afer, Maurici, Plini i Àntrax. El seu posat era força greu i tenia a les seves mans un escrit que, només veure'm, em va allargar perquè el llegís.

Era una carta de Gal·la Placídia en la qual li demanava que anés a Ravena. Li deia que volia parlar amb ell, però no esmentava ni el motiu ni el possible contingut de la conversa. Me la vaig llegir un cop més, cercant alguna cosa, sense saber què podia ser. Vaig contemplar els rostres de tots els presents, sobretot de Maurici, que era el més reflexiu i, finalment, la hi vaig tornar, a Bonifaci, amb un gest d'estranyesa. No era capaç de trobar-hi res d'especial, si és que hi havia alguna cosa. Llavors em va allargar una altra nota.

—Acabo de rebre aquest missatge d'Aeci per alertar-me que darrere de la carta de l'emperadriu s'amaga la traïció —em va dir, va guardar un instant de silenci i preguntà—: Què me'n dius?

Ara ja tenia sentit el seu posat greu, però si no t'ho expliquen tot, ¿com pots esbrinar res?

—No sé... —vaig fer amb timidesa. Què volia que li digués?

—Tu coneixes Aeci —em va tallar—. Mentiria?

—No el conec prou com per respondre amb certesa la teva pregunta —vaig negar lentament—. De tota manera, sempre pots trobar una excusa per negar-t'hi i deixar que el temps i les properes decisions esbrinin la veritat.

Es va quedar pensarós. Bonifaci havia ultrapassat els quaranta anys, era alt i vigorós, amb una mirada penetrant i directa. El seu coratge era llegenda i de tots era conegut que ningú no el superava ni al camp de batalla ni al llit. Així i tot, cap d'aquest dos arts ennuvolava la seva fama d'home just i noble que no acceptava de bon grat el joc de la brutícia, malgrat que sabia que bé s'ha de conèixer i que, forçosament, tard o d'hora has de jugar amb les regles dels altres.

—Maurici és del mateix parer. I Plini també. Àntrax és l'únic que pensa que haig d'anar-hi, que negar-m'hi es podria prendre per traïció —va contestar amb veu baixa, més com a reflexió que com a resposta.

—Salvar una província és traïció? —vaig demanar.

—Tens raó —va respondre Bonifaci, acceptant el meu suggeriment, i ens va pregar que el deixéssim sol.

Aquella mateixa tarda un missatger va prendre un vaixell amb una carta dirigida a Gal·la Placídia. Un petit focus de resistència dels donatistes era l'excusa per no viatjar a Ravena. Naturalment, es posava a total disposició dels desigs imperials i li manifestava la seva devoció. A mi em va semblar prou adient. No obstant això, Àntrax em va mirar i va fer que no amb el cap mentre feia esclafir la llengua en senyal de desaprovació.

—Però, què hi veus? Fantasmes? —em vaig riure d'ell.

—Hi ha alguna cosa que no m'agrada —respongué—. Les anteriors cartes de l'emperadriu eren més càlides.

—D'amor, potser? —encara seguia rient.

—Més càlides —repetí, girà cua i em va deixar sol.

Unes setmanes després, quan ja havíem oblidat l'incident, vaixells de la flota imperial d'Occident desembarcaren les primeres forces a l'Àfrica sota el comandament del general Amedi, i no venien per fer-nos una visita, precisament. Bonifaci no entenia res de res. I jo, menys encara. Què havia passat a Ravena?

—Les dones són imprevisibles i boges —no parava de queixar-se Bonifaci—. Aeci tenia raó.

—Potser sí —va fer Àntrax—. Però, ara, ell mateix s'enfronta a nosaltres. Per què?

—No té altre remei que ha d'obeir l'emperadriu —encara el disculpà Bonifaci.

—Doncs, no ho entenc —seguia replicant Àntrax.

Secretament vaig enviar una carta a Júlia per tal que abandonés la capital i se'n tornés a Tarraco. I no em vaig sentir tranquil fins que no m'arribà la notícia que havia embarcat a Livorno amb els nostres fills i havia aconseguit travessar la Mediterrània per arribar a les costes de la Tarraconense. Allà teníem força parents i amics, terres i cases. L'únic que es va quedar a Ravena va ser Marc. Si se l'hagués endut, hauria despertat sospites. Així i tot, si allò s'allargava, ja miraríem de trobar la manera perquè Marc es reunís amb ella, i vaig pensar d'escriure a Sebastià, però no ho vaig fer. Era massa perillós.

*** ***

Les primeres victòries a càrrec d'Afer i de Plini ens van omplir de satisfacció. Jo no vaig participar-hi, sinó que seguint ordres em vaig quedar a Cartago tot organitzant les defenses. Bonifaci es mostrava preocupat. Indiscutiblement la capacitat i els dots de bon militar del comte eren molt pel damunt de les del general Amedi, però, quan ho vaig reflexionar, em vaig adonar que resultava evident que no podríem resistir eternament, com tampoc havíem de menysprear que Aeci comptava amb els poderosos huns com aliats i amb una intel·ligència digna de tot respecte. Llavors, el meu general va apuntar la possibilitat de pactar amb els vàndals que s'havien establert a Hispània i prendre'ls com a aliats.

—No me'n refio d'ells —li vaig dir, quan m'ho va comunicar—. Els coneixem ben poc i són gent salvatge. Tinc entès que Honori els tolerava, però també els temia.

En poc anys els vàndals havien deixat les glaçades terres del nord i havien arribat a les costes de l'estret de Gibraltar, tot ocupant Corduva, Hispalis, Gades i Carteia. Godigisel era, justament, qui havia abandonat les terres del Rin i havia conduït els seus homes a la calidesa del clima mediterrani tot travessant la Gàl·lia i establint-se a Hispània després de lluitar contra totes les tribus. Honori, veient que era impossible treure'ls dels seus dominis, els va proposar constituir una federació amb l'Imperi i els va permetre governar bona part de la Cartaginense i tota la Bètica, des de Valentia fins a Onoba. Evidentment, no era el mateix cas que els visigots i no gaudíem d'una història passada com la de Gal·la Placídia que ens permetés creure en la seva lleialtat.

Maurici va ser l'encarregat d'aquella missió i les converses s'iniciaren amb Gonderic, fill i successor de Godigisel, que havia derrotat els sueus i els havia confinat a Galícia. Pare i fill eren homes acostumats a la lluita i Gonderic, en pujar al tron, va decidir que no n'hi havia prou amb les terres càlides d'Hispània, sinó que ambicionava dominar la mar. Per aquesta raó va establir dues fites en el seu camí cap al regne de les aigües de la Mediterrània: Mallorca i Menorca, les més grans de les illes Balears. De manera que demanà els hispans que encara quedaven a la península que li fornissin de vaixells i preparà l'expedició que li permetria atrapar el grup que s'havia refugiat amb els seus tresors, tot fugin de la persecució d'aquelles bèsties humanes vestides amb pells.

Pobres desgraciats! Els hispans que no es van sotmetre havien comès l'error de tancar-se en una illa sense disposar de prou homes ni de defenses segures, i Gonderic no volia perdre l'ocasió, i Maurici va tornar sense cap resposta clara. Quan el rei dels vàndals acabés amb els hispans, ja en parlaríem. Aquest era el missatge.

Bonifaci va rebre amb preocupació el poc interès de Gonderic pels nostres diners. A qui podia recórrer? A ningú més, perquè a l'est trobaria les forces de l'Orient que recolzarien Gal·la Placídia i al sud no hi havia ningú més que els homes salvatges. Tanmateix, la vida sempre és plena de sorpreses i tot pot canviar en un instant.

Quan ja semblava que les converses s'havien trencat i que Aeci tenia preparat un exèrcit per saltar damunt l'Àfrica, Gonderic va morir i el va succeir el seu germanastre Genseric.

El nou rei era fill bastard de Godigisel i d'una meuca que s'obria de cames davant del primer que li posava una mà al damunt. El desgraciat havia crescut entre humiliacions, per la qual cosa desenvolupà un caràcter violent que el duia a cometre amb els enemics les majors de les atrocitats, com si ells fossin els culpables de la seva infelicitat. Els que l'envoltaven, o els que havien de col·laborar amb ell, el temien i ningú amb un rang inferior al seu gosava contradir-lo, perquè les seves reaccions eren brutals.

En aquesta ocasió, Bonifaci em va triar a mi per parlar amb el nou rei. Deia que jo tinc una bona capacitat de negociació i sé emprar la paraula. Només que jo em demanava de què serveix la paraula amb un animal que no entén res més que el llenguatge de les armes.

Vaig creuar l'estret de Gibraltar i els vàndals em van rebre a Carteia amb mostres de simpatia. Genseric, després d'escoltar-me, va veure clar que Mallorca i Menorca podien esperar i que l'Àfrica era tan a prop que la podia ensumar només allargant un pèl el nas. Son germanastre havia mort jove i cap dels seus sis fills havia assolit l'edat suficient per accedir al tron i no hi havia cap altre general entre els vàndals amb prou força i manca d'escrúpols com per fer-se amb el poder de la nit al matí. Li vaig parlar d'immenses riqueses, de terres fèrtils i del preu que pagaríem pels seus serveis i ens vam entendre de seguida i prou bé, perquè li brillaven els ulls cada cop que escoltava la paraula or.

Era un home no gaire alt, amb una llarga trena rossa, el rostre dur, els ulls blaus i la pell cosida per les cicatrius. Caminava lleugerament escorat com un vaixell amb el pes mal repartit, perquè la seva cama esquerra havia d'adaptar-se per tal de compensar el resultat d'un accident de cavall. El seu posat era vulgar i freturava de la més elemental cultura. Menjava com un porc i rèia com un bàrbar. No parlava, sinó que cridava en tot moment.

Em va dir que sí, que ell saltaria per damunt de l'estret i se'ns aplegaria, i vaig acceptar la seva paraula i me'n vaig tornar. No creia que fos una bona companyia per dur a terme qualsevulla travessia, i així ho vaig comunicar a Bonifaci.

—No tenim cap altra opció —em va dir el general.

Genseric no va trigar a complir la seva paraula i els moros, els habitants de les regions internes de Mauritània, que vivien a prop de la serralada de l'Atlas, van contemplar amb certa recança la seva arribada des d'Hispània, a través de l'estret de Gibraltar, amb una força de cinquanta mil homes que aplegaven vàndals, gots, alans i sueus, súbdits i mercenaris que el seguien sota la bandera de la promesa que trobarien els tresors que s'amagaven a les riques i fèrtils terres del nord d'Àfrica que al llarg de la història havien omplert una bona part dels graners de Roma.

Contravenint tots els pactes, Genseric, en un aparent excés de zel, va arribar a un acord amb els moros i amb el donatistes. Els primers el van prendre per algú que s'enfrontaria als invasors i els segons van creure en la seva paraula de retornar-los totes les riqueses i poders que l'emperador Honori els havia manllevat després que Agustí, el bisbe d'Hipona, condemnés amb entusiasme els seguidors del seu col·lega Donat de Cartago. I tot per una discussió absurda (com totes les religioses) sobre si els pecadors eren exclosos o no de l'Església i si els sagraments administrats per sacerdots indignes eren bons.

Disculpa que parli d'aquesta manera, amb tant poc de respecte, però hauràs de convenir amb mi que aquella postura tancada va significar moltes morts, molts ultratges i massa violència sense cap mena de sentit, fins esdevenir un immens abisme d'incomprensió que separava els uns dels altres i que ni el sínode romà de Laterà ni el concili d'Arle no van poder aclarir i, menys encara, les disposicions de l'emperador Honori ni els escrits del bisbe Agustí, sempre atent amb les heretgies.

Penso, sincerament, que la religió cristiana ha dut a Roma, al costat de grans virtuts, discussions absurdes que han negat de sang moltes famílies. No crec que Constantí, el gran emperador, fes cap bé enlairant una religió per damunt de les altres. Mentre Roma va acceptar i, fins i tot, va adoptar amb liberalitat qualsevol déu, l'Imperi va ser fort. Sóc cristià, naturalment, però no vull ser hipòcrita i mirar de tapar els errors comesos.

Però, deixem-m'ho estar. No puc perdre el temps amb disquisicions religioses ni recordar les barbaritats que van tenir lloc a un cantó i a l'altre, oblidant que tots som cristians. A més, no tinc cap autoritat per discutir sobre aquesta qüestió. El fet és que Genseric, amb aquests dos aliats, va veure les portes de la Mauritània Tingitana obertes i hi va entrar sense demanar-nos permís.

Déu meu! Allò va ser el gran desastre. Però no vam ser conscients de tota l'atrapada fins que el general Darius va venir a l'Àfrica per parlar amb Bonifaci. Eren amics i Darius l'havia defensat davant Gal·la Placídia i havia obtingut permís de l'emperadriu per visitar-lo i parlar amb ell. Jo vaig assistir a aquella reunió.

Encara recordo la mirada de Bonifaci, absolutament perduda, incrèdul davant la carta que Darius li mostrava. I també recordo els gests d'assentiment que feia Àntrax. Ell havia entrevist la traïció i no li vam fer cas.

—Llavors, tot és una maniobra d'Aeci? —va fer Bonifaci, amb ràbia continguda.

—Així és —digué Darius—. Va conspirar contra tu i li va dir a l'emperadriu que volies trair l'Imperi i quedar-te amb l'Àfrica. Gal·la Placídia no se'l creia i Aeci li va proposar una prova senzilla. Només t'havia de demanar que anessis a Ravena sense esmentar-ne el motiu, per provar la teva lleialtat, i tu, de ben segur, et negaries perquè ja havies pres una decisió i ja havies començat a establir el teu regnat. Aquesta seria la prova de la teva traïció. L'emperadriu va caure al parany, et va escriure la carta i Aeci et va fer arribar un missatge fals. Quan tu t'hi vas negar, ella va creure les paraules del general.

Darius abandonà Hipona amb una carta per Gal·la Placídia. Bonifaci mostrava el seu penediment en aquelles ratlles i demanava el seu perdó. Li hauria agradat d'anar-hi personalment, però ara sí que tenia una bona excusa per quedar-s'hi. Genseric havia conquerit la Mauritània Tingitana sencera, gairebé tota la Mauritània Cesariana i estava a una passa d'entrar a Numídia. Si marxàvem, l'Àfrica es perdria.

*** ***

Les notícies que ens arribaven de banda de l'invasor eren esparveradores. Una dona que havia fugit del terror ens va explicar que Genseric es plantà davant de Cesarea i els demanà la seva immediata rendició. Pròcer, el governador, s'hi va negar. Llavors, el rei vàndal llença els seus homes a l'atac i no va parar fins assolir la victòria. Un cop va entrar a ciutat, ordenà ajusticiar cinc habitants per cada un dels seus soldats morts, i no va fer distinció entre joves i vells, homes o dones, nens o nenes. Amb cara d'horror, aquella pobra desgraciada ens explicà que els carrers s'omplien de cadàvers i que Genseric no posava cap fre a la disbauxa dels donatistes ni dels moros. Ben al contrari, ell, personalment, havia torturat i escorxat aquells que podien amagar les majors riqueses fins a fer-los parlar. Ella havia presenciat com li prenien la filla de vuit anys i davant del seu marit li tallaven primer el nas i les orelles, després una mà, l'altra i un peu, fins que van decidir que potser deia veritat i que no amagava cap riquesa. Llavors, els havien mort, a la seva filla i al seu marit, i a ella la van deixar viva enmig del toll de sang que brollava de les ferides de la nena.

Em vaig quedar esgarrifat de veure aquells ulls oberts de bat a bat, secs, esgotades totes les llàgrimes, parlant sense la més mínima inflexió de veu, com l'infant que recita mecànicament, esmaperduda i sense escoltar cap de les paraules de consol que Bonifaci mirava de fer-li arribar. Finalment, Lídia, l'esposa del comte, la va abraçar amb molta tendror i se la va endur, mentre aquella dona seguia parlant i parlant, repetint la mateixa història una i una altra vegada. Per a mi que havia perdut el seny.

Unes setmanes després, ens van arribar notícies de Círtia, on aquella bèstia va ordenar omplir, ben plens fins d'alt, més de quinze lleixivers de caps tallats, els van deixar cinc dies sota un sol abrusador i, després, va ordenar abocar-ne el contingut enmig de la plaça, va congregar els supervivents i els va fer destriar els seus parents i amics, per, finalment, obligar-los a besar les despulles que ja començaven a vomitar cucs pertot arreu.

És feia difícil d'empassar-se totes aquelles històries, que el mateix Genseric engrandia per enviar els seus missatgers pels camins a explicar-les. D'aquesta manera, només pronunciar el seu nom, la gent tremolava de por. Una tàctica que resultava prou efectiva, perquè molts dels nostres homes suaven quan veien que la pols s'aixecava a l'horitzó i s'imaginaven que eren els vàndals que venien. En diverses ocasions vaig assistir a l'espectacle de pobles sencers que fugien esperitats i no s'aturaven fins descobrir que havia estat un error, una equivocació d'algú que havia confós un ramat amb les forces enemigues.

Un cop assolida la pau amb Gal·la Placídia, Bonifaci es va poder dedicar a intentar corregir una situació que adquiria proporcions incalculables. Vam sortir d'Hipona amb un exèrcit de vint mil homes, molt inferior a les forces de Genseric. Potser en altres temps, quan la disciplina era la pedra angular de Roma, hauríem guanyat, però els nostres soldats es comportaven com bàrbars. Havien perdut aquella formació tancada que jo encara havia vist de petit i que avançava com una màquina perfecta que ho arrossega tot, i es llançaven a la lluita amb un crit de guerra. El resultat va ser la derrota i una retirada per poder salvar les restes i les vides. Els nostres homes fugien cagats de por i llançaven les armes que eren recollides pels nostres atacants.

—Quina vergonya! —vaig fer, al costat de Bonifaci, emprenyat, brandant la meva espasa, a punt de baixar el turó i llançar-me enmig de les forces enemigues.

—Retirada! —ordenà Bonifaci.

I vam abandonar el camp de batalla. Continuar allà hauria significat un absurd suïcidi.

*** ***

Hipona esdevingué el nostre setge i allà, des de les muralles, vam poder comprovar que les històries que ens explicaven de Genseric i la seva follia no eren cap invenció.

Durant els mesos següents, cada matí, a primera hora, esquarteraven de viu en viu tres presoners i escampaven els trossos davant mateix dels murs. Als crits esgarrifosos d'aquells pobres desgraciats que el destí havia escollit amb un dit macabre se li havien de sumar els ferums infectes i insuportables que s'enlairaven dels cossos podrits dels companys que els havien precedit i que ningú no gosava enretirar. Un espectacle com mai no havia contemplat, gairebé el record d'altres temps, de quan a Roma i a tot l'Imperi els lleons escorxaven els cristians. Allò, però, ens va encoratjar, perquè sabíem del cert que si obríem les portes moriríem tots plegats, i vam resistir a tot preu.

No sé si ja estava escrit així o si aquelles visions esgarrifoses van accelerar el procés, però el bisbe Agustí va emmalaltir greu.

Agustí era un home molt gran i molt venerat per tothom. Ja ho saps. Els seus escrits deixaven constància de la seva dedicació plena a la religió cristiana, de les seves lluites contra els heretges (prou sovint amb agressivitat) i del seu pensament que captivava el cor de la gent per la gran càrrega de sinceritat. Diuen que va tenir una joventut viciosa i ell no se n'amagava, però estic ben segur que ja ni se'n recordava i que la seva vida de virtut havia rentat tota culpa anterior. A ell el vaig conèixer poc, i només al final de la seva existència. Diuen que va ser un home notable i m'ho crec. Als seus més de setanta-cinc anys encara conservava als ulls petites espurnes, que en altre temps s'endevinaven fogueres, i, malgrat ser tan vell, era capaç de passar-se hores i hores conversant o escrivint pensaments, oracions i epístoles. «Per què ens hem de matar els uns als altres, quan Ell diu que ens estimem?», va fer poc abans d'exhalar el darrer sospir. Enrere quedava la vehemència amb què va atacar els donatistes, que ja havia temperat feia uns anys, tot cercant la comprensió per damunt de la passió que posava en la defensa de les consignes emanades de Roma. I va tancar els ulls per apagar definitivament la llum que irradiaven un matí assolellat després de més de deu dies de restar ajagut al llit, pregant per tots nosaltres i demanant a Déu que il·luminés els homes i els dugués la pau.

Ja feia tres mesos que Genseric s'estava a les portes d'Hipona i la gent del poble tenia por, molta por, però tota la ciutat s'aplegà per retre un homenatge a l'home que acabava de morir i que havia representat la foguera que mantenia ben alta la fe dels seus habitants. La campana de la basílica no va aturar els seus plors en tota la tarda. Els vàndals estaven desconcertats. No entenien res de res. Fins i tot van enviar un soldat que es va aturar davant les muralles i va cridar:

—Què significa la campana? Heu decidit rendir-vos?

—Ha mort el bisbe Agustí, la llum d'Hipona —li va contestar l'oficial.

Al matí següent, inexplicablement, ningú no va ser escorxat davant dels murs, ni cap més matí, malgrat que el setge va continuar.

Bonifaci va plorar llargament la pèrdua d'aquell amic, perquè per a ell sí que era una peça fonamental dins de la seva vida. Agustí l'havia fet reflexionar en diverses ocasions, li havia demanat que deixés les seves concubines i retornés a la pau i al respecte de la llar. Va intentar arrencar-li la promesa que la resta de la seva vida guardaria vot de castedat i no tan sols ho va aconseguir en el llit mortuori, sinó que l'esposa del comte, Lídia, va acceptar aquesta imposició. Malauradament, Bonifaci, malgrat que era molt devot, tenia una excessiva inclinació cap al plaer de la carn i les mans seguien el mateix camí que els ulls. Posteriorment, en alguna ocasió que algú li havia recordat la seva promesa, ell havia somrigut i havia fet:

—La millor manera de vèncer la temptació és caure-hi —mentre li feia l'ullet.

En una altra ocasió, ell mateix ens havia dit que no podia deixar de cardar perquè era Déu que el va fer hermafrodita, perquè tenia un sexe entre les cames i l'altre perpètuament al pensament. I el dia que li vaig recordar que els jovenets que també escalfaven el seu llit no eren del sexe contrari, ell em respongué que un forat calent sempre és un bon cau on aixoplugar el cuc.

El bisbe Agustí va ser enterrat sota el terra de la basílica, mentre Bonifaci ordenava que tots els seus escrits fossin amagats i preservats per l'esdevenidor. Si Genseric entrava a Hipona, mai no els trobaria. I si nosaltres aconseguíem sortir amb vida, ens els enduríem cap a la península. Aquesta va ser la consigna, el darrer homenatge a un home que havia lliurat tota la seva vida a un ideal i al Déu Etern.

Quantes vides s'havien perdut per culpa d'una traïció? En aquells moments vaig sentir odi per Aeci i per l'estúpida emperadriu que no havia estat capaç de descobrir un engany que deixava tot el nord d'Àfrica a mercè d'un animal que no s'aturava davant de res, que tant se li'n donava la vida d'un home com la d'una dona, la d'un vell o la d'un infant, que només vivia per curullar la seva cobdícia, per conquerir a qualsevol preu, oblidant la paraula donada, que gaudia amb el sofriment dels altres i cercava en la punta de la seva espasa la venjança per haver nascut fill de puta.

3.- L'AMOR D'UN GENERAL

Onze mesos més va durar el setge. Onze més tres, catorze. Durant aquell temps, la ruta de la mar sempre va restar oberta, per la qual cosa rebíem els vaixells procedents de Sicília i no vam patir ni fam ni misèria. I no va ser pas per miracle, naturalment, sinó que molt hi tenia a dir, en aquest prodigi, l'habilitat del comte Bonifaci per bellugar els homes entre els murs i l'estret pas que ens permetia arribar a la platja.

Per contra, els vàndals havien cremat els camps en venjança pels seus homes morts i aquesta va ser la nostra victòria i el motiu que esgotessin les provisions i haguessin d'aixecar el setge, perquè ja no els quedava res més per dur-se a la boca. Era tan curta la seva intel·ligència, tan limitat el seu coneixement de l'art de la guerra i tan absurd el seu afany de destrucció que havien arrasat una terra fèrtil i l'havien despullada de tota la seva riquesa. Només eren capaços de veure la brillantor de l'or i poc es van adonar que amb la seva brutal actuació Numídia ja no tornaria a ser, mai més!, el graner de l'univers. Els camps de conreu havien esdevingut vastes extensions de terra erma que trigarien molt de temps a recuperar-se.

Va ser llavors que Bonifaci va entendre que podia haver arribat la gran ocasió i em va enviar a Ravena amb un missatge per a Gal·la Placídia. Però, prudent com era, va ordenar Lídia abandonar Cartago acompanyada de la seva esclava Emília i viatjar a la península tot aprofitant la seguretat de la meva escorta.

Alta i elegant, coneixedora del grec i havent estudiat filosofia, Lídia era la perfecta amfitriona de tota festa i l'esposa ideal de tot home important. Júlia i ella havien crescut plegades, a Roma, i va assistir a la nostra boda i va freqüentar la nostra casa fins que el comte, que havia quedat vidu, la va prendre per esposa i se la va endur al nord d'Àfrica. En més d'una ocasió, quan la contemplava, la imaginació se me n'anava i no entenia com el general podia sentir-se més inclinat a cercar conquestes fàcils que li costaven diners i abandonar aquella deessa que faria empal·lidir la pròpia Venus.

La travessa de la mar va ser ràpida i sense incidents i vam vorejar Sicília per enfilar l'entrada de la mar Adriàtica, on em vaig sentir més tranquil i més segur a la vista de les nostres costes.

Fins aquell moment, Lídia i jo no havíem bescanviat gairebé paraules, perquè tota la meva atenció estava dirigida a cercar la possible presència d'algun vaixell enemic, però un cop el perill havia passat, la tensió es relaxà i vam poder parlar, sopar plegats, recordar temps passats i fer-nos mútues confidències, perquè l'aïllament enmig de la mar, la remor de les aigües, la companyia de la lluna i les carícies de la brisa ajuden a crear un clima de confiança i de complicitat. Era el primer cop que podia parlar amb ella sense que ningú hi fos present, sense que cap altre home copsés la seva atenció. Tenia una veu dolça que m'acaronava i somreia amb un petit deix de tristor que li atorgava una espurna de misteri i encara la feia més atractiva.

Al capvespre, després d'haver entrat a les aigües de l'Adriàtica, ens trobàvem al pont. M'acabava de dir que sentia molt que Júlia no hi fos, a Ravena, que feia tant de temps que no la veia... i, de sobte, els seus ulls es negaren de llàgrimes. Em vaig sentir trasbalsat.

—Què tens? —li vaig demanar.

—No li he donat cap fill i el bisbe Agustí, després de tot aquest desastre, li ha fet veure que Déu l'ha castigat i li ha arrencat la promesa que farà vot de castedat i que no tocarà mai més cap altra dona —em va respondre.

—No crec que Bonifaci compleixi aquesta promesa —vaig somriure.

—Potser amb altres dones no, però a mi ja fa dies que no em toca i molt em temo que ha decidit repudiar-me.

—Ell t'estima —vaig mentir. Prou que sabia allò que sentia el comte i com vivia, però, vés, què li havia de dir?

53

—Agraeixo la bona intenció de les teves paraules, però Bonifaci vol apartar-se de mi —mormolà. Vaig intentar replicar-la, però em va tallar— Això són coses que a una dona no se li poden amagar, sobretot si l'ha tocada tan poques vegades que gairebé pot passar per verge —va fer amb tristor. Em sentia un xic incòmode amb aquelles confidències. Després, aixecà els ulls i em mirà—. Júlia ha tingut molta sort de trobar-te. Ella m'explicava que ets noble i afectuós, i l'envejo, perquè he sentit a dir que ets un bon amant —em va posar la mà damunt del braç i el va prémer. Després es tombà i se'n va anar cap a la cabina.

Em vaig quedar bocabadat i vaig trigar força temps a reaccionar.

El dia que la vaig conèixer, poc abans de casar-me amb Júlia, la seva bellesa em va colpir de valent i em vaig sentir atret per la seva persona, però vaig apartar aquest pensament perquè el pare havia triat per a mi una altra dona i jo havia de respectar el seu desig. Poc després Lídia es casà amb Bonifaci i va desaparèixer de la meva vida, fins que vaig ser destinat a Cartago. Quan ens vam retrobar, encara quedaven guspires del foc que va estar a punt d'encendre dins meu, però era l'esposa del meu general i com a tal l'havia de respectar. A més, mai m'havia imaginat que ella s'hagués fixat en la meva persona, perquè mai no m'ho va demostrat obertament. Era amable i em rebia als sopars amb atencions cap a mi, però també en dedicava a tots aquells que eren considerats grans amics del comte.

Júlia me l'estimava, però no n'estava, d'enamorat. Era la mare dels meus fills, una dona que poc em mereixia, però Lídia m'arrossegava, em trasbalsava i arrencava poesia del meu cor.

Aquella nit vaig anar a la seva cabina. Vaig arribar fins a la porta, vaig aixecar la mà i vaig colpejar suaument la fusta. La porta s'obrí i va aparèixer Emília. Darrere d'ella, a través de la penombra vaig veure la silueta de Lídia, dempeus, al costat del llit.

—Deixa'ns sols —ordenà ella.

—Senyora...

—He dit que surtis.

Emília va fer una reverència i abandonà la cabina. Em vaig atansar i ella deixà anar els llaços de la camisola i va quedar nua. La vaig abraçar. Tenia les carns tendres i la pell suau. Vaig acaronar-li l'esquena i vaig baixar les mans fins atrapar-li les natges i amassar-les. Lídia deixà anar un sospir de goig i m'oferí la seva boca oberta de bat a bat que vaig explorar amb delit cercant amb la llengua cadascun dels seus racons. Quan vaig aixecar un xic el genoll per trobar el seu entrecuix, la vaig notar humida i calenta. Tota ella era desig. Em va arrossegar cap al llit i vaig caure damunt seu. A partir d'aquí... el plaer. La vaig posseir amb vertadera passió, ignorant les meves responsabilitats i la confiança dipositada per l'home al que servia. Vaig explorar el seu cos i vaig gaudir de l'infinit. Vaig penetrar les seves carns i li vaig donar tot allò que era meu, sense remordiments, sense ni tan sols pensar que estava cometen un pecat.

L'endemà vaig abandonar la cabina quan el sol despuntava. Emília havia dormit a la porta i els meus homes m'eren fidels i ningú no explicaria res del que havien pogut copsar. Malgrat tot, durant la resta de la travessa, Lídia va ser molt discreta i procurava mantenir-se allunyada de mi fins que la nit ens envoltava i jo baixava per rememorar el primer encontre i superar-lo. Tanmateix, el vaixell era petit i ens trobàvem a cada passa, bescanviàvem mirades de complicitat i procuràvem dissimular com dos infants als que poden atrapar en una malifeta, mentre Emília abaixava els ulls i feia com que no veia res de res.

Finalment, vam arribar al port de Ravena i desembarcàrem. Vaig ordenar que l'escortessin fins a casa seva i ens vam acomiadar. En el moment de marxar, em va abraçar en públic i dipostà un bes a la meva galta, enfonsant-hi els llavis amb passió i prement-me de nou el braç, com el primer cop. Vaig ser a punt de retenir-la, d'atrapar-la i fondre-la amb mi, però ella s'escapolí i la vaig veure desaparèixer engolida per la gent dels carrers, però abans es tombà un instant i em dirigí una mirada que no oblidaré mai.

Per sort, a partir d'aquell moment les moltes ocupacions em van buidar la ment de tot altre afer que no fos la guerra al nord d'Àfrica. Altrament, no sé què hauria passat.

*** ***

No em vaig poder trobar amb Aeci. M'hauria agradat veure-li la cara, però el general era a Arle, procurant que la Gàl·lia no es revoltés aprofitant les males notícies que pujaven del nord d'Àfrica i que representaven un cop molt fort que malmetia el prestigi i la dignitat de l'Imperi.

L'emperadriu, només llegir la carta de Bonifaci, en redactà dues més i vaig sortir a cuita-corrents cap a Constantinoble, que encara no coneixia. El viatge el vaig fer per mar, tot baixant per l'Adriàtica per resseguir les costes gregues i travessar el Bòsfor. Vam tenir sort, els vents bufaven de valent i el vaixell va arribar al port de Constantinoble en menys temps de l'esperat i jo em vaig quedar astorat davant de la magnificència d'aquella ciutat, la capital del gran Constantí, la segona Roma, la nova ciutat eterna de l'imperi de l'Orient que superava en riquesa tot allò que podia imaginar.

Només arribar i mostrar el segell de l'emperadriu d'Occident, vaig ser rebut per l'emperador Teodosi i, la veritat, vaig entendre de seguida que qui manava de debò a Constantinoble era Pulquèria.

Teodosi no feia honor al nom que duia i que havia pertangut a un gran emperador de l'Occident, al pare de Gal·la Placídia, sinó que era de caràcter infantil. Vestia amb distinció, procurant que la seva roba sempre tingués l'excel·lència que se li havia de suposar. De vegades estava més preocupat pel caient de la tela que per la conversa, malgrat que adoptava el posat greu que se li atribueix a un emperador, somreia teatralment, es bellugava amb afectació i mirava de caminar amb tanta majestuositat que semblava encarcarat. La seva mirada era buida i la conversa intentava aparentar una importància que no tenia. Les preguntes van ser idiotes i les respostes encara més. Mirava d'emprar paraules ben destriades que sonessin molt bé. Poca estona després, malgrat que hi havia anat per demanar el seu ajut, ambdós gairebé badallàvem enmig de la gran sala del tron. Era com parlar amb un llibre de poesia insulsa i estúpida que només cerca l'estètica.

No sé quant de temps després, Teodosi em va dir que estudiaria la petició i, sobretot, que resaria per nosaltres. Em vaig quedar esmaperdut. Resar, deia l'imbècil! Vaig ser a punt de replicar-li que no eren oracions allò que havia vingut a buscar, sinó homes i armes amb què defensar unes terres que estàvem perdent. Vaig callar, però.

Es va llevar del tron i em va acomiadar amb salutacions per a l'estimada Gal·la Placídia. Quan vaig ser al carrer, encara em demanava si aquella conversa havia estat real o un malson. Llavors, me'n vaig anar a trobar Pulquèria i, tal com m'havia dit l'emperadriu, li vaig lliurar la segona carta.

Com ja saps, anys enrere, Pulquèria, Arcàdia i Marina, les tres germanes de Teodosi, havien fet vot públic de castedat a la catedral de Constantinoble oferint la seva virginitat a Déu i rubricant el solemne jurament damunt d'una taula d'or amb pedres precioses incrustades. Els que ho van viure expliquen que va ser un gran dia i que la notícia s'escampà per tota la Mediterrània i va viatjar fins a Ravena. D'aquesta manera s'allunyaven definitivament les sospites sobre les possibles relacions de Pulquèria amb Paulí, mestre d'oficis i jove d'una estranya i torbadora bellesa que, segons deien, excitava les dones fins a extrems inimaginables, fins que se sentia de ben lluny l'olor de llur feminitat, que regalimava cuixes avall. El vaig arribar a conèixer, temps després, i era un home alt i ben plantat, amb un rostre de formes perfectament equilibrades, uns ulls grans i negres, parlava arrossegant les paraules i es dirigia a les dones amb un etern somriure, cobrint-les de calidesa i acaronant-les amb elogis constants. De tant en tant s'apropava per fer-les alguna confidència i els llançava el seu alè a l'orella i elles tancaven els ulls i gaudien de la carícia com si els hagués obert les carns i les hagués penetrades.

Aquell acte públic, motiu d'orgull per la religió cristiana, també va servir per diluir l'espectre del seu incest amb el seu germà i emperador, mercès al qual, apuntaven tots els rumors, Pulquèria era la vertadera emperadriu de l'Orient, malgrat que als ulls de tothom Teodosi II s'assegués al tron. I va acabar d'esvair tota sospita quan li va triar esposa.

Atenea era filla del filòsof grec Leonci. Una jove amb una bellesa difícil d'igualar, perquè s'ajustava fil per randa a tots els cànons que durant molts anys havien constituït l'ideal de la cultura grega, amb una llarga cabellera rossa com les espigues de blat a punt de sega i uns ulls més blaus que el mateix cel. L'equilibri de proporcions de qualsevulla part del seu cos era meravellós i la perfecció cantada per totes les veus d'Orient. Tant és així que el seu pare va repartir la seva fortuna entre els seus germans, refiat que ella en tindria prou amb les seves gràcies. I la jove, en morir el seu pare, repudiada pels germans i desemparada, se'n va anar a trobar Pulquèria, que la va acollir, la va educar en la religió cristiana i la batejà amb el nom d'Eudòxia. Un cop formada, la va presentar al seu germà Teodosi, que va caure rendit als seus peus i no va trigar ni dos mesos a celebrar el matrimoni.

De tota manera, Pulquèria va tenir molta cura de no concedir Eudòxia la porpra imperial fins no tenir assegurat el futur, fins que no va néixer una filla, a qui van posar per nom Licínia Eudòxia i que, tot just quan Teodosi nomenava Valentinià emperador de l'Occident, ja va ser destinada a ser l'esposa del nou monarca. Tot plegat pactes de dones, sense ni el coneixement ni la intervenció de cap dels dos emperadors. I no deixava de ser curiós que dues dones governaven l'Imperi amb fermesa, però amb estils ben diferenciats. Mentre a l'Occident Gal·la Placídia mantenia el seu fill quiet i ofegat de plaers, a l'Orient Teodosi seguia un pla d'estudis inacabable establert per Pulquèria que dedicava força temps a la meditació i a l'oració, complint totes i cadascuna de les indicacions de la seva germana, com si fos la seva mare. I això que ella només li portava dos anys a ell.

Misteris de l'ésser humà, amic Pau!

Les tres germanes de l'emperador d'Orient vivien en un palau que havia esdevingut casa d'oració i fortalesa de virtuts, on només hi podien entrar alguns sacerdots, que haguessin demostrat a bastament el seu rebuig pels delits de la carn, i els eunucs. Totes les serventes havien estat especialment escollides i totes elles havien fet vot de castedat, per la qual cosa es respirava un ambient de santedat.

Jo només vaig ser admès al pati dels arcs, aquell que es troba just travessada la portalada. La resta del palau era un misteri per a tothom.

Quina diferència! Pulquèria era una dona alta i esprimatxada, amb un rostre angulós i uns pòmuls marcats. Deien que menjava poc. La seva mirada era fixa. De vegades semblava traspassar els cossos, com si veiés més enllà de les persones. Parlava llatí i grec amb absoluta correcció i s'expressava amb molta gràcia i facilitat, tot trobant les paraules exactes i precises. I no deia més d'allò que havia de dir. Em va sorprendre en extrem. Cada moviment gaudia de la gràcia d'una persona cultivada i la seriositat del seu rostre li atorgava una aurèola d'espiritualitat que la mantenia pel damunt dels altres mortals.

—Digues a la meva estimada cosina que ara mateix parlaré amb el general Aspar i li ordenaré que enviï un exèrcit a l'Àfrica —es va quedar en silenci uns instants, amb els ulls mig clucs, com si medités, i afegí, gairebé un murmuri—: És evident que la següent passa és Egipte.

Per segon cop em vaig sorprendre. Aquella dona sí que tenia visió d'estat. La seva imatge enganyava, perquè, malgrat no ser soldat, podia pensar com un estrateg. Havia vist de seguida el perill evident que significava deixar Bonifaci sense ajut i que Genseric conquerís Cartago. Com bé deia ella, el proper pas podia ser Egipte. I les terres del Nil, també riques i fèrtils, pertanyien a l'Orient.

D'allà vaig sortir camí del port. No hi havia temps per perdre.

Vertaderament, la primera estada a Constantinoble representa per a mi un record inesborrable.

*** ***

61

L'experiència m'ha demostrat massa cops que, quan alguna cosa s'ha fet enterament malbé, no paga la pena seguir lluitant, perquè ja és impossible redreçar-la. La flota que Aspar va enviar ens duia un exèrcit poderós sota el comandament d'un oficial que havia obtingut feia poc el rang de tribú. Marcià era el seu nom i havia servit Ardaburius en l'enfrontament amb Pèrsia. Era un home noble i valent, humil i assenyat, que s'aplegà a les nostres minvades forces, i amb Bonifaci al capdavant avançàrem cap a la Mauritània per enfrontar-nos als vàndals.

Què va fallar? Doncs…, ben bé… en aquells dies no vaig ser capaç de dir-ho. El plantejament de la batalla va ser correcte, les nostres forces es podien mesurar amb les seves i aixafar-les, els soldats estaven ben alimentats i se'ls veia que gaudien d'un bon entrenament. Tanmateix, només iniciar-se el combat es va crear una mena d'estrany desànim que va acabar en desordre i, finalment, en derrota. Anys després, molts anys, he arribat a la conclusió que allò era el reflex cabdal del desastre que ja amenaçava Roma.

De nou ens vam haver de retirar cap a Hipona, però, aquest cop, no va ser per preparar-nos per a un setge, sinó per embarcar immediatament cap a Sicília, abandonant definitivament el nord d'Àfrica i les províncies que ja, gairebé, eren només el record dels camps que omplien els graners de Roma i de l'Imperi.

De Sicília vam saltar a la península i vam pujar fins a Ravena. Bonifaci marxava al front, entristit per la pèrdua dels territoris sota el seu comandament. No vam bescanviar gaires paraules. Jo tampoc sentia el més petit interès per recordar la derrota ni per analitzar-ne les causes.

Marcià va ser l'únic que va dedicar força estona a pensar quin havia estat l'error. El pobre se sentia ensorrat i la seva pena era sincera, completament allunyada de la por per allò que hauria d'explicar a Aspar. Ell, personalment, s'havia comportat com un heroi i havia ocupat llocs de vertader perill, enardint el coratge dels que l'envoltaven. Ens vam acomiadar, va prendre els vaixells i retornà a Constantinoble.

Dies després, les portes de Ravena s'obrien per donar-nos pas i l'emperadriu ens rebia a la sala del tron. Bonifaci s'agenollà davant d'ella i abaixà el cap en senyal de submissió i de disculpa per no haver pogut conservar l'Àfrica. Tanmateix, Gal·la Placídia es llevà del tron, va baixar fins on érem, va posar la mà damunt l'espatlla del general i digué:

—L'Àfrica no s'ha perdut per manca de valor, sinó per culpa de la traïció —alçà la veu i, dirigint-se als senadors, cridà—: A partir d'avui el comte Bonifaci rep el títol de patrici i mestre general de l'exèrcit romà.

*** ***

En aquells dies vaig descobrir un altre fet transcendental per a la història, un petit detall que, possiblement, no s'escriurà als annals i que, per a mi, va ser decisiu per entendre molts dels esdeveniments que havien tingut lloc i les raons que ens hi havien conduït.

Per ordre de Gal·la, es van encunyar les medalles commemoratives del retorn de Bonifaci. Al comte no li va fer el pes veure el seu rostre en una medalla amb els atributs de la victòria, quan sabia que el seu error havia significat la derrota i la pèrdua d'Àfrica, però va callar perquè l'emperadriu les hi va ensenyar orgullosa, com qui ofereix un present i fa tot un homenatge.

Bonifaci em va convidar a casa seva, per sopar, i em vaig escapolir com vaig poder. M'atemoria tornar a veure Lídia, malgrat que fos en presència de moltes més persones, i haver de dissimular, o, pitjor encara, que alguna mirada, algun gest, tal vegada un petó massa emocionat, em traís o la traís a ella, perquè les matrones de l'Imperi tenen uns ulls molt furgadors i remenen i comenten i investiguen i veuen molt més enllà del que seria desitjable i, finalment, construeixen la seva pròpia història i l'escampen pertot arreu. D'altra banda, la presència de Bonifaci i les mostres d'amistat que em dedicava, em produïen sentiments d'angoixa i de culpa. De manera que sempre tenia una excusa o un compromís ben a punt i mai no assistia als seus sopars ni a les seves festes.

Una nit vaig anar a palau convidat per Sebastià, el cap de la guàrdia imperial. Ens unia una bona amistat. Vam sopar plegats i em va parlar del meu fill Marc, que havia enviat al sud en període de pràctiques, i dels progressos que assolia, tot i que encara era un adolescent. Em va fer sentir orgullós. No tenia el més petit dubte que havia engendrat un gran soldat, fort i valent. Em sentia tan feliç que el temps va passar de pressa i ens vam acomiadar a altes hores de la nit, quan tot el palau era fosc i només els guàrdies romanien desperts.

Vaig demanar Sebastià que no m'acompanyés. Coneixia prou bé la sortida, gràcies als mesos que vaig passar fent negocis entre aquells murs, tot just quan Gal·la havia accedit al poder, i podia moure'm pels passadissos a ulls clucs, com feia en aquell moment amb la dèbil il·luminació de la llum de la lluna i les poques torxes que es mantenien enceses.

Anava tot reflexionant que havia de fer tornar Júlia a Ravena, perquè la seva proximitat i la presència dels meus fills m'ajudarien a no pensar en Lídia i no imaginar impossibles, quan, de sobte, vaig copsar una figura que em resultava familiar. Entre les ombres, de la banda sud del palau, venia el comte Bonifaci. Què hi feia, allà?

Vaig dubtar entre anar al seu encontre o amagar-me i, sense saber ben bé perquè, potser un sisè sentit, em vaig amagar darrere dels cortinatges i esguardí amb molta cura.

La llum era tènue, però suficient per veure-li el rostre i l'ampli somriure que el creuava i que jo coneixia d'altres ocasions, quan havia gaudit d'una conquesta que sobresortia per damunt de totes les altres. Era el rostre del vencedor, de l'home que ha gaudit de l'immens plaer d'enterrar la seva espasa personal entre dues parets de la carn més roja, més pura i més tendra. Però, a la banda sud del palau només hi havia les habitacions imperials. I a aquelles hores de la nit... És impossible!, vaig fer.

Tanmateix, l'endemà, amb un xic d'habilitat, ja sabia tot allò que havia de saber. O millor dit; allò que em negava a creure, perquè em semblava massa fantasiós. I la gran sorpresa va arribar quan em vaig assabentar que no era pas la primera vegada que Bonifaci era rebut a les estances imperials a aquelles hores, com també quedava desvetllat el misteri de la devoció que Gal·la Placídia mostrava pel general.

Em vaig sentir idiota, perquè semblava que era l'únic que desconeixia que aquella relació venia de ben lluny. I jo, que tenia remordiments per haver-lo traït amb la seva esposa... Pobra Lídia! El vot de castedat del comte només l'afectava a ella, que es consumia dia rere dia, relegada a l'oblit, tancada a casa amb l'únic consol de les oracions. A partir d'aquell moment les excuses es van acabar, vaig acceptar les invitacions per visitar casa seva i vaig gaudir de Lídia, fins i tot quan ell hi era, a la foscor del jardí, amagant-nos rere les cortines, aprofitant qualsevulla absència del general, perquè Emília esdevingué la missatgera que m'avisava quan podia anar-hi sense perill i cada cop que em venia a buscar li donava una moneda per pagar la seva complicitat i el seu silenci.

No calia ser gaire intel·ligent per trobar explicacions a detalls que fins aleshores se m'havien passat per alt. El que va espantar Bonifaci quan va rebre el missatge d'Aeci va ser imaginar-se que l'emperadriu volgués fer-lo callar sobre els secrets de la seva cambra. Perquè ell, de tant en tant, viatjava a Ravena i s'hi estava força temps. O, tal vegada, el comte s'havia fet el plantejament de repudiar Lídia, posant-hi per excusa que no li atorgava descendència, i així restar lliure per poder casar-se amb l'emperadriu. Per què no? De fet, aquella seria una bona explicació de per què Lídia m'havia dit que gairebé era verge.

Aeci, que segurament també estava al cas d'aquella relació imperial, perduda tota esperança d'esdevenir patrici i poder aspirar a alguna cosa més que l'etern paper de segon, convençut que el comte havia començat a escalar la muntanya del poder absolut, va maquinar una traïció i va intentar de fer caure el seu rival. Ara ja no l'odiava tant, jo a Aeci, sinó que el comprenia. I, d'altra banda, la figura de Bonifaci, de la seva noblesa i el seu sentit de la justícia, es desdibuixava lentament, perquè la dretura, l'honradesa i la moralitat comencen a casa i s'estenen enfora. Mai no és a l'inrevés, sinó que la manifestació d'allò que no posseïm és un engany.

Com acabaria aquell afer?, em demanava. Aeci es quedaria quiet davant les maniobres del reu rival?

La resposta no es va fer esperar, perquè Aeci, descoberta la seva jugada i veient com Bonifaci era enlairat i li eren concedits tots els honors, va tornar d'Arle amb el convenciment que l'Imperi era massa petit per encabir dos generals i va plantejar una batalla per esbrinar quin dels dos restaria al front de l'exèrcit. Tanmateix, el major dels descobriments (per la meva part) va ser que l'emperadriu, a qui fins aleshores considerava intel·ligent, tenia serradures enlloc de cervell. Va deixar que els sentiments dominessin la raó i no va ser capaç d'imposar-se i cercar la pau, sinó que encara va encoratjar Bonifaci a un enfrontament sagnant, quan la lògica apuntava que, després de la derrota a l'Àfrica, la pitjor desgràcia seria una guerra interna.

Vaig intentar parlar amb el comte i no em va escoltar.

—Aeci ha de morir —no parava de repetir.

Podia haver emprat arguments contundents, mostrar-li que coneixia la seva relació amb Gal·la Placídia, recordar-li la promesa que havia fet al seu amic

Agustí, manifestar-li el meu total desacord amb els seus plans, procurar que l'amistat que ens unia servís de reflexió per a les seves accions, però vaig callar. Ara estic convençut que va ser un greu error, dels molts que vam cometre en aquells dies i que ens van abocar, indefectiblement, al punt on ens trobem.

Rimini, al sud de Ravena, va ser el lloc triat per tapar l'error i la debilitat de Gal·la Placídia i va significar la mort de molts romans, de molts companys d'armes que no defensaven res de res, excepte l'orgull d'una emperadriu.

Vaig participar-hi. Servia el comte. No podia fer altra cosa. Havia perdut la gran ocasió de fer-lo reflexionar i sabia que un cop formava l'exèrcit en posició d'atac ja no s'escoltava ningú.

La batalla es va iniciar al matí, poc després de la sortida del sol, i va durar fins a mitja tarda. El foc, el fum, la sang, els crits, els cops de les armes i el xiulet de les fletxes van guardar silenci en el moment que els dos protagonistes d'aquella disbauxa es van trobar cara a cara. Havia arribat el gran moment, el combat singular entre els generals, perquè era evident que la lluita els pertanyia només a ells i, encara era més evident, que hauria estat prou assenyat muntar un bon espectacle al circ i deixar que ells, tot sols, triessin el resultat final.

Bonifaci va sortir-ne greument ferit per la llança d'Aeci, que li travessà per sota les costelles i li va escapçar el fetge. Diuen que Aeci, coneixedor que es buscarien i s'enfrontarien, va ordenar que li preparessin una llança més llarga de l'habitual. No sé si és veritat.

Mai no ho vaig esbrinar i mai no li hi vaig preguntar. I me' penedeixo perquè ara no puc explicar-te aquest detall.

Vam retirar el cos de Bonifaci, el vam dur a la tenda dels físics i vam seguir lluitant, però no gaire estona més. Les baixes al bàndol contrari superaven amb escreix les nostres i van haver de retirar-se.

Finalment, arribada la nit, bé podíem dir que la victòria era nostra. Una estesa de cossos dels soldats d'Aeci ho testimoniava. Però, si bé la victòria ens pertanyia, els metges no van guanyar la seva batalla i la vida del nostre general s'escapolí lentament durant els dies següents.

Vam traslladar-lo a Ravena i Lídia va plorar i el va abraçar. Li vaig explicar com havia anat tot i li vaig pregar que em deixés romandre al costat del meu general. En aquell moment, quan l'ànima se li escapolia de les mans, jo sentia pena per ell. Havia estat un bon general i m'havia ensenyat moltes coses i em tenia estima i consideració. La seva vida íntima li pertanyia només a ell i jo no era ningú per jutjar-lo ni per passar-li comptes de res.

Gal·la Placídia va venir a casa de Bonifaci, va demanar de sortir tothom i s'hi va estar una llarga estona. Quan va abandonar la cambra, l'emperadriu tenia el semblant trist, però no plorava ni havia plorat. Potser no volia que la gent sabés allò que no havia de saber.

Poc abans de morir, Bonifaci em va cridar i va cridar Lídia. Ens va demanar que ens atanséssim i va parlar amb veu baixa. Les forces l'abandonaven. El brau general va explicar i va confessar que Aeci era noble i que tots els esdeveniments havien estat culpa d'ell, que havia empès el seu rival a cometre totes les traïcions. Va confessar els seus pecats amb gran sinceritat, però va amagar la seva relació amb l'emperadriu. Tampoc hauria fet cap bé a ningú. I va acabar tot dient:

—Estimada Lídia, sóc conscient de l'ofensa del meu oblit, de tots els cops que altres dones s'han endut allò que et pertany només a tu. Per això he decidit donar-te com esposa a Aeci, amb l'esperança que aconsegueixis allò que sempre has volgut i has merescut: la felicitat.

Jo era a l'altre costat del llit. En tot aquell temps Lídia i jo gairebé no havíem parlat, i ella em va mirar. Vaig fer que sí amb el cap i ella, amb llàgrimes als ulls, agafant-li la mà i besant-la, va acceptar i va prometre que compliria aquell darrer desig del seu marit. Ho havia de fer com un acte de justícia, per poder pagar tots els deutes del comte. Jo també vaig acceptar en silenci, perquè una promesa als peus de la mort és sagrada i, un cop feta, ja no hi ha res a dir. I vaig fer un jurament. Mai més (mai més!) no tornaria a gaudir de l'esposa de cap altre amic, perquè la lleialtat és sagrada, tal com deia el pare. No som jutges de ningú.

Bonifaci va morir poc després de demanar un sacerdot i confessar-li els seus pecats. Suposo que a ell sí que li va explicar el més gran dels seus secrets.

Aquella mateixa tarda vaig sortir amb una carta dirigida a Aeci i vaig travessar les línies enemigues, molt malmeses per la derrota, fins arribar a la tenda del general i lliurar-li, amb molt de dolor, la darrera voluntat del meu cap i amic. La va llegir i a mesura que els seus ulls avançaven en la lectura s'omplien de llàgrimes, de totes les que havia trobat a faltar als ulls de Gal·la Placídia.

—Si algun home hi ha hagut, a Roma, vertaderament noble i generós, és el comte Bonifaci —va fer Aeci, i el vaig trobar sincer. Va caminar fins a la porta de la tenda, va mirar el cel blau, respirà profundament i digué—: Accepto Lídia com la meva esposa i prometo que mai més no m'enfrontaré a cap altre romà per culpa d'una dona, per més que sigui una emperadriu.

El comte va ser enterrat dos dies després i Lídia es va preparar per marxar cap al seu nou destí. Abans, però, em va venir a veure per acomiadar-se.

—Si fos possible, demanaria a Déu que canviés la història per romandre al teu costat —va fer.

—En aquesta vida, tot és objecte de mercaderia. Així ha estat i així serà —vaig respondre, mirant-la als ulls—. L'amor no existeix quan hi ha en joc afers d'estat. Els nostres pares ens ho van ensenyar. Comerciem amb sentiments, comprem i venen lleialtats i mai demanem el parer de ningú. És la llei de l'Imperi i l'hem d'acceptar. Ja has sentit Bonifaci que et demanava perdó per haver donat a altres allò que només t'havia de pertànyer a tu. Més val que mai no haguem de demanar perdó pel mateix acte.

—Ets noble, Sever. El més noble de tots els romans —em va dir amb un somriure.

Em va abraçar i em besà els llavis. La vaig retenir durant uns instants. El seu cos era tendre, la boca dolça com la mel, la pell desprenia el perfum d'un jardí enmig

de la primavera, aquells braços m'abraçaven com una
túnica de la més delicada de les teles i les seves mans
m'acaronaven com el vent càlid d'una nit de
començaments de l'estiu. Vaig sentir com els seus pits
s'aixafaven contra mi, fins fer-me notar la duresa dels
mugrons. De sobte, s'apartà, es tombà i abandonà la sala
per dirigir-se cap al seu destí. En aquesta ocasió, ni tan
sols es va tombar, perquè, si ho hagués fet, no l'hauria
deixat marxar. I ella ho sabia.

Gal·la Placídia, en assabentar-se de la decisió de
Bonifaci, que encara pretenia enlairar el general enemic,
va enrogir de ràbia i ordenà que el senat declarés
proscrit Aeci, que no va tenir altra opció que fugir cap al
nord, abandonar la Gàl·lia i cercar la protecció dels
huns, perseguit per Sebastià que volia venjar a tot preu
la mort del seu sogre.

Roma, amb un sol cop, acabava de perdre els seus
dos millors generals. I tot per culpa d'una dona.
Tanmateix, la pau tornava a regnar.

L'endemà vaig escriure Júlia i vaig ordenar preparar
la casa de Ravena. Tot retornava a la normalitat.

4.- LA BODA IMPERIAL

Havia ascendit a tribú de primer ordre i comandava les forces de Cesena, Marc acabava de complir disset anys i d'aquí poc retornaria per ser nomenat oficial i rebre la primera de les destinacions, mentre que Antoni havia començat els seus estudis sota l'experta guia dels mestres i apuntava trets d'una intel·ligència pragmàtica que ja voldrien molts infants de la seva edat, i Serena ajudava Júlia en l'administració de la casa. Cada cosa al seu lloc i un lloc per a cada cosa, que deia el pare.

Ja sé, amic Pau, que tu no hi estàs d'acord, però és una realitat. Els romans, al llarg de la història, sempre hem tingut cura de no barrejar conceptes. La política és un art, la guerra una necessitat, l'amor una fita, el matrimoni un contracte i el sexe un afegit que ens permet gaudir d'instants de plaer sublim. Així ha estat durant anys i panys, fins que arribà el cristianisme i ho capgirà tot. De vegades penso que, potser, no hauríem d'haver permès que canviessin tantes coses.

Però, a què ve ara això? Què volia explicar-te…? Ah, sí! I és clar! Els canvis mai no venen sols. Aquí volia arribar.

Després del desastre del nord d'Àfrica, de la desfeta davant de Genseric, amb un exèrcit que en altres temps hauria derrotat qualsevulla força, no vaig poder analitzar les causes de l'esfondrament de la moral dels nostres homes, perquè em sentia tan ensopit que el sol record de la imatge dels nostres soldats que corrien esfereïts em feia venir basques, però un cop mort Bonifaci no vaig trobar cap mena de dificultat en descobrir la possible explicació. Naturalment, la cremor que em corroïa l'interior s'havia apaivagat. Això sí que el temps ho pot guarir, perquè la memòria es va diluint de mica en mica i el foc deixa pas a les brases i, finalment, al fum i a la fredor.

Recordo haver llegit a la història dels grans homes de l'Imperi, durant els temps de la república, abans que Juli Cèsar no s'enlairés, que els soldats menjaven blat, només blat, i no prenien vi ni tocaven les dones fins no haver assolit la victòria. Després, el general els concedia el dret de saquejar, la disciplina desapareixia i els més baixos instints es desfermaven. És una vida dura, la de l'home que ha escollit la carrera militar. Tanmateix, aquells soldats avançaven en perfecta formació i obeïen una sola veu, mentre guardaven silenci absolut, un silenci colpidor que atemoria els nostres enemics. Quan el blat mancava i havien de recórrer a altres cereals —la civada era com un càstig reservat als soldats més covards— o arribar a les faves o, encara més greu, alimentar-se amb carn, la moral es relaxava i únicament la lleialtat al seu cap els mantenia ferms.

Els nostres homes, a l'Àfrica, menjaven qualsevulla cosa, bevien vi i atacaven cridant com folls, tot pensant-se que els seus crits espantarien l'enemic. I no és la por que puguem infondre els altres allò que guanya una guerra, sinó el respecte als nostres superiors, el coratge al camp de batalla i la disciplina quan rebem l'ordre de marxar cap endavant.

Contemplo l'Imperi i veig que els nostres joves han deixat de creure que hem de lluitar per mantenir-nos drets, han relaxat la disciplina i han descobert que és més senzill i menys perillós pagar mercenaris per bastir un exèrcit, tot escudant-se en arguments que vesteixen a la seva conveniència. M'estic referint a allò d'estimar-se els uns als altres i frases que ara ja interpreten en funció del seu desig. Qui va guanyar al pont Milvi, sinó un exèrcit de cristians? I com ho van fer, sinó amb coratge, amb vertadera violència i sabent que la consigna era matar o morir? Recordo els temps en què els homes que havien perdut el dit polze estaven exempts del servei militar i com va haver una certa època en què se'l tallaven per escapolir-se'n i com els generals van decidir crear el grup dels covards, centúries només formades per aquells que s'havien estimat més perdre un dit que defensar l'Imperi.

Ara el senat ha aprovat lleis que permeten els joves no integrar-se a les forces que han de mantenir la pau i hem hagut de nodrir-nos de la gent vinguda de lluny que no té terres ni ofici ni benefici i que troba fàcil entrada a la milícia. Però, el preu ha estat força elevat. De mica en mica els nostres homes han acabat contagiant-se dels costums bàrbars, la disciplina s'ha esvaït i ja mengen deixalles d'animals i criden quan ataquen i no escolten les ordres del seu cap ni la veu interior que els ha de menar a la victòria.

No ho entenc. De debò que no ho entenc. Quan ho penso fredament arribo a la conclusió que hauria d'haver estat a l'inrevés, perquè el cristianisme va començar com una revolució, amb una força que ho arrabassava tot, però ha acabat en una estranya barreja que ha oblidat bona part de les virtuts que el van enlairar, prou similars a les dels primers temps de l'Imperi, i ha atrapat el rang de fanatisme que proclama veritats eternes i dogmes inqüestionables, tot caient en la comoditat d'una societat opulenta. La moral cristiana ha implantat el culte a la puresa, l'ideal que la màxima virtut és la castedat. Potser era necessari un contrapunt a la disbauxa que regnava entre els nostres nobles, però passar d'un extrem a l'altre sempre comporta situacions absurdes i hipòcrites. Honori va ser un emperador viciós i podrit, com tants altres, però resava en públic i adorava Déu. De ben segur que els antics romans eren tan abjectes i tan impurs com nosaltres, però, si més no, no se n'amagaven.

Si repassem la història, Roma mai no va tenir por de deixar a un costat la sexualitat i a l'altre el matrimoni, que sempre va ser un contracte per tenir fills. Cap home de l'Imperi mai no va fer fàstics a compartir el llit amb qui fos. Poc importava si era similar o diferent, home o dona, esclau o senyor, esposa, amant, germana o filla. El plaer no forma part de la relació ni de cap contracte. És lliure. Tanmateix, el cristianisme ha imposat la nova moral fins a l'extrem que no hem estat capaços d'aturar el moviment en el punt d'equilibri i hem seguit avançant i hem convertit el plaer en crim, escoltant la follia d'uns sonats que es pensen que són els enviats de Déu i acceptant la càrrega que ens imposa el dogma.

Ja sé que tu no penses el mateix i, en certs aspectes, t'haig de donar la raó. És cert que els cristians hem dut una major responsabilitat en molts ordres de la vida, una evolució que pretenia enlairar l'ésser humà per damunt dels animals i apropar-lo a les esferes celestials, aplegant amor, matrimoni i sexe en un sol contracte etern per damunt de la llei humana. Però, tal vegada, ens hem oblidat de la llibertat i hem acceptat les cadenes de les obligacions imposades per altres.

Maleït sigui! Ja m'he tornat a perdre en disquisicions religioses i més val que recuperi el fil del relat.

Júlia, per aquell temps, es va traslladar a la casa, gairebé un petit palau, que el pare posseïa a Ravena i que em va llegar en testament, malgrat que ella s'hauria estimat més venir a Cesena, però la vaig convèncer que era millor per als nostres fills i que jo podia visitar-la sovint. Va remugar un xic, però es va sentir prou contenta quan vaig fer entrar Serena al servei de Gal·la Placídia gràcies a les meves relacions amb Sebastià i als mèrits obtinguts a la batalla de Rimini. El lloc de dama de companyia de l'emperadriu no era per menyprear-lo.

I així em vaig disposar a encarar una nova etapa de la meva vida.

*** ***

Tot i que ho vam parlar llargament, amb Sebastià i els altres oficials, i vam arribar a plantejar una estratègia, la conclusió es feia evident, que no podíem atacar l'Àfrica fàcilment i que Genseric havia assentat les seves forces de tal manera que era impossible pensar en conquerir uns territoris que quedaven massa llunyans i sense cap mena de possibilitat de planificar una intendència segura, encara que conservéssim Cartago i l'illa de Pantel.leria. No obstant això, no descartàvem aquesta acció en un futur, sempre que aconseguíssim mantenir quiet Teodoric, el rei dels visigots.

En aquell temps em vaig adonar que Sebastià no tenia —ni de bon tros!— l'experiència ni la visió estratègica de Bonifaci. De manera que vaig aplaudir la decisió de posposar el retorn a l'Àfrica. Altrament, hauríem patit una desfeta pitjor que totes les precedents, perquè aquell general era la figura ideal en una desfilada amb la guàrdia de palau, però mai no va saber de debò el que significava prendre decisions al camp de batalla, sinó que sempre havia viscut a l'ombra del gran arbre que va ser el comte.

En les meves visites a casa m'assabentava de les coses de palau per boca de Serena, que havia estat assignada al servei personal d'Honòria, la filla de Gal·la Placídia i germana de Valentinià. Algun cop havia coincidit amb la princesa als passadissos de palau. Ja no era la nena que es mantenia dreta i digna al costat de la seva mare durant la cerimònia de coronació del seu germà, sinó que havia esdevingut una noieta jove i formosa. Més alta que la seva mare, més delicada i molt amable amb els servents, em saludava sempre que es creuava amb mi. Serena comentava que Honòria havia heretat bona part de la noblesa de l'emperadriu i que es bellugava amb gràcia, però que també havia heretat la rebel·lia i no era pas la primera ocasió que mare i filla discutien amb una vehemència que ja no sorprenia els criats, fent realitat el pensament que vaig tenir el dia que vaig veure per primer cop aquella barbeta decidida i ferma. Tot un caràcter!

L'estada a palau permetia la meva filla conèixer certs secrets de la família imperial que no eren a l'abast de la resta dels pobres mortals que corríem per aquests móns de Déu, i jo m'aprofitava d'aquestes revelacions, perquè podien ser útils i perquè, com tothom, també sóc morbós i tafaner. No me n'amago pas.

Valentinià, el segon fill de Gal·la Placídia, l'emperador als ulls de la llei, era dos anys més jove que la seva germana, posseïdor d'un caràcter dèbil, sempre pendent dels jocs, i es bellugava amb la mirada altiva i el convenciment que el món sencer existia per al seu servei. El mateix Sebastià afirmava que mai no seria educat com un emperador, sinó que viuria en un univers de constant felicitat per tal que la seva mare pogués regnar eternament.

Durant els vuit anys que durava el seu regnat, Valentinià havia estudiat amb tot un seguit de preceptors que miraven d'ensenyar-li inutilitats i futileses, coneixements que podien servir per animar un sopar o una festa, però que mai no li permetrien prendre decisions assenyades per a l'Imperi. Només els seus entrenadors en l'equitació i el maneig de les armes li llegaven algun coneixement que li podia fer servei.

Pel que feia a l'art de viure, les contradiccions se'l menjaven. D'una banda els sacerdots procuraven mostrar-li el camí de la virtut, però ell sentia altres inclinacions més mundanes i més materials. Corrien els rumors que només amb catorze anys el jove emperador ja havia tastat la major part dels plaers dels adults i mormolaven que no era gens estrany que moltes nits les seves cambres rebessin la visita de les cortesanes o d'algun servent o company. De vegades, fins i tot, més d'una visita. I els servents i les serventes, especialment escollits, prou sabien que el jove emperador gaudia d'una notable energia que es dispersava per damunt o per sota els cossos nus dels que eren a prop seu. Comentaven que dins de les seves estances privades era habitual trobar-los amb la túnica rebregada pel damunt de la cintura i les parts a l'aire i —explicaven amb veu baixa— quan servien el menjar les mans de l'emperador podien anar de les viandes a qualsevol lloc i barrejar tots els gusts i totes les olors.

—Com és possible que l'emperadriu ho permeti? —vaig demanar a Serena una nit, mentre sopàvem.

Ja feia estona que estava prou esgarrifat, sentint-la a parlar. M'era impossible d'acceptar totes aquelles històries que la nostra filla ens explicava. De vegades amb les galtes enceses per la vergonya. Júlia s'ho prenia amb un altre tarannà. Tal vegada perquè ja n'estava al corrent. Però jo...? A Cesena no ens arribaven els rumors de la cort i, a més, sabia que Gal·la Placídia tenia en gran estima el bisbe Marcel i que seguia en bona mesura els seus consells. Quina raó existia per aquella disbauxa, llavors?

—Des de quan dura tot això? —vaig preguntar.

—Diuen que mesos enrere l'emperadriu visitava de nit i amb molta freqüència les habitacions del seu fill per desitjar-li feliços somnis —ens va explicar Serena—. Això ho sé per una de les criades que s'allita amb un dels soldats de palau. Un company seu, un vespre, feia guàrdia a la porta de les habitacions de Valentinià i va veure com l'emperadriu abandonava la cambra amb el cabell esvalotat i el vestit mig esparracat —abaixà la veu, com solen fer les dones quan t'expliquen allò que només saben elles i que ha de restar com el secret més amagat—. Diuen que les mans del jove emperador, que ja sentia la crida dels instints, van cercar la dona que tenia més a prop, sense importar-li qui era. Naturalment, ningú no sap si va aconseguir el seu propòsit, però a partir d'aquell dia l'emperadriu va deixar d'anar-hi i van començar a aparèixer les altres. A més, tothom sap que és ella que les escull personalment, i pobra de qui es negui al caprici del seu fill. D'aquesta manera pot governar sense que Valentinià li demani comptes.

—Ja n'hi ha prou! No m'ho puc creure —vaig cridar.

—Si és veritat —va fer Serena, mirant la seva mare.

—Sí que ho és —va assentir Júlia.

—No vull que treballis a palau —vaig fer amb una ombra de preocupació a la mirada.

—Valentinià i jo no ens veiem —somrigué Serena—. Honòria dorm a l'altra banda de palau, a l'ala est. I l'emperadriu té les idees molt clares. La seva filla ha de guardar la virginitat com a bona cristiana, mentre el seu germà pot fer allò que vulgui. Per això els manté separats, no fos cas que el jove arribés a desitjar la seva pròpia germana.

—Déu meu! —vaig fer, visiblement alterat i sense tenir en compte les meves aventures a Cesena—. Em recorda el tarannà d'Honori i de com vivia una concupiscència que ha debilitat els nostres costums i ha minat la nostra moral.

—Gal·la Placídia també ho veu i Anna diu que l'emperadriu ha decidit accelerar els preparatius per a la boda de Valentinià amb Licínia, la filla de Teodosi de Constantinoble.

Anna era una de les dones més encisadores de Ravena, la jove esposa de Petroni Màxim un senador pertanyent a la família Aniciana, de llarga tradició i noblesa. Malgrat la diferència d'edat, s'havien fet molt amigues amb Júlia i, quan era a casa, assistíem regularment a totes les seves festes. Si ella ho deia, devia ser veritat, perquè era assenyada i virtuosa, fins a l'extrem que intentava ficar una mica de responsabilitat en el cap verd del seu marit, un home que no podia resistir la visió d'uns daus sense llançar-los i apostar de valent. Tothom comentava que tenia la sort del més gran dels cornuts. Però, la seva esposa es desesperava. Per això jugada d'amagades. Tanmateix, era amable i simpàtic i vam fer una bona amistat.

La conversa es va acabar aquí. Serena es retirà a dormir i jo vaig visitar Júlia al seu llit, però no vam fer l'amor. Només volia parlar.

—No n'has d'estar, de preocupat —em va dir—. Honòria és d'una altra pasta. No és dèbil com son germà. Si fos un home, seria un gran emperador.

Vaig assentir. Si més no, així ho esperava i ho desitjava. Però no em vaig quedar tranquil. Havia viscut a palau i sabia, per pròpia experiència, que era ben senzill caure a la xarxa de la corrupció. Sortosament Bonifaci m'havia cridat quan la disbauxa adquiria tons dramàtics i m'havia tret d'aquell infern. Tanmateix, les lliçons no s'acaben d'aprendre mai i havia ficat la meva filla dins d'aquella olla de cols. Ara me'n penedia, però.

Va ser l'endemà. Antoni tornava de l'escola amb els seus companys i va caure entre les roques de la muralla. Corrien, saltaven i jugaven i no es van adonar del perill. El van dur a casa. Jo no hi era. Júlia, en veure les ferides, avisà Fidel, el nostre metge, que l'examinà i li aplicà remei. Quan vaig arribar, al vespre, me'l vaig trobar dormint amb el cap embenat i el braç dret immobilitzat i cobert de pegots d'argila i herbes.

—No sent els dits de la mà —ens va dir Fidel, visiblement preocupat.

—Perdrà el braç?

—Penso que no. No hi ha gangrena ni té cap os trencat.

—Bé! —vaig fer content—. L'any vinent ha d'entrar a l'escola militar per seguir les passes del seu germà.

—El braç, gairebé segur, no el perdrà, però no podrà sostenir el pes d'una espasa —respongué el nostre amic —. N'he vist moltes, d'aquestes ferides, i el braç queda mort durant força temps, per recuperar-se lentament i no pas de forma completa.

Aquella nit me la vaig passar al seu costat, al costat de Júlia i del meu fill Antoni que, quan s'assabentà que no podria ser soldat, va plorar amargament.

Una setmana després, tot just reintegrar-me al comandament de Cesena, Sebastià em va cridar. L'emperadriu havia quedat molt contenta de com vaig dur a terme el seu encàrrec davant de Teodosi i Pulquèria, quan vaig anar a demanar ajut per l'Àfrica. Això em va dir, i em va conduir a presència de Gal·la Placídia.

L'emperadriu estava asseguda al tron. Me la vaig mirar amb detall. Per ella semblava que el temps no existís. El seu rostre seguia mantenint l'equilibri de les formes i la seva pell era ferma i llisa.

—Partiràs cap a Constantinoble amb una missió especial —em va ordenar—. Vull que portis aquesta carta a Teodosi i que tornis amb una data per la boda dels nostres fills.

—Soc soldat i no sé si... —vaig intentar escapolir-me'n. No em feia el pes, això de concertar bodes i discutir coses de dones. Fins i tot em feia vergonya...

—Ets soldat, però també has començat a participar de la vida política. M'han comunicat que has mantingut reunions amb diversos senadors i que has estat capaç de donar-los algunes idees brillants —va tallar la meva excusa i la va capgirar. Era evident que aquella dona gaudia de bons informadors i sabia emprar els arguments necessaris per a cada circumstància—. Diuen que parles amb eloqüència, que Bonifaci et tenia gran afecte, que s'escoltava la teva veu i que ets hàbil negociador. La meva cosina Pulquèria també pensa el mateix i recordo que el teu pare va ser un notable senador i un brillant polític, i aquestes coses s'hereten.

—De tota manera, no crec que sigui la persona més adient per a una ambaixada de tanta delicadesa.

—Només pel fet de rebutjar la missió qualificant-la de delicada, ja t'atorgues la capacitat perquè la jutges en la seva autèntica vàlua —tenia resposta per a tot. Es va llevar de la cadira, es dirigí cap a la porta i, just abans de creuar-la, es tombà de nou i digué—: És important que la data sigui com més aviat millor.

Per segon cop vaig prendre un vaixell i vaig navegar per l'Adriàtica i per la Mediterrània fins arribar a Constantinoble.

*** ***

Aquest nou viatge a l'Orient va ser força més tranquil que el primer, sense neguit, malgrat que l'encàrrec defugia de tot allò que estava habituat a fer i em tenia preocupat, però no tant com per no gaudir del palau imperial de Teodosi, herència de Constantí el Gran, tot just darrere del circ, envoltat pels immensos jardins que anaven fins a la basílica. En aquesta segona ocasió vaig ser conduït a través del jardí que passava pel davant de les estances privades de l'emperadriu Eudòxia i que seguia paral·lel a la muralla que les separava del circ, per entrar en una construcció de marbre que cobejava la gran biblioteca de l'emperador.

Tota la riquesa dels jardins venia multiplicada dins del pavelló. Des del peristil amb la font presidida per l'estàtua d'una Venus agenollada d'estil marcadament grec, al qual hi donaven les habitacions reials, fins la gran biblioteca, tot passant per les tres sales de lectura, l'aula d'estudi de la filla de l'emperador, el menjador privat, els banys i les dependències del servei.

M'acompanyava Crispi, l'eunuc de confiança de Teodosi, i em va explicar amb orgull que tot, absolutament tot, havia estat decorat per l'emperadriu Eudòxia amb un gust exquisit, propi d'una dona que va ser educada per aquests menesters i que va aprendre de valent perquè gaudia d'una intel·ligència heretada del filòsof que va ser son pare.

Aquell personatge semblava un mercader que ven el producte. Vaig escoltar amb atenció la seva veu prima i vaig gaudir dels gests amanerats i elegants que les seves mans rodones, en consonància amb la resta del cos, dibuixaven a l'aire. Prou que m'havien alliçonat, abans de sortir de Ravena, que Teodosi s'escoltava aquell beneit i que calia quedar bé amb ell per poder obtenir el favor de l'emperador.

Teodosi em va rebre en una de les sales de lectura i vaig lloar llargament el refinament dels mil detalls que atrapaven el més insospitat dels racons d'aquell pati interior, sense que cap d'ells estigués fora de lloc ni pogués rebre la menor de les crítiques dels ulls més furgadors.

S'ha de reconèixer que les explicacions del Crispi em van ser de molta utilitat, perquè llavors, Teodosi, afalagat per les meves paraules, i després d'haver bescanviat una mirada amb el seu eunuc, em va fer creuar els arcs que sostenien el sostre del passeig que envolta la font i s'endinsen cap a la biblioteca, mentre afegia als meus comentaris explicacions sobre detalls arquitectònics que s'escapolien a la pobra mirada d'un soldat que pretenia enganyar qualsevol fent-se passar per un bon ambaixador.

Crisapi s'acomiadà de mi i va marxar caminant lentament i amb estudiada elegància. La mirada que bescanvià amb Teodosi li havia fet arribar el missatge que jo era persona del seu grat. Vaig seguir l'emperador fins a les dependències privades, on una criada, en veure'l, va fer una reverència i obrí la porta que dóna pas a la magnífica col·lecció de volums, papirs i rotlles que guarden la saviesa de segles i segles de civilització i que constitueix motiu de just orgull per a qui ha sabut atresorar aquelles joies de la humanitat i que ara les mostrava amb un deix de supèrbia.

En arribar a la segona sala de lectura, aparegué Eudòxia. Tot allò que m'havien explicat de la seva bellesa no tenia res a veure amb la realitat, infinitament superior. La perfecció del seu rostre superava netament l'estàtua de Venus del peristil i si l'artista que l'esculpí hagués vist aquells ulls, aquell nas i aquells llavis, hauria esmicolat la seva obra per tapar la vergonya que presidís un jardí quan la seva ama i senyora la superava amb escreix.

Durant la resta del matí no vaig fer altra cosa que pagar pel pecat de l'excés d'adulació. L'emperador d'Orient em va ensenyar, un per un, tots aquells escrits que calia atribuir a la seva persona i em va convidar a contemplar la riquesa de la seva cal·ligrafia. Una lletra que semblava ben bé un dibuix. No era gens estrany que els seus súbdits li haguessin posat el sobrenom de «Cal·lígraf».

Cap al migdia, quan ja pensava que m'havia lliurat d'aquella tortura, perquè Teodosi va haver d'abandonar-nos per atendre certs afers importants, vaig descobrir amb horror que Eudòxia s'havia contagiat de les maneres del seu espòs.

—A Teodosi li agrada escriure, però persones expertes afirmen que el seu estil és pobre —em va dir, mentre triava uns altres volums i els deixava damunt la taula perquè jo els contemplés—. Naturalment, ningú no gosarà dir-l'hi. I és que, per això de l'escriptura, cal haver nascut i tenir escola. Sense anar més lluny, aquests mateixos experts diuen que les meves poesies sobre l'Antic Testament o sobre les profecies de Daniel i Zacaries gaudeixen de la força de la creació. T'haig de deixar llegir els versos sobre la vida de Jesús que vaig escriure quan encara no era emperadriu, quan m'estava amb Pulquèria i abraçava la religió cristiana...

Sort que va arribar l'hora de dinar i, per fi!, vam abandonar aquelles estades per dirigir-nos a l'ala oest de palau i trobar-nos amb l'emperador. Estava més que fart de llegir poesia i de fer que sí amb el cap i d'emetre sons d'aprovació i d'admiració.

A l'interior, els murs decorats amb pintures històriques, guardats pels bustos dels emperadors que havien fet gran l'Imperi i envoltats per les gegantines columnes del més fi dels alabastres, imposen respecte i causen l'admiració en qui els visita. Vaig somriure en ser de nou entre aquells murs silenciosos i els sostres immensos que empetiteixen qualsevol que gosa aixecar la mirada i desafiar-los. Al fons de tot, el tron elevat del terra més de deu graons, amb tota la decoració d'or i pedres precioses, acollia Teodosi, que havia adoptat el posat greu d'emperador i deixava lloc a la seva esquerra per a un tron més petit on l'emperadriu Eudòxia va seure per lluir tota la seva bellesa.

El primer cop que havia estat en aquella sala, temps enrere, no vaig poder contemplar la decoració, perquè el meu cap estava més per aconseguir forces per lluitar contra Genseric, però, ara, la meva missió em permetia passejar la mirada pertot arreu i gaudir a bastament. Després de tot, la tasca de discutir allò que com a soldat considero bajanades de dones i que, com a ambaixador, haig de catalogar d'afers delicats, permet conèixer i tastar sensacions i plaers que només la pau i la tranquil·litat poden descobrir. Va ser un notable ensenyament.

La immensa porta de dues fulles i més deu colzes d'alçària s'obrí i aparegué la figura alta i espiritual de Pulquèria. La germana de l'emperador no havia canviat gens ni mica. Avançà lentament entre les dues files de senadors, amb elegància i domini, i pujà els graons, saludà Teodosi, abraçà Eudòxia i s'assegué a la dreta, apartada de l'emperador, però a la mateixa altura. Llavors, i només llavors, em va mirar i em va saludar amb un somriure que ho deia tot. M'havia reconegut, estava contenta de tornar-me a veure i em donava la benvinguda. Sense una sola paraula. Vertaderament exquisida.

De sobte, Teodosi va començar a parlar sobre la meva visita com si no ens haguéssim vist feia una estona ni haguéssim xerrat de res. Si més no, tenia un bon picarol i es dirigia als senadors amb elegància i els explicava, tal com faria un mestre amb els seus deixebles o un orador, que Gal·la Placídia havia enviat el seu ambaixador i, llavors, em preguntava a mi quin era el contingut de la meva ambaixada.

Per segon cop vaig mantenir amb ell una conversa insulsa i estúpida, farcida de paraules amables i buides, i li vaig transmetre (aquesta vegada públicament) totes les salutacions i els missatges de bona voluntat de Gal·la Placídia per a ell i per a Pulquèria i vaig afegir-hi, de la meva pròpia collita, unes paraules per a Eudòxia, a qui l'emperadriu d'Occident, curiosament, havia deixat de banda en un oblit de difícil justificació. Decididament, havia d'acceptar que tinc ànima d'ambaixador i, quan cal, paraules de poeta.

—T'hi estaràs uns dies amb nosaltres? —em preguntà Teodosi, amb la mateixa afectació que va emprar la primera vegada, quan el vaig conèixer, a l'anterior viatge— On t'allotjaràs?

—El noble Sever és l'ambaixador de la nostra estimada cosina Gal·la Placídia i no hem d'oblidar que la nostra filla Licínia és la promesa de Valentinià —intervingué Eudòxia—. Potser el més adient seria que Sever s'estigui aquí, a palau. Així podríem fer-li força preguntes sobre els costums de Ravena.

—És una gran idea —aplaudí Teodosi, es tombà cap a Pulquèria i preguntà—: Podem comptar amb tu, aquesta nit, per sopar?

—Serà un honor —respongué Pulquèria.

—L'honor és meu, perquè sopar en companyia de les tres dones més formoses de Constantinoble representa el major dels somnis de tot mortal —vaig fer una lleugera, però ben estudiada reverència.

—Tres? —se sorprengué Eudòxia.

—Dos les tinc aquí i la tercera és l'estimada de Valentinià —vaig aclarir.

—És veritat —somrigué l'emperadriu—. La nostra filla ja és una dona.

—Cert, cert —corroborà Teodosi, com qui descobreix una evidència llargament amagada.

Sí, a Constantinoble se'm va revelar que estava dotat per a la política. Sóc capaç de mentir més que no pas parlar.

Licínia tenia catorze anys, era rossa, eixerida, amb un ampli somriure i uns ulls esplèndids que ho copsaven tot. Es va passar tot el sopar preguntant per Valentinià i interessant-se pels costums de Ravena. Vaig inventar qualitats impensables, sentiments nobles i virtuts inexistents per poder coronar amb èxit la més absurda de les missions que fins aleshores m'havien encomanat.

L'èxit va ser aclaparador. Fins i tot Crisapi em va donar un cop de mà i la data de la boda es fixà a la primavera. A més, vam convenir que una nombrosa delegació viatjaria per mar des de Constantinoble fins a Roma per preparar el camí perquè el bisbe de la Ciutat Eterna beneís la unió de Licínia i Valentinià. Naturalment, la boda seria a Roma. Així ho havia demanat Gal·la Placídia i ningú s'hi oposà, perquè Crisapi va considerar que era una molt bona idea i jo vaig descobrir que les seves apreciacions esdevenien voluntat del seu senyor. Pulquèria, en algun moment, li va dirigir una mirada que no era del tot amistosa, però tampoc s'hi oposà.

Els dies successius, perquè no em van permetre marxar fins que Licínia no va satisfer tota la seva curiositat, que n'era molta, em van permetre dibuixar un quadre prou exacte de les relacions d'aquella família, que giraven al voltant de tres protagonistes principals. Crisapi, malgrat ser només un eunuc, representava el nexe d'unió de totes les parts. Sempre entre Eudòxia i Teodosi, havia sabut guanyar-se l'una i l'altre i influïa en qualsevulla decisió. Tanmateix, Pulquèria no li tenia gran simpatia, però el tolerava i Crisapi procurava mantenir-se allunyat d'ella. I aquest curiós triangle, format per l'eunuc i les dues dones, posseïa un costat més llarg i més pesant que no pas els altres. Vaig arribar a la conclusió que l'eunuc havia sembrat la discòrdia entre Pulquèria i Eudòxia i que la germana de l'emperador ja no estava tan feliç amb el matrimoni imperial. Eudòxia no tan sols era formosa, sinó endemés intel·ligent. Prou sabia emprar els seus encants amb Teodosi i també era capaç de trobar la manera de dir allò que volia dir, en presència de la seva cunyada, sense que Pulquèria fos capaç de replicar-la. En alguna ocasió les havia sorprès bescanviant una mirada d'aquelles que les dones llancen per enviar tot un discurs i que representa un desafiament, una batalla, una derrota, una victòria, una ferida que s'ha de tancar, una retirada i la promesa que hi haurà més oportunitats.

Finalment, abans de marxar, vaig tenir ocasió de saludar un vell conegut. El tribú Marcià m'abraçà i vam recordar les aventures al nord d'Àfrica. Seguia sent el mateix: humil i bon conversador, sempre atent amb els seus convidats i amb la paraula justa als llavis. Em vaig sentir molt content d'aquell encontre.

Un cop enllestida la meva missió, me'n vaig tornar a Ravena i vaig comunicar el resultat a Gal·la Placídia. La seva satisfacció va ser tan gran que em va preguntar:

—Què vols per a tu o per als teus?

Què li podia demanar? I la imatge del meu fill Antoni se m'aparegué d'immediat.

—El pare va ser senador i tinc un fill que estudia l'art de la política. Estic convençut que serà un bon successor del seu avi quan acabi la formació.

—Si aquest noi gaudeix de la meitat de l'habilitat del seu pare, tindrà un lloc al senat. I tu, per a quan decideixis que ja en tens prou de l'exèrcit, pensa que hi ha una cadira que t'espera. Homes com tu no són abundosos. Ordenaré que redactin aquesta promesa per escrit i la signaré —em contestà amb un ampli somriure. Llavors, recuperà el posat seriós i afegí—: Hi ha una cosa que et vull demanar. Però, en aquest cas, no és cap ordre, sinó la necessitat d'una mare.

—Qualsevulla petició, serà un compromís per a mi —vaig inclinar-me.

—L'emperador, el meu fill, va perdre el seu pare quan era un infant. He vist amb satisfacció que la teva filla Serena és assenyada i tens un altre fill que aviat serà oficial. Necessito un home que parli al meu fill sobre el matrimoni i sobre les responsabilitats que adquirirà.

A partir d'aquell dia vaig visitar regularment palau i vaig tenir llargues converses amb Valentinià.

Mai no entendré com és possible que et passis tota una vida lluitant al camp de batalla sense obtenir gaire més que els ascensos propis de la milícia i, de sobte, un bon dia, sense més ni més, amb una simple ambaixada, en un assumpte que sempre he considerat menor, se t'obren les portes del cel.

*** ***

Durant els mesos que van precedir la boda imperial vaig intimar amb Valentinià i vaig constatar allò que ja sabia, que era inconstant i voluble, sense caràcter, dèbil i capriciós. T'ho podia oferir tot i, de sobte, t'ho prenia altre cop. Preguntava i preguntava amb un interès que en principi podia sorprendre, però el vol d'una mosca el distreia i se n'anava darrere d'un sospir com si fos un tresor.

Vaig procurar ser benèvol i arribar a la conclusió que el jove emperador estava mancat d'afecte, malgrat que el seu llit sempre fos calent. I vaig fer un notable esforç per entendre que necessitava un pare i, sorprenentment, se'm va confiar com mai no ho havia fet amb ningú. Sense adonar-me em vaig descobrir responent preguntes sobre la vida, sobre detalls que a mi em semblaven banals. Però, com era possible? Un home que ho tenia tot, que gaudia del poder més gran de la terra i no coneixia res de res del seu entorn ni era capaç de prendre una sola decisió per si sol ni sabia la més mínima cosa sobre el govern d'un imperi. La seva conversa predilecta eren els plaers. Sobretot el sexe.

En aquells mesos vam parlar com dos amics, dos companys que cerquen respostes i vaig pensar que podia arribar a ser un bon emperador, si rebia una formació com cal, que encara es podia redreçar un arbre que havia crescut tort. Li vaig fer veure que existeix un món per descobrir i que el dolor és al costat del plaer. Van ser hores i hores durant les quals vaig sentir afecte per ell. El veia sol i perdut, dèbil i espantat. Fins i tot, vaig gosar fer-li algun comentari a Gal·la Placídia sobre la conveniència que el seu fill comencés a prendre part de les decisions imperials. I aquí vaig cometre un greu error, perquè pocs dies després vaig ser rellevat de les meves funcions de preceptor i em van assignar a les ordres de Sebastià per organitzar les mesures de seguretat i de protecció durant la cerimònia. De manera que el meu cap m'envià a Roma i vaig perdre tot contacte amb l'emperador.

Sempre he deplorat aquell error. Tal vegada... si... En fi! No paga la pena retornar al passat i pensar en allò que hauria pogut estar, perquè la realitat és la realitat i la resta són elucubracions inútils, somnis i fantasies.

*** ***

Júlia va aprofitar el meu viatge i s'hi va afegir per poder visitar la seva germana Sara, que vivia a Roma. Els nostres fills, malgrat que no es volien perdre un espectacle com aquell, havien de seguir els seus estudis i, pel que fa a Serena, ja arribaria amb la princesa Honòria.

En ben poc temps, els carrers s'ompliren de garlandes, de catifes de flors i de coloraines que penjaven de les balconades. Tothom anava atrafegat i comentaven els detalls de com seria la fastuosa celebració que significaria un fort lligam entre l'Orient i l'Occident.

Quan arribava a casa de la meva cunyada, el tema de conversa era, invariablement, totes les tafaneries que corrien, i Sara, Júlia i les seves amigues esmerçaven hores i hores a discutir sobre els vestits que durien les dames principals i qui assistiria i qui seria exclòs del banquet. Aquella escena era el pa nostre de cada dia als carrers, als mercats, a les places, a les esglésies i a tots els racons de Roma. Més pendent dels detalls tafaners, allò que el poble no pensava era que aquella boda també serviria per acabar d'establir l'estratègia de l'Imperi per salvaguardar les fronteres i acabar amb el perill de Genseric.

Per fi, un matí, les notícies que un vaixell havia tocat la costa i que la comitiva de la núvia pujava pel Tíber van arribar a les portes de la ciutat. La filla de l'emperador de Constantinoble havia desembarcat. Vaig demanar-ne més detalls. Venia acompanyada de les dames d'honor i de les seves tietes, em van explicar.

—Algú més?

—L'emperador Teodosi i la seva esposa arribaran d'aquí dos dies.

Sara em va cosir a preguntes i em va demanar, per intermediació de Júlia, que les avisés per on passarien les lliteres i els carros i que les procurés una invitació per poder visitar palau i veure la núvia de ben a prop.

No va ser difícil curullar el desig de Sara i de Júlia, tot i que la situació esdevingué dramàtica quan s'hi van voler afegir totes les amigues i les amigues de les amigues, que de sobte s'havien multiplicat per centenars. Allò era inexplicable. Tothom, des del més humil al més important, volia participar d'un esdeveniment que semblava el darrer de tots, com si després d'aquella boda arribés el Judici Final. Tolomeu, el meu cunyat, em mirava amb cara de llàstima i procurava mantenir-se allunyat de tot l'enrenou. Haig de reconèixer que era prou intel·ligent.

—Et planyo, amic meu —se'n reia quan em veia entrar a casa seva.

Això volia dir que les dones ja havien pensat quina de nova em podien demanar i no trigava gaire a assabentar-me del favor que estava a punt de fer, perquè negar-m'hi, en aquelles circumstàncies, representaria poc menys que la mort.

Roma acollí la que seria nova emperadriu amb tots els honors deguts a l'augusta persona i res no va faltar per aconseguir que la seva espera representés una estada càlida i agradable, mentre les notícies de Ravena no deixaven d'arribar. Valentinià, d'acord amb el que marcaven les normes del protocol, entraria a Roma aquella tarda i s'allotjaria al palau imperial. No havia de veure la seva futura esposa fins no arribar a l'altar. Algú va fer el comentari que no era per causa de les normes de protocol, sinó per tal de garantir que Licínia arribés verge al llit nupcial. La fama de Valentinià el precedia pertot arreu. I Roma sempre ha estat Roma.

Gal·la Placídia va entrar a ciutat i, de seguida, es va fer càrrec dels darrers detalls. La seva arribada va significar un vertader rebombori que em va produir més d'un mal de cap, perquè no feia cas de cap de les indicacions ni dels trajectes assenyalats, sinó que trencava tots els plans i es movia amb absoluta llibertat, mentre els meus homes van haver de fer mans i mànigues per protegir-la com cal. L'emperadriu mare no parava de donar ordres, de comprovar que tot era al seu gust i que els seus desigs havien estat complerts fil per randa. Va ser esgotador. Cada nit, al llit, resava perquè tot allò acabés com més aviat millor.

Dos dies després, un altre vaixell tocà les costes d'Itàlia, ben guardat per la flota d'Aspar. Eudòxia i Teodosi desembarcaren i es dirigiren cap a Roma. Venien acompanyats del seu fidel Crisapi.

De nou vaig haver d'aconseguir que Sara i Júlia fossin incloses a la llista de persones que s'atansarien per donar personalment la benvinguda als emperadors de l'Orient. I els vaig pregar que dediquessin una mirada i un somriure a Crisapi. Mai no se sap quan hauràs de menester un altre cop de mà.

*** ***

Va ser la boda més fastuosa que mai no havia vist Roma. El bisbe Sixt, després que un antecessor seu, Bonifaci, establís la supremacia dels bisbes de Roma sobre la resta, esdevingué el tercer dels patriarques de la Ciutat Eterna que duia el mateix nom. Ell va ser l'escollit per Gal·la Placídia per celebrar la boda i esperava a la porta de la basílica, mentre tota la plaça era envoltada de curiosos que s'havien aplegat per veure la desfilada de totes les personalitats convidades al més important de tots els esdeveniments dels darrers anys. Aquells homes i dones portaven dos dies dormint allà mateix, disputant-se l'honor i el privilegi de ser a primera fila i poder contemplar les riqueses, el luxe i la porpra de ben a prop, quasi a fregar, només separats per la guàrdia reial que omplia tots els carrers i assenyalava el camí per on transitaria tot el seguici imperial.

Júlia es va guarnir amb les millors gales i feia un goig que enamorava. Per a l'ocasió —encara ho recordo— va triar una túnica blanca, immaculada, amb uns plecs a l'alçada dels malucs que queien com un cortinatge i un collar d'or i maragdes que s'enganxava al vestit i s'obria tot resseguint l'escot i emmarcant els pits, a joc amb la diadema que s'alçava arrogant damunt del pentinat i coronava la seva testa majestuosa. Sara també havia fet un notable esforç, però no la superava. No gaudia dels mateixos pits. I, fins i tot, penso que es va adonar, quan pujaven l'escalinata per entrar a la basílica, que la major part de les mirades no anaven cap a ella, i va sentir enveja. Tolomeu les acompanyava i saludava amb un lleuger cop de cap alguns coneguts que hi eren entre el públic. Si tot anava bé, faria bons negocis, perquè un convidat a la boda imperial ha de ser persona molt important, amb bones relacions, i ell en sabia, de fer-s'ho valer. Anna també hi era, al costat de Màxim, i ocupava una de les places principals. La vaig mirar. Era tota una deessa i també copsava bona part de les mirades, que es repartien entre ella i Eudòxia.

Les trompetes, partint de l'arc de Constantí, al llarg de tota via Sacra, passant per davant del Capitoli i enfilant cap a la basílica de Sant Pere, aquella que manà construir Constantí, el darrer dels emperadors que havia governat damunt de tot l'Imperi, van començar a sonar en el precís instant que la princesa Licínia iniciava la seva marxa amb l'immens seguici de verges vestides de blanc que anaven al seu darrere, mentre els pètals de flors queien des de les balconades i arribaven a cobrir la llum del sol, mentre els crits i els víctors amortien la música fins a l'extrem que la poderosa veu de les trompetes desaparegué completament.

Des del palau imperial, Gal·la Placídia sentí la cridòria. Per fi, el seu fill Valentinià es casava i, amb sort, abandonaria durant un temps el seu desig de sexe que el duia a compartir el seu llit amb tota mena de meuques, cada cop més tirades i més brutes. El seu marit Constanci era vell quan la va deixar embarassada per segon cop. Potser ja no tenia forces per engendrar un fill amb prou coratge. Honòria era ben diferent. Tenia caràcter i no es deixava doblegar fàcilment.

Una altra preocupació ocupava la ment de l'emperadriu. Si Valentinià moria, Honòria l'hauria de substituir i hauria de presentar-se a la cadira imperial amb una nova aliança d'Orient i Occident. Calia cercar-li un marit que pogués assegurar dita aliança. D'això ja se n'encarregaria Pulquèria, mentre Gal·la Placídia havia de tenir ben present que, sota cap pretext, ni Licínia ni Valentinià havien de governar, de la mateixa manera que la seva cosina havia tingut molta cura que el seu germà i la seva cunyada romanguessin apartats de les grans decisions, perquè la vertadera aliança la constituïen elles dues i no pas els matrimonis imperials.

El matí del gran dia vaig entrar a les habitacions de l'emperador. Valentinià em va saludar enmig dels seus servents i serventes que acabaven de retocar la túnica. De sobte, va fer un gest violent amb la mà i ordenà a crits que el deixessin sol, que tothom, excepte jo, abandonés l'estança.

Espantats, els servents van marxar i Valentinià sortí a la terrassa i contemplà la ciutat. A ell li agradava més Roma que no pas Ravena, però la seva mare deia que la Ciutat Eterna no gaudia de bones defenses. I ella en sabia més. Sí, en sabia més de tot.

Em vaig atansar lentament, en silenci. Ell es tombà i li vaig veure els ulls enrogits. Tanmateix, no era per haver plorat, sinó per causa del vi. Havia begut més del compte, estava tens i amoïnat. Va començar a parlar i a parlar, recordant fets del passat, del seu jove passat. Alguna cosa l'espantava i va seguir parlant i parlant, fins que es va quedar estàtic, sense mirar-me, i va iniciar allò que seria la gran confessió.

—Encara recordo aquella nit a la meva cambra —em va dir mirant la llunyania. En aquell moment no sabia de què em parlava, però vaig guardar silenci, com havia fet tota l'estona—. Venia cada nit per desitjar-me bons somnis. Parlàvem una estona i s'estirava al meu costat, m'acaronava el rostre i el pit i esperava que m'adormís. Jo m'abraçava a ella i escoltava la seva veu. M'agradava sentir el seu pit a la meva galta i ja feia dies que havia descobert que la seva proximitat, quan m'abraçava i em feia un petó, encenia un foc interior que baixava cap avall i m'excitava —es va gratar els testicles com si li piquessin i, després, es va fregar el penis, com si anés a masturbar-se, mentre aclucava els ulls. Em vaig quedar bocabadat. No sabia què fer, i ell va seguir parlant—. Aquella nit m'abraçà com sempre i atansà els seus llavis a la meva galta, però es va trobar amb uns altres llavis àvids que volien experimentar amb ella sensacions que la imaginació em proporcionava. Intentà enretirar-se, però la vaig fermar i li vaig impedir tot moviment mentre la meva llengua llepava les seves dents, el seu paladar i els meus llavis xuclaven la seva saliva i la barrejaven amb la meva. M'excitava i em vaig pujar damunt d'ella, mentre intentava obrir-li el vestit i li hi esparracava. Els pits van quedar al descobert i els vaig prémer amb força —alçà les mans i les estengué cap endavant mentre espremia unes mamelles imaginàries. Va abaixar de nou les mans, cap al baix ventre, tancà de nou els ulls i m'explicà—: Vaig notar que el penis se m'enduria a mesura que em fregava contra el seu pubis, pel damunt de la roba, i la respiració se m'alterà. Ella em va apartar amb violència i em va pegar. Em vaig cobrir la cara i vaig plorar avergonyit. Sentia tota la vergonya del món damunt meu i vaig notar que ella m'aixecava la túnica i em buscava. Per un instant vaig pensar que accedia i vaig intentar abraçar-la, però ella em posà el braç al coll, i gairebé m'ofegava. Espantat, la vaig deixar fer i em masturbà fins que el semen regalimà entre els seus dits. Llavors, me'l fregà a la cara amb violència i em va dir: «Mai estaràs per damunt meu. M'has entès?». Vaig fer que sí, amb el cap. «Si m'obeeixes, jo et descobriré un món infinit de plaer. Però, no oblidis mai que qui mana sóc jo». Vaig veure la mort als seus ulls i em vaig quedar quiet i en silenci. Ella es llevà, abandonà l'estança, sense pronunciar cap més paraula, i mai més no va tornar ni mai més no hem parlat d'aquest incident. Simplement, l'endemà, vaig trobar una cortesana que entrava a la meva cambra amb l'ordre d'escalfar-me el llit i tot allò que em vingués de gust.

Em vaig quedar glaçat. Valentinià plorava.

—Estic enamorat d'ella i mai no podré estimar cap més dona —va fer.

Tot això em vaig jurar que no ho explicaria a ningú. I he complert la promesa fins avui. Però... ara em pregunto: com es poden entendre certes coses sense conèixer tota la realitat? I aquesta pregunta m'ha dut a trencar el jurament.

L'emperador respirà profundament l'aire de Roma i es retirà de la balconada. Hauria de renunciar a les seves nits?, no parava de demanar-me. Tornava a fer-me preguntes com quan li explicava coses de la vida. La resposta era que sí, si seguia els savis, assenyats i cristians consells del pare Màrius.

—Hauràs de dedicar-te a una sola muller. A la teva esposa —li vaig dir—. Licínia és dolça com la mel, jove i amable. L'amor que sents per la teva mare és la mancança d'afecte durant la teva infantesa. Licínia t'ajudarà a oblidar i a trobar el vertader amor.

Va assentir lentament.

—Ets l'únic amic de debò que he tingut i m'hauria agradat que fossis el meu pare —de sobte rigué—. Podries dormir amb ella —es referia a Gal·la Placídia—. Els té rodons i durs —aclucà els ulls i s'excità —. I el seu entrecuix desprèn tanta calor que gairebé et crema a través de la roba —de sobte, canvià de conversa—. Els he fet fora, tots els servents, perquè estava fart. M'he sotmès a les seves decisions durant gairebé tot el matí. Són desesperants —m'explicà, gesticulant i somrient—. I aquest imbècil de Tuli, el mestre de cerimònies que no para de repetir-me un i altre cop com haig d'entrar i com m'haig de comportar. I aquell altre... aquell... Florenci, que m'ha de vestir per encàrrec de l'emperadriu... Insuportable!

Jo no sabia com reaccionar. Era com si hagués oblidat del tot la revelació que m'acabava de fer, tot just un instant abans, i no parava de queixar-se.

Em va demanar que l'acompanyés fins a la guàrdia d'honor que esperava al peu de l'escalinata per iniciar la marxa davant del carruatge, mentre els soldats de cavalleria, amb les seves millor gales, romanien quiets per seguir el seu emperador.

—És un gran dia per a Roma i per a tot l'Imperi —em vaig inclinar respectuosament—. Vull ser el primer de posar-me a les ordres del meu emperador i desitjar-li llarga vida, fills i prosperitat.

—No ets el primer de posar-te a les meves ordres, perquè no he sentit altra cosa des fa més d'una setmana. Però sí que ets el primer que sento que ho diu de tot cor i t'ho agraeixo —respongué Valentinià. Es va quedar un instant en silenci i preguntà—: Significa això que, a partir d'ara, manaré jo?

Vaig trigar a reaccionar. Aquella era l'única pregunta que no m'esperava. L'hi permetria Gal·la Placídia?, pensava jo.

—Significa que Roma segueix tan forta i poderosa com sempre, sota la imatge d'un emperador que representa la llum que ens il·lumina, però que encara és massa jove per prendre decisions —vaig respondre amb un somriure, i vaig afegir—: Espero que ben aviat l'Imperi sigui sota les teves ordres.

—Sí, sí, i és clar! —féu Valentinià, es quedà un instant en silenci, escoltant la multitud i digué—:

Sembla que ja hem de marxar, que la meva futura esposa ja ha arribat i m'espera.

Vaig repetir la reverència de quan havia entrat i abandonàrem la sala.

—Anem, que no hem de fer esperar la futura reina —repetí, quan ja baixàvem les escales.

—Emperadriu —el vaig corregir.

Ell s'aturà i em mirà als ulls. Durant un instant vaig pensar que, tal vegada, no havia entès bé les meves paraules o que el vi el feia dubtar, però Valentinià somrigué divertit i va exclamar:

—Reina, que d'emperadriu ja en tenim des de fa dies i no ens la traurem del damunt així com així —i em va deixar enrere.

Aquella va ser la primera i l'única vegada que vaig copsar en ell una intel·ligència capaç de descobrir la més amagada de les veritats. Llàstima que només va ser una espurna que Gal·la Placídia ja es va preocupar d'apagar.

5.- EL RETORN D'UN GENERAL

Ruas, el rei dels huns, gairebé sempre va respectar l'Occident. Per contra, l'Orient va ser el blanc de la seva ambició. Vingut de les llunyanes terres de la Xina, havia traspassat les muntanyes que eren al final de les estepes i havia baixat fins al Danubi, tot atacant i atemorint la pobra gent que hi vivia. Els constants ultratges es van prodigar al llarg de tota la frontera i, finalment, l'emperador Teodosi, aconsellat per la seva germana Pulquèria, va aconseguir que el senat de Constantinoble en ple decidís establir una aliança i concedir al rei dels huns un pagament anual de tres-centes cinquanta lliures d'or pels seus (suposats) serveis i, a més, atorgar-li el títol de general romà, que el gran Ruas no va acceptar. Va ser una estupidesa increïble que va rebre una resposta inqüestionable. Si ja era rei, per què volia ser general? Tanmateix, aquest gest, a banda de provar la debilitat d'un emperador que es passava el dia entre oracions i pràctiques pietoses, també va significar un petit període de pau.

Difícilment, per més que la història ho pretengui, tota la culpa d'aquells incomptables enfrontaments i escaramusses s'ha d'atribuir a la indocilitat d'uns éssers que més que humans semblaven animals, sinó que bona part va ser mèrit de la cort de l'imperi d'Orient, perquè en els darrers temps les corts són totes iguales i acaben per esdevenir caus d'intrigues, perquè totes elles es vicien i apliquen els mateixos principis per comerciar amb favors, mentre els babaus dels emperadors viuen en un món completament allunyat de la realitat quotidiana, a caprici dels seus eunucs.

El pare va ser un home molt instruït. Li agradava llegir i discutir sobre política. Llàstima que va morir quan es trobava en el millor moment de la seva saviesa! En diverses ocasions m'havia dit —quan jo ja havia entrat a l'exèrcit— que enyorava les èpoques dels emperadors soldats, dels homes que marxaven a la guerra i no tenien temps per dedicar-se a les intrigues de palau i, quan ho feien, era per tallar el cap d'uns quants malparits que volien manar sense arriscar la pell. Cap al final de la seva vida, quan ja era malalt i els metges no donaven cap mena d'esperança, es lamentava de les disbauxes d'Honori i tornava a recordar els textos que havia llegit de jove per mirar d'afermar les seves idees i projectar-les cap a l'esdevenidor, que ell pintava amb colors foscos i tenebrosos. Recordo que m'estava al seu costat, escoltant la seva veu, i pensava que el pobre havia perdut el senderi, que la malaltia li duia estranyes visions del futur. Ara l'entenc, però. El pare podia veure i olorar tot allò que de podrit tenim a la vora.

Durant el petit parèntesi de pau, sense que Teodosi sabés res de res, Aspar va endegar una bona colla de reunions i de pactes secrets amb tots els pobles que miraven els huns com les bèsties arribades del nord, de més enllà de les estepes, que havien atacat les seves cases, robat les collites, arrasat els camps i mort llurs fills, i aconseguí que els bàvares es revoltessin contra el huns i que se'ls apleguessin altres pobles, fins a un total de quatre, amb la promesa que rebrien l'ajut de l'exèrcit imperial. Una gran tasca que ens hauria lliurat d'aquella infecció. Malauradament, en l'instant final, Pulquèria se n'assabentà, se n'anà a parlar amb el seu germà Teodosi, que es va fer enrere un cop més i va deixar a l'escapça els pobres aliats que havien cregut la paraula del brau general. Poc li va importar que Aspar quedés en ridícul. Teodosi només tenia orelles per a Pulquèria i sentia a cada cantonada la veu de Déu que li exigia la pau, murmuris que ja li anaven prou bé per no haver de prendre decisions ni haver d'enfrontar-se amb ningú.

El resultat és que el formidable Ruas va acabar amb tots els seus enemics en unes poques setmanes, com si fossin insectes, i envià el seu ambaixador Eslaw a la cort d'Orient amb un missatge prou clar: estava convençut, i tenia proves, que els bàvares van atacar per ordre de Constantinoble i, ara, a menys que Teodosi reconegués la seva culpa, arribava disposat a declarar la guerra a l'Orient i arrasar tots els camps des del Danubi fins a l'Adriàtica i la Mediterrània.

Aspar va veure la seva gran oportunitat d'enfrontar-se amb els huns, però un cop més, per instància de Pulquèria, el senat va votar per la pau. Una pau vergonyosa que havien de negociar el general Plintes i el cònsol Ifigenes, que es dirigiren al campament dels huns, perquè Aspar s'hi va negar. Mai no s'agenollaria davant d'aquells bàrbars.

Tanmateix, Ruas va morir abans d'acabar les negociacions i el succeïren els seus dos nebots Àtila i Bleda que es repartiren les terres dels huns i el poder del seu rei. A partir d'aquí tot va fer un gir inesperat i la història va prendre altres camins.

Els dos germans huns van rebre els ambaixadors romans a Margus i, amb un gran menyspreu, sense ni tan sols baixar del cavall, van imposar tot un seguit de condicions més que vergonyoses, que Constantinoble va acceptar sense discutir. A partir d'aleshores, tota la riba del Danubi esdevingué un mercat franc per als huns, sense que l'Orient pogués ni intervenir ni limitar ni imposar res de res; la contribució anual hauria de pujar al doble, és a dir fins a set-centes lliures d'or; a més a més, Constantinoble pagaria vuit peces d'or per cada captiu romà que encara no havia mort; l'emperador Teodosi renunciava expressament a tota aliança amb els enemics dels huns; i, per acabar d'adobar-ho, l'Orient havia de lliurar tots els refugiats a Àtila i Bleda.

Encara avui resto esgarrifat de veure que totes i cadascuna d'aquelles condicions (exigències!) van ser executades d'immediat i que els missatgers van explicar que Àtila havia ordenat crucificar els refugiats que li van lliurar abans d'abandonar les terres de l'Imperi i retornar a l'altra riba del Danubi, tot deixant una estesa de cadàvers penjats que es van podrir i van omplir l'aire d'una flaire insuportable, assenyalant cadascuna de les passes del seu cavall i deixant el record inesborrable de la seva ferocitat. Els únics que van agrair la seva ascensió al poder van ser els voltors. Mai no havien tingut un festí com aquell i acompanyaven el cavall d'Àtila com el seu seguici més fidel, fins al punt que la gent podia saber de la seva presència només mirant el cel.

En uns mesos —ben pocs!— la nefasta llegenda d'Àtila s'escampà. Bleda, el seu germà, regnava a la Dàcia i Àtila a la Panònia, però tothom deia que ell era el successor natural de Ruas, malgrat que Bleda governava un territori més ampli. També deien que Àtila estava creant un gran exèrcit i que tenia ambicions i, com mai no atacaria el seu germà, hauria d'estendre's cap a l'oest, cap a la Gàl·lia, o cap al sud, cap a Constantinoble i Pèrsia.

A l'Occident, Gal·la Placídia rebé amb preocupació les notícies de la Panònia. Ella i tots nosaltres, evidentment. La pregunta era prou senzilla: quant de temps trigarien els huns a atacar l'Occident? I quin preu posarien a la seva pau? O, tal vegada, la pau només arribaria quan les tropes d'aquelles bèsties poguessin mullar-se els peus a la Mediterrània?

Sebastià era un bon oficial, però no un gran general. I, desaparegut Bonifaci i desterrat Aeci, no hi havia ningú amb prou experiència i capacitat per conduir els exèrcits i guanyar una batalla ja perduda abans de començar. Alguns em miraven a mi, perquè havia lluitat al costat de Bonifaci, i jo tenia clar que la pregunta seguia sent: quant de temps li queda a Roma per defensar-se? I com la defensarem? Les nostres forces, després de la campanya que va significar la pèrdua d'Àfrica, després de l'enfrontament entre els dos grans generals i amb unes aliances pobres, estaven més que minvades i no havíem tingut temps per refer-nos. Teodoric havia signat un pacte amb Genseric, mentre que Gal·la Placídia, asseguda al tron imperial, descuidava les relacions amb els reis vinguts del nord i establerts a Hispània i a la Gàl·lia. Sobretot amb els que van ser els seus vassalls en altres temps.

Amb aquestes desgraciades circumstàncies, havíem començat a establir un pla. El perill no era únicament l'atac dels huns pel nord, sinó que els nostres informadors ens havien alertat sobre Genseric, que es mirava de massa bon ull Sicília, estratègicament situada per dominar tota la Mediterrània i porta d'entrada d'Itàlia. Si ell pujava pel sud, els huns pel nord i Teodoric es revoltava a la Gàl·lia, allò significaria la fi de Roma. I Teodosi només feia que resar, mentre el seu general Aspar es desesperava i Pulquèria repetia un i altre cop que la pau s'havia de mantenir a tot preu.

Vaig estar molt ocupat entrenant nous soldats a Cesena. No podíem perdre temps i les meves visites a casa, a Ravena, s'espaiaren. Júlia es queixava, però mirava d'entendre la situació.

Un dia Sebastià em va cridar i vaig viatjar a la capital. Havíem d'establir les zones de defensa, perquè li havien arribat notícies del nord sobre estranys moviments i havíem d'emplaçar les tropes en previsió d'un possible atac.

Érem reunits a la sala d'oficials quan un missatger es va presentar a les portes de Ravena. El seu aspecte brut feia pensar que portava dies i dies cavalcant, però la seva vestimenta mostrava allò que jo ja coneixia. Duia les cames cobertes fins als turmells, botes als peus, la jaqueta de pell i el barret rodó. Barbut i grenyut, amb una trena que li queia pel clatell, no hi havia dubte que pertanyia a les tribus del nord, i anava brut perquè bruta era la seva condició. Allò què volia dir?, que els huns eren a prop?, que ja havia començat la invasió...?

Vaig intentar que em comuniqués el seu missatge, però aquella bèstia s'hi va negar, i tampoc el va voler donar a Sebastià. Les seves instruccions eren clares. Només parlaria amb l'emperadriu. Finalment, Gal·la Placídia el va rebre a darrera hora de la tarda.

Aquella deixalla, bruta i insolent, se la mirà sense cap mena de respecte, més aviat amb desig als ulls, esguardant els pits rodons que es movien, que s'aixecaven i baixaven rítmics, com si l'estigués posseint. Abans que el poguéssim aturar, va pujar els graons del tron i va fer per lliurar-li un pergamí en pròpia mà, però Gal·la Placídia va tombar el rostre i féu un senyal perquè Sebastià recollís el rotlle i l'hi passés.

—On és, Aeci? —preguntà l'emperadriu després de llegir-ne el contingut.

—A una jornada d'aquí, acampat i esperant —respongué el missatger en un llatí vulgar i ple d'incorreccions, mentre ensenyava les dents en un patètic somriure que pretenia afalagar l'emperadriu.

Gal·la Placídia se'l mirava amb una barreja de fàstic i de por i va ordenar que esperés fora. L'home se n'anà sense fer una sola reverència a l'emperadriu. Amb nosaltres també hi era Tibi, que havia lluitat al nord.

—Tu vas ser amb ells, oi que sí? —li preguntà Sebastià, quan ja érem sols.

—Sí. He conegut els huns, però només uns mesos.

—Són tan ferotges com diuen? —preguntà Gal·la.

—No coneixen la por, ni tenen ni cultura ni educació. Ja ho has vist, senyora —va fer Tibi, amb un deix de menyspreu—. Són poc més que bèsties capaces de parlar i es comporten d'acord amb la seva condició.

—Què creus que hem de fer? —es tombà Gal·la Placídia cap a Sebastià.

—Si sortim cap al nord, en només unes hores els podem sorprendre. Segur que no s'ho esperen.

—No! —el vaig tallar—. És un error.

Sebastià em mirà incrèdul i va voler replicar, però Gal·la Placídia el va aturar.

—Parla —m'ordenà.

—No coneixem quines són les seves forces, però molt em temo, sabent que Aeci és gran amic d'Àtila, que no ha vingut sol. Sortir sense conèixer l'enemic seria un suïcidi i, si perdem la batalla, Ravena quedarà desproveïda. Hem d'enviar algú que ens informi i, pel moment, l'única oportunitat és mantenir-nos aquí. Ravena pot suportar un setge mentre vaig a buscar les tropes de Cesena. Així i tot, no crec que sigui el moment d'enfrontar-nos i mirar de guanyar una batalla que obriria les portes per a què Àtila disposés d'una excusa prou bona com per venir-hi personalment. D'altra banda, si Aeci hagués volgut atacar, ja ho hauria fet. No d'oblidemr que si provoquem els huns, Genseric pujarà pel sud i, qui ens assegura que els visigots no aprofitaran la revolta?

—Aeci és un traïdor —exclamà Sebastià.

—Tal vegada sí que ho és, però no podem d'oblidar que en aquests moments és la nostra salvació i, potser, el seu desig de perdó és sincer —vaig replicar.

L'emperadriu em va mirar, es llevà i caminà cap a la finestra per contemplar la ciutat de Ravena.

—Consultarem amb el senat —digué i abandonà la sala.

Poc va haver de reflexionar-hi el senat per aconsellar que l'emperadriu concedís el perdó al general que havia pretès enlairar l'usurpador Joan fins a la porpra imperial i que, més tard, s'havia enfrontat amb Bonifaci. És clar que, tampoc era difícil d'entendre si tenim en compte que Aeci, tal com havia imaginat, no arribava sol, sinó que demanava el perdó amb seixanta mil huns a les seves ordres. Un petit regal del seu amic Àtila que, segons les darreres notícies, ja disposava d'un exèrcit de set-cents mil homes, perquè se li havien aplegat els ostrogots i els gepides. Ardaric, rei dels gepides havia esdevingut el seu conseller i també comptava amb Walamir, el rei dels ostrogots que, comentaven, era modest i assenyat. No estàvem en situació de seguir els dictats del cor, sinó de la raó, per més que Gal·la Placídia i Sebastià desitgessin prendre venjança per la mort del general Bonifaci.

Dos dies després Sebastià em va ordenar anar al campament d'Aeci i transmetre-li les salutacions del senat i lliurar-li el document signat per l'emperadriu amb el seu perdó.

El general em va rebre amb alegria i li vaig respondre d'igual manera. El recordava del dia que li vaig portar Lídia. No havia canviat gaire. Els seus ulls seguien sent sincers. I en aquell instant, vaig tenir un pensament per a ella. La recordava de l'últim dia, de quan m'abraçà i em besà. Si tancava els ulls, encara duia enganxada a la memòria l'olor de la seva pell.

Aeci no em va deixar tornar de seguida a Ravena. Necessitava parlar amb mi, amb algú que l'entengués, em va comunicar. Lídia li havia dit que jo era la persona més adient, que Bonifaci confiava en mi i que era capaç d'escoltar en silenci.

Aquella nit em va confessar el seu penediment per haver-se enfrontat a Bonifaci. Per això demanava el perdó de l'Imperi i volia posar-se al seu servei. I em va dir més coses. Moltes més.

—Un home com pocs n'hi ha hagut —va fer amb tristor, referint-se a Bonifaci—. De debò que sento haver-lo mort, malgrat que res no passa sense alguna raó —va callar uns instants—. Saps de qui és la responsabilitat de tot el que ha succeït? —i sense que jo pogués respondre, digué—: De Gal·la Placídia. Ella em va empènyer amb la seva devoció pel comte, amb els seus menyspreus cap a mi i amb els constants regals en forma de nous títols que miraven d'enlairar el seu amant. Perquè eren amants. Ho sabies?

—Alguna cosa havia clissat —vaig respondre. No pagava la pena negar-ho.

—Alguna cosa? —somrigué sarcàstic—. Tu em vas dur Lídia com a llegat pòstum de Bonifaci. Possiblement, en el seu llit de mort, va pensar que si la seva esposa es casava amb mi, l'emperadriu m'hauria d'acceptar per amor a ell. Es va equivocar. Ell sí que estimava Gal·la Placídia fins a l'extrem de descuidar tots els seus deures i, potser, s'imaginava que l'amor era correspost amb idèntica intensitat —llavors deixà anar una riota—. Veuràs, noble Sever. El dia que li vaig obrir les carns, a Lídia, regalimava com una font —va fer, i jo gairebé vaig ser a punt de donar-li la raó—. La vaig penetrar com si fos mantega fosa, perquè era tan gran el desig de tornar a ser dona, era tant el temps que Bonifaci ni se la mirava, i la pobra havia acceptat amb tanta devoció les paraules del bisbe Agustí, que només sentir la flaire d'un altre cos nu les cames li feien figa —una forma prou grollera d'explicar-ho, vaig pensar, però molt gràfica i precisa. Jo la recordava igual quan se'm va oferir al vaixell. Llavors va canviar de tema i els meus records s'esvaïren— . Si he tornat és per salvar Roma. Si Àtila i Bleda no han atacat, és perquè jo els ho he impedit. Acceptaré el perdó de l'emperadriu, però mai no acceptaré la seva autoritat.

*** ***

El perdó de Gal·la Placídia...? Gairebé fa riure. Tanmateix Aeci va ser conseqüent amb el fet que els reis i els emperadors tenen les seves prerrogatives i han de salvar la cara en qualsevulla circumstància, perquè ells o elles representen la màxima autoritat.

L'emperadriu va rebre Aeci a la sala del tron, envoltada de la major part dels senadors, i allà mateix, en presència dels més alts dignataris, li confirmà el perdó, li concedí el títol de patrici i l'investí com a cònsol.

No obstant, davant la sorpresa dels senadors, Aeci no es conformà i amb una arrogància que ultrapassava tot l'imaginable va demanar que se'l nomenés general de tots els exèrcits. Sebastià s'avançà amb l'ànim d'atacar-lo, però Gal·la Placídia l'aturà.

—Roma no té un general —va dir Aeci, i la seva mirada desafiava el nebot de Bonifaci, que lluitava aferrissadament entre avançar o obeir l'emperadriu.

Van ser uns instants de vertadera tensió. Els ulls de Gal·la Placídia es van clavar en Aeci i vaig contemplar com les venes del coll se li inflaven i els llavis esdevenien prims i allargats. Tanmateix, de sobte, somrigué i acceptà. Quina altra opció li quedava? Aeci només havia d'aixecar la mà i seixanta mil bèsties caurien sobre Ravena i no deixarien pedra damunt de pedra. Prou que coneixíem la fama dels huns a l'hora de saquejar una ciutat. Sebastià es va sentir menyspreat. Vaig veure com la seva respiració era agitada i com la ràbia i el dolor contreien el seu rostre fins convertir-lo en una màscara d'odi, però va fer una lleugera reverència a l'emperadriu i abandonà l'estança amb pas ferm i decidit.

Roma, Valentinià i Gal·la Placídia van seguir drets al seu lloc, com si res no hagués passat, però sota les directrius d'un home que ara esdevenia l'heroi del poble, el salvador de l'Imperi i la màxima garantia de pau.

El jove emperador poc es va assabentar de la nova situació. Vivia el seu món particular, dins del seu palau de plaer, gaudint de la seva esposa Licínia i, per desgràcia, havent oblidat les seves bones intencions manifestades el dia de la boda. Valentinià no sabia, ni tenia la més petita idea, d'allò que ens arribava, però Gal·la Placídia sí que n'era del tot conscient, com també tenia perfecte coneixement que el seu poder restava tan minvat que res no podia fer davant els esdeveniments que van tenir lloc els dies següents.

He dit que Aeci no havia canviat gaire i no és cert. Literalment es va apoderar de Ravena, va instal·lar els seus homes fora de les muralles, sense que quedés clar si ens defensaven o ens mantenien quiets, i va començar a publicar nous edictes que el senat ni tan sols llegia i que l'emperadriu havia de ratificar. Finalment, en un d'aquests edictes, es posava en dubte la fidelitat de Sebastià i dies després era empresonat amb alguns dels seus oficials més fidels.

Vaig parlar amb Tibi, que havia lluitat al costat d'Aeci al nord, feia anys. Ell no podia fer-hi res, em va dir. Les ordres eren clares i evidents i el general volia venjança, perquè Sebastià el va perseguir després de la batalla de Rimini.

Llavors vaig aconseguir que em rebés l'emperadriu, però Gal·la Placídia tampoc estava gaire decidida a ajudar Sebastià.

—Si ho diu Aeci, deu ser veritat —va fer.

—No pots permetre que mori. Ell t'ha servit fidelment.

—Ja he passat per aquest tràngol i en aquella ocasió el poble acabà per revoltar-se —em va dir, recordant la mort del rei Ataülf.

Era absurd. Com podia pensar que Ravena faria el mateix que Tarraco i Barcino? No eren els mateixos temps ni els mateixos súbdits ni el mateix usurpador ni les mateixes circumstàncies. Sebastià seria sacrificat per res.

Només quedava un camí. No podia consentir aquella injustícia i me'n vaig anar a trobar Aeci.

—L'acusació és falsa —li vaig dir.

Érem a la sala d'oficials, que servia per planificar estratègies militars. Li van sobtar les meves paraules i va trigar a reaccionar. Ningú no havia gosat discutir-li res des que havia tornat. Em va mirar amb duresa, però vaig aguantar l'embranzida. Llavors, va allargar els documents que inculpaven Sebastià i vaig fer el que mai no hauria pogut imaginar. Sense ni tan sols mirar-los, els vaig esparracar i els vaig llançar al terra.

—Si el toques, jo m'alçaré contra tu —vaig fer i el vaig desafiar amb la mirada.

Per un instant vaig pensar que era home mort. Vaig veure com la seva mà cercava l'espasa i com els guàrdies abaixaven les llances tot apuntant cap a mi. Però, de sobte la porta s'obrí i aparegué Lídia amb un infant als braços.

Estava tan formosa com quan va marxar. Em vaig oblidar de les llances que m'apuntaven i de tot allò que havia vingut a fer.

—Els dos homes més assenyats de l'Imperi, i es barallen? —va dir amb un somriure—. Tan greu és l'ofensa?

Aeci es va relaxar. Va aixecar la mà i els guàrdies recuperaren la posició.

—Aquest és el nostre fill Carpili —em va dir Lídia, i me'l mostrà.

Vaig acaronar la galta de l'infant. Era la viva imatge de la seva mare. Per un instant vaig imaginar que el món era un altre, que ella i jo estàvem casats i que aquelles paraules significaven que el fill era nostre, d'ella i meu.

—Com està la meva amiga Júlia? —em preguntà Lídia i els meus pensaments van desaparèixer per retornar a la realitat.

—Feliç pel teu retorn i amb ganes d'explicar-te moltes coses.

—Ets noble i valent —va fer Aeci, i el vaig mirar—. Vas servir Bonifaci amb lleialtat i espero que facis el mateix amb mi. No et vull cap mal. Ben al contrari, penso que podem ser bons amics i millors companys.

—D'això no en tinc cap dubte. Mai no he refusat l'amistat d'algú que decideix seguir els dictats de la raó i mai de l'odi o de l'afany de venjança —vaig respondre—. Permet que Sebastià abandoni aquestes terres i que es pugui endur amb ell qui vulgui acompanyar-lo. Llavors, entendré que serveixo un home just i magnànim i la meva lleialtat serà tan gran com la que vaig tenir amb Bonifaci.

—Si demà segueix a Ravena, morirà —va fer, i es va tombar d'esquena.

Vaig inclinar-me davant Lídia, però ella s'atansà i m'abraçà. Va posar la seva galta al costat de la meva i va fer un petó a l'aire.

Dos dies després la vaig tornar a trobar. Estava sola amb Carpili i vam poder parlar.

—Ets feliç? —li vaig preguntar.

Ella va agafar en braços Carpili i em va somriure.

—Aeci és noble i és un bon pare. No és massa afectuós, però té un gran cor i és amable amb mi. He tingut sort.

—Llavors, jo també soc feliç —vaig fer.

Ara era esposa i mare. Ara ja tenia responsabilitats i havíem d'oblidar el passat. L'hi vaig agrair, malgrat que les meves idees eren clares. Si Aeci havia de ser un amic, ella era sagrada. I li vaig dedicar un ampli somriure. Ens havíem entès.

Sebastià va tenir temps per marxar amb deu mil homes i se'n va anar cap a Hispània. Mai més no el vaig tornar a veure. Sé que va morir anys després, lluitant contra els vàndals, al servei dels sueus. Però, si més no, Aeci no es va embrutar les mans amb la seva sang.

És així com Roma, l'imperi d'Occident, va acceptar el retorn d'un general i li va atorgar tot el poder.

*** ***

Qui més ho va agrair va ser Júlia, perquè va retrobar de nou Lídia, la seva amiga d'infantesa, i van renovar una amistat llargament adormida. Ambdues dones eren més madures, més reposades i més assenyades. Elles van aconseguir que Aeci i jo oblidéssim tots els petits frecs i encetéssim una sincera amistat.

També és cert que Lídia havia canviat. Recordava el seu tarannà de quan era a Cartago i el seu somrís mig trist. Ara, per contra, se la veia feliç. Era, com deia Aeci, una femella satisfeta. Perquè Aeci no podia amagar que havia estat entre els huns i parlava com un bàrbar quan es referia a les dones. «Una dona ben follada, és una dona contenta», reia sovint. No m'agradava aquella forma d'expressar-se, sobretot perquè es referia a Lídia, però l'hi acceptava. Ell era així. Dur i a estones groller, però noble i valent.

Un cop va acabar la seva tasca a Ravena, Aeci va establir el seu quarter general a Arle, per tal de controlar la Gàl·lia, i l'emperadriu va seguir governant un palau ple d'intrigues i una cort que ja feia pudor, mentre a mi se'm confirmava la responsabilitat del control de les tropes establertes a Cesena, al sud de la capital, i Júlia i Lídia s'entristien per haver de separar-se de nou, però amb la promesa que s'escriurien cada setmana per explicar-se totes aquelles coses que les dones volen saber i que les manté vives i informades.

6.- TEODORIC I ELS VISIGOTS

El dia que Marc va arribar amb la notícia que abandonava l'escola militar per integrar-se de ple a la seva vida professional, perquè ja era un oficial, Júlia el va abraçar amb llàgrimes als ulls, va prendre l'anell que jo li havia regalat anys enrere, abans de marxar cap a l'Àfrica, aquell amb dos coloms gravats damunt d'un niu, i l'hi va donar.

—Et portarà sort i et protegirà de tot mal, perquè amb ell hi serem el teu pare i jo —va fer i, altre cop, les llàgrimes inundaren l'estança i se li aplegaren les de Serena.

Confesso que vaig ser a punt de plorar com una dona davant de l'abraçada amb què ens va obsequiar el nostre fill Marc. I és que una mare, quan s'hi aboca de valent, acaba arrossegant tothom que és al seu voltant. Bé, tothom... excepte Antoni. Ell s'ho mirava amb ganes de riure. A ell, encara un infant a les portes de l'adolescència, tot allò li sonava a sentiments de dones i, fins i tot, es va atrevir a fer broma quan ja no el podia veure.

Marc va ser assignat a la guàrdia de palau. Per mi no era el millor lloc, perquè no gaudia de cap mena d'experiència i, com deia el meu pare, abans de descansar s'ha d'haver lluitat. Però, Valentinià l'havia triat personalment. Tal vegada es pensava que em feia un favor i, per tant, no vaig protestar. Podia haver recorregut a Aeci, naturalment. Tanmateix, potser hauria ofès l'emperador. El pobre seguia conservant un gran afecte per mi, malgrat que no ens vèiem gaire sovint. Només de temps en temps, quan visitava palau per informar l'emperadriu, me l'havia trobat als passadissos.

El fill de Gal·la Placídia caminava cada cop amb més afectació i els seus ulls mostraven els estralls d'una vida de vici. No era gens estrany que no arribés sobri a mitja tarda.

En certa ocasió Valentinià em va prendre pel braç i m'obligà a entrar a les seves estances privades. Volia mostrar-me-les. Va ser llavors que em vaig adonar que m'admirava. Desitjava ser com jo, em repetia un i altre cop, mentre m'oferia tot allò que tenia a la vista.

—La vols? —va fer assenyalant una de les criades—. La pots prendre ara mateix, aquí o al bany. Farà tot allò que vulguis, sense cap límit. O t'estimes més...? —i em va mostrar un jove que devia tenir poc més de quinze anys—. És tendre i dolç com mai no podràs imaginar i sap moltes coses sobre el cos i els plaers.

—Potser un altre dia. Ara m'espera l'emperadriu.

—I és clar —va fer apartant la mirada—. Però, l'emperador sóc jo.

—El poble espera amb entusiasme que el seu emperador tingui un fill —vaig somriure—. Aquesta és la gran tasca que tens al davant.

I vaig sortir. Un cop fora, el cap em rodava. Què seria de nosaltres el dia que Valentinià regnés? Més valia que Licínia quedés embarassada ben aviat. Llavors vaig pensar en el meu fill, que havia de servir entre aquells murs. No m'agradava, gens ni mica, que l'emperador pensés que em feia un favor, perquè és un embolic, això de les relacions i dels regals que no has demanat. Per què aquells que t'envolten i t'aprecien prenen decisions per tu? No seria millor esperar que els ho demanessis? De vegades penso que sempre hi ha gent disposada a salvar-te la vida quan tu ni tan sols et sents en perill. Però, sobretot, em preocupava que l'emperador, algun dia, s'imaginés que bé podia demanar un preu per aquest caprici en forma de present.

*** ***

La pau seguia regnant als territoris governats per Aeci i vaig rebre un missatge seu. Em demanava que m'atansés a Arle per tal de discutir un possible pla per recuperar l'Àfrica, tot aprofitant que Cartago encara es mantenia dreta.

Gal·la Placídia no hi tenia res a dir. De fet, restava confinada a palau i governava una capital cada cop més buida de poder i cada cop més plena de brutícia i de vicis, on l'emperador no tan sols havia retornat a les seves afeccions sexuals, sinó que ara incloïa jocs cada cop més arriscats. Els rumors apuntaven que, en alguna ocasió, els metges havien hagut de córrer per salvar la vida d'alguna jove amb qui Valentinià i els seus servents havien anat massa lluny. Mentre, la seva mare o callava o ho aprovava, quan no l'empenyia per tal de seguir manant i, en una contradicció absurda i cruel, mantenia l'ala est de palau com si fos un recinte sagrat on hi vivia la princesa Honòria envoltada d'una aurèola de santedat i puresa virginal.

Serena m'havia informat que Pulquèria, seguint les peticions de Gal·la Placídia, havia cercat un pretendent prou adient per a tan alta persona que, endemés, servís per establir una nova aliança entre l'Orient i l'Occident, però la princesa els havia rebutjat tots, l'un darrere l'altre, desafiant la fúria de la seva mare que l'amenaçava de tancar-la en un convent.

—Em casaré amb qui jo vulgui —explicava Serena que Honòria havia fet diverses vegades, quan discutia del tema amb Gal·la Placídia, que seguia creguda que podia governar la vida de tothom.

I enmig d'aquestes disputes de palau, quan jo em disposava a sortir cap a Arle amb una carta llarguíssima de Júlia per a Lídia, en la que només li explicava el que havia passat en les darreres setmanes, però amb un detall exquisit que gairebé permetia dibuixar-ho tot amb els ulls de la imaginació, els burgundis van atacar pel nord la Bèlgica i la Germània Inferior.

No vaig tenir temps de lliurar la carta. Ni tan sols vaig veure Lídia. Aeci era a punt de marxar, m'hi vaig afegir i vam sortir cap a l'est per torbar-nos amb Àtila. Només vaig tenir temps per enviar un missatge a Júlia. «Tornaré de seguida que tot això s'acabi», li deia.

*** ***

Aquell va ser el primer cop que el vaig veure, i era tal com me l'havia descrit el meu general. Fins i tot, més agressiu. Ens esperava a una tenda feta amb pells, enmig del seu campament. Vam entrar després que els dos homes de la porta, grans com gegants, amb uns rostres brutals i una mirada dura, ens franquegessin el pas. L'interior era espaiós i s'endevinava còmode, amb tot el terra cobert de pells, excepte el centre, on havien disposat unes pedres en forma de cercle i que servia per encendre-hi foc i escalfar les nits fredes d'aquelles contrades.

Àtila estava assegut davant d'una taula de fusta. Només veure'ns, es va aixecar, va venir corrents i va saludar Aeci amb una abraçada d'os, mentre cridava i reia com un foll.

—El meu germà —feia—. El meu germà estimat —i el va aixecar del terra i va iniciar una estranya dansa amb ell. De sobte, em descobrí i s'aturà. Va clavar la seva mirada als meus ulls i va fer—: I aquest, qui és?

—El noble Sever. La meva mà dreta —respongué Aeci. Llavors, rigué—. La seva mare és morta —va dir.

—Quina pena —comentà Àtila i em va seguir mirant sense parpellejar.

127

El rei dels huns parlava llatí prou correctament, però amb un fort accent estranger. Durant força estona van recordar anècdotes dels vells temps. De tant en tant Aeci colava algunes paraules sobre l'objecte de la seva visita. Volia més soldats per enfrontar-se als burgundis. Però, curiosament, semblaven tímids intents de desviar una conversa informal. Encara molta més estona després, Àtila li insinuà que podia deixar-li cinquanta mil homes i Aeci va fer com si no l'hagués sentit.

Reien de tot i després de beure uns quants gots de vi Àtila preguntà per Lídia i Aeci li va tornar el compliment preguntant per Enga. Vaig deduir que era la seva esposa, però, immediatament, Aeci va preguntar per tres o quatre dones més i no vaig saber si eren filles o amants o alguna altra cosa, perquè parlaven a mitges, sense acabar les frases. Jo assistia a aquella conversa com l'espectador mut, perquè poc hi podia entrar en un diàleg tan personal. De sobte, van guardar silenci, com si se'ls hagués acabat el tema de conversa. Així van romandre temps i temps, mentre Àtila m'observava i em feia sentir incòmode i cada cop més tens. Desitjava que allò acabés d'una vegada, però Aeci semblava no tenir pressa. Vaig aguantar amb fermesa.

—L'has avisat? —va trencar el silenci Àtila.

—No —respongué Aeci.

—Entesos, entesos —mogué el cap amunt i avall, amb aquell coll de brau— Què rebré a canvi?

—Són terres riques, les del nord. Blat suficient com per omplir tots els teus graners.

—Durant tot un any —puntualitzà Àtila, i afegí—: i mil lliures d'or.

—Tres-centes.

—Vuit-centes.

—Cinc-centes.

—Avançades.

—Les tindràs d'aquí pocs dies.

Ens vam acomiadar al vespre i vam tornar al nostre campament, moment que vaig aprofitar per fer algunes preguntes a Aeci sobre aquell estrany personatge.

—Negociar amb el huns és difícil. Se'ls ha de conèixer. I Àtila encara és més difícil de conèixer. El silenci li ha servit per veure si em sento valent. Si l'hagués trencat significaria que tinc pressa i que els burgundis em fan por. I si l'haguessis trencat tu, significaria que no disposo d'homes prou valents i lleials. Comprens?

—No gaire —vaig fer un gest amb el cap—. Què ha volgut dir, amb allò de si l'havies avisat? A qui havies d'avisar?

—A tu. La pregunta volia dir si jo t'havia advertit que passaries la prova del silenci. I la resposta l'ha complagut.

—Podies haver mentit.

— Algun dia, possiblement, ens buscarem per matar-nos l'un a l'altre, però ni ell em mentirà mai ni jo a ell —somrigué—. Són unes bèsties, però la seva paraula és llei.

—I per què li has dit que la meva mare és morta?

Aeci aturà el cavall, em va mirar als ulls, va esclafir a riure i va fer:

—És un vell costum dels huns interessar-se per la mare dels estrangers —i prosseguí sense cap més explicació.

Encara hauria d'esperar un temps per entendre aquell estrany costum.

*** ***

Vaig tornar a Arle, mentre ell es quedava a la Panònia, i sense ni tan sols aturar-me, vaig prendre el comandament d'una força de vint mil homes, vaig sortir cap al nord i vaig travessar la Gàl·lia per retrobar el meu cap que ja havia pujat amb els huns que li havia deixat el seu amic Àtila (a bon preu) i aplegar-me en una campanya que duraria prop d'un any.

A la part alta de la Gàl·lia, a la frontera amb la Germània, vaig iniciar una etapa dura al capdavant d'una part de la cavalleria escita.

Tenia raó Aeci. Aquells homes eren bèsties salvatges que es llançaven damunt l'enemic amb crits i cops de destral. Vint mil burgundis moriren en els poc més de dotze mesos que durà la campanya del nord i la resta no va tenir altre remei que retirar-se a les muntanyes de la Savoia i reconèixer l'autoritat de Valentinià i Gal·la Placídia. O potser millor dit: l'autoritat d'Aeci, perquè l'emperadriu poc hi comptava en aquelles decisions i Valentinià no tenia ni idea d'allò que estava succeint. Penso que ni tan sols sabia que s'estava lluitant per mantenir una part del seu imperi...

Van ser una bona colla de mesos inacabables, farcits de lluita i d'horror, durant els quals em vaig contagiar de la follia dels huns. Quan entrava en combat ho feia amb ràbia, procurant que la meva entrega fos total, i em descobria descarregant cada cop amb una fúria com no havia conegut mai, que enardia els meus soldats i obria escletxes que esdevenien abismes entre les files enemigues. Llavors, vaig sentir pena per mi, per tots aquells canvis que m'allunyaven dels meus avantpassats i m'apropaven a la bestialitat dels meus nous soldats. Arribada la nit, m'asseia a la tenda i em demanava pel significat de totes aquelles contradiccions. Sense obtenir-ne cap resposta, però.

Tant i tant em vaig lliurar a l'empresa que Aeci em va felicitar i em prometé que quan tot allò acabés i tornéssim a Ravena em concediria qualsevol desig.

Finalment, el nord de la Gàl·lia va restar en pau i Aeci va decidir que havia arribat el moment d'ocupar-se de Teodoric, que havia aprofitat l'absència del brau general per assetjar Narbona i sumir els seus habitants en la fam i la misèria. Sempre ha estat igual. Tothom aprofita una petita revolta per sumar-s'hi i demanar més.

Vaig acceptar la nova ordre de partir cap al sud i aplegar-me al comte Litorius. No és que em sentís amb ànims, però algú ho havia de fer i Aeci havia de retornar a Ravena i fer-se càrrec de les negociacions que tenien lloc entre l'emperadriu i els ambaixadors de Genseric, no fos que Gal·la Placídia prengués decisions que, tal com deia el meu general, encara ens portessin més desgràcies. Era evident que Aeci confiava més en un escurçó que no en aquella dona, la qual menyspreava a la més petita ocasió.

Déu meu! Vivíem una època de folls, amb fronts pertot arreu, lluites inacabables, i milers i milers de morts. L'estada al nord de la Gàl·lia, amb els huns al costat, aquells mesos de la meva vida, no van servir per altra cosa que per avorrir la sang i acabar sentint llàstima dels presoners que eren escorxats per les bèsties humanes, mentre Aeci ho permetia i, fins i tot, ho estimulava.

Només quan tot havia acabat, em vaig esgarrifar de l'extrem al qual pot arribar l'ésser humà, però no vaig tenir gaire temps per més cabòries. Vaig rebre el grau de general i vaig marxar cap al sud.

*** ***

El comte Litòrius era un oficial sense gaire experiència, fatu i poc amic d'escoltar consells. Un imbècil i un cregut que mantenia l'esquena ben dreta damunt la sella i vivia convençut que el nom de la seva família ja li atorgava tot honor. Això ho vaig descobrir només creuar unes paraules amb ell. Tanmateix, no va tenir altre remei que seguir les meves directrius. Jo era general i arribava amb ordres directes d'Aeci i manava sobre ell.

Al capdavant dels deu mil homes que havia dut amb mi, així que vaig veure la possibilitat, em vaig colar entre les tropes dels visigots de Teodoric que estaven acampades davant mateix de les muralles de Narbona, confiats que Aeci encara romania perseguint els burgundis. Aquella nit sense lluna, fosca com una gola d'un llop, una llarga filera de soldats huns silenciosos com una guineu que s'atansa a les gallines, amb mi al capdavant, conduïts per un pastor que coneixia aquelles contrades com el palmell de la mà, fins a l'extrem que era capaç de bellugar-se a ulls clucs, vaig travessar les línies enemigues seguit de cinc-cents homes, cadascun d'ells amb dos sacs de blat a l'esquena, i vam entrar a una ciutat mig morta de fam que gairebé havia perdut tota esperança de salvació.

Mai no hauria imaginat que els huns, aquells bàrbars cridaners, fossin capaços de caminar amb tant de sigil, sense pronunciar un sol mot ni bellugar una sola fulla al seu pas, seguint les meves ordres amb absoluta exactitud. Aquell dia vaig sentir un profund respecte i una gran admiració per uns homes que sempre havia catalogat de bèsties salvatges. Ara veia clar que no era gens estrany que Àtila hagués conquerit gairebé tot el nord d'Europa. Es movien com cucs, tots a una, seguint una única consigna i tenien més disciplina que els nostres soldats, però no ho havia esbrinat fins aquell instant perquè tots els altres atacs, durant dotze mesos, van ser salvatges.

Tres dies després, un cop recuperades les forces, en aparèixer les primeres llums de l'albada, les portes de la ciutat s'obriren i una multitud armada amb qualsevulla cosa que pogués servir per atacar sortiren tot corrents cap al campament enemic entre crits esgarrifosos que feien tremolar el vent, mentre la cavalleria de Litòrius avançava per la rereguarda i infringia un càstig que va obligar els visigots a fugir esperitats, sense cap ordre ni concert.

En caure el sol, aquell mateix vespre, una estesa de cadàvers cobria la plana. Narbona havia estat alliberada i el setge havia conclòs. Els huns van arrasar tot el campament enemic i van arreplegar amb tot allò que podia considerar-se part d'un botí. El comte Litòrius, al meu costat, s'ho mirava des de les muralles amb un deix de menyspreu, que contrastava poderosament amb el sentiment de gratitud que omplia els cors dels narbonesos. Jo també contemplava el foc que cremava les tendes dels visigots i escoltava els crits salvatges dels huns, però no els jutjava. Havien lluitat i havien vençut. Havien alliberat Narbona i ningú no els havia de retreure res de res. Ben al contrari, s'havien guanyat el nostre respecte i la nostra admiració.

Dos dies després vaig abandonar la ciutat i vaig sortir camí d'Arle amb una petita columna de soldats. Enrere quedaven les lluites i els mesos i mesos de llarga campanya.

El viatge va ser llarg, massa llarg, malgrat que el vaig fer de pressa, i només em vaig sentir tranquil quan vaig veure les muralles d'Arle que s'alçaven imponents davant dels meus ulls i que obriren les portes per deixar entrar qui arribava com a vencedor. Tanmateix, Aeci no hi era, sinó que havia hagut de marxar a Ravena. Vaig estar temptat de seguir cap a la capital, però Lídia m'ho va impedir. Estava massa cansat per continuar, em va dir, i em va convidar a sopar i a descansar fins l'endemà.

Déu meu! Com passa el temps quan ets lluny de tot! Durant aquells mesos de campanya Lídia va donar a Aeci un segon infant, a qui van posar per nom Gaudenci, en honor del pare del brillant general. Seguia sent tan formosa com sempre. Li vaig lliurar la carta que duia amb mi des de feia més d'un any.

—No sé si t'explicarà alguna novetat, però jo he complert el meu encàrrec —vaig fer broma.

—Estic molt contenta de veure l'amistat que us uneix, a tu i al meu marit —em va dir, deixant a una banda la carta—. Fa algun temps em vas preguntar si era feliç. Ho ets tu, amb Júlia?

—La felicitat és un estat ideal que tothom persegueix i que mai no acaba de trobar —vaig fer—. Tanmateix, no em puc queixar. Júlia és una gran dona —i vaig guardar silenci. No volia seguir per aquell camí —. Què se n'ha fet d'Emília?

—Li vas donar tantes monedes que va poder comprar la seva llibertat —somrigué ella.

—Guardo un gran record d'aquells dies i...

—Jo també —em tallà, adoptant un posat seriós—. Però, tinc ben present les teves darreres paraules, a la mort de Bonifaci, i no voldria que algun dia ens hagin de reclamar allò que no ens pertany.

Vaig assentir lentament. Tenia raó i no hi va haver més confidències, sinó que la resta de la vetllada vam parlar de temes banals i de records de Cartago, de les festes i de la riquesa que s'esmerçava a les cases dels nobles.

L'endemà, a primera hora, havent reposat forces, em vaig acomiadar d'ella i vaig marxar cap a Ravena.

Aeci m'esperava al petit palau que ocupava a l'oest de la ciutat. En veure'm entrar a la sala que li servia per reunir-se amb els altres oficials, es llevà i va venir per abraçar el seu amic.

—Victòria total! —vaig fer—. Teodoric ha hagut de retirar-se i ha perdut milers i milers d'homes.

—Bé! Ara sí que ens podem enfrontar a aquests imbècils i derrotar-los —rigué Aeci—. Genseric ha enviat els seus ambaixadors amb la pretensió de fer-se càrrec de Cartago. Ha arribat el moment de fer-lo fora. Aspar ja té preparada la flota i només espera l'ordre per sortir.

135

Parlava entusiasmat, ja veia la victòria damunt dels mapes i ja feia plans sobre el futur de l'Imperi. M'hi vaig afegir, a la seva alegria.

—Qui li durà aquesta ordre? —vaig preguntar.

Una rialla il·luminà el rostre d'Aeci.

—Tu —digué.

—Em vas dir que quan tornés, em concediries allò que et demanés. M'estimo més que enviïs un altre —vaig respondre, mentre em tombava i baixava els ulls per mirar els mapes que hi havia damunt la taula.

—A qui has fet cornut, a Constantinoble? —em va preguntar amb una riota.

—Si hagués de donar raons i satisfacció a tots els cornuts que vaig deixar a Cartago, no faria altra cosa en tota la resta de la meva vida, però a Constantinoble no vaig tenir temps de tastar-ne ni una. Ara tinc ganes de seure una estona amb els meus i sentir-me a casa.

—Perdona. Tens raó —va fer—. Has estat fora més d'un any i et mereixes un bon descans.

Quan vaig arribar a casa, Júlia m'hi esperava. Havia ordenat preparar menjar i una gerra del millor vi del celler. La vaig abraçar amb molta força, fins gairebé fer-li mal. Ella ho havia disposat tot perquè ens deixessin sols i em va obligar a prendre un bon bany, mentre em fregava lentament cada centímetre de la pell i m'excitava sense deixar que la toqués. Allò em recordava temps passats.

L'aigua era calenta. Júlia va prendre unes figues, les va obrir i me les fregà per tot el cos. Després, es va despullar i va entrar dins del bany. S'havia perfumat amb aigua de roses. Va allargar la mà, va prendre la gerra de vi, la va aixecar i va deixar caure aquell líquid vermell pel seu coll, mentre em posava els pits a l'alçada de la boca i es movia per tal que semblés que brollava dels seus mugrons. Vaig beure a plaer, llepant la punta desafiant d'aquelles mamelles. Llavors, ella es va aixecar i el vi va seguir caient fins perdre's entre el pèl del pubis i aparèixer sucant-li les cuixes. Allà sí que m'hi vaig ofegar per enter i la meva llengua apartà els seus llavis i cercà l'interior de la vagina per xuclar les seves mels. Però, quan la vaig penetrar, mentre tancava els ulls, la imatge de Lídia se'm va aparèixer. Ara era conscient que l'havia desitjada i que el record de les estones passades amb ella no s'havien esvaït del tot (ni molt menys!), malgrat el temps i la distància.

*** ***

Quan gairebé ja érem a punt de marxar amb l'exèrcit cap al sud, el destí es va girar, perquè el comte Litòrius prengué la més estúpida de les decisions i va atacar Tolosa. El molt imbècil, inflat per la victòria de Narbona, una victòria que ell va fer seva, oblidant tota prudència i creient-se un general invicte, es posà al front de les tropes dels huns que Aeci li havia deixat i ordenà assetjar la ciutat on s'havia refugiat Teodoric, que va enviar com ambaixadors dos bisbes amb una oferta de pau.

—Digueu-li a aquest salvatge que només acceptaré la seva rendició incondicional —respongué Litorius un i altre cop, assegut com estava a la tenda del seu orgull.

Aeci sabia que mai no has d'acorralar els homes fins a l'extrem de no deixar-los la possibilitat de fugir o d'arribar a una pau honorable, perquè en el fons de l'ésser humà s'amaga l'animal que es desvetlla quan l'últim recurs esdevé el coratge de la desesperança. Però, aquell imbècil no va tenir en compte aquesta norma d'or i va seguir assetjant i atacant les muralles de Tolosa que queien lentament i s'omplien de cendres, mentre ell ho contemplava amb plaer malaltís.

Teodoric, ben al contrari que el seu atacant, s'armà de prudència i estudià amb molta cura les seves possibilitats. La ciutat de Tolosa ocupava un recinte prou ampli, però la vertadera fortalesa es trobava enmig de la plana, envoltada per un sotal ple d'aigua que moria als peus de la muralla i impedia que els assetjants poguessin atansar-se amb escales, perquè eren atrapats sota una pluja de fletxes. Únicament un pas estret amb un pont ben guardat per dues torres coronades amb uns bons merlets permetia accedir a l'interior del recinte. I el comte havia comès l'error d'iniciar un setge sense estar-ne preparat. Els boscos eren lluny i no disposava de torres ni tampoc podia construir-les.

Durant dies i dies Litòrius va seguir enviant els seus homes contra uns murs inexpugnables, confiant que aquells atacs minvarien la confiança i les forces dels estadants, mentre les provisions s'esgotaven i les energies els mancaven. Déu meu! Poc va recordar que Narbona havia resistit fins a l'extenuació i que mai no es va rendir.

Les notícies d'aquella follia van viatjar per tot el sud de la Gàl·lia i arribaren el palau de Ravena, sembrant la preocupació entre tots nosaltres.

—És idiota, és idiota! —no parava de bramar Aeci i es movia amunt i avall com un animal engabiat, mentre es desesperava— Però, com se li ha pogut ocórrer? Ja havíem guanyat i Teodoric ens respectava.

Poc després, va arribar la notícia que el comte Litòrius havia entrat a Tolosa i havia recorregut tots els seus carrers, però no com a vencedor, sinó com a presoner. Teodoric havia esperat el moment oportú i una nit les portes de la fortalesa s'obriren i el seu exèrcit assolà el campament romà, quan ningú ni s'ho ensumava. Les pèrdues, tant d'un costat com de l'altre, van ser considerables, però la desfeta de Litòrius era total.

Teodoric, després de les pèrdues a Narbona, amb un país enfonsat en la misèria i amb el coratge gairebé exhaurit havia estat capaç d'aixecar un setge i derrotar el seu opositor, teòricament molt superior damunt el paper, i ara exigia una reparació.

Aeci no podia abandonar Ravena i em va enviar a la recerca de Teodoric. Vaig maleir Litorius, perquè altre cop havia de marxar.

*** ***

Vaig arribar a tocar les aigües de la Roine amb trenta mil homes a les meves ordres en el mateix instant que les tropes del rei dels visigots es disposaven a creuar-les.

Des del costat est, mentre observava els seus moviments, em demanava si pagava la pena un nou enfrontament que costaria milers i milers de vides per no demostrar res de res, excepte l'estupidesa d'un pobre babau que s'imaginà que havia nascut per a la victòria, però la consigna d'Aeci era clara. Teodoric no havia de creuar el riu, encara que fos al preu de la mort. Això m'havia dit. Tanmateix, ningú no m'impedia d'intentar aturar-lo amb paraules, abans d'arribar a l'acció.

Durant tot un dia vaig estar estudiant el camp de batalla i plantejant la meva estratègia. L'endemà, un drap blanc penjat d'una llança precedí els cinc ambaixadors que vaig enviar a l'altra riba. Els visigots eren homes desesperats, afamats i amb el desig de venjança. Uns enemics temibles, tant com jo quan lluitava al nord amb el burgundis, i el meu cervell i el meu cor només pensaven en acabar aquella campanya i retornar a Ravena, al costat de Júlia, amb els meus fills, lluny dels camps de batalla. Estava fart de tanta lluita!

Els cinc ambaixadors arribaren al campament visigot i van ser rebuts amb fredor. Van deixar el meu missatge i aquella tarda, a primera hora, després que m'arribés la resposta de Teodoric acceptant l'encontre, vaig creuar el riu i em vaig trobar amb el rei.

Teodoric era un home alt i fort, amb una barba espessa i una mirada sincera. Ho vaig copsar de seguida. Ell tampoc desitjava un enfrontament, però arribaria fins on calgués per salvar el seu poble. Havia sentit a parlar de mi i de les meves accions al nord de la Gàl·lia, recordava perfectament que vaig ser jo, i no l'idiota de Litòrius, que havia aixecat el setge de Narbona. Ambdós, en els darrers mesos, havíem perdut molts homes i la guerra ja s'havia cobrat tota la sang que les cases dels seus súbdits estaven disposades a oferir, per la qual no va ser gaire difícil que s'imposés el seny.

Havia creuat la Roine gairebé sense escorta, amb una mostra de confiança en la seriositat i l'honor de Teodoric que inflamà l'admiració del rei, que m'esperava a l'altra riba envoltat pels seus sis fills, tots ells educats en la llengua llatina i a les escoles de l'Imperi.

—Tolosa ha sofert un setge espantós —vaig dir—. Però, Narbona també. Ambdós tenim coses per demandar i coses per reparar, però nosaltres no reclamarem res, i si el noble rei dels visigots no vol, no hi haurà guerra. La nostra emperadriu, reina vostra que va ser al costat d'Ataülf, no desitja l'enfrontament de dos pobles que han nascut per ser amics. Aquí tens les meves mans esteses en senyal de bona voluntat.

—No he estat jo, qui ha iniciat aquesta guerra —em va respondre—. Mai no he volgut cap enfrontament, però Litorius era ambiciós i cruel i ens empenyia cada cop més cap a l'oest, robant-nos les nostres terres. Només volem viure en pau, però en una pau digna.

—Tens la meva paraula que cap més romà no intentarà res contra tu ni contra el teu poble, perquè, si cal, jo mateix el mataré.

Les tropes romanes es retiraren cap a l'est, ensems que els visigots partien cap a l'oest i les aigües de la Roine seguiren baixant netes, transparents i cristal·lines. Era el primer cop, en més d'un any, que podia començar i acabar una acció sense que la sang embrutés les mans de ningú.

Darrere meu vaig deixar un amic de debò, algú que m'havia impressionat vivament i de qui n'havia obtingut el seu respecte. De manera que vaig tornar a Ravena per començar una nova vida, que aquest cop podia ser certa, perquè les negociacions amb Genseric havien donat com a fruit un acord i pel moment no calia atacar el nord d'Àfrica. El rei vàndal havia ofert unes garanties que Gal·la Placídia va estimar suficients i que van fer que el senat en ple votés per la pau. Tanmateix, allò no va acontentar Aeci, que em va venir a veure.

—Què et sembla, això de tenir Hunderic, el fill primogènit del rei vàndal, com ostatge? —em preguntà.

—Com vols estafar un estafador? —vaig contestar amb un somriure picardiós.

—Tens raó —em va dir. Ja ens havíem entès prou bé —. En prepara alguna de grossa. I molt em temo que és amb els huns. Hem de trobar una solució i aturar-los per poder preparar els nostres homes.

—Àtila és amic teu, oi?

—Sí, però ja vas veure que els huns distingeixen prou bé entre amistat i interès.

—Llavors, com ho farem?

—Necessito que algú aprengui qui són els huns. És bo si hem de negociar i sempre serà una arma més si algun dia ens hi hem d'enfrontar —em va mirar als ulls. Per un moment vaig témer que aquest algú fos jo, però Aeci també era home de paraula —. He pensat en el teu fill Marc —va fer—. Què me'n dius? És prou espavilat?

Vaig respirar alleugerit i, ensems, content. Aquella era una gran oportunitat per a Marc. Al costat dels huns aprendria força coses i tornaria amb experiència de combat.

—T'ho agraeixo molt —li vaig dir. I li agraïa tot plegat: que li donés l'oportunitat i que l'allunyés de palau.

—És una llàstima que el fill d'un brillant general perdi tot el seu valor envoltat per les meuques de Valentinià —em va respondre, i va marxar.

Les meuques de Valentinià! Ja ho podia ben dir! No hi havia manera que l'emperador deixés embarassada Licínia i, d'altra banda, els rumors sobre fills bastards que omplien Ravena no paraven d'enlairar-se. Les seves habitacions, explicaven, ja havien adquirit el rang de prostíbuls i Licínia dormia a prop de Gal·la Placídia, a l'ala sud del palau. De temps en temps, cada cop més espaiats, l'emperador visitava la seva esposa, feia sortir totes les serventes i s'hi estava una estona, però, segons explicava la mateixa Licínia a la seva cunyada Honòria, que ho transmetia a Serena, i aquesta a mi, poques vegades feien alguna cosa. De fet, Valentinià sempre arribava begut i cansat de sexe i la seva esposa s'havia de conformar sentint-lo roncar al seu costat. Pobra Licínia! I jo que li havia dit, a Constantinoble, que Valentinià feia honor al seu nom...

Aquest era el panorama que es dibuixava a la cort de Ravena, que vivia sota el mantell de la dona més ambiciosa que mai no he conegut, mentre Aeci no parava de pensar la millor manera de conservar un Imperi que cada cop tenia menys terres i més problemes.

7.- UN NOU IMPERI

Bon amic Pau, temps després, quan Marc va tornar, em va acabar d'explicar allò que trobaràs a les seves cartes i que t'adjunto a aquest escrit que corona i completa el seu relat.

Com molt bé saps, una cosa és la llegenda i una altra ben diferent el fet en el qual es basa. Allò que jo t'explico és el relat de Marc, en qui he confiat plenament perquè era prou assenyat. És la història que ell escoltà de primera mà d'aquells que l'havien viscuda directament i que encara no havien tingut temps per afegir-hi el producte d'una imaginació massa escalfada.

Suposo que hauràs conegut versions de tot tipus i, tal vegada, hauràs sentit que la vedella era negra com la nit i que el seu pèl brillava com si fos dels mateixos dimonis. Jo m'estimo més creure'm el meu fill, que deia que era marró amb taques blanques, malgrat que poc importa el color, a menys que pretenguis que tot plegat sigui un prodigi i, llavors, els detalls també s'han de vestir. Tanmateix, si som sincers, allò que havia de canviar el curs de la història no era la seva pell, sinó la seva sang. I la sang, deixem-nos de bajanades, sempre és vermella.

La vedella s'havia apartat del ramat i caminava lentament per les pastures oferint un espectacle bucòlic de pau i verdor. El pastor s'hi va fixar, que s'endarreria, va prendre el sarró, se'l cavalcà a l'espatlla i pujà el petit turó per recuperar-la. Quan ja era a prop s'adonà que l'animal anava coix. Es va atansar, l'examinà i descobrí a la pota davantera esquerra un tall net i profund que sagnava. El renec omplí les contrades fins atrapar el bosc. La ferida era prou important i l'animal moriria, perquè no podia quedar-se per guarir-lo. Era ben avançada la tardor, començava a fer fresca i havia de marxar cap al sud. A dues llegües de camí, tot baixant cap a l'est trobaria Sirmium, l'antiga fortalesa romana convertida en ciutat dels huns. Si aconseguia arribar-hi abans no es dessagnés, encara podria vendre la vedella per carn i, si més no, alguna cosa en trauria.

Què podia haver produït aquella ferida?, es demanà el pobre home. El tall era tan net i tan recte que no creia que fos cap pedra, per més afilat que tingués un cantó. Recolzat en el bastó contemplà el petit reguerol de sang que tacava l'herba verda i que pujava amunt. El resseguí. Unes passes més enllà, gairebé enterrat pels matolls, brillava un tros de metall. El pastor apartà la fullaraca amb el bastó i esgarrapà la terra del voltant fins desenterrar una espasa gran (enorme!) i pesant.

Tothom que l'hagués vist hauria pensat que era un foll, un pobre pastor cobert amb les pells que havia perdut el senderi i corria tot sol amb una espasa tan gran que no podia mantenir-la dreta sense l'ajut de les dues mans.

Va replegar el ramat, va embolicar l'espasa amb una pell, se la penjà a l'esquena i va baixar fins a la plana.

El soldat que guardava les portes de Sirmium va aturar el pastor. No podia entrar amb el ramat, li va dir. I el pobre home va intentar explicar-li que volia veure Àtila, que duia una cosa per a ell. Parlava dels déus que l'havien visitat mentre s'estava a les pastures amb les vaques, els bous i les vedelles i de com li havien enviat una visió i de com l'havien guiat fins mostrar-li el seu poder.

—Un miracle, un miracle! —no parava de repetir el pastor.

El soldat va cridar el seu cap i aquest va intentar esbrinar allò que volia aquell desgraciat i després de força estona va decidir que el millor era que deixés el ramat allà i endur-se'l a palau, on un altre oficial va aconseguir, després de molt pregar, que el pastor li mostrés l'espasa que duia amagada amb la pell i penjada a l'esquena.

Era gran i brillava. La fulla estava molt ben esmolada, perfecta, com si no hagués participat en cap combat, i el puny daurat tenia incrustacions de pedres precioses que arrencaven reflexos de la llum del sol. L'oficial va voler prendre-li, però el pastor s'hi oposà amb totes les seves forces. Volia, tant sí com no, lliurar-la a Àtila personalment i no permetria que ningú la hi prengués.

L'oficial va conduir el pastor pels passadissos del palau de fusta fins a la sala gran, la que donava damunt del riu. Aquell era el primer palau que els huns van construir per ordre d'Uldin, germà de Ruas i Mundzuk, oncle d'Àtila i Bleda, fill de Turda i nét d'Atel. «Per què perdre el temps, si la fusta es treballa més senzillament i ràpida que la pedra i també permet edificar defenses segures?», li van dir a Marc, quan va ser amb ells. Si tots raonéssim de la mateixa manera, la civilització romana no existiria ni sabríem treballar la pedra ni hauríem construït calçades ni aqüeductes ni ciutats ni res de res. Tanmateix, a ells ja els anava prou bé i s'hi conformaven sense badar boca. També és cert que els costa de fer-se als hàbits de la nostra cultura, perquè són un poble acostumat als freds del nord, a viure de la caça i a pasturar per les muntanyes, sense disposar d'un lloc fix on establir-s'hi.

El poderós Àtila, assegut a la taula llarga que li servia per rebre el Consell, va observar l'espasa que el pastor va dipositar-hi al damunt. Era enorme i preciosa, com mai no n'havia vist d'altra. La va prendre amb una mà i notà el pes, però l'aixecà amb força fins mantenir-la ben dreta.

—On l'has trobada? —demanà, sense apartar els ulls d'aquells reflexos daurats que l'atreien com la més encisadora de les vestals.

—Era al terra, entre uns matolls, amagada, mig enterrada —explicà el pastor, amb mirada de foll il·luminat—. Si no hagués estat per la vedella mai no l'hauria vista.

—Crideu Eslaw —ordenà Àtila.

El soldat abandonà l'estança per complir l'ordre i el rei dels huns va pagar el pastor amb una bona bossa de monedes romanes, de les que havien rebut de mans de Teodosi per la vida dels captius. El bon home abandonà l'estança gairebé tremolant d'emoció. Valia més aquella bossa que tot el seu ramat. Era un home ric, immensament ric.

Poc després, l'antic conseller i ambaixador de Ruas es presentà i examinà amb molta cura l'espasa. Li donà voltes i més voltes, la sospesà una i altra vegada i va estudiar totes i cadascuna de les incrustacions del puny fins aturar-se a una figura en relleu que semblava un guerrer damunt d'un carruatge.

—És l'espasa de Mart. No hi ha dubte —digué Eslaw.

—Llavors, és un senyal —féu Àtila i prengué de nou l'espasa per brandar-la una i altra vegada. De sobte s'aturà—. Que vinguin tots els meus generals —digué, i clavà l'espasa damunt la taula amb un sol cop.

L'espasa restà dreta, fimbrant a cantó i cantó, mentre el sol arrencava espurnes de la seva fulla.

Una altra coincidència havia de sumar-s'hi per acabar de modificar el curs de l'esdevenidor. Dos dies després, tal com era previst, Bleda arribà a Sirmium acompanyat d'Scotta, el seu general. Bleda regnava a la

Dàcia i venia per fer una visita de cortesia al seu germà i caçar plegats. Era durant les caceres que tractaven els temes importants, perquè ningú no els destorbava. Diuen que va ser en una cacera, on van decidir que l'Orient havia de pagar un tribut per tal obtenir la pau, base de tota la negociació que va costar molt cara a l'emperador Teodosi.

En arribar a les portes, Bleda trobà un poble que celebrava una gran festa. Primer va pensar que era per rebre'l i se sentí afalagat, però la seva alegria no va trigar gaire a desaparèixer.

—Àtila ha descobert l'espasa de Mart —el van informar els soldats de la porta.

—L'espasa de Mart no existeix —somrigué Bleda—. És una llegenda.

—Jo l'he vista —replicà el soldat i engrandí els ulls mentre obria els braços per donar una idea de les dimensions—. És la més gran que et puguis imaginar.

Bleda i el seu seguici avançaren pels carrers plens de gent i de cridòria per dirigir-se a palau. El sol queia per l'horitzó i les fustes de l'estacada allargaven les seves ombres com si fossin fantasmes que predeien l'arribada de la foscor, per la qual cosa els habitants ja havien començat a encendre focs i torxes. Els nouvinguts seguiren avançant lentament, s'aturaren a la porta, descavalcaren i uns soldats es feren càrrec de les muntures, i pujaren fins a la sala gran on tenia lloc la magna celebració.

La sala era plena de gom a gom i en aquell moment havien començat a dipositar damunt les taules les safates de carn. Per la fila que feien els convidats, era evident que ja portaven força estona bellugant les gerres de vi.

Bleda i els seus homes es quedaren quiets tot just entrar. Només veure'l, Àtila s'aixecà i va venir fins al seu germà per abraçar-lo.

—Benvolgut, germà. És un gran dia per als huns — va fer i el va conduir fins a un altar de pedra que havia ordenat aixecar enmig de la sala—. He trobat l'espasa de Mart —i assenyalà l'arma que havien col·locat dreta, clavada a la roca.

Bleda esguardà el puny i la fulla brillant. El soldat no l'havia enganyat. Era l'espasa més gran que mai no havia vist. La va tocar per comprovar que era de debò, que no representava cap somni ni cap visió fantasmal. El fil era tan esmolat que podria tallar la pell d'un os només acaronar-la.

—Aixeca-la —va dir Àtila. Els presents, tots plegats, guardaven silenci i observaven l'escena.

Enga, l'esposa d'Àtila, una dona exuberant, s'atansà i es penjà del braç del seu marit, orgullosa. Bleda la mirà i li tornà el somriure. Després passejà els seus ulls entre els convidats. Què tenia d'especial, aquella espasa? Va allargar la mà i la posà al puny per extreure-la de la fenedura de la roca, va tibar amunt i es va trobar que l'espasa no es movia. Un murmuri omplí la sala. Llavors, Àtila l'apartà i amb una sola mà l'arrencà de l'esquerda.

—Té. Maneja-la —digué Àtila, ensems que la hi lliurava.

Bleda prengué l'espasa amb les dues mans i la brandà davant d'un enemic imaginari. Era més pesant d'allò que havia cregut, però estava ben equilibrada.

Quan ja en va tenir prou, la va tornar al seu germà que el va sorprendre fent que l'espasa, amb un sol braç, descrivís amplis cercles a l'aire, trenqués en dos pedaços una gerra d'un sol tall perfecte i net i, finalment, s'aixequés ben enlaire.

En l'instant que la punta de l'espasa assenyalava el sostre, els crits, els víctors i els cops damunt de les taules eixordaren Bleda.

—Només és una espasa —va dir amb un deix de menyspreu—. Allò que compta en un sobirà és la intel·ligència. Fins i tot, prou sovint, pel damunt de la força.

—És un senyal dels déus —replicà Àtila—. Estàs gelós?

—Els huns som molt hàbils per convertir en senyal diví tot allò que ens convé. Però, jo també conec el joc. Entesos, germanet? —somrigué Bleda.

Àtila el va mirar amb duresa. Son germà volia furtar-li la glòria. Però va somriure i exclamà:

—És un gran dia. Bevem, mengem i follem —deixà escapar una riota que omplí la sala i va ser corejada per tothom, prengué Bleda i Enga per les espatlles, un a cada cantó, i els conduí fins a la taula.

La història, aquesta història que tu vols escriure, diu que els romans sempre hem emprat el sexe amb llibertat i amb vertadera prodigalitat, però, fins al present, també hem estat discrets en el parlar, perquè l'hem considerat un acte personal i íntim, malgrat que els nostres avantpassats el practiquessin en grup o muntessin una orgia. A ningú no se li acudia explicar com penetra ni si és contra natura, amb un home o amb una dona, ni si va sentir algún plaer malaltís perquè l'assaltaven els remordiments d'allò que és prohibit. En tot cas deixaven anar alguna pinzellada i ja n'hi havia prou. Podien agitar-se amb qui volguessin i fer totes les meravelles que el cos els demanés i que la imaginació els assenyalés, sense cap fre a la voluptuositat. Per contra, Marc m'explicà que els huns tenen un llenguatge ple de vulgaritats i que gaudeixen amb les explicacions detallades i les frases que sempre fan referència a parts del cos o a actes que aquí considerem de mal gust recordar. I ho fan en públic i no s'hi estan d'explicar les intimitats de qui tenen al costat. És per això que he arribat a conèixer detalls impensables sobre el mateix Àtila. No obstant això, ara, el nostre llenguatge ha xuclat de valent dels costums bàrbars i tampoc ens hi estem de relatar qualsevol episodi de la nostra vida privada. No sé si és bo o dolent. Només sé que és diferent de com era abans.

La festa va durar fins ben entrada la nit. Van menjar, van beure, van riure, van barallar-se i van cridar fins afartar-se. Perquè les seves festes són sorolloses. Tot s'ha de fer amb grans demostracions de vitalitat que els deixa exhausts, fins que de mica en mica tot es calma i el silenci reprèn el comandament de les ombres. Alguns acaben dormint sota les taules i altres al damunt. Marc va poder assistir a festes com aquelles on les flaires de les viandes i les begudes es confonen amb la suor dels cossos. Invariablement, algunes dones perden els seus vestits i acaben banyades amb vi i llepades per un grup d'homes que es disputen cada gota i cada dit de pell i cauen ajaguts tots barrejats, sense que puguis establir amb certesa de qui és aquella cama o aquell peu. Tanmateix, no els criticaré, perquè no crec que aquestes celebracions siguin gaire diferents de les quines muntava Neró o Calígula o Messalina.

Aquella nit Enga va aconseguir arrencar el seu marit de taula i empènyer-lo pel passadís que duia a les habitacions, deixant enrere l'alegria desbordant dels que encara aconseguien mantenir-se mig drets. Bleda feia estona que s'havia retirat. El germà d'Àtila era més assenyat en certs aspectes.

Aquell lleuger passeig va representar una empresa prou difícil, perquè cada passa s'havia de fer descansant de paret a paret. Miraculosament van assolir l'objectiu d'entrar a l'habitació, malgrat que encertar a passar per la porta no va ser gens fàcil. Un cop dintre, va ser bastant més senzill enfilar cap al llit i fer-lo caure al damunt. Llavors el va despullar mentre ell cantava cançons obscenes dels soldats i intentava atrapar-li l'entrecuix sense èxit.

Enga acabà la seva tasca i es despullà. Àtila seguia cantarellejant amb veu cada cop més pastosa. Ella va dubtar entre deixar-se la camisola o quedar-se tal com l'havien parida. Prou sabia allò que el seu marit esperava. Tanmateix, els cants van acabar. Llavors, Enga es posà la camisola, aixecà la pell d'ós i s'hi ficà dintre. Pensava que el seu marit ja dormia, però Àtila es va tombar com un animal endormiscat i mandrós, la va destapar, li arremangà la camisola i li obrí les cames. Quan havia begut, li agradava llançar-se damunt la femella com si fos una presa i posseir-la amb violència.

153

Enga ja s'hi havia acostumat i el deixava fer. Si no era amb ella seria amb una altra i, a més, sabia que després, quan el seu home ja estava satisfet, la bèstia que duia dins esdevenia dolça i tendra.

—Creus que l'espasa és un senyal? —va fer Àtila amb veu embarbussada, mentre intentava penetrar-la i no encertava de cap de les maneres.

—Sí —respongué ella—. Els déus t'han assenyalat a tu, amor meu, i t'han mostrat el camí —prengué el penis del seu home per conduir-lo fins la vagina, però el va trobar tan flàccid que no hi podia fer res.

Durant una bona estona va intentar desvetllar aquell tros de carn adormida, però el seu senyor havia begut amb excés. Àtila, cansat, es retirà i es deixà caure d'esquenes respirant pesadament. Enga prosseguí, però ni les mans ni la boca van aconseguir res de res. Finalment ho va deixar estar. Tal com anaven les coses, aquella nit descansaria tranquil·lament, perquè el seu marit ja no aixecaria cap més espasa.

És curiós allò que les dones expliquen a altres dones. Les confessions que als homes ens farien vergonya, elles les aboquen sense cap pudor i hi poden afegir detalls impensables. Però és gràcies a aquestes confidències que acabem sabent els pensaments que s'amaguen sota els llençols i que haurien de restar per sempre més entre les cames ben tancades.

Quan Marc va ser al campament dels huns, la dona vella que xerrava i xerrava li va dir que Enga li havia explicat que aquella nit es cobejà entre els braços del seu marit i li acaronà el pèl del pit. Quan havia begut era un animal, però era bo amb Ellak, el seu fill. Les seves lleis, les dels huns, permeten que un home tingui moltes dones, malgrat que una és la principal. Àtila feia ús i abús d'aquesta llei, però sempre havia respectat que Enga era la filla d'Ebarse i, per tant, la primera de les seves esposes.

—Seré l'emperador i governaré totes les terres fins a la mar —va fer un gest amb el braç per donar a entendre la grandària dels seus dominis imaginaris. Ja ni se'n recordava del seu desig de posseir-la, a ella.

—Sempre que Bleda hi sigui d'acord —digué Enga, acompanyant les seves paraules d'un badall—. No oblidis que governa més territoris que tu.

—Sóc jo qui té l'espasa —se la mirà amb ulls enterbolits.

—Abans que a tu, ha pertangut a algú altre —somrigué ella—. I quan tu la perdis, algú la trobarà. Si és que no te la prenen.

Àtila s'encengué, es llevà d'una embranzida i la prengué pel coll com si anés a escanyar-la. Els seus ulls eren de foll. Enga va notar que li mancava la respiració i s'espantà.

—Em fas mal —suplicà amb un fil de veu, mentre intentava enretirar-li la mà i cercava l'aire, allargant el coll.

—Ningú no ha tocat aquesta espasa abans que jo i ningú no la tocarà. Jo seré l'emperador de tots els huns. M'has entès? —xiuxiuejà a cau d'orella de la seva muller, amb ràbia continguda.

Enga va fer lleugerament que sí amb el cap, només el moviment que l'enorme grapa del seu marit li permetia. Ell la deixà anar i tornà a allitar-se. Va encetar un nou discurs sobre la grandesa del seu destí, però no el va concloure. Instants després roncava.

La dona es va apartar i es cobejà sota la pell d'ós, mentre es fregava el coll, però encara va trigar temps a poder dormir. Mai no havia vist aquella mirada d'endimoniat als ulls d'Àtila i mai més no hauria de tornar a parlar de l'espasa.

L'endemà Bleda i Àtila van sortir de cacera amb un grup format per Scotta, Eslaw, Berik i Oktar, el millor dels rastrejadors amb què comptaven. Àtila els va explicar que el pastor que li va dur l'espasa de Mart li havia informat que hi havia uns cérvols que rondaven per aquells boscos i que el mascle pagava la pena, perquè es tractava d'un exemplar com pocs, però haurien de donar-se pressa. La tardor ja tocava les darreries i l'hivern el faria desaparèixer cap al sud fins la propera primavera. Com a bons caçadors, els huns saben que només han d'anar pels mascles adults i deixar viure les femelles i els exemplars joves. Són gent salvatge i sense cultura, però gaudeixen d'una certa intel·ligència aconseguida amb el pas dels anys i l'experiència.

Àtila cavalcava al davant, just unes passes enrere del rastrejador, seguit d'Eslaw i de Berik, mentre que Bleda i Scotta es mantenien un xic més lluny.

De sobte Oktar, que anava a peu, s'aturà enmig d'una petita clariana i restà atent. El cavall d'Àtila deixà escapar un renill i es posà neguitós. Els altres genets se'ls aplegaren i Bleda aturà el seu cavall al costat del seu germà. Es va fer el silenci. El rastrejador esguardà amb molta cura les marques d'urpes a les escorces dels arbres i per l'altura bé podia pensar que l'animal era un ós imponent. I no devia ser massa lluny. Potser els observava.

—El vent ha girat —va fer Oktar—. Ara és ell que ens ensuma a nosaltres. I això és perillós, perquè passem de ser caçadors a esdevenir presa.

—Podíem haver portat els gossos —es queixà Bleda.

—No teníem intenció de trobar un ós, però tampoc vull refusar l'oportunitat —somrigué Àtila.

—Hem sortit a caçar cérvols i no venim preparats. Si aquest ós ens ataca, ho tindrem magre —replicà Bleda.

—Silenci —féu el rastrejador i aixecà la mà per apuntar cap a uns matolls.

Els cinc homes a cavall van prendre els arcs, carregaren la fletxa i apuntaren cap al lloc on assenyalava Oktar. Unes fulles semblaven moure's. Oktar es retirarà lentament per cercar la protecció dels genets. Tot el bosc s'havia quedat quiet i mut i tothom sabia que l'atac era imminent.

—Fóra millor descavalcar i deixar lliures les muntures —va fer Scotta.

Eslaw afirmà amb el cap. L'ós se'ls llançaria al damunt i calia tenir els dos peus ven fermats per poder encertar amb les fletxes. A poc a poc, Scotta i Eslaw es dirigiren cap al fons de la clariana, deixaren la sella i encararen els cavalls cap a la part baixa del bosc. Si sortien corrents anirien cap avall i ja s'aturarien a la plana. Berik se'ls aplegà tot seguit.

Bleda i Àtila ja s'atansaven quan els matolls esdevingueren folls i una bèstia de més de sis colzes d'alçada, gran com un gegant i negre com la més fosca de les nits, aparegué entre brams i els perseguí.

157

Tot d'un plegat el cavall d'Àtila s'aixecà i colpejà el de Bleda amb les potes del davant, fent-lo caure al terra i arrossegant el seu genet que es convertí en la joguina de l'ós. Berik, Eslaw i Scotta disparaven les fletxes i van atrapar l'esquena de l'animal, que s'havia tombat i esgarrapava amb les urpes el cos de Bleda que havia quedat immòbil. Àtila tragué l'espasa i la clavà al pit de l'animal. Immediatament se li aplegaren els altres homes i van lluitar amb aquella fera salvatge fins que va caure al terra.

Suats, esbufegant, els cinc homes es dirigiren cap a Bleda. El seu cos restava inert i cobert de sang pertot arreu. El tombaren. Era mort.

*** ***

Scotta havia servit fidelment Bleda durant tots aquells mesos, des que va morir Ruas i ambdós germans el succeïren, i ara savia que després de l'enterrament del seu rei hauria de prendre una decisió.

Tres dies van durar les exèquies. Tres dies que el general va aprofitar per enviar dos dels seus homes de confiança a la recerca del pastor que havia dut a Àtila l'espasa de Mart. Hi havia alguna cosa que no hi lligava. I jo, quan em vaig assabentar de la història per boca de Marc, també vaig pensar que els pastors es fixen en els ossos i en els llops, però els importa ben poc els cérvols. Per tant, no tenia cap sentit que hagués parlat a Àtila de cacera, a menys que l'informés de la presència d'un ós i que Àtila sabés molt bé allò que hi podien trobar.

Scotta va interrogar Oktar, però el rastrejador ho va negar tot. Havia rebut unes bones monedes pels seus serveis, per la seva valentia davant l'ós o... tal vegada... per guardar silenci? Si així fos voldria dir que... Per què no? Mort Bleda, només hi havia un rei dels huns, perquè tothom s'empassaria que havia estat un accident i Scotta poc podia aspirar a substituir Bleda, ara, que Àtila havia sabut emprar l'espasa de Mart per crear una nova llegenda que va viatjar amb rapidesa i va arribar a la mateixa Ravena.

El tercer dia, a punt d'enterrar definitivament el cos de Bleda, després que haguessin arribat la seva esposa i els seus fills, van tornar els dos soldats enviats per Scotta. El pastor era mort. Havia caigut al riu i s'havia ofegat. Uns camperols van trobar el seu cos i van recollir el ramat que pasturava escampat. També podia ser que no fos cap accident. El pobre babau —explicaven— feia ostentació de la seva fortuna i, potser, havia temptat la cobdícia d'algú. De tota manera, accident o no, aquell desgraciat episodi impedia Scotta descobrir la veritat i només li va quedar el rumor que algunes males llengües relataven, que un home havia arribat unes hores abans i va parlar a cau d'orella d'Àtila. «Tot ha anat segons el previst», expliquen que van ser les seves paraules, mormolades amb un somriure per a satisfacció del sobirà.

Aquella mateixa tarda, just després d'enterrar el cos de Bleda, el general manifestà la seva lleialtat i es posà sota les ordres del nou rei. Amb aquest acte se li aplegaren tots els habitants de la Dàcia, i Àtila esdevingué el rei de totes les tribus dels huns.

Havia nascut un nou ordre entre aquells salvatges que no tenien cap mena de cultura. S'acabava d'iniciar el llarg regnat de l'home que sembraria el terror per totes aquelles terres i molt més enllà.

*** ***

Dotze mesos van ser suficients perquè l'exèrcit d'Àtila arribés a la regió d'Escítia, al nord de la mar Negra, entre el Don i els Càrpats, i pugés cap a la Germània per tal de sotmetre tots aquells pobles i escampar la desgràcia i la destrucció entre els francs, fins a l'extrem que Berik, el més dur i sanguinari dels seus generals, gairebé exterminà els burguinyons que habitaven les ribes del Rin. En aquell poc temps, el nom del successor de Ruas esdevingué sinònim d'espant, de pànic, d'horror i de mort, i la pobra gent que habitava el nord d'Europa jurava que a les nits s'apareixia un esperit negre amb una espasa de foc i que valia més tancar-se a les cases. Per aquesta raó, els viatgers procuraven entrar als pobles abans que la foscor no els atrapés.

L'any següent, els huns van atacar Escandinàvia i estengueren els seus dominis fins més enllà de la mar Bàltica.

Constantinoble i Roma contemplaven com totes les terres entre el Rin, el Danubi, el Volga i la mar Bàltica retien homenatge al nou emperador dels huns, que així es feia nomenar Àtila. I la preocupació s'incrementà quan ens arribaren les llegendes que parlaven del poder màgic d'un home que era per damunt de tots els mortals, perquè havia rebut de mans dels déus l'espasa de Mart.

—Diuen que també té la pedra Gezi que li confereix el poder sobre la pluja i el vent —explicà un ambaixador de les terres del nord.

L'endemà Aeci em va cridar. Estava dret i passejava força preocupat. Quan vaig entrar a la sala, vaig veure que el meu fill Marc també hi era.

—Contra una espasa, encara que sigui molt poderosa, pots lluitar amb una altra espasa, però... com lluites amb l'estúpida credulitat de la gent? —em va demanar Aeci.

—El dia que caigui derrotat s'acabarà la seva llegenda —responguí amb absoluta certesa. Per mi era una evidència confirmada mil vegades per la història.

—Possiblement, però mentre això no arribi, ens cal una aliança. Marc sortirà de seguida amb el meu fill Carpili.

El vaig mirar fit a fit. Carpili era un infant.

—Àtila ja no ha de donar comptes dels seus actes a ningú i si es creu l'enviat dels déus, no serà massa perillós? Pensa que si ell té el teu fill, pot exigir-te tot allò que vulgui.

—Ja et vaig dir que Àtila és una bèstia immunda, però la seva paraula és sagrada —somrigué divertit, com si tota aquella disbauxa fos una broma—. Si jo li envio el meu fill, ell no podrà fer res contra mi. És la llei dels huns. Per això ens hem d'afanyar. Els conec prou bé i sé que no poden atacar qui els confia la vida del seu fill —em va fer l'ullet i afegí, amb veu més baixa—. Seria un sacrilegi, fins i tot per a un emperador.

—I no seria millor cercar una aliança amb Orient i donar-li una lliçó?

—Genseric des de Mallorca ha començat a dominar la mar. No disposem d'una flota prou poderosa i ens hem de centrar a la Gàl·lia i vigilar els francs de Clodió al nord. Massa enrenou com per encetar una guerra amb els huns i pretendre donar lliçons a qui no vol aprendre.

—Àtila no es conformarà amb les conquestes que ha fet al nord d'Europa i, tard o d'hora, atacarà l'Orient —vaig insistir—. No els podem deixar sols.

—I no ho farem —somrigué Aeci i s'aturà darrere del meu fill, tot posant les seves mans damunt les espatlles del jove oficial—. Marc portarà el meu fill a Àtila. Serà una bona ocasió perquè conegui el rei dels huns i es faci una idea d'amb qui i amb què, tard o d'hora, ens haurem d'enfrontar. Allà s'hi estarà uns mesos, també com a prova de bona voluntat.

—Com ostatge —el vaig corregir.

—No —negà repetidament amb el cap—. L'ostatge és el meu fill. El teu fill viatja com ambaixador. Per Àtila és molt important rebre un ambaixador que és el fill de l'ajudant principal del seu germà de sang. És com si Marc fos jo mateix, i no pot marxar l'endemà d'arribar. A més, Àtila va quedar força impressionat amb tu, perquè vas ser capaç de guardar silenci tot el temps i mirar-lo als ulls sense tremolar, i ha de mostrar al teu fill els seus costums, l'ha d'acompanyar a caçar i, si tot va bé, Marc s'agitarà amb alguna dona —es plantà davant Marc i el mirà directament als ulls, mentre li deia—: l'important és que procuris que sigui una de les esposes del mateix rei.

—Que ets boig? —em vaig aixecar d'una embranzida —. Si l'ofèn d'aquesta manera, el matarà.

—Els huns són difícils de conèixer. Els seus costums no hi tenen res a veure, amb els nostres. Només l'endemà que li ofereixi una dona, podrà marxar sense ofendre ningú —em va mirar a mi—. Si és una qualsevulla del poble, per més maca que sigui, voldrà dir que Marc no és del seu grat —de nou s'encarà cap al meu fill—. Per contra, si és una de les seves, se'n recordarà de tu tota la vida i significarà que t'has guanyat el seu respecte.

—Són gent ben difícil —va fer el meu fill.

—Molt més del que t'imagines. Procura anar amb molt de compte. Abans de marxar cap al nord, t'hauré d'explicar moltes coses, perquè en funció del que siguis capaç de fer sabrà si jo confio en tu o no, i aquesta serà la teva porta d'entrada. Així i tot, val més que no te'n refiïs, perquè sempre és molt més difícil sortir d'un campament hun que no pas entrar-hi.

—Entesos.

—Però, i l'Orient? —vaig insistir-hi.

—Després, quan deixi els huns, Marc baixarà cap al sud i es dirigirà a Constantinoble amb un missatge per Teodosi. El missatge serà de bona voluntat, amb salutacions per l'emperador de Bizanci, però amb qui ha de parlar és amb Pulquèria i amb el general Aspar —es dirigí al meu fill—. Sobretot amb Aspar. Llavors, com coneixeràs prou bé els huns, sabràs allò que has de negociar amb l'Orient.

—Com vols que faci tot això i que aprengui tantes coses, si no parla la llengua dels huns —em vaig queixar.

—M'has sentit a dir que era fàcil? —rigué Aeci—. Ja vas veure que Àtila parla llatí, i molts altres d'entre els seus oficials, perquè saben que la nostra llengua és la llengua dels exèrcits. A més, ja he disposat que Marc dugui amb ell Trigeris. Malgrat no és home d'armes, va conviure amb els huns i coneix la seva llengua i els seus costums —es tombà cap a Marc—. Obre bé les orelles i recorda que si aprens la seva llengua seràs capaç de pensar com ells. I aquesta, t'ho ben asseguro, no és una tasca senzilla, però sí primordial.

Aquella nit Julia i jo vam sopar amb Lídia i Aeci. Se la veia preocupada, a l'esposa del meu amic, i en un moment de la vetllada es dirigí a mi i em digué:

—No trobo bé que Carpili se'n vagi a viure amb uns salvatges. El nostre fill tan sols és un infant i...

—Jo tenia la seva mateixa edat quan vaig ser enviat amb els visigots —rigué Aeci, tot tallant-la—. El nostre fill tornarà fet un home.

Però Lídia em va mirar suplicant.

—No et preocupis. Parlaré amb Marc i li ordenaré que el protegeixi com a un germà —vaig somriure.

*** ***

Marc no coneixia Sirmium ni les terres de més enllà del Danubi. Havia viatjat per tot el sud de la Gàl·lia, per la costa grega i per tota Itàlia fins a Sicília, però de seguida es va adonar que aquell paisatge era diferent, d'una verdor més intensa, més fosca, amb uns boscos atapeïts i les muntanyes no gaire altes. Sabia, perquè així l'hi havia explicat Aeci, que més al nord la terra esdevenia més plana i que els huns aplegaven immensos ramats de cavalls que pasturaven pertot arreu. Es movien amb rapidesa mercès a la cavalleria i sempre duien un mínim de sis cavalls per genet, la qual cosa els permetia canviar constantment de cavalcadura, fins i tot enmig d'una batalla, i mantenir les forces intactes. Per aquesta raó eren temibles, perquè podien atacar, retirar-se i tornar a atacar amb la mateixa velocitat, perquè era impossible atrapar-los en una fugida. D'aquí havia de treure la primera lliçó. Els huns no podien aplicar les seves tàctiques en llocs on l'herba anava escassa, perquè els seus cavalls, aquells immensos ramats, necessitaven grans extensions amb què alimentar-se.

El viatge va ser agradable. Havíem entrat a la primavera i els rius baixaven plens, mentre que la neu fonia al cim de les muntanyes i apareixien els primers fruits als arbres. Marc va marxar amb cent homes. Aeci era prou intel·ligent i no volia que anés completament desproveït, però tampoc volia que cridés massa l'atenció.

Àtila l'esperava. El missatger d'Aeci havia arribat feia dies. Mentre entrava, Marc observà la construcció. Aquells salvatges no treballaven pas malament la fusta, però cap edifici, ni els més gran dels seus palaus, no podia comparar-se, ni de bon tros, amb qualsevulla construcció mitjana del nostre imperi.

Malgrat totes les advertències d'Aeci, sobre el caràcter d'Àtila, la rebuda va ser sorprenent.

El rei dels huns era assegut en un tron, envoltat dels seus generals. Davant d'ell, una enorme pedra en forma d'altar mantenia dreta i clavada l'espasa que l'havia fet famós. Marc va sentir la temptació d'aturar-se i examinar-la, però es va estimar més ignorar-la i dirigir-se directament cap al rei dels huns. Aeci ja li havia advertit, que mirar-la hauria significat atorgar-li la veneració i el poder que la credulitat de la gent havia creat en la seva imaginació. A un costat caminava

Carpili amb cara d'espantat, malgrat que pretenia dissimular-lo, i a l'altre Trigeris.

Durant tot el viatge, des de Roma fins a Sirmium, havia parlat amb el noi i li havia explicat, una i altra vegada, allò que Aeci ja va fer abans de marxar. Repetia les mateixes paraules per mirar que quedessin ben gravades dins del cervell d'aquell marrec, però seguia pensant que era massa jove i massa tendre i que aquells animals se'l menjarien sencer. Per Marc, evidentment, no havia estat una bona idea. Per mi tampoc, però Aeci bé sabia el que feia i, a més, el fill era seu. Així i tot, el viatge va permetre Marc mantenir llargues xerrades amb el noi i s'havien agafat mutu afecte i simpatia.

Dins la sala gran hi havia força gent. Cap dona ni cap infant, però. Marc arribava sol, només amb Carpili i amb Trigeris. Era una altra decisió que havia pres la nit abans. De manera que va deixar el centenar d'homes que els escortaven i va entrar a ciutat tot sol. Amb aquesta prova de confiança mirava d'impressionar Àtila i deixar prou clar que no li tenia por.

El rei dels huns esguardà Carpili, somrigué, s'alçà del tron i baixà fins al nen. A Marc, ni se'l mirà.

—El teu pare és un home com n'hi ha pocs —li agafà el braç i Carpili el mirà directament als ulls, tal com li havia ordenat el seu pare i li havia repetit Marc—. Sembles fort i valent.

—Ho sóc —respongué Carpili. També ho va fer seguint les instruccions que Aeci li havia donat per quan arribés el moment.

—Hauràs d'aprendre a parlar la nostra llengua.

—No és tan sols la vostra llengua que vull aprendre, sinó el vostre orgull, la vostra gosadia i la vostra habilitat per muntar i manejar l'arc i la fletxa.

La riota omplí la sala i arrencà altres riotes. Tothom reia de valent. Tothom, excepte Trigeris, Carpili i Marc.

—Pretén ser com el seu pare —digué Àtila sense deixar de riure, d'esquenes als tres nouvinguts, dirigint-se als seus generals.

Encara reia tothom que, de cop, la riota d'Àtila s'esquinçà, tragué una daga i la ficà al coll de Carpili com si l'anés a degollar.

Marc reaccionà i va posar la mà al puny de l'espasa, però no va tenir temps per a res més. Tres llances l'apuntaven directament al cor. Trigeris no es va moure. El pobre nen va mirar Marc. No sabia què fer. El meu fill li va tornar la mirada amb una ordre silenciosa, però taxativa, que Carpili va copsar i va complir. Els ulls de l'infant es clavaren en els d'Àtila i així van restar durant una estona. Per dins, el pobre noi tremolava, però va mantenir-se ferm.

—Ets com el teu pare —esclafí a riure el rei dels huns i apartà la daga del coll de l'infant—. Que vingui Ellak —ordenà.

Les llances deixaren d'apuntar el pit de Marc, que va respirar alleugerit i es va relaxar. Instants després, aparegué un nen de dotze anys acompanyat d'Enga. El noi anava vestit com un soldat hun i tenia la mateixa mirada altiva i orgullosa d'Àtila. El rei el va prendre per les espatlles i el posà davant Carpili.

—Podem dir que sou cosins, perquè els vostres pares són germans de sang —digué—. Aquest és el meu fill Ellak. Ell t'ensenyarà tot allò que has d'aprendre i espero que, algun dia, sigueu germans de sang —es tombà cap a Enga i féu—: Porta'l a la seva cambra, vestiu-lo com un de nosaltres i que mengi amb els nois, perquè, a partir d'avui, és un dels nostres. Ha demostrat que té prou collons per ser-ho, perquè si no sento pudor de merda vol dir que no s'ha cagat —rigué.

Un cop Carpili havia marxat, Àtila s'apropà de nou fins gairebé tocar Marc. Els seus ulls no somreien.

—Si haguessis tret l'espasa, series home mort —li va dir.

—Si haguessis tallat un sol cabell de Carpili, seríem tots dos morts —va respondre el meu fill, sense apartar els ulls.

—Què tal està el fill de puta d'Aeci? No és capaç d'educar el seu propi fill o és que pensa que Roma, aquest cau d'afemellats, no és un bon lloc? —va dir, i la seva mirada encara s'endurí més, com si volgués traspassar-lo.

—Segueix sent un fill de puta tan gran com el seu germà, a qui envia salutacions i desitja llarga vida i felicitat —va fer Marc, i va somriure divertit.

Àtila es quedà plantat davant seu, amb els ulls clavats a les seves pupil·les. Deien que ningú no era capaç de resistir la seva mirada, però Carpili ho havia aconseguit i això tampoc resava amb el meu fill. Poc abans de sortir, Aeci ja l'havia advertit, de tot allò que es trobaria un cop arribés i de tots els trucs que Àtila practicava. De tota manera, la jugada del punyal al coll de Carpili no se l'esperava. Tanmateix, havia sabut reaccionar adientment.

Marc va resistir quiet i sense parpellejar ni un instant tot el temps que Àtila el va estar mirant a tan poca distància. M'explicà que els ulls gairebé li ploraven i que les parpelles amenaçaven de tancar-se-li. També m'explicà que el cos del bàrbar feia una olor estranya. No del tot desagradable, però sí forta i sorprenent. Jo no l'havia notada, quan el vaig conèixer.

—Què ets tu? —preguntà el rei, després d'una bona estona.

—Soc el fill de Sever Antoní Brauli Teodosi, ajudant principal del general Aeci.

—No m'has entès o no m'has volgut entendre. Pregunto què és la teva mare: puta o cortesana?

Ara eren tots els presents que se'n reien del meu fill, que va seguir ferm.

—Puc ben assegurar-te que no és cortesana.

—Llavors, és puta?

Es va fer un silenci. Marc recordava prou bé les paraules d'Aeci: «Tingues present que els huns s'estimen més ser fills de puta que fills de cortesana. Diuen que les putes ho són per necessitat, mentre que les cortesanes romanes ho són per vici i que els fills de cortesanes són afemellats i mentiders, mentre que els fills de puta han après a patir i això els fa forts».

Va ser a punt de seguir les instruccions d'Aeci i dir que era un fill de puta, però Marc tenia el seu orgull.

—La veritat és que mai no l'hi he preguntat, a la meva mare. Ja en tinc prou sabent que no és cortesana. I sempre he confiat que el meu pare és un home intel·ligent que sap distingir prou bé allò que es fica al seu llit.

La mirada d'Àtila canvià. Aquella resposta no se l'esperava. A més, ja l'havia insultat prou i Marc se n'havia sortit molt bé. Evidentment, no era un fill de cortesana i tampoc havia admès que fos fill de puta. Segurament era l'excepció que confirma la norma, devia pensar el rei dels huns.

—Deus d'arribar cansat —somrigué Àtila. Tota la duresa havia desaparegut i la mirada semblava franca i oberta—. Menjaràs amb nosaltres.

—Depèn. Què són ells? —va preguntar Marc, assenyalant els generals.

—Uns bons fills de puta! —féu Àtila.

—Llavors, serà un honor compartir la taula.

Les riotes van acabar de confirmar que havia passat la prova amb mèrits més que sobrats.

*** ***

Cinc mesos va restar enmig del huns. Cinc llargs mesos durant els quals va cavalcar al costat d'Àtila, van caçar plegats i va aprendre força coses.

Els huns no és un poble que es pugui menysprear. Si més no, en aquells temps, com ja havia pogut constatar a Narbona, però que Marc em confirmà. Provenien de les portes de la Xina, emparentats amb els mongols. Allà van combatre contra els emperadors orientals. Àtila era besnét d'Atel, però no va ser fins l'arribada de Turda que els huns s'establiren als Balcans i travessaren les estepes per arribar fins a les ribes del Danubi.

Són un poble supersticiós, molt supersticiós, amb hàbits que res no hi tenen a veure amb la civilització romana. Pobre Marc! Va haver d'acostumar-se a menjar carn gairebé crua, poc cuinada, i una llet que deixen podrir fins esdevenir agre, però sense arribar a convertir-se en formatge. Les verdures gairebé no les tasten. Per contra, consumeixen força fruita, de tota mena, aprofitant allò que la natura els ofereix a cada època i en cada contrada.

Per primer cop el meu fill va poder contemplar en tota la seva magnificència allò que jo ja havia atalaiat. Marc m'explicava entusiasmat que els millors genets li van fer tota una demostració de virtuosisme damunt del cavall i va copsar que Aeci tenia raó. No seria senzill donar una lliçó a aquell poble, que es guanyava dia a dia el seu respecte com a soldat. Allà, a la Panònia, Marc contemplà com els huns munten unes selles diferents de les romanes, amb uns estreps més llargs que els permet d'aixecar-se i comandar el cavall només amb els genolls. Les seves cavalcadures tenen el cap gran i potes molt poderoses i corren i salven els obstacles a una velocitat impressionant. El genet resta sempre quiet, a la mateixa alçària, com si les cames fossin elàstiques, i semblen lliscar damunt l'aire de la plana, mentre apunten amb precisió i disparen la fletxa que, invariablement, atrapa el blanc.

—Són coses que s'han d'aprendre des d'infant —li va explicar Àtila—. Els huns hem nascut amb un cavall entre les cames i un arc a les mans —afegia amb orgull.

Els huns són salvatges i gaudeixen de la lluita, de l'enfrontament i de la violència. Violència que sembla present en tots els actes de la seva existència. Fins i tot, a les festes. No és gens estrany que, després de beure un xic, l'enfrontament sigui el colofó final, com si d'una dansa ritual es tractés. I allà hi participa tothom, animant els lluitadors, cridant com a folls mentre mengen i beuen fins caure al terra. Sort que els romans sabem beure i podem aguantar molt més que ells, que no

171

tenen mida ni control. Àtila, sovint, havia de ser ajudat per poder abandonar la sala.

«Les dones no tenen la gràcia de les romanes. Els seus vestits són pobres i les seves maneres tosques —m'explicà Marc—. Llancen riotes com els homes i mengen com ells, sense tenir en compte la diferència de sexes ni les bones formes. No empren els perfums amb tanta prodigalitat com les nostres i les seves joies no poden comparar-se amb les que adornen qualsevulla festa de l'Imperi, per més humil que sigui.»

Va ser allà, enmig d'una festa, que Marc es va adonar que l'olor que havia copsat el primer dia en el cos d'Àtila no li era exclusiva, sinó que la compartien gairebé tots els seus súbdits més propers.

A les poques setmanes Carpili ja es comportava com un d'ells i s'havia acomodat a una vida completament diferent mercès a l'ajut d'Ellak que complia, fil per randa, totes i cadascuna de les ordres d'Àtila. Els dos nois s'havien fet amics, cosa que afalagava Àtila, que veia en aquells dos marrecs la imatge d'Aeci i d'ell, força temps enrere. Malgrat ser una colla d'animals, tenen les seves lleis i procuren que els seus hostes se sentin ben tractats.

Un dia, quan ja portava dos mesos entre ells, Marc va assistir a un espectacle que li proporcionaria la mesura exacta d'aquells homes que, sens dubte, representaven un perill de proporcions difícils de predir i de calcular.

Aquell matí hi havia cert enrenou a palau. Un grup de soldats huns havien arribat força aviat. Duien amb ells dos presoners francs, atrapats més al nord i els havien conduït a la plaça. Explicaven que un grup de francs havien atacat uns pobles del nord i havien fugit.

Àtila va ordenar conduir-los a la plaça principal i es va presentar amb l'espasa de Mart, que el meu fill ja havia pogut contemplar amb detall, però que encara no l'havia vista fora de l'altar. Al costat de Marc s'estava Trigeris. Ell, que havia viscut força temps entre els huns, coneixia tots els seus costums.

—És la cerimònia del conjur —li explicà—. Serveix per determinar el futur.

—Què hi tenen a veure els presoners? —preguntà Marc.

—Ja ho veuràs —féu Trigeris amb un somriure misteriós.

Enmig de la plaça hi havia un pal de fusta, clavat ben dret. Van portar els dos presoners davant del pal. Tenien les mans lligades a l'esquena, els embenaren els ulls, els van fer voltar i els començaren a punxar amb les llances per fer-los bellugar, mentre els assistents cridaven com si els animessin en una cursa absurda. Un dels presoners va xocar contra el pal i la gent va deixar de cridar. Llavors, el van agafar i el van lligar al pal, mentre apartaven el seu company i el mantenien amb la bena als ulls. Tanmateix, al pobre desgraciat que el destí havia escollit, sí que li van descobrir els ulls i només el van lligar per la cintura, deixant-li els braços lliures.

Àtila s'avançà fins al presoner, el va mirar als ulls durant una estona. Després es retirà un parell de passes.

Dos soldats van agafar les mans del presoner i el van obligar a posar-se braços en creu. Dit i fet, el soldat de la dreta deixà anar la mà del presoner, al mateix temps

173

que Àtila aixecava l'espasa de Mart des de baix cap amunt amb una rapidesa esparveradora, seguint la línia marcada pel costat del cos del presoner, i tallava el braç que va sortir volant i va caure unes passes més enllà. El crit esgarrifós del presoner va deixar Marc gairebé sense alè. Poc s'esperava aquell desenllaç, però encara es va quedar més esmaperdut quan el segon braç també va volar i va caure a l'altre costat.

Àtila, els soldats i la gent es van desentendre de la pobra víctima i van dirigir la seva mirada cap als braços que encara espernegaven.

—Hem d'atacar! —cridà Àtila i el poble el corejà—. Els perseguirem i acabarem amb ells.

Trigeris va assenyalar els braços, ara ja inermes, mentre el presoner cridava enfollit, es dessagnava com un porc i ningú no li feia cas.

—Si les dues mans cauen cara avall, significa que no poden atacar perquè la desgràcia els acompanyarà. Si cauen cara amunt, la victòria és segura. Per tant, atacaran.

—I si no cauen del mateix costat? —preguntà Marc.

L'intèrpret somrigué maliciosament, assenyalà l'altre presoner i digué:

—Aquest desgraciat ha estat tocat de la mà de Déu. Normalment costa una bona pila de braços arribar a una interpretació evident sobre el futur.

Cert és que Roma també consulta els augures, malgrat que el cristianisme ha limitat fortament aquestes creences, però, els nostres avantpassats intentaven esbrinar el futur en el fetge de l'animal sacrificat i ningú no prenia mal. És clar que, ben pensat, durant molts anys els circs romans es van omplir d'espectacles que res tenien per envejar a aquell sacrifici enmig de la plaça de Sirmium. Tanmateix, nosaltres ja havíem superat aquesta etapa de la història.

Moltes més coses va aprendre Marc d'aquella gent. Li van ensenyar a cavalcar damunt les seves selles i mantenir-se durant dies i dies, sense defallir, corrent sense aturar-se ni un instant, vivint d'allò que la natura li podia oferir. Ells estaven en l'estadi que va permetre els romans crear un imperi, perquè és amb la manca de tot que cerques qualsevulla cosa i és amb l'abundor que t'adorms. L'Imperi ja feia dies que s'havia endormiscat o, millor dit, estava tan profundament dormit que era incapaç d'adonar-se del perill que l'envoltava, mentre que Aeci sabia prou bé el que podia arribar-nos i enviava Marc per tal de disposar d'uns ulls que li permetessin mantenir-se despert.

Finalment, quan ja s'havia complert el quart mes d'estada i començava el cinquè, una nit, després de sopar, Àtila assenyalà una dona que s'estava a l'altre costat de la taula. Tenia una bellesa agressiva, amb el cos fort i la mirada penetrant que llançava missatges a cada instant. Respirava excitada i agitada i els pits se li inflaven fins gairebé rebentar el vestit.

—És una de les meves esposes —va explicar Àtila—. És una fera, al llit. Ella sola podria cavalcar-se tots els presents i, quan acabés, aniria a cercar llenya per encendre un bon foc i escalfar el menjar de tots plegats.

A mi em deixa estès cada cop que cardo amb ella. Mai no en té prou.

—I Enga, no es queixa?

—Si la natura t'ofereix una bona varietat de fruites, per què només has de menjar pomes? —rigué Àtila—. Enga és l'esposa principal, però en tinc moltes més. Els huns no som tan estúpids com els cristians —assenyalà de nou la dona—. Si la vols, aquesta nit serà teva. No parla llatí ni grec, però té una bona llengua —es llepà els llavis, deixà anar una riota i li va fer un cop a l'esquena.

Marc, des que havia abandonat Roma, no havia tastat femella. Aquesta va ser la consigna d'Aeci. «No toquis res fins que no t'ho ofereixin». Sí, ja feia mesos que Marc no havia tastat femella, i això, per a un soldat acostumat a l'exercici, és una eternitat. De manera que va acceptar immediatament aquell regal.

Àtila es llevà, el conduí fins a la dona, digué unes paraules, que Marc va mig entendre, i ella es llevà, el prengué per la mà i se l'endugué cap a una de les cambres de palau.

La dona caminava davant i Marc li mirava el cul, rodó i ben eixerit, que es movia a cantó i cantó. Va obrir una porta i van entrar a un dormitori amb un enorme llit al centre, cobert de pells. Només entrar-hi, aquella dona el començà a despullar, sense una sola paraula, i, mentre el despullava lentament, contemplava extasiada la pal·lidesa i la finesa de la pell d'un romà i l'acariciava amb dolçor, mentre s'atansava i l'olorava. Marc es va quedar ben sorprès. Mai cap altra dona l'havia olorat com si fos una femella en zel o un animaló afectuós i melós.

Llavors, quan ja començava a excitar-se de valent i notava que tot el cos li demanava de llançar-se cap endavant, ella s'escapolí, prengué un petit recipient i començà a empastifar-li el cos amb una substància greixosa. Marc va copsar l'olor penetrant que havia descobert en Àtila i es va sobtar, però la va deixar fer. Ella li cobrí el cos d'aquella potinga. Després l'obligà a estirar-se al llit, es plantà davant, es despullà lentament i també s'omplí el cos de crema, excepte el pubis, els mugrons i l'entrecuix. Ho va fer a poc a poc, procurant que els ulls de l'home seguissin el moviment de les seves mans, mentre respirava d'una forma especial, com si cada cop que s'amassava les carns gaudís d'un orgasme.

Finalment, s'atansà gatejant per damunt del llit. Marc va intentar abraçar-la i tombar-la, però ella s'hi oposà i apartà els seus braços amb violència. Era forta com un brau. El meu fill es va quedar quiet i ella s'estirà damunt seu. L'olor es féu cada cop més penetrant, ensems que els cossos sucats es fregaven i lliscaven i va notar que tots els sentits se li despertaven i que l'excitació augmentava. Aquella pell lliscosa cada cop esdevenia més greixosa i el soroll de les fregues li recordava l'aigua de la mar que besa la platja. Les mans corrien amunt i avall, el penis se li endurí com mai i va ser conscient que penetrava i sortia de l'interior de la dona amb una facilitat sorprenent, mentre ella el cavalcava amb una força inconcebible i la flaire seguia excitant-lo i excitant-lo, cada cop més, com si no existís cap límit al plaer.

Quan tot va concloure, quan la respiració va retornar a la normalitat, quan el dolç ensopiment l'atrapà i les parpelles es tancaren, un sol pensament ocupava la seva ment. Mai, en tota la seva vida, cap dona havia aconseguit allò amb ell.

—És greix d'ós —li va informar Trigeris, l'endemà, quan l'hi va demanar—. No sembla gaire agradable a primer cop d'ull, però a mesura avances, cada vegada és més excitant. Oi que sí?

I Marc li va donar la raó.

—Més que excitant, va ser sublim! —em va dir, a Ravena, una nit, quan m'ho explicava tot.

Júlia era a prop, però va fer com si no ens sentís. No obstant això, quan ja ens retiràvem, es va atansar.

—Una dona romana pot fer tot allò que fa una salvatge i molt més —va fer.

El nostre fill va somriure, l'abraçà i digué:

—Mare, m'ho he passat molt bé amb aquelles dones mig salvatges, però encara no he trobat la que ha de ser la meva esposa. Pots estar ben segura que, quan la trobi, tu seràs la primera de saber-ho —li va fer un petó i va marxar.

Aquella nit, Júlia va estar molt melosa amb mi. Se sentia orgullosa del nostre fill i, per tant, de qui el va engendrar. A més, el relat de Marc l'havia excitada o, tal vegada, li havia ferit l'orgull, perquè s'havia banyat amb aigua de roses i s'havia perfumat com mai. També es va moure com mai ho havia fet. Volia demostrar, de totes totes, que a una romana, cap altra dona li passa la mà per la cara. I a mi, aquestes demostracions ja m'estan bé.

8.- LA PRINCESA

Antoni va acabar els seus estudis, Gal·la Placídia va complir la seva paraula i el meu darrer fill esdevingué el senador més jove que s'asseia amb les més altes dignitats de l'Imperi.

Per més que ho expliqui, poc podré donar una idea cabdal del goig que vaig sentir el dia que Antoni va ser nomenat senador i va entrar a l'hemicicle, rebent les felicitacions de tots els nostres amics, moltes d'elles sinceres, perquè jo havia aconseguit l'estima de bona part del senat. Algunes, però, plenes d'enveja, perque les victòries mai no són ni completes ni ben rebudes per tothom i ja pots donar gràcies si no són rebutjades o criticades per la majoria. Tu, Pau, ho vas haver de patir en les teves carns, quan vas haver de fugir com un lladre, de nit i a fosques, i embarcar cap a l'Àfrica.

Valentinià —per fi!— va deixar embarassada Licínia i la notícia s'escampà per tot l'Imperi des de l'Occident a l'Orient, omplint de felicitat el cor de tots aquells que ens imaginàvem que la bona nova serviria per apaivagar els excessos del nostre emperador i fer entrar un xic de seny en un cap buit que Gal·la Placídia no volia que fos omplert de cap de les maneres, allunyant tot el que era capaç de desvetllar el possible home que s'amagava dins del seu fill i que jo havia pogut entreveure només uns instants, just el dia de la boda, quan ell va dir l'única veritat de tota aquesta maleïda història.

Tanmateix, les nostres il·lusions, dels que pensàvem que les coses podien canviar, es van diluir en ben pocs dies fins desaparèixer. L'emperadriu mare, com un gran premi per al seu fill, per tal que no destorbés la seva esposa i no malmetés l'embaràs, va fer venir dues africanes de pell morena i cossos voluptuosos que, segons corrien les veus, eren capaces de tornar foll qualsevol home. Però el vertader problema no van ser elles, sinó un altre personatge que havia de tenir un desgraciat pes específic en la història de l'Imperi.

Heracli, l'eunuc, va aparèixer acompanyant les dues noies. I mai millor dit, perquè va ser tota una aparició. Era un ésser gras a qui les carns li penjaven pertot arreu, amb un cap gros i una cara rodona que somreia hipòcritament. Se'l sentia arribar d'una hora lluny. No! Més aviat l'ensumaves, perquè anava més perfumat que una cortesana, amb un ventre que semblava un timbal i una veu prima i afemellada que esdevenia cridanera i desagradable. Procurava moure's amb una suposada elegància que li era negada per la immensitat d'aquell cos gairebé deforme. Reia qualsevulla gràcia d'algú que fos superior i menyspreava els seus inferiors fins a l'extrem que, en alguna ocasió, els havia escopit a l'esquena quan els veia marxar. Era repugnant, fastigós, greixós, llefiscós, avariciós i quantes podrides qualitats se li puguin atribuir a la més serpeta i taüla de les criatures d'aquest món.

Com va obtenir el favor de l'emperador...? Aquest va ser un misteri que ningú no s'explicava, i les històries corrien. Els rumors apuntaven que Valentinià s'excitava penetrant aquelles muntanyes de carn i que l'eunuc era capaç de moure's bocaterrosa amb una concupiscència que produïa un massatge diví a les parts més íntimes del cos. Altres deien que aquell ésser, barreja de sexes i de mentalitats, tenia la clau que li permetia endevinar en tot moment el desig de Valentinià i avançar-se a la recerca de la satisfacció del seu amo i senyor amb una imaginació capaç d'inventar els més recargolats plaers que poguessin existir.

Sigui com sigui, el fet és que Heracli va entrar a palau, tal com Crisapi havia fet a l'Orient, i Gal·la Placídia el va tolerar perquè era la solució ideal que permetia mantenir ocupat el seu fill i excitar-li els pensaments cap a tot allò que l'impedia de pensar en el govern de l'Imperi.

Hi ha persones que tenen el poder d'embruixar els altres i Heracli, sens dubte, n'era una. Cada cop que el miraves ho veies, que no hi havia més malparit que ell al damunt de la terra i, no obstant això, sabia com dir les coses d'una manera que no et permetia atacar-lo. Fins i tot, els ulls se li enrogien i les llàgrimes amenaçaven de saltar-li quan se sentia ofès. I Valentinià sempre es posava del seu costat.

Pocs mesos després de la seva arribada, ja disposava d'una casa per a ell sol, on hi convidava els seus amics, tan podrits i pudents com ell. I de mica en mica esdevingué una mena de secretari particular de l'emperador que triava les seves audiències. Tant va ser la seva ascendència que deien, amb un somriure maliciós, que la pròpia Licínia, de vegades, havia de passar per ell per tal de poder parlar amb el seu marit.

Era un ésser farcit de mala fe, però molt astut. A l'única que obeïa cegament, per damunt del seu senyor, si calia, era a Gal·la Placídia, perquè tenia una visió clara de la situació i prou que sabia qui remenava les cireres. Per contra, quan Aeci arribava a Ravena, Heracli desapareixia i no tornava a la vida pública fins que el general havia marxat. Era una cosa estranya, un semi-tot o semi-res abjecte i abstracte, una definició exacta i perfecta de l'ambigüitat que havia arreplegat la intel·ligència més subtil del mal.

També explicaven que havia ordenat fabricar amb fustes uns estris que ell havia portat de certes zones d'Egipte, tremendament refinats, que es lubriquen amb olis i essències i serveixen per incrementar el plaer sexual, permetent l'emperador gaudir de sensacions desconegudes. I ningú no era aliè als rumors que corrien sobre les propostes que aquell monstre li feia a Valentinià, abandonant l'ús de només el sexe amb éssers humans per barrejar-lo amb animals i anar, fins i tot, a la recerca del sofriment. Quan sentia aquests relats esgarrifosos, els petits pecats prohibits que practicava amb Júlia se m'apareixien com a jocs d'infant.

Sembla mentida el paral·lelisme que existia entre els dos imperis. Dos emperadors titelles, dues dones que els dominaven i dos eunucs que els acontentaven i els robaven.

Heracli, aquell sac de vicis, havia de ser l'instrument a través del qual la mort caminaria pel damunt de tots nosaltres.

*** ***

Poc després de l'anunci de l'embaràs de Licínia, Marc va tornar de Constantinoble. La seva estada amb els huns li havia permès fer amistats i coneixences importants i les negociacions amb Aspar garantien la pau. Aeci va quedar molt content amb el resultat de les gestions d'un jove oficial que (deia) havia heretat l'habilitat familiar per tractar temes d'estat. Llavors va ser quan Valentinià el va reclamar. El considerava un oficial molt agradable, que feia de molt bon veure a la guàrdia imperial. Vaig resar perquè Aeci s'interposés i els meus precs van ser escoltats pel Déu Etern.

—No puc permetre que tot el seu valor i tot allò que ha après dels huns es dilueixi entre les meuques i els eunucs de palau. D'aquí ben poc atacarem l'Àfrica i el necessito al meu costat —em va dir amb un somriure, quan vaig anar a parlar amb ell—. Estigues tranquil, que no els deixaré corrompre'l. Valentinià ja en té prou amb el cul d'Heracli.

Marc va ocupar un lloc de privilegi al costat d'Aeci. I així van transcórrer els mesos fins al naixement d'Aèlia

Eudòxia, la filla de Licínia i de Valentinià, la garantia de la unió de l'Orient i l'Occident.

Tothom s'hauria estimat molt més un nen, però la natura mana i ja n'hi havia prou amb un lligam. La celebració del naixement va ser fastuosa. Tot el poble ballà pels carrers i cantà lloances a Déu, mentre el vi i el menjar omplia les seves panxes.

Aèlia Eudòxia va ser batejada pel bisbe Marcel, i Teodosi, com a regal, va enviar dos cofres plens d'or a vessar, mentre la pau seguia regnant a l'Imperi, que no a palau. Gal·la Placídia va ordenar que Aèlia fos guardada pels mateixos soldats que tenien cura de la virtut d'Honòria, l'altra princesa. De cap de les maneres podia permetre que la ment malaltissa del seu fill, d'aquell aprenent de monstre que ella havia parit i havia emmotllat, pogués arribar a imaginar que la seva filla era una joguina per afegir a les moltes que omplien les seves cambres de gom a gom.

*** ***

Un matí del mes de juny tot es va llevar com de costum. Serena va sortir de casa i se'n va anar a palau. De fet, la major part de les nits dormia amb nosaltres i, malgrat que ens havia dit que Valentinià no posava mai els peus a l'ala est de palau, jo m'estimava més que vingués a casa.

En arribar va trobar Pere, que havia estat nomenat cap de la guàrdia imperial, que feia la ronda per tal d'inspeccionar els llocs de vigilància. Es coneixien i es tenien mútua simpatia, perquè era un dels millors amics de Marc, amb qui havia jugat de ben petit, que havien estudiat a l'escola militar i, després, van servir a la guàrdia de palau i van viure plegats totes les aventures de joventut, fins que el meu fill va ser enviat a la Panònia i es van separar. D'aquí la seva amistat amb Serena, que arrencava de quan Marc i ell eren dos marrecs i jugaven al pati de casa, sota l'atenta mirada de la germana gran que tenia cura d'ells.

Pere la va convidar a passejar i la meva filla el va acompanyar per les cavallerisses i el va observar com s'interessava per les novetats abans de retornar a les estances reials i comprovar que tothom era al seu lloc i que el canvi de guàrdia havia estat fet com cal. Aquest ritual el repetia cada matí, invariablement, sempre amb la mateixa intensitat, però mai amb la mateixa seqüència. Això ho havia après de Sebastià, com el meu fill ho havia fet de mi o jo de Bonifaci.

Recordo que quan el servia, al comte, a l'Àfrica, no parava de repetir que un soldat sempre està atent si el seu cap ronda per allà. Tanmateix, és important que el soldat no sàpiga mai quan has d'arribar. Això el fa estar sempre alerta.

Aquell matí, just en atrapar les portes de l'edifici principal, els dos soldats el van informar que hi havia més enrenou de l'habitual. També havia après de Sebastià, com jo de Bonifaci, que és vital que els homes se sentin còmplices del seu cap. Són coneixements que es transmeten de boca a orella i que formen part de la saviesa oculta que són el tresor que acompanya tot bon oficial. Llavors, quan aconsegueixes aquesta complicitat, els teus homes t'expliquen aquells petits detalls que d'altra manera passarien desapercebuts i que, a voltes, poden arribar a ser més decisius que els grans esdeveniments.

—L'emperadriu ha cridat els físics i les serventes. S'hi cou alguna de grossa —va dir un dels soldats.

Pere va mirar Serena i aquesta va alçar les espatlles i féu un gest d'estranyesa. No era capaç de dir què podia passar. La tarda anterior s'havia acomiadat com cada dia i no hi havia cap novetat.

Van intentar imaginar-se el que podia passar, però no van ser capaços, van entrar a palau i Pere va revisar els altres llocs. A cada passa que s'endinsaven, a mesura que avançaven cap a les dependències de la princesa, els comentaris dels soldats eren més concrets.

—Diuen que la princesa Honòria està... —el soldat va dubtar, va mirar a costat i costat i abaixà la veu—: Embarassada —va gosar dir, finalment.

—Què? —va fer Pere.

—No puc jurar-ho, però és el que he sentit. Tothom ho comenta —va respondre el soldat.

Quan Serena m'ho explicava, em deia que si en aquell moment l'haguessin punxada no li haurien tret gens de sang.

—Com és possible? —va fer ella, quan es va quedar a soles amb l'oficial.

—No és tan difícil. Moltes nits rebia visites —li va dir Pere, que no semblava tan sorprès.

—Com l'emperador? —s'esgarrifà Serena.

—No —somrigué Pere i mogué el cap a dreta i esquerra—. Sempre era el mateix —explicà, abaixant la veu.

—Qui?

—Eugeni, el camarlenc.

Eugeni! Mare de Déu! El coneixia. No gaire, però. Ens havíem vist algun cop a palau. Era un home jove i atractiu. No anva mérs enllà dels trenta anys, bon conversador, agradable i discret. Tan discret que Serena no havia descobert la seva devoció per la jove princesa fins que el resultat dels seus amors ja no es podia dissimular. Però, com ho podia saber, si Eugeni només hi anava de nit i, a aquelles hores, la meva filla ja havia tornat a casa?

Serena se n'anà tot corrents cap a les dependències d'Honòria. Allà tothom anava atrafegat, amunt i avall. Les paraules corrien gairebé esmunyint-se entre llavis mig tancats i mans que tapaven boques, com si no volguessin explicar allò que els cors amenaçaven d'esvalotar.

La notícia de l'embaràs es confirmà i poques hores després tot Ravena s'assabentà de la desgràcia. L'emperadriu, enlloc de dur tota la història amb tacte i discreció, començà a cridar com una folla i els seus crits s'escaparen més enllà de les portes de palau i van recórrer tots els carrers de la ciutat, colpejant cada porta de cada casa, cada oïda de cada súbdit. Honòria esperava un fill d'Eugeni, que va ser empresonat per ordre de Gal·la Placídia, mentre la princesa restava confinada a les seves habitacions per tal que ningú no pogués veure la panxa que ja no podia amagar, la mostra de la vergonya en la qual acabava d'enfonsar la família imperial. Sants del cel! La virtut d'un imperi havia estat trepitjada!

A partir d'aquell instant el palau sencer esdevingué un eixam d'abelles esvalotades. L'emperadriu va cridar Pere i li va ordenar guardar les estances d'Honòria com si fos el més important i més preat dels tresors. Cap home, sota cap excusa, entraria a la seva habitació. La virtut de la princesa havia de restar a l'abric de tota sospita. Si algú obria boca i feia esment d'alguna cosa, li tallaria la llengua. Allò que havia passat, no havia passat. Aquesta era la consigna.

—Són ordres de Gal·la Placídia. Ningú no ha de saber-ne res —ens va explicar Serena, espantada.

Era la tarda, a casa, i ens estàvem al pati. Feia calor. La sentia a parlar i ho trobava tan absurd que em feia creus.

—Tot Ravena ja n'està al corrent —vaig somriure—. L'emperadriu ho ha escampat i ara vol tancar la gàbia quan l'ocell ja ha volat.

—Al senat no es parla d'altra cosa —va fer Antoni—. Les conseqüències poden ser terribles. Amb aquest enrenou un camarlenc se situa en línia directa de successió.

—Doncs, Pere és el responsable que la virtut de la princesa resti ben guardada —replicà Serena.

Responsable de la virtut de la princesa? Els seus homes i ell serien la garantia d'una virtut inexistent, d'una virtut que d'aquí uns mesos duria nom propi. Tanmateix, tal com deia Pere, les ordres són les ordres i va escollir els millors homes, els que li semblava que estaven menys enfangats, i els va alliçonar. Honòria no podia abandonar les seves estances i restaria presonera fins a nova ordre. Li portarien el menjar, la servirien com sempre i ningú no veuria com la seva panxa creixia i creixia fins esclatar i parir un bastard.

Júlia, una setmana després, em va dir que a les festes i als sopars no es parlava d'altra cosa i es donaven detalls fins i tot de les postures que més s'estimava Eugeni. Era poc menys que increïble, tot l'enrenou que aquella història estava aixecant, una història repetida milers de cops, que ara esdevenia un afer d'estat. Algunes dones afegien que el camarlenc era un gran amant i que Gal·la Placídia havia ordenat empresonar-lo per gelosia, perquè era ella qui volia l'amor d'aquell home capaç de fer morir de plaer qualsevulla dona, però que Eugeni s'hi havia negat. D'aquí ja van sortir les partidàries de la disciplina imposada per l'emperadriu i les protectores i les defensores d'Honòria, construint noves versions d'un fet que sempre ha estat natural. D'un home i una dona que carden, és ben normal que surti un fill. Però, a mi, em feia molt més el pes els rumors que apuntaven que darrere de l'enfrontament entre l'emperadriu i la princesa hi havia un personatge prou conegut.

Heracli es movia amb entera llibertat per totes les estances de palau, excepte a l'ala est, que pertanyia a Honòria, que havia donat ordre que se li barrés el pas després de comprovar les seves arts i manyes. D'aquí va néixer un sentiment de rancúnia i d'odi de l'eunuc cap a la princesa que el va fer cercar la millor manera de venjar-se. Des d'aleshores els seus ulls perversos no deixaven d'observar els passadissos que conduïen a les habitacions d'Honòria i prenia nota mental de qui entrava i qui sortia. Va ser ell que descobrí l'embaràs de la filla de l'emperadriu; va ser ell que va anar a trobar Gal·la Placídia i li va explicar allò que feia al cas; va ser ell que va pronunciar el nom d'Eugeni, perquè la princesa guardava silenci davant les preguntes de la seva mare; va ser ell que va insinuar que un bastard ocuparia la cadira imperial per a vergonya de l'Imperi; i va ser ell l'únic responsable de l'empresonament dels dos amants.

Marc va venir amb un permís de dos dies. La planificació de la campanya del nord d'Àfrica ja estava enllestida i només calia retornar Hunderic al seu pare i cercar una excusa per atacar.

Venia content. La vida al costat d'Aeci li agradava. Portava una carta de Lídia que va lliurar a Júlia i ens vam seure a parlar una estona, mentre la meva esposa llegia notícies de la seva amiga.

De sobte, Júlia és llevà i ens mirà amb cara d'estranyesa.

—Com ha pogut...? —va fer—. No és possible que Lídia... —i va deixar la frase penjada a l'aire.

—Com és possible que què? —vaig preguntar. No sabia de què parlava.

Es tombà cap a Marc.

—Com sap això de l'embaràs d'Honòria? Encara no pot haver rebut la meva carta.

—A Arle ho sap tothom —respongué Marc amb un somriure, com si fos la cosa més natural del món.

—Un secret... —vaig exclamar amb una riota—. Tot l'Imperi ho sap.

El primer dia Marc el va passar amb nosaltres, explicant-nos com era la vida a Arle, i el segon dia se'n va anar a veure el seu amic Pere. Va arribar a palau i l'acompanyaren a la zona de les habitacions de la princesa, tot aprofitant un nou relleu, perquè Pere s'ho havia pres a la valenta, això de la virtut de la princesa.

El seu amic el va rebre amb una abraçada i se'l va endur a fer la ronda.

—Ja saps que aquí, a palau, passen poques coses — va somriure—. De manera que aquest afer és de primer ordre.

Quan van arribar a la porta de l'habitació de la princesa escoltaren unes veus. Pere va parar atenció, perquè qui parlava era un home. Obrí la porta amb sigil i esguardà. Marc, darrere seu, va veure Claudi, el sacerdot enviat pel bisbe Marcel, que s'estava davant d'Honòria i aixecava les mans en actitud amenaçadora.

Jo el coneixia, a aquell sacerdot, i era un imbècil que em queia força malament. Un esgarrat mental, un pobre fanàtic que pretenia aplicar unes lleis divines que ningú no sabia d'on havien sortit.

—Agenolla't pecadora —em va explicar Marc, que aquell sonat li deia, a la princesa—. Agenolla't i demana perdó pel teu crim. Has deshonrat l'Imperi.

—No és cap crim estimar —respongué Honòria.

—No hi ha virtut més alta que la virginitat — sentencià Claudi i atrapà Honòria pels canells i l'obligà a agenollar-se.

—Em fas mal —es queixà Honòria.

Pere no s'hi va poder estar i va entrar.

—No és forma de tractar una princesa —va fer amb fermesa.

—Surt d'aquí —ordenà Claudi.

—Les ordres són no permetre que cap home entri en aquestes estances. Ets tu, qui ha de sortir.

—Jo soc l'enviat de Déu —féu Claudi, amb ulls de foll—. Ningú no ha de veure en mi un home.

Pere va dubtar. Llavors, Marc va treure l'espasa de la beina i la va ficar entre les cames de Claudi. M'hauria agradat veure la cara del sacerdot que no va poder reaccionar. Simplement va obrir la boca per cridar, però no va sortir cap so.

—No t'importarà que me n'asseguri, que no ets un home, i com la teva virtut més estimada és la castedat, no patiràs gens ni mica si perds aquesta part del teu cos —va dir el meu fill amb un somrís.

Pere es va quedar glaçat, però no el va aturar. Claudi contemplà el fil de l'espasa i es posà a tremolar. Volia dir alguna cosa i no li sortia ni una paraula.

—Te'n pe...ne...diràs —va fer, finalment, de puntetes, amb un fil de veu.

Marc va afluixar la pressió i el sacerdot es va enretirar de seguida i va córrer cap a la porta. Quan Claudi abandonà l'habitació, Honòria s'alçà, mirà Marc i li va donar les gràcies. Era el primer cop que el meu fill podia contemplar els seus ulls a tan poca distància i els va trobar tan formosos com el cel a l'albada i, a més, sincers i nobles, grans, oberts i francs.

L'endemà, abans que Marc marxés de nou cap a Arle, el cap de la guàrdia reial ens va visitar.

—Has tingut sort —va fer Pere—. Claudi ha presentat una queixa i l'emperadriu se l'ha escoltat, però Heracli ha intercedit per tu —somrigué divertit—. Ha dit que la teva reacció era natural, perquè ets molt viril i ets un soldat de cap a peus. També li ha recordat de qui ets fill i em sembla que tot plegat t'ha salvat. Li hauràs d'agrair, potser personalment, anant a casa seva —el somriure esdevingué riota, Marc se li afegí, però jo no li vaig veure la gràcia—. De tota manera, procura no tornar a excedir-te, encara que sigui amb l'imbècil d'en Claudi i encara que tinguis Heracli a favor teu. Pensa que aquest tarat canvia de parer com el vent de direcció.

—No m'hi vaig poder estar i no crec que la propera vegada em pugui retenir —deixà anar una riota el meu fill.

Pere el mirà als ulls.

—Doncs, el proper cop, no parlis ni deixis la feina a mitges. Entesos? —va fer un gest prou eloqüent de com tallar els testicles d'un home i esclafí a riure—. Heracli ha dit amb menyspreu que hi ha coses que a Claudi no li serveixen per a res. I té raó, malgrat que jo m'estimaria més que li tallessin el cap, que tampoc li serveix per a res.

*** ***

Gairebé vint anys comptava Honòria quan va donar a llum un infant que no sobrevisqué més enllà d'unes hores. I, potser, no va ser per casualitat, perquè males llengües deien que Gal·la Placídia havia donat instruccions ben precises sobre el futur d'aquell bastard que, de cap de les maneres, podria aspirar al tron, malgrat que no seria el primer fill fora del matrimoni que hi accedia. Només calia consultar la història i no anar gaire lluny.

Dies després de la mort del nounat, Eugeni va aparèixer penjat a la seva cel·la. Una història dramàticament simple, segons la versió oficial. El dolor l'havia ofegat, explicaven pels passadissos de palau. Tanmateix, la versió que corria entre els soldats no era ben bé igual, i la que em va relatar Serena, tampoc.

Explicaven, amb veu apagada, a cau d'orella, filant tots els racons, que Heracli, no content amb el mal que ja havia produït, va fer veure Gal·la Placídia que el millor per a tothom era que ordenés Pere que suggerís l'amant de la princesa de prendre una darrera decisió i suïcidar-se, però en veure que no treien l'aigua clara i que el pobre desgraciat no tenia prou valor, van haver d'ajudar-lo.

És dur, però, a la cort, a Ravena, aquests detalls freturaven d'importància quan es tractava de salvar l'honor d'una princesa i protegir l'accés al tron. Les úniques llàgrimes que es van vessar van ser les d'Honòria. Serena les va poder escoltar a través de la porta de les estances reials. Durant totes aquelles setmanes gairebé no havia parlat amb ella, però sí que l'havia sentida plorar i havia vist els seus ulls enrogits. Quan Serena m'ho explicava, em semblava que enmig de tota aquella porqueria s'alçava una flor solitària i vaig recordar aquella nena que es mantenia dempeus i ben dreta al costat de la seva mare, ferma i digna, mentre el seu germà, espantat, afirmava amb el cap que acceptava la porpra imperial i se li trencava la veu en pronunciar un sí esquinçat.

A partir d'aquell dia, la meva filla va deixar d'anar a palau, perquè l'emperadriu mare va decidir que per dur la vida retirada que havia *escollit* Honòria no calia tant servei ni tanta companyia.

9.- HASÀRDIA

Semblava que un cop mort Bonifaci i amb l'amenaça dels gots a la Gàl·lia, Genseric hauria d'haver conquerit Cartago en ben poc temps, però no va ser així. No podria jurar-ho, però m'imagino que les lluites internes per assegurar-se el tron i la manca de disciplina entre homes de tota condició, des de moros fins a sueus, en una barreja de llengües, de creences i de tarannàs impossibles de predir, van endarrerir el seu desplaçament des d'Hipona fins a Cartago més de vuit anys, viatge que es podia fer amb un bon cavall en menys de tres dies.

Durant tots aquells anys vam tenir temps de lluitar contra els burgundis i guanyar-los, desfer el setge de Narbona i pactar la pau amb Teodoric, rei dels visigots. I en aquell temps, Hunderic, el fill del rei vàndal, va ser educat a Arle i va retornar a l'Àfrica reclamat pel seu pare amb el pretext que s'havia de casar amb Hasàrdia, la filla del rei visigot.

Aeci va contemplar amb vertadera preocupació la marxa del fill del vàndal, tot i que ell mateix volia una excusa per retornar-lo al seu pare. Tanmateix, que el mateix rei el reclamés no era bo. Ens havien arribat notícies que Genseric havia ordenat executar tots els seus nebots, els fills del seu germanastre Gunderic. D'alta traïció, els acusà. No sé quina en podien maquinar uns pobres vailets que no aixecaven un pam de terra. I no content amb aquest crim, encara va ordenar ofegar Tilda, l'esposa del seu antecessor, al riu Ampsaga. Aquí no hi va haver cap acusació. Perquè va ser un simple accident. Sí, un accident que permetia que ara ningú no li pogués disputar la supremacia damunt dels vàndals, mentre el seu fill esdevenia el successor natural a un tron que navegava per damunt la sang de tots aquells que ell havia ordenat matar, perquè tothom que se li oposà o que menyspreà els seus orígens, va deixar d'existir. Fins i tot, deien que havien mort més vàndals al cadafal, per ordre de Genseric, que no pas a les batalles. A més, l'enllaç amb Hasàrdia, la filla del rei visigot, li va assegurar, com a mínim, la imparcialitat de Teodoric en un enfrontament amb nosaltres i la llarga pau al nord d'Àfrica li va permetre restablir les forces.

De tota aquella història, de totes aquelles reflexions i cabòries que fèiem tant Aeci com jo, l'única cosa certa és que, tot i que ho vèiem a venir, no vam poder fer res per aturar el desastre. O, tal vegada, no vam tenir prou coratge i Cartago, aquest cop, va caure irremissiblement enduent-se la darrera esperança de tornar a posar els peus a l'Àfrica, si més no a curt termini, mentre tots els senadors, els nobles i els plebeus, els rics i els pobres patien per un igual la venjança d'un ésser mancat de pietat que només cercava el poder i la riquesa.

La notícia de la caiguda de la darrera ciutat de Numídia va significar un desconsol tan gran com quan Alaric va entrar a Roma. Jo, personalment, ho vaig sentir com si hagués perdut un fill. Les imatges dels carrers, els vaixells aturats a port, els mercats rics, l'alegria natural d'aquella gent, les discussions a les escoles, la música, la dansa, el teatre i la poesia. Tot, absolutament tot, s'havia acabat per a mi, que mai més no tornaria a trepitjar aquelles terres.

Produeix una tristor tan gran contemplar com l'Imperi perd els seus dominis, com oblidem que la història passada no és cap garantia de continuïtat, sinó que la vida es viu d'instant en instant i la seguretat s'assoleix amb cada acció i mai no és del tot segura...

*** ***

En aquells dies tenia sota el meu comandament totes les forces establertes des d'Aquileia fins a Rimini i les noves responsabilitats m'obligaven a freqüents desplaçaments. Aeci havia vingut a Ravena per discutir certs assumptes amb el senat i vam coincidir. Lídia no va venir, sinó que es quedà a Arle. De fet, no l'acompanyava mai i Júlia i ella seguien mantenint la relació epistolar. És per la meva esposa que jo sabia que hi havia alguna cosa que no rutllava entre ells. Júlia me n'havia fet algun esment. Res de concret, perquè les cartes no explicaven coses tan íntimes, però Júlia sabia llegir entre línies.

Aeci em va convidar al petit palau que li servia d'habitatge quan era a Ravena, el que tenia assignat en honor al seu rang. No volia parlar de res en especial, em va dir. Només volia sentir al seu costat una veu amiga.

Vaig preveure que allò es podia allargar i li vaig dir, a Júlia, que no m'esperés desperta, que no sabia a l'hora que tornaria.

Quan vaig arribar, Aeci havia ordenat parar una taula plena de viandes i els servents eren a punt. Només hi seríem ell i jo. Vam sopar i vam veure força, més de l'habitual, i vam acabar recordant els temps passats. Ja entrada la nit va acomiadar els servents. Volia estar sol amb mi, que ningú no ens importunés i que ningú no pogués veure la seva tristor. Després del desastre del nord de l'Àfrica, ambdós representàvem la vergonya de l'Imperi, la imatge perfecta de la impotència.

—Li he fallat quan més em necessitava —em va dir, quan ja érem sols i els nostres estómacs havien buidat cinc gerres de vi—. A Roma —em va aclarir. Jo tenia el cap espès i em costava seguir-lo—. He posat davant i per damunt de l'Imperi els meus interessos personals i hem perdut l'Àfrica —es va llevar i es va atansar amb dificultat a la finestra. La nit era càlida i el cel serè, quallat d'estrelles brillants que semblaven punts de plata penjats a la immensitat. Va aixecar els ulls—. Mai més. Ho juro pel més sagrat d'aquest món. Mai més no li fallaré, malgrat que hagi de matar l'emperador —i em va mostrar les seves mans, deixant ben clar que ho faria ell mateix, si calia—. És un jurament solemne —va afegir, prengué la gerra i apurà el vi d'un sol glop per segellar el pacte que havia fet amb el cel. O, tal vegada, amb el diable?

Encara ens hi vam estar força estona i vam seguir bevent fins gairebé caure. Llavors em va parlar de Lídia. No és que mai se l'hagués estimada de debò, però li tenia afecte. Això em va dir. A més, era un regal de Bonifaci.

—Hem begut massa i ja no sabem ni el que diem — vaig somriure. Cada cop tenia el cap més tèrbol i més pesant. Tampoc volia escoltar allò que em deia. Sentir-lo parlar de Lídia amb aquells termes no m'agradava, perquè hi havia com un petit deix de menyspreu, però ell va insistir. Cada cop que s'allitava amb ella el seu pensament era lluny, m'explicava. El sentia parlar i em feia mal. Em vaig sentir incòmode i tens. Volia tallar aquella conversa i no sabia com.

—Hi ha una altra? —vaig preguntar.

Durant una estona es va quedar en silenci. Després va moure el cap amunt i avall i va fer:

—Sí.

—I els vostres fills? —li vaig preguntar, recordant l'existència de Carpili i Gaudenci.

—Carpili encara està amb el huns i Gaudenci començarà els seus estudis ben aviat.

—Llavors, què vols fer?, repudiar-la?

—No —negà repetidament amb el cap—. No puc fer-ho. És massa noble i no s'ho mereix.

—Llavors, no t'entenc —vaig fer—. Pren l'altra com la teva concubina —vaig apuntar.

—No puc, de cap de les maneres —va negar—. Sóc cristià.

—Està casada?

—Tant se val! Aquest no és el problema.

—La conec?

—Sí. La coneixes.

—Qui és? Parla ja d'una vegada —em vaig empipar.

—No t'ho puc dir. És un amor que dura temps i temps, que em crema per dins i que no... —es va quedar callat un instant. Després em mirà—. Ets el meu millor amic. Mai no et faria cap mal —va somriure, va seguir bevent i ja no va tornar a esmentar el tema ni a badar boca.

Havíem begut massa i no era capaç de raonar amb fredor. Ja despuntava el sol quan vaig fer l'esma de marxar, però no em mantenia dempeus i dubto que hagués arribat a pujar al cavall, de manera que em vaig quedar a casa seva i vaig dormir tot el matí, fins ben entrada la tarda.

Quan em vaig llevar, el cap amenaçava d'obrir-se com una magrana, la llum feria els meus ulls, els sorolls eren insuportables i les columnes no paraven de girar al meu voltant. No ho entenia. En les celebracions de joventut, quan ens aplegàvem els companys de milícia i intentàvem la proesa de buidar totes les botes del celler més ric de la regió, bevíem molt més i mai no m'havia sentit així. Tal vegada el meu cos ja no aguantava aquelles disbauxes, vaig pensar. Els anys sumen per un costat, però també resten per l'altre. Aquesta va ser-ne la conclusió.

Per contra, Aeci ja feia estona que s'havia llevat i no hi era. Havia sortit a cavalcar i va tornar després de dinar. Ho feia sempre que estava amoïnat. Es va interessar pel meu estat i va simular que no se'n recordava de la conversa que havíem tingut hores abans ni de la promesa que havia fet en veu alta. Va ordenar que m'acompanyessin a casa i ens vam acomiadar. Em sentia vertaderament malalt.

Vaig arribar a casa amb una cara que feia pena. Júlia em va mirar i va moure el cap a cantó i cantó, mentre m'ajudava a prendre un bany.

—Ja no tens vint anys —em va dir amb pena.

—És cert —vaig respondre i vaig tancar els ulls per no començar a parlar i explicar-li que el meu amic Aeci s'havia enamorat d'una dona, que no sabia qui era i que Lídia... Déu meu! El cap se me n'anava...

—Serena marxarà cap a Arle —em va dir i vaig obrir els ulls de patac—. Lídia vol que li faci companyia durant un temps. Diu que el seu fill Gaudenci començarà els estudis i que se sent sola.

—L'esposa del general de tots els exèrcits se sent sola? —vaig fer amb un somrís hipòcrita, com si no en sabés res. Vaig estar temptat d'explicar-li la conversa, però es tractava d'un amic i les seves paraules eren un secret que no havia de conèixer ningú.

—Aeci no se la mira com abans —va fer Júlia—. Les dones, quan arribem a certa edat, ho perdem tot.

—No diguis bajanades. Saps que no és cert.

—Tu tampoc em busques com abans.

—No, per favor —li vaig suplicar—. Ara no. Tinc un timbal dins del cap, l'estómac regirat i els ulls se m'acluquen. No demanis miracles.

I els meus pensaments enfilaren un altre camí. Potser sí, que Serena aconseguiria portar-li un xic d'alegria, a Lídia. De fet, ella i Serena s'entenien prou bé. O potser...?

—Ha estat Lídia qui t'ho ha demanat? —vaig preguntar.

—No. És Aeci, que ho ha fet per compte d'ella.

«Ets el meu millor amic. Jo mai no et faria cap mal». Això m'havia dit Aeci. «Sí, la coneixes». Això també m'ho havia dit. I recordo que, així que vaig sentir aquestes paraules, sota l'efecte del vi, vaig arribar a imaginar que em parlava de Júlia. Però, ara, pensava en Serena, en la meva filla. No podia ser, no podia ser!

L'endemà vaig buscar Serena pertot arreu i vaig mantenir una llarga conversa amb ella, procurant descobrir allò que la imaginació em llançava al damunt, intentant trobar les paraules que em conduïssin fins a la resposta. Serena no en sabia res de res, ni tan sols de què li parlava, i em vaig tranquil·litzar. No, no era ella la dona de qui m'havia parlat Aeci. I, evidentment, tampoc era Júlia. Llavors? Qui podia ser? Per què m'havia dit que no volia fer-me mal?

*** ***

Uns mesos després, Aeci va tornar a Ravena i em va cridar de nou. Volia saber la meva opinió sobre si el senat acceptaria una campanya a l'Àfrica. El vaig mirar estranyat. Em semblava que aquell assumpte estava mort i enterrat i que ningú no hi pensava més, però...

—No vaig dir mai que l'Àfrica s'hagués perdut per sempre —em va somriure.

Llavors em va explicar quina era la situació. Genseric bé podia haver atacat el sud de la península o

Sicília, però no ho havia fet perquè Aeci tenia al seu costat els poderosos huns i els podia cridar en qualsevol moment.

—I per què no els utilitzes per atacar l'Àfrica i recuperar-la?

—M'has pres per boig? —em va mirar als ulls—. Si demano Àtila que m'ajudi amb l'Àfrica, el preu serà immens. És un bon amic, però li agrada massa l'or. Fins i tot, podria passar que l'Àfrica esdevingués dels huns i llavors, amic meu, els tindríem al nord i al sud. La resta te la pots imaginar.

M'hauria agradat tornar a preguntar-li qui era la seva amant, però m'hi vaig estar. Per què em preocupava tant aquell detall?

Durant els dies següents vaig parlar amb una bona colla de senadors amics meus i vaig demanar Antoni, que havia après a bellugar-se amb certa habilitat, que esbrinés el pensament de tot aquell sobre el que tingués alguna ascendència o fortes relacions d'amistat.

—Les opinions estan dividides —li vaig explicar, a Aeci, un parell de setmanes més tard.

—Però, si ho plantegés, hi ha alguna possibilitat de guanyar?

—Penso que sí —vaig respondre amb sinceritat, després de fer un càlcul aproximat. Si tenia en compte les paraules del meu fill Antoni, la votació seria ajustada, però podíem guanyar. Llavors, Gal·la Placídia no s'hi podria oposar. Era vertaderament hàbil el plantejament d'Aeci.

—Prepara-ho tot en silenci i avisa'm quan sigui el moment.

A partir d'aquell dia vaig sopar cada nit fora de casa. Júlia sabia que s'hi coïa una de grossa, però no va dir res ni va fer cap pregunta perquè coneixia prou bé el meu tarannà. Vaig entrevistar-me amb gairebé tots els senadors, un per un, i els vaig sondejar. Algun ho veia clar, d'altres dubtaven, però pocs s'hi oposaven frontalment. El més difícil va ser aconseguir el suport de Mateu, el més ric de tots els senadors, pertanyent a la família dels Antonins, patriarca, amo i senyor d'una quantitat de vots equivalent a la quarta part de tot el senat. Quan s'havia de prendre una decisió, tots els ulls es giraven cap a ell. Deien que era caragolat com una serp, capaç de somriure't mentre ordenava que et tallessin el coll. Tanmateix, vaig aconseguir que m'escoltés mercès a la intercessió de Petroni Màxim. De fet va ser la pròpia Anna que el va empènyer a parlar amb Mateu, perquè les dones en saben molt, de convèncer els marits. Llavors vaig descobrir que Mateu tenia, podríem dir-ne, visió d'estat. Vaig haver de negociar durant força estona, fins que vaig descobrir que ell estava a favor de la idea, sempre que, un cop assolida la victòria, Aeci recordés que ell tenia un nebot que desitjava establir-se a l'Àfrica i que... En fi!

De retruc, quan altres senadors es van assabentar (no pas per boca meva) que Mateu havia demanat certes prebendes, em vaig trobar que les peticions començaven a ploure pertot arreu. Llavors me'n vaig anar a parlar amb Aeci.

—Digues-los que sí, que l'Àfrica és gran i rica i que n'hi haurà per a tothom —somrigué.

Amb aquest argument, altres senadors s'hi van afegir i, després d'algunes setmanes, Antoni i jo vam fer el recompte. L'èxit era segur i així li hi vaig comunicar.

—Doncs, no en parlem més —em va respondre—. He rebut notícies d'Aspar. Ja té preparada una flota que sortirà de Constantinoble tan bon punt l'hi demani.

Gal·la Placídia es va posar com una fera quan va rebre la notícia que el senat havia votat a favor de la campanya d'Àfrica. Ella no en sabia res de res.

—Ni l'emperador en sap res —va cridar.

Ara se'n recordava, del seu fill i de la cadira que ocupava, quan resulta que, per a ella, Valentinià ni existia.

—El rei Genseric és amic nostre —va fer, empipada. Havia ordenat Aeci presentar-se davant d'ella i el general hi havia anat, però va arribar expressament tard —. De què serveixen tots els tractats de pau que hem signat amb ell? —cridà Gal·la.

—Només han servit perquè aquest desgraciat fill de puta refés el seu exèrcit —contestà Aeci, emprant-hi un llenguatge vulgar i obscè.

Tanmateix, l'emperadriu va seguir parlant sense tenir-li en compte.

—Per estar al nostre servei. Per això serveixen els tractats —el corregí—. Genseric és un rei federat nostre.

—Genseric no és res de ningú, excepte un criminal. El senat així ho ha entès i ara has de ratificar l'acord.

Era increïble. Cada cop que es veien era per barallar-se. Ja no hi va haver més discussions. Aeci havia jugat bé les seves apostes i havia guanyat. De manera que un exèrcit va sortir cap a Sicília, mentre jo viatjava a Constantinoble per fer-me càrrec de la flota d'Aspar.

*** ***

Els nostres soldats ja començaven a olorar el vent calent i salat de les costes africanes quan tots els plans van caure per terra.

Després del tractat de Margus, just a la mort de Ruas, quan Àtila i Bleda van succeir-lo al tron dels huns, tota la riba septentrional del Danubi havia esdevingut un port franc protegit per la fortalesa romana de Constància, sota el comandament de l'emperador de l'Orient, garantia de la pau i de la fidelitat dels tractats.

Un matí quan el sol s'aixecava, els comerciants van establir els seus llocs de venda com cada dia, als peus de les muralles de Constància, i les portes de la fortalesa s'obriren per deixar sortir els seus habitants. Era un dia amb un cel blau i serè. Ningú no va tenir ni temps d'adonar-se que petits grups d'huns s'hi aplegaven fins esdevenir un exèrcit que va caure damunt els comerciants, tot matant-los i fent-los fugir, per després atacar Constància i no deixar pedra damunt de pedra.

Aquell incident, incomprensible a totes llums, va obligar Aspar a desplaçar una bona part dels seus homes cap al nord per enfrontar-se a un desastre que ja era al damunt. Pulquèria, fidel a la idea de cercar la pau a qualsevol preu, va instar Teodosi a entrevistar-se amb Àtila. Tanmateix, l'emperador d'Orient, sempre pendent de les seves oracions, va delegar en Aspar tan delicada missió.

—Ha estat Ilió, bisbe de Margus, el primer d'entrar al nostre territori, atacar el nostre poble i robar el tresor dels nostres avantpassats. Si voleu la pau, ens heu de restituir el tresor i ens heu de lliurar Ilió i els seus seguidors —va fer Àtila, quan els ambaixadors d'Orient el van anar a trobar a les planes que voregen les ribes del Danubi.

Aspar s'hi va negar. No creia que Ilió fos culpable d'un acte tan absurd com atacar els territoris huns i robar un tresor que ell dubtava de la seva existència, i Pulquèria se li aplegà, perquè un prelat de l'església cristiana no és moneda de bescanvi, i Teodosi va acceptar el parer de la seva germana i va fer seu l'estendard de la cristiandat.

És així com va començar aquella guerra que tots els habitants de la regió van aplaudir. Per fi el seu sobirà tenia el coratge de plantar-se davant d'Àtila i fer-li veure a aquell bàrbar que l'Imperi mana i que Déu és per damunt de tots.

Jo també vaig pensar que per fi ensenyaríem alguna cosa als pagans descreguts que gosaven escopir a la religió cristiana, però Aeci es va dur les mans al cap. Allò era una bogeria, la pitjor de les decisions que Teodosi podia haver pres. I ho repetia un i altre cop, malgrat que ningú no li feia cas, mentre que Gal·la Placídia se sentia feliç perquè aquell gir de la història impedia que el general pogués atacar el nord d'Àfrica.

El senat de Ravena es va dividir. Alguns deien que era un averany i que, potser, ens havíem lliurat d'una nova derrota. Més valia oblidar-se de Cartago, podíem escoltar pels passadissos.

—Inútils, inútils! —no parava de cridar Aeci—. Això és un parany.

Quan tot ja s'havia embolicat i res no podia aturar la guerra que s'acabava de desfermar, un altre petit incident ens va permetre descobrir amb horror fins a quin punt Aeci l'havia encertada i la intel·ligència del nostre enemic havia jugat amb la innocència de tots plegats.

Va ser al nord d'Itàlia, gairebé a la Gàl·lia. Un grup de vàndals viatjava cap a Hispània i va cometre l'error d'atacar una petita població d'agricultors quan, allà a prop, hi havia acampada una columna formada per dues legions que tornaven del sud d'Itàlia. Els camperols van demanar ajut i els vàndals van ser perseguits, atacats, la major part morts i els altres empresonats i lliurats a Arle on, després d'una persuasiva conversa amb els torturadors, van decidir explicar una història increïble.

Venien de la Panònia, de les terres al nord del Danubi. Allà, per ordre de Genseric, havien atacat els huns i havien deixat prou evidències com perquè tothom pensés que havien estat els soldats de Teodosi, de la fortalesa de Constància.

Quina gran astúcia! Genseric havia previst tots i cadascun dels nostres moviments i s'havia avançat subtilment fins guanyar-nos totes les partides. Havia obtingut la neutralitat de Teodoric i havia enfrontat l'Orient amb els huns, deixant Aeci ben sol.

El general va enviar una ambaixada a Àtila per aturar aquella guerra, però el rei dels huns se sentia ofès per Teodosi i no va voler escoltar la veu del seny. Per la seva banda, tota la manca de coratge per part del pobre babau que governava l'Orient va ser substituïda per un valor absurd. Tothom s'havia tornat boig. Els habitants de la Mèsia, tot just al sud de la Dàcia i de la Panònia, orgullosos de la primera decisió, van canviar radicalment quan les hordes dels huns van destruir Viminiacum i totes les poblacions veïnes i es van plantar davant de les portes de Margus. Llavors, aquells homes i dones que defensaven el bisbe Ilió, van començar a pensar que pagava la pena sacrificar una sola vida per tal de salvar-ne moltes més, i el cap del bisbe perillà.

Com ja havia passat amb Teodoric, a qui el comte Litorius no va deixar cap alternativa, Ilió també va prendre les seves decisions i va pactar amb Àtila que li obriria les portes de Margus si li respectava la vida. I la fortalesa va caure i els huns van arribar a la Ilíria i van atacar Sirmium, Singidunum, Ratiara, Marcianòpolis, Naissus i Sardica. En fi! No es van aturar fins a la mar Adriàtica.

Mentre, Aeci va haver de contenir la invasió de Sicília per part de Genseric i va perdre tots els homes que li havia deixat Aspar, perquè els huns eren una excusa més que poderosa per replegar tots els soldats de Sicília i de la frontera amb Pèrsia, que tampoc van servir per aturar Àtila.

Una desfeta com aquella no figurava a la història de l'Imperi. No va quedar res. Aquelles bèsties amb forma humana van seguir avançant per les províncies de la Dàcia i la Macedònia.

Setanta ciutats van desaparèixer completament, restant només un munt de cendres. Setanta ciutats! Els camps de conreu van morir, els rius s'ompliren de sang, els animals van fugir esperitats i els éssers humans no van ser enterrats, sinó que es podriren entre el fum de les flames que s'enlairaven i ennuvolaven el cel trastocant el blau en un negre tètric i esfereïdor.

Qui sobrevivia ho explicava amb cara d'espant. La cavalleria escita no coneixia ni cap llei ni cap justícia ni cap sentiment de pietat. Tot allò que es movia era abatut per les seves fletxes, tot allò que respirava era ofegat per les seves mans i tot allò que tenia color, el perdia enmig de les flames.

Finalment, Àtila arribà a Constantinoble, que havia sofert l'efecte d'un terratrèmol que havia esfondrat quaranta-sis de les torres i havia obert una escletxa enmig de la muralla que els habitants de la ciutat havien reparat a cuita-corrents.

La guerra va despoblar bona part de les províncies al nord de Constantinoble. Àtila va prendre milers i milers de presoners i se'ls va endur com a criats i esclaus, sense tenir en compte que alguns d'ells eren grans artesans, notables pensadors o experts arquitectes. Per contra, els constructors, els ferrers i els metges gaudien de la seva consideració. Sobretot els metges, perquè els huns temien les malalties i tot aquell que els pogués guarir i allargar-los la vida era tractat amb respecte i veneració. I els constructors i els ferrers els podien fornir d'armes i enginys de guerra. També es van salvar alguns mestres, perquè els huns volien aprendre el llatí, la llengua dels exèrcits. Tanmateix, el grec era menyspreat. Només servia per recitar versos i filosofar, deien.

Ben bé puc dir que aquesta gent no ha nascut per dominar ningú, perquè van perdre la gran ocasió d'esdevenir un poble culte i abandonar la salvatge ignorància que els duia a passar tots els presoners pel mateix raser. L'anècdota ens va arribar en forma de burla. Onegesi, un dels favorits d'Àtila, es va construir un bany a l'estil romà, però amb un luxe que ultrapassava tot allò que nosaltres podíem estimar com a correcte i fruit del bon gust. El mateix dia de la seva inauguració va convidar tot un seguit de bàrbars que es van banyar i es van emborratxar fins perdre el senderi i trencar tot allò que era al seu voltant. Un bany magnífic que només s'utilitzà un sol cop. Una construcció refinada i molt costosa, que havia emprat fusters, artesans, manobres, serrallers,... Aquelles bèsties no tan sols no dominarien ningú, sinó que no eren ningú.

I mentre l'Orient es debatia en una guerra dura i cruel, nosaltres contemplàvem com Sicília esdevenia el punt clau de tot el nostre enfrontament amb Genseric, l'altra bèstia salvatge que tenia res a envejar al rei dels huns. Tanmateix, finalment, vam aconseguir fer-lo fora i la pau es restablí.

*** ***

La primavera següent Júlia va decidir fer una visita a Lídia i Serena, que havia allargat la seva estada a Arle perquè havia conegut un visigot anomenat Adolf que era cosí del rei Teodoric, estudiava a Narbona i força sovint es desplaçava fins a casa de la nostra amiga.

Aeci no me n'havia dit res perquè semblava que no hi estava al cas, però Júlia coneixia tots els detalls mercès a les cartes de Lídia i em va dir que ja no podia aguantar més sense conèixer aquell jove que ella sospitava que havia de ser un salvatge, com tots els visigots, malgrat que estudiés a una escola romana i Lídia li digués que era amable i ben plantat.

Pensava que podria passar uns dies de descans a Arle, però Aeci em va dir que jo era un gran ambaixador, que ja ho havia demostrat a bastament a Constantinoble i que la meva amistat amb el rei Teodoric ens podia ser de molta utilitat. De manera que em va demanar que, mentre la meva esposa s'hi estigués amb la seva amiga, jo viatgés fins a Tolosa per fer una visita de cortesia al rei dels visigots i lliurar-li les salutacions d'ell, de la nostra emperadriu i dels membres del senat. Amb aquesta maniobra volia aconseguir que no s'aplegués a Genseric i que es mantingués neutral, perquè ens havien arribat notícies que el rei dels vàndals preparava una nova expedició a Sicília.

A Arle m'hi vaig estar només dos dies. Aeci em va rebre, però no pas a casa seva. Les relacions amb Lídia cada cop eren més fredes i havien arribat al punt on no hi ha cap possibilitat de retorn, i el meu amic vivia més temps fora del palau que no pas amb la seva esposa, en una casa al costat de la guarnició, amb l'excusa que la situació era delicada i requeria de tota la seva atenció.

El vaig visitar tot imaginant que tindria amagada la seva amant o, tal vegada, més d'una, però les seves estances eren gairebé espartanes i ningú no havia vist mai entrar ni sortir altra cosa que no fossin soldats. En principi tampoc era per estranyar-se'n. Bé podia ser que apaivagués el seu desig amb la companyia d'algun noi. Els romans tenim llarga tradició en cercar el mateix sexe i, encara que l'educació rebuda és una altra, segueixo estant convençut que el plaer no és patrimoni exclusiu de les relacions que mana la religió cristiana. No sé què en penses tu, d'aquesta pràctica tan estesa en altres temps, però el bisbe Marcel l'anomenava pecat contra natura. Li agradava això de buscar paraules i definicions que serveixen per no haver de pronunciar allò que no vols dir. I recordo que Agustí, a Hipona, també ho feia, i Lleó, el nou bisbe de Roma que havia substituït Sixt, té una marcada tendència a parlar massa lentament destriant amb molta cura els sons per tal d'evitar mots massa durs. Sento dir-te que, en aquest aspecte, m'estimo més els huns, que no s'estan d'històries i diuen les coses pel seu nom.

Tanmateix, durant aquells dies no vaig descobrir cap signe que em permetés pensar que les meves deduccions eren correctes i, quan finalment l'hi vaig preguntar obertament, la resposta va ser negativa.

—Com t'ho fas? —li vaig demanar, sorprès.

—Simplement, no m'ho faig —em respongué i va tallar la conversa.

Qui podia ser la dona que era capaç de dominar-lo fins al punt de convertir-lo en un asceta? O, tal vegada, es tractava d'una promesa o d'un vot de castedat? Bonifaci el va fer, malgrat que mai no el va complir, però Aeci tenia una voluntat de ferro i quan decidia començar a caminar en una determinada direcció, ningú no l'aturava.

Em va donar missatges de pau i de concòrdia per a Teodoric i em va demanar, sobretot, que esbrinés si estava disposat a recolzar-lo contra Genseric. L'havia de convèncer al preu que fos —em va dir—, perquè, si bé havia perdut l'ajut de Constantinoble, no estava disposat a renunciar al seu projecte de reconquerir l'Àfrica. Li vaig respondre que, si més no, ho intentaria.

Durant aquells dies vaig tenir ben poques ocasions de parlar a soles amb Lídia. Júlia sempre hi era present.

Finalment, l'última tarda, la vaig trobar asseguda al jardí. Estava sola i els seus ulls es mostraven trists.

—La història es repeteix —va fer—. Aeci no és el mateix —em va confessar i vaig assentir amb el cap. No calia que m'expliqués res i ella ho va endevinar, que jo havia parlat amb Aeci—. S'estima una altra dona. Saps qui és?

—No m'ho ha volgut dir —vaig respondre amb un somriure que pretenia transmetre-li tot allò que duia dins del cor, el meu sofriment pel seu dolor.

—Serena és com una filla per a mi. La filla que m'hauria agradat tenir i que em recorda constantment la imatge de l'home més noble que mai no he conegut.

Desitjava abraçar-la, consolar-la, però en aquell precís instant arribà Júlia. Venia contenta, radiant. Havia conegut Adolf, que havia vingut a passar uns dies, i la primera impressió havia estat bona. No vestia com els visigots, sinó amb una túnica romana, s'expressava amb correcció, coneixia perfectament els nostres costums i, si no fos perquè ho sabíem, bé podia haver passat per un dels nostres. A més, a Serena li cantava la mirada cada cop que se'l mirava i Adolf era fill d'una cosina germana de Teodoric i la seva família era rica. Seria una bona boda, va dir Júlia i... si ella ho deia...

Aquell vespre Júlia em va dir:

—T'has fixat, que Lídia està molt trista?

—Alguna cosa he endevinat. Saps per què?

—Només m'ha dit que no es troba bé, que porta alguns dies amb trastorns.

Abans de sortir cap a Tolosa vaig haver de prendre nota de totes i cadascuna de les preguntes per a les quals havia de trobar resposta. Júlia va ser a punt de venir amb mi, però va pensar que la relació encara no estava prou madura i, per això, em va nomenar el seu ambaixador amb l'ordre de conèixer els pares de l'Adolf, però sense cap poder per prendre cap mena de compromís fins que ella no decidís la millor manera de fer-ho. Li vaig dir que sí, a tot, perquè vaig pensar que si arribo a discutir-li la més mínima qüestió, hauria vingut. I a mi m'agrada viatjar de pressa i lleuger d'equipatge. Ja havia patit prou amb el desplaçament des de Ravena a Arle, aturant-nos a cada passa i carregats fins a les orelles.

*** ***

Teodoric em va rebre amb alegria. La notícia de la meva visita li havia arribat feia més d'una setmana i ja m'havia preparat unes estances a palau i havia ordenat un banquet per celebrar un encontre que li portava bons records.

Em va agradar la ciutat de Tolosa. Mai no havia estat en aquella regió i la plana, amb una verdor que enamora i un riu que serpenteja lentament i mandrós, servia per deixar veure de ben lluny les muralles que s'alcen trencant la monotonia i l'harmonia del paisatge. Pobre idiota!, vaig pensar en Litorius. Com se li podia haver ocorregut assetjar aquella fortalesa sense cap preparació? Era impossible atansar-se per la plana, completament al descobert.

Tolosa era una ciutat visigòtica, sens dubte. La gent encara anava vestida amb una barreja de pells i túniques i els mercats eren força bruts. Per contra, el palau reial gaudia de comoditats properes a la nostra civilització, perquè Teodoric era un rei que havia estat capaç d'assimilar la superioritat de la cultura d'aquelles terres i no feia fàstics a proclamar el seu desconeixement i acceptar les innovacions.

Li vaig transmetre les salutacions d'Aeci i vaig afegir unes quantes de Gal·la Placídia. Era curiós com la recordaven i la reverenciaven, a qui va ser reina al costat d'Ataülf. Després, fent honor a la confiança, li vaig parlar d'Adolf i de la possibilitat que existia que Serena i ell creessin un vincle entre les dues famílies. Va riure de valent i em va abraçar. Allò el feia molt feliç i va voler cridar d'immediat els pares del noi, però vaig aconseguir aturar-lo.

—Si Júlia se n'assabenta que t'ho he abocat d'aquesta manera, sóc home mort —vaig fer.

—Bé. Doncs, guardarem el secret i no direm res ni a la reina. Pel que veig les dones romanes són pitjors que les nostres o, tal vegada, és que els romans no teniu prou... —va riure altre cop—. Aquesta nit, durant la festa te'ls presentaré discretament i no cal que els facis cap pregunta. Tot allò que vulguis saber, t'ho dirà Dània, que coneix tothom. Tindràs tanta informació que la teva esposa ordenarà encunyar una medalla en honor del seu ambaixador.

Vam seguir parlant d'altres temes. Aeci li agraïa que no hagués participat en la guerra amb Genseric, vaig encetar el motiu principal del meu viatge.

—No me'n refio d'ell —em confià—. Genseric és perillós. Espero que el seu fill, quan el succeeixi, hagi après alguna cosa i en canviï moltes més. No és bo governar mercès al terror i enlairar-se damunt dels cadàvers dels propis parents. T'haig de dir que me'n penedeixo d'haver casat la meva filla amb Hunderic. Fa massa temps que no en tinc notícia i Dània està molt preocupada.

Les seves paraules eren sinceres i la seva inquietud més que real.

Aquella nit la festa va ser impressionant. Les millors viandes es donaven la mà amb els millors vins de la regió. La Gàl·lia sempre ha estat el bressol de bons vins i Teodoric havia après que un bon vi fa una bona taula, ensems que els visigots, en ben poc temps, havien après a cuinar com cal. També vaig presenciar la gràcia de les dansaires i em vaig sentir afalagat de veure que els convidats havien triat les seves millors gales en el meu honor.

La reina Dània em va rebre amb afecte i es va penjar del meu braç fins acompanyar-me al seient al costat de Teodoric que, just quan m'asseia, va fer un gest amb el cap i va assenyalar discretament una parella a la nostra dreta, un xic més enllà. Els pares d'Adolf. Els vaig repassar de dalt a baix i vaig gravar dins a la memòria tots i cadascun dels detalls dels seus rostres, dels vestits i de les joies que duia la mare. Com bé deia Teodoric, Júlia se sentiria orgullosa del seu ambaixador. I més valia, perquè seria sotmès a un vertader interrogatori al qual s'hi afegiria, sens dubte, Lídia i, més que segur, Serena. Valia, doncs, la pena anar ben preparat per l'examen.

La festa es va allargar. Vam beure, vam riure i vam parlar. Teodoric, amb extrema habilitat va anar preguntant sobre diversos convidats i, més concretament, sobre els pares d'Adolf, i Dània ens va fer una demostració de l'extraordinari coneixement que tenia de tota la seva gent, mentre jo escoltava amb molta atenció.

Passada la mitjanit, de sobte la porta de la gran sala es va obrir i dos soldats van aparèixer i es van dirigir cap al rei.

Li van comunicar alguna cosa a cau d'orella i vaig veure com la seva expressió passava de l'alegria de la festa a l'estranyesa.

—La nostra filla és aquí? —va fer, i es va aixecar.

—Hasàrdia? —preguntà la reina.

—Que entri —ordenà Teodoric, ensems que alçava la mà per tal que tothom guardés silenci.

Dània també s'havia posat dempeus i la resta de la gent els va imitar. La música ja no sonava i les dansaires restaven quietes i expectants.

Dos soldats més entraren escortant una dona que caminava coberta per un vel negre. Semblava talment una aparició. Els murmuris van trencar el silenci. La dona va seguir avançant fins arribar a la taula on hi érem nosaltres.

En arribar, la princesa Hasàrdia es va treure el vel i un crit esgarrifós s'escapà de la gola de la reina i arrencà expressions d'espant i d'horror. Vaig haver de recolzar-me a la taula per no caure.

Aquell rostre era una màscara espantosa! No tenia ni nas ni orelles!

10.- JUSTÍCIA PER A UNA FILLA

M'ho va repetir un i altre cop, però jo seguia parlant i parlant, perquè la meva vehemència m'impedia sentir res d'allò que em deia. Finalment, Aeci es va aixecar, em va prendre per les espatlles, em va sacsejar gairebé amb violència i, altra vegada, em repetí:

—No puc fer-hi res.

Me'l vaig treure del damunt com qui s'allibera d'una opressió que no pot acceptar i li vaig explicar de cap i de nou tot allò que ja li havia relatat, tot allò que havia viscut feia uns dies, que havia vist amb els meus ulls i que encara no havia acabat d'assumir, malgrat que durant tot el viatge de retorn vaig intentar comprendre i acceptar.

—Li ha tallat les orelles i el nas. Ho entens? I l'ha retornada al seu pare com si fos una mercaderia esgarrada —vaig fer a crits—. L'hauries d'haver vist. Ni la seva mare la podia reconèixer. I jo hi era present i vaig contemplar el dolor de Teodoric i com aquell pare queia de genolls al terra. Genseric ha acusat Hasàrdia de voler emmetzinar-lo i el seu fill, aquell bastard podrit d'Hunderic, ha declarat en contra de la seva esposa. Te n'adones? Ara, Teodoric vol lluitar al nostre costat i atacarà l'Àfrica des d'Hispània. No era això el que tu volies?

—Sí! —va fer i va estavellar els dos punys damunt la taula—. Sí i sí! —repetí—. Però, no hi puc fer res! No puc lluitar contra Genseric perquè l'emperadriu m'ho impedeix. Ha signat la pau amb els vàndals i l'ha segellada amb la seva néta.

Llavors vaig parar atenció a les seves paraules.

—Què hi té a veure Aèlia amb tota aquesta història? —vaig demanar.

—Gal·la Placídia ha saltat pel damunt de Valentinià i de Licínia i ha ofert Aèlia com a promesa d'un fill de Genseric. Aquest ha estat el preu de la pau.

—No és possible! —vaig fer, incrèdul, gairebé rient. Només que el meu riure era nerviós—. Aèlia només té sis anys —i, llavors, vaig lligar caps i vaig entendre moltes més coses—. Aèlia serà per Hunderic. Oi que sí? —vaig fer, esgarrifat.

—Això és el que em temo. Hasàrdia ha estat repudiada i ara Hunderic torna a estar lliure per casar-se amb qui vulgui.

—Com ho has pogut permetre?

—Només pots evitar allò que coneixes i jo me n'he assabentat quan tot era dat i beneït —mogué el cap a dreta i esquerra—. Gal·la Placídia ha dut totes les negociacions en secret i les ha presentades davant del senat aprofitant que jo no hi era. S'ha venjat de mi —va fer amb ràbia, i afegí—: I m'ha vençut.

Me'l vaig mirar als ulls. Com era possible que Aeci acceptés una derrota? Me'l vaig mirar i no el vaig reconèixer. No era el mateix. Era un pobre home, l'ombra de qui va ser. Què li havia passat?, no parava de demanar-me.

—Un dia em vas dir que serviries Roma per damunt de tot i de tothom, que mai més no li tornaries a fallar i que, si calia, mataries l'emperador... —li vaig recordar.

—Cert —afirmà amb lents moviments de cap, derrotat.

—Roma no pot tenir tractes amb Genseric i Gal·la Placídia acaba de lliurar l'Imperi a un vàndal —vaig prosseguir el meu discurs—. Saps tan bé com jo que Genseric reclamarà la cadira imperial per al seu fill quan arribi el moment. Per això ha triat Hunderic com espòs d'Aèlia. Per això no podia ajusticiar Hasàrdia, sinó que l'havia de tornar al seu pare, perquè ningú no pogués dir que es desempallegava de la filla de Teodoric quan li feia nosa, perquè això significaria que pot fer el mateix amb qualsevol destorb i Gal·la Placídia no li hauria ofert res. El dia que Hunderic es casi amb Aèlia, reclamarà els seus drets i, llavors, Roma haurà mort per sempre més —vaig fer un curt silenci i vaig afegir amb veu baixa, però amb ràbia—: Si l'emperadriu s'interposa entre Roma i el seu destí, ha de deixar el tron.

—T'has begut l'enteniment? Què vols?, que vagi a veure l'emperadriu i li digui així mateix, que ha de deixar el tron?

—No —el vaig mirar als ulls—. Gal·la Placídia, malgrat que tots li diem, no és l'emperadriu. És la regenta, i Valentinià ja és prou gran i ha de començar a governar.

Es va quedar callat, pensarós. Després, els seus llavis s'allargaren i em mostrà les dents, ensems que reia cada cop més fort.

—Valentinià pensa amb els testicles i l'emperadriu ja es preocupa que no canviï —em va dir i es tombà d'esquenes per seguir rient—. Em demanes que apagui un incendi amb les brases d'un de pitjor.

Aeci tenia raó. No era cap idea brillant, canviar Gal·la Placídia pel seu fill. Roma no se salvaria en mans d'un viciós. Tal vegada, havia arribat el moment de les grans decisions.

—Tu pots ser l'emperador, instaurar de nou la república i retornar la grandesa a l'Imperi —vaig dir.

El riure d'Aeci s'aturà de cop. Dins la sala només hi érem ell i jo. Ningú no ens havia sentit. Es tombà cap a mi i mirà a cantó i cantó per comprovar que ningú no escoltaria la resta de la conversa.

—Ets boig? —em preguntà, però aquest cop no hi havia enuig ni irritació a les seves paraules, sinó estranyesa.

—Tens el suport de la major part del senat de Ravena, que ja està fart de contemplar les disbauxes de Gal·la Placídia i els excessos del seu fill eternament infantil, que als seus gairebé vint-i-quatre anys es comporta com una criatura —vaig respondre com una confidència que ja sabia tothom.

Durant uns instants s'ho va rumiar. Era una proposta interessant, podia llegir als seus ulls. I podia veure una lluita interna que es debatia dins del seu cap o, tal vegada, entre el seu cap i el seu cor, perquè no podia negar que era una possibilitat que ja havia contemplat.

—No —va fer de sobte. Va seure's de nou i el seu rostre canvià—. No puc lluitar contra l'emperadriu —em va dir amb veu baixa, gairebé una oració.

—Però, si ja ho has fet en altres ocasions.

—Mai no he lluitat contra ella.

Anava a replicar, però vaig tenir una revelació. Era cert! Aeci havia lluitat contra Bonifaci, però mai no ho va fer contra Gal·la Placídia. Llavors...?

Déu meu! Ho duia escrit als ulls i jo no me n'havia adonat fins aquell instant. No m'ho podia creure. Però, com era possible? Aeci estava enamorat de Gal·la Placídia. Aquesta va ser la gran revelació d'aquell dia. Tot lligava. Es barallaven a tothora, però aquells enfrontaments no eren res més que la mostra del seu amor, del seu desig incomplet. Me'l vaig mirar i em vaig quedar garratibat. Com era possible?, no parava de repetir-me, contemplant aquell home, el soldat més gran de l'Imperi, el brau general que havia caigut als peus d'una dona. I ell m'ho confirmà.

Ara entenia moltes coses. L'emperadriu era el fantasma que s'interposava entre Lídia i ell, l'espectre que el perseguia pertot arreu i la responsable del seu estat i de les seves decisions.

Albert Salvadó

Em vaig deixar caure a la cadira que hi havia davant d'ell. Ho veia clar. Tot ho veia clar! Acabava de descobrir que no paga la pena seguir discutint amb un home que ha perdut la capacitat de discernir i que només veu el cony d'una dona, malgrat que sigui imperial. Aeci seguia les mateixes passes que Bonifaci, encara que sense tant d'èxit, perquè el pobre desgraciat ni tan sols havia abraçat un sol cop el seu gran amor i el comte se la va follar tant com va voler. Déu meu! Vaig sentir pena per ell. Com pot una dona tenir tant de poder sobre un home?

—No pots deixar que Roma caigui en mans de Genseric —encara vaig gosar.

—No permetré que Aèlia embarqui cap a Cartago —va fer—. T'ho juro. Però, no em demanis que lluiti contra Gal·la Placídia.

Aquella nit no vaig poder més i l'hi vaig explicar a Júlia, que va afirmar amb el cap, com si ja ho sabés o s'ho ensumés. Lídia li havia fet moltes confessions, em va explicar, i entre elles hi figurava el nom que Aeci havia pronunciat diverses vegades quan dormia. Ho sabia tot Arle i tot Ravena i, segurament, ho sabia la mateixa emperadriu. I l'únic imbècil que no n'estava al cas era jo, la ment brillant que volia arreglar l'Imperi, el pobre home que es consumia d'amor per l'esposa del seu millor amic i que pensava que el temps guariria la ferida i apagaria el foc que cremava dintre seu.

Tal vegada era cert que Aeci no permetria que Aèlia marxés cap a l'Àfrica per casar-se amb un animal, però jo tenia prou clar que ara sí que Cartago s'havia perdut definitivament.

*** ***

Sense el nostre ajut Teodoric no va poder atacar l'Àfrica i aquell rei noble i valent es va consumir en el seu dolor. Els seus dos fills grans, Torismond i Teodoric, intentaven consolar-lo, però la tristor de veure una filla condemnada de per vida, que no gosava ni sortir al pati de palau, i una mare que no es movia del seu costat, l'impedia tot intent de dibuixar un somriure als llavis. Me l'imaginava com quan el vaig deixar, tot passejant pels merlets de la muralla i aturant-se per clavar els ulls al sud. Uns ulls durs on es podien llegir els missatges d'odi que l'aire es negava a transportar. Era un pare amb el cor esmicolat, que mai més no tornaria a riure a les festes, un home abatut, amb l'ombra de la impotència enganxada perpètuament al seu dolor.

El vaig visitar, perquè els amics hi són per aquests moments. Sobretot per aquests. Els altres, els de joia i de felicitat, els pot omplir qualsevol.

M'ho va agrair. I em va agrair que intentés convèncer Aeci, però va entendre que el general tenia les mans lligades i, fins i tot, va disculpar Gal·la Placídia, tot dient que havia cercat la pau amb bona intenció i que ella poc es podia imaginar l'extrem de crueltat a què arribava la perversió de Genseric. Naturalment no vaig fer cap esment de la vertadera raó que mantenia quiet un home que sense aquella circumstància hauria estat capaç d'arrasar Ravena i llançar-se damunt dels vàndals, com havia fet amb els francs o amb els burgundis o amb tants altres. Tanmateix, jo no pensava com el bon rei visigot, sinó que em rebel·lava l'habilitat d'aquell malparit de Genseric. I la mala puta de Gal·la Placídia, també! No podia acceptar que una meuca de merda dominés Aeci, perquè sabia fins on podia estirar la corda sense que es trenqués i ho feia just al límit, gaudint del seu poder i jugant com el gat fa amb el ratolí abans de matar-lo o com Júlia feia amb mi quan em lligava al llit. Només que en Gal·la Placídia no hi havia amor, sinó... vés a saber què!

Pobre amic Aeci! Vaig arribar a pensar que l'única cosa que el mantenia viu era que ningú no el podia substituir, però el dia que l'emperadriu trobés un soldat intrèpid i amb prou vàlua... Aquell dia... Pobre Aeci!, no parava de repetir.

*** ***

Arribada la primavera es formalitzà la relació de Serena i Adolf. El compromís va tenir lloc a Arle, a casa de Lídia, que es va sentir molt satisfeta de fer els honors als pares del jove visigot.

Síntia, la mare d'Adolf, era tímida i se sentia empetitida davant les formes i la riquesa del palau de la nostra amiga, però tant Lídia com Júlia van aconseguir capgirar la situació. La descripció que li havia fet era prou fidel amb la realitat, va lloar la meva esposa. «Un xic senzilla, però ben educada; no massa elegant, però amb cert gust», em va confirmar Júlia. D'aquí, d'aquest i d'altres comentaris, vaig deduir que li era persona grata. En cas contrari, les frases haurien variat un pèl. «Sí, és ben educada, però massa senzilla; té cert gust, però li manca elegància», hauria dit amb un cert deix de resignació.

Mentre, jo em vaig entrevistar amb Onegi, el pare. Era un home alt i fort, seriós i de maneres rudes i pròpies de la gent del nord. Lluïa una barba espessa i roja. Havia triat per vestir una túnica romana que no s'hi adeia gaire amb el seu cos ni amb el seu tarannà i prou que es veia que no estava habituat a portar-ne, perquè es feia un embolic amb la roba sobrera, la quina pengem del braç. Temps després, quan ja vam tenir prou confiança, una nit em va confessar que s'havia passat gairebé una setmana intentant aparentar unes normes d'educació que mai no va rebre. En el fons era senzill i afable i si li queies bé havies guanyat un amic per sempre més.

Les dones van parlar i nosaltres vam beure vi i vam fer tractes. Jo assignaria part de les terres de Tarraco i una casa com a dot per Serena. Ell atorgaria al seu fill un cofre d'or i li donaria els conreus i les vinyes al sud de Tolosa. Era un bon tracte.

*** ***

La boda se celebrà aquell estiu a Narbona, a una mansió que Lídia posseïa, llegat del seu anterior marit, el comte Bonifaci. Era una casa gran envoltada de jardins, amb un estany ple de nenúfars i peixos de colors que va ser guarnida amb garlandes blanques que simbolitzaven la puresa. Dins dels jardins hi havia un petit oratori cristià. Per sort els visigots ja feia temps que havien abraçat la nostra religió i el matrimoni es va celebrar sense cap mena d'entrebanc.

Hi vam ser tots. Marc i Antoni havien arribat dos dies abans. La germana d'Adolf va venir acompanyada de tres cosines.

L'emperadriu va enviar un present per als nuvis i un missatge de pau i prosperitat. Teodoric no va venir, ni la seva esposa Dània, però sí Torismond, que va ser portador de regals. També vam rebre la visita de molts parents i, fins i tot, Sara va convèncer Tolomeu que s'havien de gastar alguns diners i viatjar fins a Narbona. No sé com ho va aconseguir, perquè el talòs del meu cunyat sempre anava amb una mà enganxada a la bossa per no perdre ni una moneda i Sara li havia de picar els dits per tal que, molt de tard en tard, obrís la mà.

Recordo que la cerimònia va arrencar llàgrimes dels ulls de Lídia, que s'estimava Serena com a una filla, tal com m'havia confessat, i de les respectives vertaderes mares dels contraents. Jo també em vaig sentir molt feliç. Era la primera que es casava i tot allò que fas per primer cop té més significat.

El banquet va aixecar comentaris d'admiració entre els més de mil convidats que quedaren bocabadats davant les llargues taules damunt les quals havien disposat faisans adornats amb les seves pròpies plomes, porcs sencers, cérvols, totes les verdures que creixien a la regió, les millors i més selectes fruites, els pastissos més encisadors i els vins més ben triats. Cinquanta-set plats diferents que feien les delícies dels nostres invitats. Haig de reconèixer que a Lídia sempre li ha agradat fer les coses amb magnificència i no va acceptar —de cap de les maneres!— que ningú que no fos ella tingués cura, personalment, de bona part de la celebració. Si més no, d'aquella que feia referència al banquet. Era, ens va dir i repetir, la manera d'agrair la nostra amistat i que haguéssim permès que Serena anés a viure amb ella, perquè sempre va desitjar tenir una filla.

En moments així és quan penses en coses que duus dintre teu i que no vols treure a l'exterior. Havia estat anys enrere, durant el viatge de retorn a Ravena, amb Lídia, que vaig jurar que tots els meus fills es casarien per amor i que no els sacrificaria a cap interès personal ni polític ni material. Penso que va ser una de les decisions més importants de tota la meva existència i, mesos després, havia obligat Júlia a fer el mateix jurament. No havia acabat d'entendre el meu interès per aquella promesa, però havia transigit i havia renunciat a un dret històric que li pertanyia.

En aquells moments, veient la felicitat de la meva filla, em sentia orgullós de la decisió que havia pres temps enrere, i Júlia també estava contenta. Serena havia triat amb seny i esperava que Marc i Antoni també ho fessin, però a mi poc em preocupava si es casarien aviat o no, si la seva esposa pertanyeria a una família principal o romana o estrangera.

Segurament ella sí que es devia de demanar si Marc ja havia triat dona, però mai no li ho va preguntar, perquè també formava part del pacte. Ja ens ho comunicaria quan ho cregués oportú. D'altra banda, ja sabíem que Antoni visitava amb certa freqüència la casa de Polibi, un senador ric amb dues filles i cap fill. El nostre fill deia que era per discutir temes de govern, però em sembla molt que tothom filava molt més enllà, perquè Polibi ja m'havia aturat al carrer en diverses ocasions i m'havia tractat amb una sospitosa familiaritat que em duia a pensar que ja havia fet els seus càlculs, i a mi no m'estranyava gens ni poc perquè Antoni m'havia sorprès amb una habilitat política que mai no hauria pogut imaginar.

Els convidats s'ho van passar d'allò més bé. Parlarien a bastament i durant molt de temps d'aquella boda. Lídia no es va aturar davant de res i va fer venir les millors dansaires i una bona colla d'atraccions que van divertir els convidats. Hi havia de tot, des de nans que arrencaven les riotes dels presents fins a equilibristes i contorsionistes capaços de la proesa més increïble.

Júlia flotava damunt d'un núvol. Havia temut, com sempre que tenia lloc una celebració, que alguna cosa fallés i els dies precedents no havia parat de córrer amunt i avall i de patir i de cridar i de queixar-se i de... Però, va ser un èxit. Tot un èxit!

En el moment àlgid del sopar, quan tothom ja érem prou alegres, em vaig atansar a Lídia i vaig parlar amb ella. Durant tots aquells dies havia estat massa atrafegada, amb les altres dones.

—Et felicito i t'agraeixo tot el que has fet per nosaltres —li vaig dir.

—Serena s'ho mereix de debò. És dolça i amable, noble i sincera com el seu pare —em va respondre amb un somriure.

—Sento que Aeci i tu...

—Ningú no mana sobre el cor de ningú i només un mateix pot reprimir el desig del cos —em va prendre la mà i vaig sentir la calidesa de la seva pell.

En aquell moment Serena em va abraçar pel darrere i em besà a la galta. Tots els presents volien fer un brindis pels pares dels nuvis i aquí es va trencar la nostra conversa.

Cap al final de la celebració, Aeci em va venir a trobar.

—He concedit al teu fill Marc el comandament de les forces de Cesena, les mateixes que vas manar tu —em va dir—. El tindreu a prop.

—Ets molt amable —li vaig agrair de seguit—. Júlia t'estarà reconeguda per sempre més per haver pensat en el nostre fill.

—Ha estat ell, que m'ho ha demanat —em va fer l'ullet, picardiós.

Vaig buscar Júlia amb la mirada i vaig somriure. El nostre fill amagava alguna cosa. Un home no demana una destinació com aquella si no existeix alguna raó poderosa. I quina raó hi ha més poderosa en temps de pau que un culet que es mou amb gràcia? El meu somriure va ser de triomf, perquè per un cop a la vida m'assabentava d'alguna cosa abans que ella i, quan Marc ens ho comuniqués, no faria el babau.

La festa va continuar i de mica en mica els convidats es van anar retirant. Quan ens vam quedar sols, Aeci em va venir a trobar.

—Per cert —va dir—: Aèlia, la filla de Valentinià, no hi anirà, a Cartago. L'emperadriu ha considerat que, malgrat que existeix el compromís verbal, la seva néta és massa jove i encara s'ha de formar i que no hi ha res com Ravena per fer créixer una reina. De manera que ningú no prendrà cap decisió fins que ella no assoleixi els quinze anys.

—Significa que atacarem Cartago?

—Només vol dir que, pel moment, Genseric no pot reclamar res de res i nosaltres disposem d'un cert temps per refer-nos i esperar l'ajut de Constantinoble. Sembla que Gal·la Placídia no és tan ximple com pensàvem. Ha aconseguit aturar la guerra amb una vaga promesa que no figura escrita enlloc. I quan Genseric, per medi del seu ambaixador, li ha fet notar aquest petit detall, ha adoptat un posat netament femení i s'ha mostrat profundament ofesa. El rei vàndal sap lluitar al camp de batalla, però molt em temo que la nostra emperadriu és un plat massa fort per a ell —i em dedicà un ampli somrís.

I és clar que ets feliç!, vaig pensar. No s'havia hagut d'enfrontar a Gal·la Placídia, però Teodoric, el noble rei dels visigots, seguia contemplant el sud des de les muralles de Tolosa i reclamant justícia per a una filla.

11.- LA PRESONERA

Ens vam equivocar. I tant que sí! Vam aconseguir la pau amb Genseric, però vam deixar sol Teodoric i ens vam oblidar de l'Orient. Aeci hauria d'haver entrat a Ravena i haver pres el comandament i el tron, però vivia en un infern estrany i ben particular per culpa d'una dona. El vaig visitar en diverses ocasions i vam sopar plegats, com tantes altres vegades. Tanmateix, aquella alegria del dia de la boda de Serena havia desaparegut del tot i cada cop es mostrava més trist i més lluny de tot i de tothom. Seguia sent un general brillant i capaç, però semblava que li havien arrencat alguna cosa de l'ànima. Lídia i ell ja ni es veien. Fins i tot, el nom d'Aeci havia desaparegut de les epístoles que Júlia i la seva amiga no paraven d'enviar-se.

La història sovint s'escriu a les cartes que s'envien dues persones. Allà s'hi troben els fets que colpeixen el cor del poble, els esdeveniments que s'amaguen sota les grans accions i el testimoni dels petits oblits que els historiadors oficials es veuen obligats a tenir per poder acontentar qui ostenta el poder.

Serena, després de la boda, havia anat a viure a Tolosa. Era feliç, explicava a les seves cartes, i ens va anunciar que estava embarassada i que Adolf desitjava que fos un nen. Els seus pares estaven molt orgullosos i contínuament ens enviaven presents i records. Júlia em va demanar que preparés un viatge cap aquelles terres. No podia permetre que el seu primer nét nasqués sense la seva presència. Vaig intentar dissuadir-la, perquè portava alguns dies un xic dèbil i a mi em preocupava, però, què és la formiga en vist de l'elefant? Quan se li ficava una idea al cap, era com el borratxo que s'encofurna a la taverna. Ningú no és capaç de fer-lo sortir. De manera que vaig començar a fer via. Mentre, les notícies de la guerra d'Àtila i Teodosi cada cop eren més alarmants.

L'emperador de l'Orient seguia cregut que la seva persona encara representava l'invencible August i va sostenir l'embranzida dels huns davant mateix de Constantinoble fins que la realitat li escopí a la cara la seva feblesa i l'obligà a demanar clemència al rei que havia arrasat mig imperi.

Gal·la Placídia va cridar Aeci a palau, i el meu amic em va demanar d'acompanyar-lo. Allà ens hi esperaven l'emperadriu, Valentinià i el seu fastigós eunuc. No sé què hi feien, aquell parell, perquè l'emperador titella ens mirava amb cara d'espantat i abaixava el cap cada cop que la seva mare aixecava un xic la veu, mentre que Heracli romania amagat darrere del seu protector i tampoc badava boca.

L'emperadriu havia rebut carta de la seva cosina Pulquèria per demanar-li que ordenés Aeci d'intervenir-hi i convèncer Àtila que es retirés, però el meu cap va explicar que havia enviat un missatge i que el seu amic no se'l volia escoltar. No va caler gaire més per encetar una discussió que va acabar amb la sortida de Gal·la Placídia, que abandonà la sala feta una fúria, insultant Aeci i tractant-lo de covard. Llavors, Heracli va deixar el seu amagatall i es dirigí cap a mi.

—Tu també coneixes Àtila, i ets el nostre millor ambaixador —va fer amb aquella veu prima i cridanera.

—Sí —somrigué Valentinià, begut, com sempre—. T'ordeno que vagis a visitar-lo i el convencis —va aixecar el cap, com si, un cop fora la seva mare, fos algú.

—No! —respongué Aeci, estavellant el puny damunt la taula. No li guardava cap consideració a Valentinià i el tractava com a un infant malcriat—. Àtila respecta Sever i un acte com aquest es prendria per una ofensa.

Valentinià s'arronsà, amorrà la testa i es dirigí cap a la porta per seguir les passes de l'emperadriu. Una sola mirada del general el feia tremolar de por. Heracli, per contra, esperonat per les darreres paraules de Gal·la Placídia es va quedar. Se sentia fort, es va avançar, l'assenyalà amb el dit índex i va fer:

—L'emperadriu té raó. El més brillant dels nostres oficials és un covard.

El seu dit era a poca distància d'Aeci i tot va passar en un instant, perquè jo vaig copsar la seva intenció. Quan el vaig deixar anar, Heracli es contemplà la mà incrèdul. Ja no hi havia dit índex. Aeci li havia atrapat, jo li havia immobilitzat el braç i el meu amic li havia tallat amb l'espasa. Llavors, obrí la boca per cridar i Aeci l'hi va ficar dintre.

Déu meu! Ho va vomitar tot. M'imagino que des del dia que va néixer.

Quan sortíem ens vam creuar amb Valentinià, que havia tornat en sentir el crit esgarrifós del seu eunuc, i anàvem pel passadís que encara sentíem els gemecs d'aquell porc que havia gosat insultar el general de tots els exèrcits imperials.

*** ***

Vergonya és una paraula massa tova per qualificar les condicions que Àtila va imposar per atorgar la pau a un imperi en decadència. A partir d'aquell instant, tots els territoris que s'estenien des de Singidunum, a la riba meridional del Danubi, fins Novae, a la diòcesi de la Tràcia, anaven a petar a mans dels bàrbars. L'amplada va ser establerta amb un terme tan ambigu que parlava de quinze dies de marxa i Teodosi comprovà amb sorpresa que els cavalls dels huns eren més veloces que no pas podia imaginar, perquè el territori s'eixamplà fins a les runes de la mateixa Naissus. La segona condició va elevar el pagament anual de set-centes lliures d'or fins a dos mil cent. I pensar que s'havia començat amb tres-centes cinquanta, que era la quantitat que pagava a Ruas... Àtila també va exigir el lliurament immediat de sis mil lliures d'or per indemnitzar el suposat espoli que van patir els seus tresors. No és que representés cap quantitat desbaratada. De fet, l'Orient podia pagar-la amb relativa facilitat, perquè no anava més enllà de la fortuna d'algun dels mercaders rics de l'opulent Imperi. No obstant, Teodosi va constatar amb horror que el desordre s'havia apoderat de les finances de l'estat i que allà tothom, qui més qui menys, havia ficat les mans a la cassola i s'havia endut bona part de les mongetes. Llavors, ordenà recaptar nous impostos per poder front al compromís, però van arribar minvats després de passar sota la tutela dels comptables, corromputs fins a extrems inimaginables. A una vergonya se li sumava una altra i ningú no era capaç d'aturar la disbauxa, perquè la gent havia perdut el respecte per qui ostentava el poder i que no se n'adonava de res del que passava al seu voltant.

Poder...? Aquesta paraula fa riure. Crisapi, l'eunuc, durant aquells anys havia atresorat tanta riquesa que hauria pogut pagar tots els requeriments d'Àtila i seguir com si res no hagués passat. Tothom feia comentaris sobre els seus tripijocs i les comissions que cobrava per tot tipus de favor.

A tot allò s'hi havia de sumar que Pulquèria havia empès son germà a fer importants donacions, sobretot després de perseguir les heretgies d'Eutiques i Nestori, quan va ordenar construir diverses esglésies i monestirs i va instituir cases de caritat per combatre la creixent influència dels corrents herètics entre els més pobres. I només havia mancat que Eudòxia, després de la boda imperial entre la seva filla i l'emperador d'Occident decidís, impulsada per un fervor cristià ben entusiasta, marxar cap a Judea per poder trepitjar els llocs sagrats que havien vist Jesucrist i donar gràcies a Déu.

Sí, aquesta és una altra història que no vaig viure personalment, però que vaig escoltar dels mercaders i dels senadors que arribaven de Constantinoble, una història ben trista que va contribuir a abocar-nos al punt on som.

Fins al desgraciat moment de la pau, ningú no n'era conscient (o no ho volia ser) que, mentre Teodosi se les entenia amb Àtila, la seva esposa Eudòxia, arrabassada pel fervor cap a Déu, que havia adoptat en casar-se amb l'emperador, va viatjar cap a l'est per donar gràcies a Jesucrist per haver-la curullat amb tanta bondat. Aquells que la van acompanyar i van tornar expliquen que la fastuositat del viatge eclipsà tot allò que era conegut fins al present. Pertot arreu on passava l'adoraven com a una deessa. A Antioquia la van esperar amb un tron d'or i pedres precioses en el bell mig del senat. Allà pronuncià un discurs que va ser aplaudit llargament i ella se sentí tan afalagada que féu donació de dues-centes lliures d'or per restablir els banys públics. La resta del viatge, un cop assabentada aquella gent que l'emperadriu era molt sensible a les mostres d'afecte, encara engrandí la devoció que el poble era capaç de palesar i va endarrerir llargament la seva arribada a Jerusalem. Totes les ciutats la volien tenir, afalagar-la, adorar-la, i s'inundaren d'estàtues en el seu honor, que ella va pagar amb escreix, tot pensant que la fortuna de l'emperador era infinita. Era feliç, i una dona feliç és generosa.

Anys després, quan va tornar de Jerusalem, les bosses i les arques eren buides, però el seu cor estava encès. Teodosi havia pogut pagar amb prou penes les sis mil lliures exigides per Àtila, però la seva esposa li duia les cadenes de l'apòstol Pere, el braç de vés a saber quin altre sant, el retrat de la Verge pintat per l'apòstol Lluc i una bona colla de (disculpa amic Pau) futileses que, tant sí com no, volia demostrar que eren vertaderes. Amb tot això dins del sarró va presentar la seva pretensió de governar l'Imperi al costat del seu marit, apartant per sempre més la influència de Pulquèria. Ella, Eudòxia, havia escoltat la crida de Déu i venia disposada a salvar el món.

Constantinoble, lliure —per fi!— de l'assalt dels huns, va presenciar una nova batalla que havia de durar uns quants anys i que seria decisiva per al futur de tot l'Imperi. A un costat Pulquèria i, a l'altre, Eudòxia. I tothom es demanava quina en seria la vencedora.

Entre tanta disbauxa, de lluites femenines i d'un emperador que no tenia prou coratge per restablir la pau, va aparèixer un poble, una petita ciutat, perduda enmig de l'Imperi, oblidada de tothom i ignorada per la història, que va ser el contrapunt del desastre. Azimus es troba a la Tràcia, just a la frontera amb la Ilíria. Mai no es doblegà davant Àtila i, malgrat ser pocs, els seus habitants no es van quedar esperant l'arribada dels huns, sinó que abandonaren les muralles i sortiren per castigar un i altre cop els exèrcits invasors, van recuperar una part dels captius i reclutaren nous soldats entre els desertors i els alliberats. Les seves gestes van empipar Àtila fins a tal punt que va exigir, dins del tractat de pau amb Teodosi, que els azimotins deposessin les armes i li retornessin tots els presoners i tots els desertors i tots els fugits i alliberats. Màrius, el cap d'aquells braus homes, exemple d'allò que hauria de ser l'Imperi, va enviar com a resposta dos presoners huns i va explicar que tots els desertors, tots els alliberats i tots els fugits havien estat passats per l'espasa, perquè s'havien estimat més morir a mans d'uns valents que no pas torturats pels huns. Àtila va enrogir de ràbia quan va rebre aquella resposta i més encara quan Màrius exigia la seva paraula que es retiraria i mai més no amenaçaria Azimus, però va capitular a canvi de rebre per part de Teodosi una nova concessió, una nova anècdota per afegir a les moltes absurditats d'aquell enfrontament.

Hi havia un aventurer gal, anomenat Constanci, que servia Àtila i que havia estat recomanat per Aeci. Era un home que cercava fortuna i que posava la seva espasa al servei del millor postor. El rei dels huns va demanar per a ell un esposa rica i formosa i Teodosi va acordar que li oferiria la filla del comte Saturní, però Constanci només va rebre menyspreu per part d'ella, que fou castigada per l'emperador i els seus béns confiscats, però aquella dona tenia més valor que tots els homes que havien defensat Constantinoble i no va consentir. Finalment, Àtila, empès per Constanci, exigí que la substituïssin per una altra del mateix rang i riquesa. La vídua d'Armaci, brillant oficial mort durant la guerra, va ser la triada per a tan dubtós honor. És així com quedà demostrat per sempre més que l'emperador de l'Orient no gaudia de la bona fe o de la força necessària per poder garantir la seguretat de ningú que se li aplegués ni li manifestés la seva lleialtat, i el seu prestigi —el poc que restava— va desaparèixer per sempre més.

Només el coratge del azimotins i de la filla del comte Saturní van ser els únics episodis heroics de tota aquella guerra estúpida que no va servir sinó per demostrar la feblesa d'un imperi que estava perdent el nom i el rang.

*** ***

El nostre primer nét va rebre el nom d'Aureli. Onegi el va triar. És el costum visigot, que l'avi patern posi el nom al primer dels seus néts, malgrat que Júlia s'hauria estimat més que es digués Brauli, però va acceptar que Aureli havia pertangut a un important emperador i va agrair que no cerquessin un nom dels seus, d'aquells que acaben amb «ic».

Síntia no va permetre que anéssim a viure a casa del seu fill Adolf. Deia que era massa petita i s'ho va manegar per convèncer Serena que el millor era que s'hi estigués uns dies amb ella, perquè estaríem tots més amples. Personalment ho vaig agrair. La casa d'Adolf no estava gens malament, però no era gaire gran i no disposava de prou servei, mentre que Onegi vivia en un palau. Júlia va arrufar un xic el nas. No era casa de la seva filla i allò li coartava la possibilitat de remenar les cireres. Tanmateix, la consogra va ser molt hàbil i la va tractar tan rebé que quan va ser l'hora d'abandonar Tolosa i tornar a Ravena, Júlia va dir que se sentia cansada i que no es veia amb cor de suportar el viatge. Vaig somriure, perquè pensava que era una excusa per quedar-se un temps més al costat del seu nét. Així i tot, ja feia dies que es cansava massa i els físics deien que era cosa de les vísceres, del cor que no bellugava prou bé la sang i els humors.

Abans de marxar vaig tornar a visitar el rei Teodoric. Ho havia fet just en arribar. El pobre seguia trist i amb desig de venjança, malgrat que es va animar i ens va obsequiar, a Júlia i a mi, amb un sopar on no hi van faltar les dansaires, però la reina Dània tampoc havia recuperat el somriure. Júlia va voler saludar Hasàrdia, però la princesa s'hi va negar. No rebia ningú i les seves estances eren com una presó.

Vaig marxar amb la promesa que Júlia obeiria Serena i que reposaria. Aquell cansament em començava a preocupar. El físic havia recomanat fer llit i ella no parava de moure's amunt i avall.

—Encara que l'haguem de lligar, descansarà —em va dir Serena, i Síntia afirmà amb el cap.

És una gran dona, la mare d'Adolf. Senzilla, però amb un caràcter ferm, bondadosa i amable. D'ella sí que em podia refiar, perquè Júlia, malgrat les promeses, mai no faria cas de Serena. Total, era la seva filla, ella l'havia parida i no podia acceptar les seves ordres. A més, com les arreglaria sense ella?, com podria fer-se càrrec d'Aureli sense el seu ajut i els seus consells? Júlia era així. Una marassa! Però Síntia era una altra cosa. Sabia com afalagar-la i fer-la creure.

Més tranquil, em vaig acomiadar de tothom i vaig enfilar cap a l'est.

*** ***

Per si no era poca la vergonya que havia de suportar l'imperi d'Orient, s'hi afegí més llenya al foc.

Sempre he dit que hem viscut una època increïble, amb un paral·lelisme tal entre el dos imperis que quan el contemples no pots pensar més que és ben normal que haguem arribat on ens trobem, perquè cap dels dos podia alertar l'altre.

Heracli, sense dit índex, seguia dominant Valentinià i feia d'ell allò que volia, mentre que Gal·la Placídia els dominava ambdós i Aeci constituïa l'única garantia de pau. Aquesta situació tenia la seva rèplica exacta a l'Orient, on Crisapi, l'altre eunuc, dominava Teodosi i manava sobre moltes de les decisions de Constantinoble, Pulquèria vivia perpètuament amb un ull posat damunt les actuacions del seu germà, i el general Aspar feia mans i mànigues per garantir una pau que es mantenia pendent d'un fil.

Tanmateix, aquests equilibris sempre són inestables i perillosos i un petit desplaçament de les forces produeixen un desastre. Això és el que va succeir quan Crisapi va proposar Teodosi la mort d'Àtila i el molt idiota de l'emperador va acceptar. De manera que mentre Maximí, l'ambaixador de Teodosi, discutia i signava la pau amb Oreste i Edecó, l'eunuc va enviar Vigili per tal que temptés la cobdícia dels ambaixadors d'Àtila i aconseguís que Edecó acceptés sopar amb Crisapi.

L'eunuc ho va preparar tot per enlluernar el bàrbar i li va fer regals de teles de les més fines i de joies d'or i d'argent i pedres precioses, amb la promesa que seria el més ric de la terra i que governaria sobre totes les tribus dels huns, si Àtila desapareixia.

Setmanes després, tal com havien convingut, Vigili va anar al campament dels huns, acompanyat del seu fill per no despertar sospites, amb una bossa d'or que hauria de lliurar a Edecó per subornar els guàrdies personals del rei dels huns. Només posar els peus al campament, va ser conduït a presència d'Àtila, que li preguntà pel destí d'aquella bossa d'or i l'acusà de voler matar-lo. Vigili ho negà tot, una i altra vegada, fins que el rei dels huns va prendre l'espasa de Mart i va ordenar que aixequessin els braços del fill de l'ambaixador.

—Ara esbrinarem si dius veritat o mentida — expliquen que va fer Àtila, mentre aixecava l'espasa.

I també expliquen que Vigili, que era home de poques paraules, no va deixar de xerrar en tota la nit i que Àtila el va haver d'amenaçar que li tallaria la llengua si no tancava la boca.

Edecó era allà i somreia.

Oreste i Eslaw van ser els encarregats d'anar a Constantinoble amb Vigili i el seu fill i parlar amb l'emperador, que els va rebre a la sala del tron, amb Crisapi al seu costat.

—Teodosi és fill d'un home il·lustre i respectable — va dir Eslaw—. Àtila és descendent del gran Mundzuk i ha rebut la seva dignitat. Però, Teodosi s'ha tornat indigne del rang dels seus avantpassats, perquè en consentir de pagar per un acte vergonyós, traïdor i covard, ha esdevingut esclau. Ha de respectar, doncs, aquell que la guerra i la fortuna han posat per damunt d'ell, i ho ha de fer com el servidor que mira el seu mestre i no com l'esclau malèvol que conspira contra el seu senyor.

Mai ningú no havia vist enrogir l'emperador com aquell dia. Teodosi es va engolir tots els insults i va enviar una caravana plena de regals, al capdavant de la qual va situar Nomi i Anatoli, ambdós cònsols i patricis, el primer tresorer major i el segon mestre general dels exèrcits, i Àtila apaivagà la seva còlera i va consentir que Crisapi mantingués el cap damunt les seves espatlles i pogués seguir viu.

*** ***

Mesos després, un matí, Antoni em va venir a veure. El meu fill ja no vivia amb nosaltres, sinó que havia comprat una casa enmig de Ravena, a prop del senat. Em va sobtar que els criats m'anunciessin la seva visita, perquè ell anava força atrafegat i no venia gaire per casa. D'altra banda, jo havia quedat amb Aeci.

—Gal·la Placídia et vol parlar de seguida —em va dir, quan érem sols.

—Què ha passat?

—Hi ha un bon rebombori. No t'ho creuràs —va fer —. La princesa Honòria està embarassada.

—Déu meu! Altre cop? Aquesta vegada, qui és el pare?

—Doncs, no ho sé —va respondre.

—I jo, què hi tinc a veure? No puc acompanyar-te. M'espera Aeci.

—Ell també és a palau.

Mentre l'acompanyava, m'ho va explicar tot.

Ningú no sabia qui era el pare. Amb el pas dels anys la disciplina imposada per Pere s'havia relaxat i les estances de la princesa no estaven tan vigilades com abans. Havien detingut i empresonat tots els soldats que feien guàrdia a l'ala est de palau, però ningú no havia vist res. Honòria tampoc deia res. Mare i filla havien discutit amb violència i la princesa li havia dit que aquest cop el fill que duia dintre naixeria viu i ningú no el tocaria, llevat d'ella. I, pel que feia al pare, mai no sabria qui havia estat. Llavors, Gal·la Placídia l'havia fet fora, l'havia tancada a la seva cambra i havia cridat furiosa que ho pagaria molt car.

—I què vol de mi l'emperadriu? —vaig preguntar a Antoni.

—No m'ho ha volgut dir —es va aturar i em va aturar per mirar-me als ulls—. Passi allò que passi, nega-ho tot.

—Què vols dir?

—Jo no t'he explicat res. Només he vingut a buscar-te i t'he acompanyat fins a palau.

—I per què tant de misteri?

—L'emperadriu s'ha tornat boja. Sospita de tothom i qualsevol comentari pot esdevenir fatal.

—Entesos.

Gal·la Placídia m'esperava tancada en un despatx. Estava amb Valentinià i Heracli i va ordenar que ningú no ens molestés. Se la veia furiosa i ultratjada. En veure'm entrar, l'eunuc va amagar les dues mans a l'esquena i es va enretirar. L'emperadriu s'aixecà i caminà d'un costat a l'altre, de pressa, alterada, parlant a cops. De tant en tant em mirava com si jo fos el culpable de tots els seus infortunis.

—T'haig d'encarregar una missió important —va fer, mossegant-se els llavis. Mai no li havia vist aquell gest —. Et necessito com a ambaixador.

—Parlaré amb Aeci...

—Ja hi he parlat jo —em va tallar i em mostrà l'ordre, on el meu cap m'assignava aquella missió.

—Si puc servir-te, sóc a la teva disposició.

—Has d'anar a Constantinoble —em va allargar un rotlle—. Aquesta carta és per Pulquèria. La hi lliuraràs juntament amb la princesa Honòria.

—Amb la princesa? —vaig fer.

—No n'estàs al corrent? —em preguntà i va esperar que negués amb el cap, mentre em mirava amb desconfiança.

—El meu fill Antoni m'ha comunicat que volies parlar amb mi, però no m'ha dit res més —vaig fer amb cara de babau.

—Ens ha cobert de vergonya —premé els llavis en un gest que ja havia vist en d'altres ocasions i que donava la mida exacta del seu estat interior i de la fúria que amenaçava d'esclatar—. Honòria torna a estar embarassada —xiuxiuejà entre dents—. La mala puta em vol castigar i vol tenir un bastard a qualsevol preu, i el pare podria ser qualsevol dels soldats que guardaven la seva porta i que juren que no han vist res —es va tombar cap a mi i em va mirar als ulls—. Qui creus pot ser?

—Si poc sabia del seu embaràs, menys coneixeré qui és el pare.

Em va seguir mirant als ulls una bona estona, com si volgués escorcollar-me l'ànima. Finalment es va sentir prou satisfeta i va dir:

—Aniràs per mar i vigilaràs que ningú, durant tota la travessa, parli amb ella. Ningú. Ho has entès?

—Sí. Ningú no ha de parlar amb ella —vaig repetir.

—T'acompanyarà Maria, amb qui he dipositat tota la meva confiança —em mirà de nou als ulls amb duresa—.

Així estaré segura que es compliran les meves ordres. Tu tampoc pots parlar amb ella.

Es dirigí a la porta, l'obrí i sortí, deixant-me amb el rotlle a la mà. La conversa s'havia acabat. Valentinià la seguí i Heracli, quan passà davant meu, em dirigí un somriure i va fer uns petits cops de cap. «Li fa gràcia aquesta història», vaig pensar amb menyspreu. «Potser també ha estat ell qui ha descobert altra vegada el pastís. Fill de puta fastigós!»

Dos dies després tot era a punt. Vam embarcar de matinada per abandonar el port de Ravena i endinsar-nos a la mar Adriàtica, camí del sud. De nou era l'ambaixador de l'emperadriu i de nou marxava amb una missió estúpida, com si la virtut d'una dona fos més important que el destí de tot un imperi.

Les dues dones van arribar a trenc d'alba i es van acomodar el bo i millor que van poder. Havia ordenat que no els faltés res a la petita cabina condicionada com habitació. Ni tan sols les vaig veure embarcar.

Els dos primers dies no van sortir per a res. Si m'haguessin dit que portàvem fantasmes a bord, m'ho hauria cregut. Però el tercer, al vespre, pujaren a coberta i es passejaren mirant l'horitzó. Honòria duia una capa i el cap cobert per una caputxa que ocultava el seu rostre de les mirades dels mariners i dels soldats.

A partir d'aquell dia, cada tarda, invariablement, abandonava la seva petita cambra poc abans de l'ocàs, com si l'arribada de la foscor s'hi adigués amb el seu estat interior i la nit i l'ànima se cerquessin per explicar-se les penes. L'ama la seguia i jo les mirava des del pont.

Maria era una dona grassa i antipàtica, que semblava una ombra enganxada al vestit de la princesa. No m'hauria estranyat, gens ni mica, si l'hagués vist aparèixer amb una cadena lligada al coll de la seva presonera, perquè el seu rostre era desagradable, amb uns llavis prims i corbats cap avall, el coll curt i ample, les celles perpètuament tenses i uns ulls que encara semblaven més petits quan et miraven malfiats.

Ja sortíem de l'Adriàtica per entrar a la Mediterrània, quan Honòria, aquella nit, va pujar sola. Els vents bufaven de l'est, la mar s'esvalotà i la seva escarcellera estava tan marejada que no es mantenia dempeus. La princesa va caminar agafant-se, es va recolzar a la borda i contemplà l'aigua que s'havia calmat un xic. Per un moment vaig témer que fes una bogeria i em vaig atansar.

—Tot és al teu gust, princesa? —li vaig demanar. Amb aquestes paraules trencava les ordres de l'emperadriu, però com ningú no ens podia veure...

—Sí, gràcies —respongué, sense girar el cap, sempre amagada sota la caputxa.

—Si necessites alguna cosa, noble princesa... —vaig insistir.

—Ningú no gosa parlar amb mi. Com puc demanar algun desig? —va ser llavors, que es tombà i, per primer cop, vaig veure els seus ulls humits—. Tu ets Sever, el pare de Marc —em va reconèixer.

—Així és.

—Marc —repetí el nom del meu fill i somrigué—. Saps que en certa ocasió va ser a punt de tallar-li els testicles a un sacerdot?

—A l'imbècil de Claudi. M'ho va explicar —vaig respondre divertit—. Segons ell, no li feien cap falta.

—No els hi va tallar perquè no volia embrutar la catifa i tampoc no volia ofendre la meva vista. Això em va dir. Tu també ets un cavaller, com ell?

—Noble princesa, demana el que vulguis que, si és a la meva mà, de ben segur que pots comptar-hi.

—Només vull pau —va fer ella—. Pau per plorar les meves desgràcies. Pau per recordar el meu amor.

Em vaig quedar en silenci. No sabia com respondre. Finalment, vaig dir:

—La mar ha escoltat el teu desig, la remor de les onades ofegarà els teus sanglots i la nit és prou fosca i ningú no descobrirà les teves llàgrimes. Com veus, puc complir la teva ordre.

Aquell va ser el seu primer somriure de debò. A la foscor els seus ulls resplendien amb una intensitat que només la humitat de les llàgrimes podia atorgar. La lluentor de les aigües sota la llum de la lluna es confonia amb la mar de la seva mirada perduda. La mirava i veia més enllà del seu rostre, podia endevinar el seu estat i sentir a través dels seus ulls una ànima que patia. Era noble, molt noble. Una glopada d'aire fresc, l'havia definit Marc, temps enrere, quan m'explicava la seva aventura amb el sacerdot.

—Pare i fill. Dos cavallers i dos poetes —va fer i es tombà de nou cap a l'aigua.

—Tota la meva vida he estat negat per als versos i no recordo que Marc tampoc sigui poeta —vaig somriure.

—Se n'ha de ser molt, de poeta, per ficar l'espasa a l'entrecuix d'un home per defensar una dona. És el millor homenatge que mai no m'han dedicat.

—Val més que baixis. El vent comença a bufar i les ones s'aixequen. D'aquí poc el vaixell tornarà a bellugar-se de valent.

—Aquest temps ens acompanyarà tota la travessa?

—Espero que no.

—Doncs jo desitjaria que sí, que Maria acabés traient el fetge per la boca —de sobte em mirà—. No sóc una puta —em va dir—. M'estimo el pare del meu fill. Me l'estimo tant que li he ordenat que guardi silenci, perquè ja n'hi va haver prou amb Eugeni. I el nostre fill naixerà i durà el nom que li hem triat.

Quan era un jove i estudiava, havia llegit la poesia dels grecs, els versos d'amor que arrabassen l'ànima i la transporten més enllà de l'oceà, i aquella nit, després de contemplar-la, quan ja ens havíem acomiadat i era al llit, just en el moment que la son m'atrapava, la imatge d'aquell rostre, d'aquell perfil retallat a la llum de la lluna, i del dolor que l'embargava va ser el darrer pensament conscient. Qui s'havia enamorat d'ella, s'havia enamorat d'algú capaç d'estimar com ningú. Vaig somriure en descobrir que fins i tot jo, si no fos tan gran, m'hauria enamorat d'ella.

L'endemà vaig ordenar el pilot que no encarés la nau al vent.

—Senyor, les onades picaran directament a babord i el moviment s'incrementarà —em va dir l'experimentat mariner.

—L'única que ho lamentarà és l'acompanyanta de la princesa Honòria i d'ella poc ens hem de preocupar. No creus? —li vaig contestar amb un somrís.

Durant dos dies més la mar va seguir esvalotada i Honòria va pujar sola a coberta. Un corrent de simpatia ens unia. De mica en mica, la princesa em va obrir el seu cor i em va explicar els més íntims sentiments que creuen l'interior d'una dona enamorada. Pobre Eugeni! El seu pecat va ser estimar una persona inassolible. I, ara, el seu segon amor havia de romandre a la foscor. Em va sorprendre la confiança que em tenia. Em va explicar detalls sobre com el seu amant arribava a la seva cambra sense que ningú no el veiés, com s'esmunyia de nit i travessava el mur per una escletxa que donava directament al jardí i com, després, escalava la finestra lluny de les mirades de tots els seus vigilants.

Quan ja tocàvem les costes de Lesbos, una nit, Honòria es va tocar la panxa i em va dir:

—Ha de ser baró, perquè algun dia pugui tornar a Ravena i fer que tothom pagui els seus deutes.

La tristor havia canviat en ràbia i dolor. Els seus ulls s'havien enfosquit i els seus llavis eren més prims, recordant-me el rictus que precedia l'esclat de la fúria en Gal·la Placídia.

—La venjança no és bona companya de travessa i l'odi no és el millor ensenyament per a un infant —vaig fer.

—No és venjança ni odi, sinó justícia. Eugeni morí penjat com un criminal i el meu fill no va veure la llum del sol. Qui ha de pagar per aquests crims? O potser han de quedar impunes? Ara, m'envien lluny de Ravena i volen que aquesta vida que duc dintre meu mori, com també voldrien veure mort qui l'ha engendrada.

—Si jo pogués fer alguna cosa...

—Potser, algun dia, t'hauré de recordar això que m'acabes de dir. Tindràs prou memòria? —em mirava directament als ulls i la seva mirada era ferma.

—Crida'm i vindré —li vaig contestar. I la meva promesa era sincera i també ferma.

No hi va haver cap més paraula. Vam restar uns moments quiets i en silenci, sota la celístia.

—Fa fresca i hem de baixar —es va sentir la veu de l'ama, plantada darrere nostre, amb aquells ulls petits i la mirada dura i escorcolladora.

Per desgràcia la mar s'havia calmat i la treva s'havia acabat. No sé si havia escoltat la nostra conversa, però ja no vam poder tornar a parlar. Aquella bola de greix s'interposà entre nosaltres i, fins i tot, quan saludava la princesa, la malparida la prenia pel braç i l'apartava.

*** ***

El vaixell va arribar el port de Constantinoble. Les instruccions de Gal·la Placídia eren precises, concises i clares i vaig ordenar desembarcar de seguida i formar una escorta que ens acompanyaria fins al palau de Pulquèria, que ja ens esperava amb les seves germanes Arcàdia i Marina.

A mesura que avançàvem entre la gent que omplia el port i les rodalies i ens endinsàvem pels carrers que condueixen a la residència de Pulquèria, un palau enlairat damunt de l'entrada est del port, em sentia neguitós i trist per haver de separar-nos, per haver de perdre la grata companyia d'una princesa que es passejava totes les nits a la llum de les estrelles i que havia parlat amb mi i m'havia concedit l'honor de ser el seu confident.

L'escorta va arribar a les portes de palau i es va aturar. Vaig mostrar el pergamí amb el segell de Gal·la

Placídia i l'oficial ens va conduir, només a Honòria, a Maria i a mi, fins al pati interior, el jardí que envoltava una font presidida per una Verge. Pulquèria va aparèixer i em va saludar amb alegria.

—El millor ambaixador de la meva estimada cosina —em va dir amb un somriure.

—És un honor tornar a ser davant teu —em vaig inclinar i li vaig allargar el rotlle.

Va trencar el segell i va llegir-ne el contingut amb molta cura. Quan va acabar, em va donar les gràcies i em demanà que fes arribar a la seva estimada cosina, l'emperadriu d'Occident, les seves salutacions i la seguretat que Honòria, mercès a l'oració i al sacrifici, recuperaria totes les virtuts que han d'adornar una persona del seu rang i condició. Em vaig sentir com un idiota, allà dempeus, lliurant Honòria com si fos una mercaderia.

Em vaig acomiadar amb una profunda reverència, però Honòria s'avançà i m'abraçà.

No sabia com reaccionar i li vaig prendre les mans com un pare faria amb la seva filla.

—Ha estat un viatge molt agradable —va fer amb un somriure—. Quan siguis a la mar, saluda la nit de part meva.

*** ***

Durant tot el viatge de retorn vaig patir una desagradable sensació, de les que anuncien desgràcies. Totes les nits, sense fallar-ne cap, trigava a adormir-me i, quan ho aconseguia, els somnis eren agitats i perversos. Espectres nocturns se m'apareixien i em turmentaven; repassava un i altre cop les possibles causes; pensava en Júlia, en Serena, en Aureli...; m'imaginava que Genseric podia haver atacat la península... I tots aquests pensaments es barrejaven amb la imatge d'Honòria, repenjada a la borda del vaixell mentre les ones picaven i aixecaven parets d'escuma. La veia amb la mirada perduda i la panxa d'embarassada.

Com és possible que Gal·la Placídia condemni la seva filla a viure eternament presonera?, em demanava. Ella, que es va enfrontar a tots els perills per amor a Ataülf, no veia en Honòria el coratge que havia heretat de la seva mare?

Quan pujàvem per la costa italiana, cap a Ravena, no parava d'esguardar les platges, però el fum no s'enlairava ni apareixien mostres de violència enlloc. El cor em bategà de valent fins que vam entrar al port de Ravena i desembarcàrem. Llavors, em vaig sentir més tranquil. I així vaig continuar fins arribar a les muralles de la ciutat, on tot es capgirà.

La primera persona que vaig reconèixer va ser Màxim, que segurament sortia d'alguna de les cases de joc.

Només veure'm es va espantar. L'he enxampat, vaig pensar ben divertit, i em vindrà a veure i em demanarà que no ho expliqui, que era allà. I no em vaig equivocar. Si més no, en part, perquè em va venir a trobar.

—Ho he sentit molt —em va dir—. M'ha colpit com si fos un fill meu.

Me'l vaig quedar mirant, mirant d'entendre les seves paraules, i el cor quasi se m'aturà.

—Antoni...? —vaig fer, amb cautela.

—Pobre Antoni! Gairebé no el podem consolar per tant gran pèrdua.

—De què m'estàs parlant? —el vaig prendre per la túnica.

—Del teu fill Marc —respongué Màxim, espantat per la meva reacció.

—Què li ha passat? —se'm va encongir l'ànima.

—No en saps res?

—No! Maleït siguis! —vaig ser a punt de colpejar-lo, però em vaig aturar i li vaig demanar disculpes. No sabia ni el que em feia—. Què li ha passat? —vaig repetir la pregunta.

—Va patir un accident, fa uns dies.

—On és, ara?

Em costava respirar i suava. «On és?», no parava de preguntar.

No va caler que pronunciés cap paraula, perquè els seus ulls m'ho deien tot. Em vaig seure en un dels graons d'una escala que hi havia allà a la vora.

La gent parlava al meu voltant, cridava, discutia; el sol brillava com mai i feria les meves pupil·les; Màxim deia alguna cosa, però no sabria dir quina; els edificis es movien; i, tot d'un plegat, el món s'enfosquí per complert i desaparegué.

12.- LLARGA VIDA ALS EMPERADORS

L'endemà del dia que havia marxat cap a Constantinoble per lliurar Honòria a Pulquèria, a la tarda, durant uns exercicis d'entrenament a la costa, Marc i el seu cavall van caure per un penya-segat. La mort havia estat instantània, em van dir, i ningú no havia pogut fer res per ell, excepte recollir les seves despulles, perquè era sol quan va passar.

Antoni havia enviat missatgers a Tolosa i a Constantinoble, però els que m'havien d'atrapar no ho van aconseguir i vaig arribar a Ravena per rebre el cop brutal de la notícia enmig del carrer.

Màxim s'havia espantat en veure'm desmaiat i havia demanat uns soldats que passaven per allà que em traslladessin a casa meva. Quan vaig obrir els ulls, Júlia m'agafava la mà i tenia els ulls plens de llàgrimes. Havia arribat de Tolosa feia un parell de dies. El viatge havia estat ràpid i se sentia esgotada i malalta, però s'havia llevat per tenir cura de mi. Serena l'havia acompanyada i Antoni s'havia fet càrrec de les exèquies i que tot fos com calia.

Durant dos dies no vaig ser capaç de fer res de bo. Em llevava i em quedava assegut al jardí, al costat de la font, hores i hores, sense parlar, sense moure'm, sense menjar, només mirant l'aigua. Júlia s'asseia a la meva vora i em parlava, però jo no li contestava. Serena tenia cura de tota la casa i procurava que la vida continués el seu curs. Seguint les ordres de Fidel, que a més de metge era un gran amic, m'obligava a seure a taula i a menjar. Ell em visitava cada dia i feia mans i mànigues per animar-me. Em receptava potingues, sals i herbes, però la seva conversa era el millor bàlsam de tots. Ens coneixíem des de feia anys i panys. Ja havia tingut cura del pare i era un ancià de notables coneixements i molta experiència.

Tots els servents de la casa van guardar un respectuós silenci i, transcorreguts els dos primers dies, em vaig sentir més reconfortat i amb prou ànims per rebre l'allau de visites que em va caure al damunt tan bon punt Fidel va dir que ja em trobava millor i que podia començar a fer vida normal. Una bona colla de personalitats s'aproparen per fer-me arribar les seves mostres de condol.

Aeci havia assistit a l'enterrament i havia ordenat que durant set dies una guàrdia d'honor formada per deu homes s'hi estigués davant la tomba del seu oficial. L'emperador Valentinià amb la seva esposa Licínia havien visitat Antoni i l'havien abraçat, mentre que Gal·la Placídia ens envià una carta expressant la seva pena per la pèrdua i afegint-se al nostre dolor. També vam rebre una carta de Sara, des de Roma, manifestant-nos els seus sentiments i els del seu marit, i posant-se a la nostra disposició per a tot allò que necessitéssim. Lídia era a Barcino quan va tenir lloc la tragèdia i va arribar uns dies després i s'hi va estar amb Júlia, consolant-la.

Mai no hauria imaginat que la pèrdua d'un fill representés un daltabaix d'aquelles proporcions, perquè no podem saber l'abast exacte d'una desgràcia fins que no ens arriba.

A tothom l'hi vaig agrair personalment. Sobretot a Màxim i a la seva esposa, que havia vingut cada dia a casa i ens havia ajudat en tot. Aquella dona tenia un cor d'àngel i una veu dolça que sabia destriar les paraules més adients. En moments com aquest, qualsevulla paraula de consol, de recolzament, d'ànim o de pena és ben rebuda, quan hi copses la sinceritat, i ella respirava noblesa pertot arreu. No m'estranyava que Màxim estigués tan enamorat d'ella.

Marc va ser enterrat en un panteó, en una finca a les afores de Cesena que em pertanyia, on hi reposaven el pare i l'avi. Vaig lloar la decisió d'Antoni, que havia interpretat a la perfecció allò que hauria estat el meu desig i vaig viatjar fins allà per visitar la tomba del meu fill. Havia estat un gran soldat, noble i valent, amb un bon sentit de la justícia, però la vida és injusta i Déu no va tenir en compte els seus mèrits i se'l va endur. O, tal vegada, les seves virtuts eren tantes que s'havia estimat més tenir-lo ben a la vora? Potser sí, que Déu va voler estalviar-li la vergonya i els sofriments que encara ens havien d'arribar.

Assegut davant l'estàtua que havien erigit damunt seu, els pensaments es confonien amb els sentiments i les contradiccions se'm menjaven. Vaig maleir el destí, vaig plorar, vaig resar i, fins i tot, vaig blasfemar. Suposo que Déu em devia disculpar, si de debò és cert que Ell tot ho veu, perquè segurament podia llegir el pergamí del meu dolor i adonar-se de tot el que aquella pèrdua significava. Havia dipositat tantes esperances en Marc...

En aquells desgraciats dies em vaig adonar d'un altre fet que m'omplí de pena. Estava tan orgullós de Marc que havia comès el mateix error que la meva mare amb el meu germà Juveni. Durant tots aquells anys només havia tingut ulls per a Marc, oblidant per complet l'existència d'Antoni, que es va revelar com un gran fill, va estar al nostre costat tot el temps i va demostrar la noblesa dels seus sentiments.

Cada matí venia a casa i s'hi estava força estona. Parlàvem i parlàvem i amb cada paraula sorgia un aspecte d'ell que jo ignorava. Un dia li vaig demanar excuses i ell no em va fer ni un sol retret, sinó que desvià la conversa i em va començar a explicar-me anècdotes del senat.

Quina llàstima! Gairebé tota una vida i el descobria quan ja era gran. Fins i tot ho vaig comentar amb Júlia i ella em va abraçar i va plorar. Se n'havia adonat, feia temps, però mai no m'ho havia dit. I ella també em va confessar que Marc era tan obert, tan fort, tan noble, tan amable i tan xerraire que eclipsava son germà. Llavors, ambdós, vam ser conscients que Antoni s'havia anat tancant en si mateix i que havia marxat de casa perquè se sentia que sobrava. Quan érem tots plegats, la sola veu que podíem escoltar era la de Marc, després la de Serena, que per ser filla compartia confidències femenines amb la seva mare, però Antoni... Pobre Antoni! L'havíem deixat de banda.

Lídia va marxar cap a Arle. Serena es quedaria amb nosaltres fins que considerés que Júlia i jo ja ens havíem refet de la tragèdia.

*** ***

Uns mesos després Aeci va venir a Ravena i em va cridar.

—M'has traït —em va dir amb menyspreu, només veure'm entrar a la sala dels oficials—. Tots aquests anys he confiat en un traïdor.

Em vaig quedar glaçat. Què havia passat? Els seus ulls em miraven amb odi i mantenia les mans creuades a l'esquena. Dins l'estança només hi érem ell i jo.

—T'hauria d'haver mort el dia que vaig tornar de la Panònia —va fer dempeus, a poca distància de mi. Vaig sentir la seva sinceritat i tota la duresa de les seves paraules.

—Mai no t'he traït en res —vaig fer—. T'he servit fidelment tots aquests anys, des del mateix moment que Lídia et va aturar.

—De debò? I sempre has estat sincer amb mi?

—Sempre —vaig dir, mirant-lo als ulls.

Es va tombar i caminà unes passes.

—Coneixes una dona que respon al nom d'Emília? —va preguntar, sense mirar-me.

—Emília... —vaig repetir, cercant en els forats de la meva memòria—. Emília... —vaig fer per segon cop i llavors vaig recordar—. Era una esclava de Lídia, fa molts anys, quan vivia Bonifaci. A què treu cap això, ara?

Va venir de nou cap a mi i es plantà davant meu.

—T'estic parlant del teu fill —gairebé m'escopí a la cara.

—Què hi té a veure Antoni?

—No —negà amb el cap.

—Marc?

—Carpili —va dir arrossegant cada síl·laba.

—Què? —vaig posar cara de babau.

—Emília té un fill que ha estat condemnat a mort per assassinat i per salvar el seu fill ha explicat que Carpili és fill teu.

—És mentida! —vaig cridar.

—Lídia també ho ha confessat —somrigué Aeci, però més que un somrís era una ganyota—. Sempre he estat convençut que Carpili va néixer setmesó, però és fals. Lídia, quan va venir a mi, ja estava embarassada, i el pare no era Bonifaci. Lídia ha estat teva. Oi que sí?

Vaig afirmar amb el cap. Comprenia el seu dolor, perquè Carpili era el seu predilecte. Feia poc dies que havia tornat de la seva estada amb els huns i sé que va fer una gran festa.

—Gaudenci també és fill teu? —em demanà.

—No l'he tornada a tocar. El dia que va morir Bonifaci vaig jurar que mai més no tocaria l'esposa de cap amic...

—No empris la paraula amic per parlar del noble Bonifaci —em va tallar—. El vas trair a ell, i un home que traeix un cop pot tornar a fer-ho. Vull que abandonis la milícia i que no em tornis a dirigir la paraula mai més. Per a mi has deixat d'existir.

—Juro per Déu i pel més sagrat d'aquest món que no en sabia res. Juro per la meva vida que...

—No juris més —em va tallar de nou—. Si no et mato ara mateix és en record dels serveis prestats. Seràs rellevat de seguida i procura no trobar-te en el meu camí, perquè no sé si podré aturar la meva espasa —i em va donar l'esquena.

Vaig abandonar el palau i vaig caminar esmaperdut pels carrers de Ravena. Carpili era fill meu, no parava de pensar. Lídia no me n'havia dit res, havia guardat gelosament aquell secret, el fruit d'un amor que va durar uns mesos. Ara li ho hauria de dir a Júlia. Pobre Júlia! Estava delicada des de feia temps, des que va viatjar a Tolosa i la mort de Marc encara l'havia ensorrat més. Com reaccionaria?

Vaig estar caminant durant hores, intentant de trobar les paraules exactes, amb por per haver d'enfrontar-me a una situació absurda, producte d'un passat llunyà, perdut en la nit dels temps, i just en arribar a casa vaig saber que no calia explicar-li res. Mentre jo era amb Aeci, un missatger li havia lliurat una carta de Lídia que el mateix general havia dut d'Arle. En ella l'hi revelava tot.

Va ser aleshores que Júlia s'agreujà i Fidel em va dir que la veia molt malament. Estava pàl·lida com la lluna, parlava amb una veu prima i respirava pesant. Els seus ulls havien perdut l'alegria i la malenconia se li reflectia al rostre.

—És el fetge —em va dir Fidel—. No respon als tractaments i els seus humors cada cop van pitjor. És com si hagués decidit morir.

Així vam romandre deu dies. Em llevava força aviat i me n'anava a la seva habitació, on sempre hi havia una serventa que es mantenia desperta per a qualsevulla cosa que hagués de menester la seva ama. Serena dormia poc i mirava d'animar-la. Li explicava tafaneries i li donava el menjar. Jo les observava assegut en un racó, en silenci, i veia com l'energia d'aquella dona, la meva companya, s'esmorteïa lentament.

—Vindré a l'estiu, amb Aureli, i ens hi estarem fins a la tardor. El veuràs jugar aquí, sota les figueres, perquè segurament ja caminarà, i l'hauràs de renyar per tal que no es fiqui a la font i atrapi els peixos... —deia Serena, mentre la feia menjar.

El desè dia, quan la llum era més forta i l'estança més alegre, Júlia va allargar la mà cap a mi i em pregà que m'atansés. Em vaig llevar del racó, m'hi vaig arribar i em vaig agenollar al seu costat. Cada cop que havia intentat demanar-li perdó em tapava la boca amb la seva mà i no m'ho permetia.

—Ja tenim un nét —em va dir amb veu trencada—. Ara ets avi i has entrat a l'edat del prestigi —somrigué —. Que el teu prestigi sigui llarg i que el teu nét i aquells que vindran puguin recollir la teva noblesa i la teva saviesa.

Vaig amagar el rostre entre les seves mans i les vaig besar. Parlava de l'edat del prestigi i jo acabava de perdre el grau de general i havia deixat l'exèrcit. No sabia què dir-li.

—Tu també has entrat a l'edat del prestigi —vaig prémer la seva mà amb dolçor—. Ara no vulguis traspassar-me tots els anys a mi i no quedar-te'n cap — encara vaig gosar fer broma.

—Però no gaudiré de l'edat de l'oci ni podré veure com creix Aureli ni coneixeré cap més altre nét.

—No diguis bajanades —vaig apartar el rostre per impedir que descobrís les llàgrimes que amenaçaven de saltar.

—Saps que vaig pensar el dia que els nostres pares ens van presentar? —va fer—. Doncs, vaig pensar que eres molt seriós i molt assenyat. I no em vaig equivocar. Ets l'home més fidel i més noble de l'Imperi. Tots aquests anys he estat molt feliç, perquè he sentit el teu amor. A partir d'ara, tu has de ser els meus ulls i el meu cor i això és el que has de transmetre als nostres néts, a aquells que jo no coneixeré.

No vaig poder aguantar i vaig caure damunt la seva mà, besant-la i plorant com un infant. I així vaig romandre durant una estona, fins que Serena em va abraçar. Llavors, vaig aixecar els ulls i vaig veure el rostre de Júlia que semblava dormir i somreia.

—T'ho juro —vaig mormolar—. T'ho ben juro, que seré els teus ulls i el teu cor i que els teus néts sabran de tu i aprendran a estimar la vida com tu ho has fet.

*** ***

De cop sobte, l'existència, tot el meu voltant, acabava de fer un gir inesperat i brutal. Contemplava el pati i el jardí i tenia la sensació que alguna cosa s'hi havia perdut, que li havien arrencat l'ànima i que amb ella havia fugit tot vestigi de vida. El jardiner seguia tenint cura de les flors, però jo no les veia igual. Els colors eren més apagats. Recordo que, quan besava la seva mà, va haver un instant que vaig notar com si un petit alè bufés damunt dels meus llavis. Potser va ser llavors que la seva ànima va marxar i, en aquesta fugida, encara va tenir temps per dipositar el darrer bes damunt dels meus llavis. Si tanco els ulls, encara puc sentir el lleuger frec de la carícia.

Havien estat molt anys plegats. Tota una vida, tota la vida de Marc, i encara més. Instants de tendror i de passió se superposaven en un reguitzell de records inesborrables. Quants vestits no li vaig esparracar?, penso ara amb un somriure. Quantes esgarrapades no em va fer, a l'esquena? Hores i hores de conversa sobre els nostres fills, de planificar el futur, d'escoltar els seus retrets, petits càstigs verbals que no feien altra cosa que recordar-nos que vivíem junts, que érem una família. Somriures, rialles i riotes en veure créixer la llavor que havíem llançat al món i el dolor, l'immens dolor, quan la mort ens arrabassà un tros de la nostra vida. Tot això era el que el destí m'havia furtat de les mans en ben pocs dies. Va ser una dona tan gran, tan immensa, que encara em deia que li havia estat fidel. Era cert en els darrers anys, però no crec que sigui mèrit personal, sinó que el destí hi va tenir molt a veure. No sé què hauria passat si Lídia hagués estat a prop, si Bonifaci no l'hagués donada a Aeci o si hagués viscut a Ravena. I vaig demanar perdó per no haver-la estimat com ella es mereixia, per haver dedicat pensaments a altres dones, per haver compartit estones de tendresa amb altres mans, que no les seves. Si parlés amb algun dels sacerdots que havia conegut, d'aquells idiotes fanàtics, encara m'haurien dit que tot plegat, la mort de Júlia i de Marc, era un càstig diví per les meves mancances. Ara penso que, tal vegada, és cert. Sempre ho acabem pagant tot.

Serena va triar el millor vestit i li vaig pregar que hi afegís el collar que va dur a la boda de l'emperador, aquell que realçava tant la seva bellesa. Volia recordar-la tal com era, amb tota la seva esplendor, com un tribut a un amor que no vaig saber correspondre en tota la seva dimensió. Lídia m'havia dit, a la boda de Serena, que Júlia m'estimava com mai cap altra dona havia sabut fer. Quanta raó que tenia!

El bisbe Marcel va oficiar l'enterrament i va elevar unes paraules de consol. Va parlar de l'amor de Déu, de la resurrecció de la carn, del perdó dels pecats i de la vida eterna. Em va recordar que algun dia Júlia i jo ens retrobarem. No me'l vaig escoltar gaire, perquè mai no m'han agradat els seus raonaments i perquè el meu pensament era tot per a ella.

Al meu costat tenia Antoni i Serena. Eren les persones més properes, les que havien conformat tota la meva existència. I en mancaven dos: Júlia i Marc. En un cert moment em vaig tombar. L'església era plena de gom a gom. Tots els amics i companys hi eren. Tots no. Lídia i Aeci no hi eren. Però molta més gent, a la que jo no coneixia, havien vingut per retre el darrer homenatge a una dona que s'ho mereixia.

Júlia!, vaig cridar al meu interior, i vaig plorar. Tot plegat, des de l'estúpid accident mortal del nostre Marc, havien estat males notícies i desgràcies que havien accelerat l'inevitable. Ell, que era un genet com no n'hi havia d'altre, que havia après a cavalcar com els huns, havia caigut per un penya-segat. Per un penya-segat...? Pobre Marc! Però, com havia pogut passar?

—No ho sabem del cert —em va explicar Pere, quan l'hi vaig demanar—. Segons diuen, s'havia quedat a la tenda per estudiar les maniobres. Després, va sortir per aplegar-se als seus oficials i en veure que no arribava el van anar a buscar i el van trobar al fons de tot, vora a la mar.

Acabats els funerals, vaig tornar a casa. Serena volia quedar-se amb mi i la vaig convèncer que era millor retornar a Tolosa, amb el seu marit i el seu fill. Va remugar, però Anna s'havia ofert per a tot allò que hagués de menester i li va dir que no se n'havia de preocupar de mi. Entre ella i el seu marit no deixarien que m'ensorrés. L'hi vaig agrair profundament. Volia quedar-me sol, reflexionar i buscar el perdó per als meus actes.

Durant els dies següents, de mica en mica, vaig retornar a la vida. Em llevava d'hora i muntava a cavall. L'activitat em mantenia despert. Antoni també estava trist, però dissimulava quan era a prop meu. Ell mantenia una vida social molt rica i donava grans festes, tal com correspon a un senador, i em va convidar a totes i va insistir fins que va aconseguir que hi assistís. Màxim i Anna eren uns dels assidus i entre nosaltres va néixer una bona amistat. Ell era un home a qui agradava la gresca, la broma i, sobretot, el joc. Ho duia a la sang. Podia apostar per qualsevulla cosa, i ho feia sovint amb l'emperador. Anna m'havia fet algun comentari que aquella faceta del caràcter de Màxim la feia emmalaltir, cosa que jo ja sabia per d'altres.

—Algun dia s'hi jugarà fins i tot allò que no té —es queixava.

Tanmateix, Màxim era un home de sort i sabia quan havia de retirar-se. Algun cop perdia, però mai en excés, per la qual cosa sempre se'n reia, de les preocupacions de la seva esposa.

No vaig tenir notícies de Lídia ni vaig gosar posar-me en contacte amb ella, entre d'altres raons perquè desconeixia si Carpili n'estava al corrent de tot i temia un encontre amb ell. Què li diria? Potser, el saludaria com a un fill i l'abraçaria?

*** ***

Havien transcorregut gairebé cinc mesos des de la mort de Júlia i la vida prosseguia. Vaig complir, fil per randa, la promesa que li havia fet i no permetia que el dolor s'apoderés de mi ni que cap sentiment de culpa em relegués a un racó. Mirava de distreure'm de tot pensament que em produís tristesa. Tanmateix, cada nit parlava amb el record de Júlia i li explicava coses, allò que havia passat, les decisions que havia de prendre amb els criats i, fins i tot, li demanava el seu parer. Suposo que desitjava compensar-la de totes les carències a les quals injustament l'havia condemnada.

Un matí, quan ja pensava que la tristor quedava enrere i, fins i tot, havia començat a fer plans sobre el meu futur, tot aprofitant l'amistat que m'unia a Màxim, que m'havia ofert l'oportunitat d'entrar en un negoci de transport de mercaderies per tota la Mediterrània, uns soldats es van presentar a casa.

—Ets tu Sever Antoní Brauli Teodosi? —em demanà l'oficial.

—Sí. Què vols?

—Quedes detingut per conspiració i alta traïció.

No van fer cas de cap de les meves protestes, peticions i exigències, i em van dur davant de Valeri, magistrat suprem de Ravena, a qui coneixia ben poc, però que era famós per la seva duresa.

—Què hi tens a veure amb la conspiració? —em va demanar.

—No en sé res de cap conspiració.

—Per què volíeu matar l'emperadriu?

—Per què parles en plural? Qui són els altres, si és que n'hi ha? —vaig respondre amb preguntes.

—Tu i el teu fill.

—El meu fill és el més noble dels membres del senat de Ravena i no puc creure que hagi estat capaç de cap conspiració. A més, ni tan sols és aquí, sinó que ha anat a Constantinoble.

—Va tornar ahir.

—Doncs, pregunta-li a ell.

—És mort.

*** ***

Recordo que em vaig despertar en sentir l'aigua freda a la cara i els cops del soldat. Vaig retornar lentament a la realitat i les darreres paraules del magistrat van ressonar dins del meu cap. Antoni era mort! M'havien explicat que va anar a palau amb l'excusa que havia d'informar Gal·la Placídia del resultat del seu viatge a Constantinoble i que només veure-la va treure una daga i va intentar matar-la, però que la guàrdia ho va impedir i una espasa havia acabat amb la seva vida.

—Per què ho haurà fet? —recordo que em vaig demanar, gairebé en un murmuri.

—Això és el que volem que tu ens diguis —m'havia respost el magistrat.

I em van torturar i torturar, però què volien que els digués? Per mi era un misteri tan gran com per a qualsevol altre.

Quan es van afartar, em van ficar de nou a la cel·la, entre rates i lladres, i em van encadenar a la paret humida i freda a l'espera del judici. Allà, enforatat, humiliat i apallissat, vaig contemplar els nous companys que la misèria m'havia atorgat. En pocs mesos ho havia perdut gairebé tot. Sort que Serena era lluny i que Teodoric no permetria que ningú no li fes cap mal. Aquest pensament era l'única cosa que em mantenia viu. En la foscor d'aquell cau de criminals vaig rumiar quina podia haver estat la raó que impulsà Antoni a cometre aquell acte, però per més voltes que li vaig donar no era capaç de trobar cap mena d'explicació. S'hauria tornat boig?

Quinze dies després tenia el cos desfet, ple de nafres, de cremades, de cops i totes les articulacions dolorides pel poltre, i estava convençut que en qualsevol moment moriria a mans dels torturadors, que ja no podria resistir un dia més, però, sense saber perquè, tothom es va oblidar de mi, el món sencer va perdre consciència del meu existir i vaig encetar una vida a l'infern, on ens barallàvem per obtenir una part del menjar que els nostres escarcellers ens llançaven entre els barrots de la cel·la il·luminada per la dèbil llum de la torxa que hi havia a l'extrem d'un llarg i tenebrós passadís. I així va transcórrer el temps, sense que fos capaç de dir quan era de dia i quan ens queia la nit.

Relatar les condicions en les quals vaig viure durant aquells dies encara em produeix esgarrifança, rebregat entre excrements i pixats que ho negaven tot de pudors indescriptibles, i poc ho faré. No paga la pena. Només diré que érem tres. Un d'ells es deia Josep i era un assassí que havia mort i escorxat tres homes i una dona. L'altre es deia Nicolau i era un lladre. El seu crim va ser intentar robar a un noble, a qui havia ferit, i ja feia dos anys que era allà. Era llest com un llamp i si li haguessin deixat una sola escletxa, hauria fugit i ningú no l'hauria atrapat mai més. Ell em va defensar davant Josep i va compartir part del seu menjar.

Un dia ens vam despertar i vam veure que Josep havia mort. Vam cridar els escarcellers i se'l van endur arrossegant el seu cos com si fos un porc. A partir d'aquell moment vam dormir més tranquils.

Nicolau parlava i parlava. Deia que era la manera de seguir vius i m'explicava on havia viscut, allò que havia fet, les dones que havia posseït i tot allò que faria si algun dia sortia d'aquell forat. I jo li vaig explicar qui era i el que m'havia passat. L'hi vaig abocar tot, perquè

necessitava recordar cadascun dels detalls i no oblidar-
los mai. Li vaig explicar detalls impensables, i ell
m'escoltava embadalit, gairebé incrèdul de ser a la
mateixa cel·la que un antic general.

—Què faries, si algun dia aconseguissis sortir
d'aquí? —li vaig preguntar en certa ocasió.

—A Ravena tothom en coneix —féu esclafir la
llengua—. Marxaria ben lluny, cap al nord. Els bàrbars
encara no han sentit parlar de mi —rigué—. Viatjaria
pertot arreu i coneixeria món. Soc hàbil amb les mans i
tinc la paraula fàcil.

—D'això no en tinc cap dubte. Enganyaries al mateix
diable. Com és que et van enxampar?

—No és gens senzill robar la bossa d'un home
envoltat de soldats. Així i tot, vaig ser a una passa
d'aconseguir-ho.

Va ser ell, amb les seves explicacions i la seva
atenció quan li parlava, que em va permetre resistir fins
que la porta del calabós s'obrí i dos soldats van
pronunciar el meu nom i m'arrossegaren fora. Cada cop
que venien i s'enduien un d'una altra cel·la, el pobre
desgraciat sortia cridant com un foll i mai més no el
tornàvem a veure. De manera que vaig pensar que havia
arribat el final i no parava de repetir-m'ho mentre em
conduïen pels tenebrosos passadissos. El més curiós de
tot és que no sentia por. Ben al contrari, em sentia feliç,
perquè desitjava acabar d'una vegada i reunir-me amb
Júlia, però els soldats no em van dur a la cambra de
tortura, sinó que van seguir pujant fins arribar dalt de
tot. Llavors, la llum del sol que entrava per la finestra
em ferí els ulls i no vaig poder reconèixer l'home que
tenia al davant fins que no va parlar.

—L'emperador t'ha perdonat —vaig escoltar la veu de Màxim.

—Amic, bon amic... —vaig fer, i ell em va abraçar per evitar que caigués al terra. La debilitat de les meves cames m'impedien mantenir-me gaire estona dempeus.

—Ets lliure! —va exclamar amb alegria.

—I Gal·la Placídia, què hi diu?

—Que no ho saps, que Gal·la Placídia és morta?

—En aquest forat el món no existeix —vaig fer—. Com ha mort?

—Fa tres mesos el cor se li aturà i no va despertar.

Quant de temps havia passat en aquell cau? Mesos! I semblaven segles. Vaig abandonar l'infern i Màxim em va acompanyar a casa seva, on hi vaig estar durant unes setmanes per refer-me i guarir totes les ferides del cos, que no les de l'ànima.

Màxim em va explicar que m'havia guanyat als daus, jugant amb l'emperador. La meva casa havia estat tancada per ordre imperial i tots els criats havien passat a servir a palau, les meves possessions i pertinences havien estat subhastades, fins i tot les de Rimini, el lloc on tots els meus avantpassats eren enterrats. No vaig rebre cap compensació econòmica, perquè Valentinià va dir que ja n'hi havia prou amb què pogués conservar la vida, que la hi devia a Màxim i a la seva esposa. Sobretot a Anna, perquè d'ella va ser la idea. Aeci no havia mogut ni un dit, però, per contra, vaig saber per boca d'Anna que Lídia també havia remenat cel i terra per aconseguir el meu perdó. Però va ser Anna que, trencant totes les seves normes, va empènyer el seu marit a jugar. Tanmateix, jo seguia preguntant-me què era allò que m'havien de perdonar?

No vaig poder recuperar les despulles del meu fill Antoni. Havien enterrat el seu cos en algun forat perdut enmig del camp. Vaig resar per ell. No entenia el que havia fet, però confiava que existís una raó poderosa, perquè el meu fill era noble de debò. Encara que em costés la resta de la meva vida, ho esbrinaria. Aquest va ser el solemne jurament que vaig fer.

També em van explicar que s'havien rebut mostres de condol de tot l'Imperi, i més enllà, per manifestar el seu respecte per l'emperadriu. Tothom havia enviat els seus ambaixadors i el protocol manava que s'esperés cinc dies abans de l'enterrament, però Valentinià no havia volgut esperar més. Necessitava sentir que la seva mare, que l'havia dominat durant gairebé trenta anys, era morta i ben morta, i enterrada i encofurnada per sempre més, i que no es llevaria de la tomba per dir-li allò que havia de fer. Els funerals havien estat magnífics i tot Ravena s'havia congregat i havia acompanyat amb els seus plors les fingides llàgrimes de l'emperador, que tot just l'endemà va començar a dictar ordres i més ordres per canviar tot allò que havia tocat la mà de la seva mare, però la seva alegria va durar poc temps, només els dies que Aeci va trigar a plantar-se a Ravena i prendre el comandament. L'emperador governaria a palau i... enlloc més.

—Tot segueix igual —em va explicar Màxim que havia dit el general davant del senat, i ningú no va replicar.

Valentinià va entendre de seguida el significat d'aquelles paraules. Havia mort la seva mare, però ell seguia tenint algú que li diria allò que cal fer i com s'ha de fer.

Vaig aplaudir la decisió d'Aeci. El meu antic cap m'havia apartat de l'exèrcit i m'havia oblidat, però m'esgarrifava pensar allò que hauria estat capaç de fer l'emperador si arriba a assolir el poder real.

Quan vaig estar prou recuperat, em vaig acomiadar de Màxim i d'Anna. Els vaig agrair tot el que havien fet per mi, la seva bondat, i vaig enfilar cap a l'oest, cap a Tolosa per viure amb Serena. Quan et queden pocs amics, encara els valores més. Anna em va dir que podia tornar quan volgués, que la seva casa era casa meva. Quina gran dona!

Enrere quedava l'horror. De les meves possessions i riqueses només em quedava la casa de Tarraco i les terres, perquè allò era territori visigot i Teodoric, prou intel·ligent, es va negar a lliurar-les a l'emperador, tot argumentant que pertanyien a Adolf, el fill del seu cosí.

*** ***

Serena i Adolf em van rebre amb una forta abraçada i em vaig establir a casa d'Onegi, on els mesos següents em van servir per recuperar part de les forces, lluny de tot. Una sorpresa m'hi esperava. Aureli ja caminava i parlava sense parar. Se'l veia despert i intel·ligent. La meva filla el duia agafat de la mà i li va dir que jo era el seu avi, igual que Onegi. Primer em mirà amb recança, però al cap d'una estona em va fer preguntes i més preguntes. Per què vestia diferent?, es va estranyar. I per què no duia barba? I per què el meu cabell era negre i no vermell, com el seu altre avi? I per què...? Fins i tot em va portar un cavall de fusta que li havia regalat Onegi i em va demanar que jugués amb ell. Era ros com un camp de blat pentinat pel vent, amb uns blaus i grans com la mar, on t'hi podies ofegar. S'asseia als meus genolls i em donava el cavall per, immediatament després, prendre-me'l altre cop i repetir-me el seu nom. Veloç, li havia posat, perquè era el més ràpid de tots, assegurava amb aquells ulls vius. El feia córrer pel damunt de la taula mentre imitava el soroll d'un poltre que trota per una calçada. Amb ell a la falda em vaig sentir feliç, immensament feliç, i trist, molt trist de contemplar-lo i que Júlia no estigués allà. Tanmateix, com ella m'havia demanat, jo era el seus ulls i les seves orelles i aquella nit, quan anés a dormir, parlaria amb ella i li explicaria totes les preguntes que el nostre nét m'havia fet i riuríem plegats.

Un dia que Serena ens havia obsequiat amb un sopar, al que hi assistíem tota la família, jo contemplava Aureli, com corria i com reia, i Onegi em va dir:

—És més visigot que no pas romà i em sento molt orgullós d'ell.

—No he vingut per discutir sobre quina part és teva i quina és meva, sinó per veure'l créixer i compartir-lo — vaig somriure.

Ell, aquell tendre infant, em va salvar de no morir de pena.

*** ***

A començaments de l'estiu, van arribar notícies de Ravena. Deien que Valentinià, que mai no s'havia atansat al senat, s'havia presentat amb una carta a la mà i el rostre desfigurat. L'acompanyava Heracli, que es

277

va estar tot el temps al costat de l'emperador i no va badar boca per a res.

—Diu que li haig de donar la Gàl·lia —havia cridat embogit i espantat—. Diu que li pertany perquè el fill d'Honòria és seu! Quan el va poder engendrar? Quan?

Les notícies explicaven que els senadors encara vam trigar una bona estona per assabentar-se de què parlava, perquè gesticulava brandant la carta com si fos una espasa i no hi havia manera d'arrencar-li de les mans.

Finalment es calmà i un senador, Horaci, va aconseguir llegir el document que havia obrat el miracle de fer sortir l'emperador de palau i portar-lo al senat.

—Àtila! —féu Horaci—. Oh Déu! Reclama la princesa Honòria com a esposa seva i reclama el fill com a propi. I afegeix que en té proves. Així mateix, reclama la meitat de l'Occident que diu que pertany a Honòria com filla que és de Constanci, l'anterior emperador. Però, conclou, es conformarà amb la Gàl·lia.

Es van quedar clavats. Es miraven els uns als altres sense entendre-hi res. Honòria havia tingut al seu fill i li havia posat el nom de Brauli. Vaig suposar que com a venjança cap a la seva mare, perquè Gal·la Placídia odiava aquell nom. Li recordava un oficial que va tenir a Barcino i que va participar en la traïció que li costà la vida al rei Ataülf. És curiós, això dels noms. A Júlia li hauria fet il·lusió tenir un nét que es digués Brauli i l'emperadriu, si no fos morta, hauria mort del disgust.

—Ens hem tornat bojos —havia dit Màxim.

—Hem d'avisar Aeci —havia respost Juli Antioc.

—Sí —féu Valentinià—. Això mateix. Que vingui Aeci i que defensi Ravena. Vull tots els soldats, tots els exèrcits i tots els oficials aquí. Han de defensar el seu emperador.

Màxim se'l va quedar mirant. I també va esguardar Heracli, que els contemplava des del costat de la cadira de Valentinià i els atorgava el seu menyspreu des del tron de la supèrbia. Se sabia poderós, amb el seu senyor a la vora, i era odiat en silenci per una bona colla de gent, malgrat que ningú no ho manifestava obertament. Així i tot, jo estava segur que més d'un dels seus enemics sentiria un immens plaer en tallar-li el coll, de la mateixa manera que Aeci i jo vam sentir un goig indescriptible quan li vam tallar el dit. Des d'aquell dia jo m'havia fixat que amagava la mà. Sents vergonya, malparit!

L'emperador va seguir donant ordres i més ordres. Estava tens i esgarrifat davant la possibilitat que Àtila vingués a buscar-lo personalment. Suposo que ja s'imaginava la porta del seu palau esbotzada per una bèstia que duia una espasa enorme i que volia tallar-li els braços. Allò era el caos absolut. Les ordres arribaven a ser contradictòries i ningú no era capaç de fer res amb seny.

Mateu havia estat l'únic de reaccionar i havia anat a buscar Pere. Li havia explicat allò que feia el cas i el cap de la guàrdia reial havia ordenat un missatger sortir esperitat cap a Arle.

Els dies següents Valentinià es tancà a palau a l'espera de l'arribada d'Aeci i el senat recuperà la calma i la capacitat de raonar.

Àtila deia que el fill que Honòria havia parit era seu i que si algú gosava tocar-lo, atacaria i arrasaria tot l'Imperi. Afirmava que Honòria i ell s'havien vist a

Constantinoble, en la visita que havia fet mesos enrere a la capital de l'Orient, quan va decidir signar la pau definitiva amb Teodosi, i allà l'havia deixada embarassada.

—És absurd —vaig fer quan m'ho explicaven—. La princesa Honòria no hi era quan Àtila es va entrevistar amb Teodosi. I, a més, Honòria ja estava embarassada quan sortí de Ravena. Tot és mentida.

—Hem de respondre aquesta carta, però no podem insultar-lo tot dient que és un mentider, perquè possiblement és això el que ell busca —havia dit Juli Antioc al senat—. Busquem, doncs, la manera de fer-li veure que s'equivoca.

—Esperem a veure què hi té a dir Aeci —havia fet Màxim.

Dues setmanes després van arribar a Ravena notícies d'Aeci. S'entrevistaria amb Àtila i miraria de convèncer-lo de l'error. Ell veia molt clar que Honòria no tenia drets de successió. Valentinià era l'emperador i ja tenia fills. A més, instava al senat que fes una declaració legal perquè les dones a Roma no poguessin ocupar la cadira imperial.

Així ho van acordar, seguint els consells d'Aeci, i van ser els membres del senat que responguérem les exigències d'Àtila en nom de Valentinià. D'aquesta manera l'emperador quedava pel damunt del rei dels huns i no cometia el mateix error que Teodosi.

*** ***

A mitjan l'estiu, quan la calor era més asfixiant, també ens va arribar notícies de Constantinoble, on tothom també semblava haver perdut el seny.

L'enfrontament entre Eudòxia i Pulquèria havia esdevingut una tragèdia. La germana de Teodosi acusà Paulí de traïció, malgrat totes les protestes de l'emperadriu, que el va defensar tan aferrissadament i vehement que va permetre Pulquèria acusar-los de ser amants, història que va arrelar de seguit entre el poble, perquè el mestre d'oficis, malgrat els anys, seguia despertant passions entre les dones de la cort. A tot això, Crisapi, l'eunuc, intrigant i traïdor, quan va veure que Eudòxia perdia la partida, va oblidar la seva lleialtat i va declarar en contra de la seva protectora, corroborant les acusacions de Pulquèria i obtenint el perdó i la remissió. De retruc, Cirus, el prefecte del pretori d'Orient, que havia pres partit per Eudòxia, també va caure en desgràcia i va ser apartat de tots els càrrecs. Teodosi condemnà i executà Paulí, però malalt de gelosia, encara va ordenar perseguir i matar dos sacerdots que havien consentit i tapat el pecat d'Eudòxia. Sortosament, en el darrer moment, quan tot apuntava cap a un bany de sang, l'emperadriu va reconèixer la seva culpa, va demanar clemència en nom de la seva filla i en nom de Déu, Teodosi li va permetre retirar-se a Jerusalem i el gran desastre es va aturar.

En ben poc temps, l'Orient va canviar d'una forma increïble i tota la devoció d'un emperador dèbil i covard es capgirà per convertir-se en afany de venjança, mentre Pulquèria guanyava la guerra i una dona partia a l'exili per sempre més.

Jo vivia aliè a tots aquells esdeveniments, encara que sabia que no era el millor moment per assistir a baralles de dones que havien perdut el senderi i s'enfrontaven amb més brutalitat i coratge que els mateixos soldats. Tanmateix, a mi tant se me'n donava i, per això, no vaig sentir cap pena quan poc després una nova desgràcia arribà a Constantinoble.

Una tarda Teodosi es trobava de cacera i el seu cavall es va esbrocar i llençà el genet al riu Lycus, amb tan mala fortuna que s'obrí el cap amb una pedra i va morir a l'instant.

Però, què estava succeint? De sobte, tothom moria, les grans columnes de l'edifici trontollaven i el sostre amenaçava de caure'ns al damunt. Ja és ben bé cert, que les desgràcies no venen soles!

No hi va haver cap problema a l'hora de buscar-li un successor. Pulquèria va ser investida de la porpra imperial. I la seva primera decisió va ser executar Crisapi i recuperar per al tron totes les immenses riqueses que l'eunuc havia atresorat durant tots els anys del regnat de Teodosi. Amb elles va refer les arques del tot i va disposar de prou diners per restaurar les muralles de Constantinoble i bona part de les esglésies.

Tanmateix, un problema s'albirava a l'horitzó, que esdevingué real ben pocs dies després que Pulquèria accedís al tron. Una nova carta d'Àtila recordava a l'emperador el cas de Gal·la Placídia, emperadriu de l'Occident durant més de vint-i-cinc anys, i adjuntava el cas més recent de Pulquèria, que el senat de Constantinoble acabava de nomenar emperadriu de l'Orient. I la seva missiva acabava amb una pregunta:

quina és la llei que impedeix que el marit de la princesa Honòria reclami allò que li pertany?

Déu meu! Ara ja s'anomenava el marit d'Honòria. Tota aquella disbauxa apuntava directament en una sola direcció. Àtila havia decidit expandir els seus territoris i com el nord ja era seu, només li quedaven l'est i el sud.

Sort que una nova decisió de Pulquèria, vertader cervell de l'imperi de l'Orient, havia de proporcionar una solució. Ella, dona intel·ligent com no n'hi havia d'altra, que havia fet vot de castedat, es va adonar que el seu sexe posava en perill tot l'Imperi i va prendre marit. L'escollit va ser un vell conegut.

Marcià, que durant molts anys havia servit fidelment Ardaburius i Aspar i havia obtingut en mèrit a la seva participació a les guerres amb els perses i a l'Àfrica els títols de tribú i, després, de senador, va acceptar la condició que respectar la virginitat de l'emperadriu i un mes després de la mort de Teodosi, un nou emperador s'assegué a la cadira de Constantinoble. D'aquesta manera, el senat de Ravena va poder respondre a Àtila tot explicant-li que Marcià, i no Pulquèria, era l'emperador de l'Orient i que Gal·la Placídia va ser la regenta mentre Valentinià era massa jove per fer-se càrrec del govern. Per tant, les seves pretensions freturaven de fonament.

Personalment crec que va ser una bona tria per part de Pulquèria i els anys posteriors m'havien de donar la raó. Si Marcià no havia canviat, significava que l'Orient tenia un emperador assenyat que havia estat soldat i que coneixia l'art de la guerra.

Sigui com sigui: llarga vida als emperadors! I em vaig dedicar a jugar amb el meu nét, que era la més gran alegria d'aquest món.

13.- LA GÀL·LIA

Enga, l'esposa principal d'Àtila, va ser substituïda per Kerka, mentre creixia l'exèrcit incomptable d'esposes segones, concubines i aventures del rei dels huns, que segons explicaven era força procliu a posar-se al capdavant dels seus homes en el moment de saquejar una ciutat i despullar-la de verges. Però, al contrari que l'anterior, la nova reina dels huns tenia un caràcter fort. Aquest era el convenciment que Aeci va treure de la seva entrevista amb qui ja s'anomenava sense embuts l'emperador de totes les terres del nord, des de les portes de l'Àsia fins a la mar.

Enga havia donat a Àtila dos fills, Gheism i Ellak, l'amic de Carpili. I Kerka li va donar un altre fill, Ernak. Aquests tres eren els únics reconeguts a nivell oficial com a possibles successors al tron, malgrat que els seus descendents es comptaven per centenars. Però, les dones maneguen el seu món particular, soterrat i obscur, que disposa d'armes que cap home pot imaginar. Kerka posseïa un poder sobre Àtila com cap altra dona mai no assolí i havia anat enlairant el seu fill fins aconseguir que ocupés el lloc més rellevant. Fins i tot, havia reeixit en ser nomenada emperadriu de les terres del nord, honor que era el primer cop que el bàrbar concedia a una esposa i que la confirmava com l'única.

Quan Àtila rebé la carta d'Honòria, en la qual se li oferia en matrimoni, Kerka intervingué i deixà ben clar que ella mai no abandonaria el llit conjugal ni deixaria el seu lloc a cap puta ni a cap cortesana de l'Imperi, malgrat que arribés amb el títol de princesa i li regalés un anell en senyal de compromís, i els huns van assistir a una disputa conjugal que va fer trontollar les parets de palau.

L'escàndol també fou majúscul a la cort de Constantinoble, en saber que Honòria per medi d'un eunuc havia burlat la seguretat del palau de Pulquèria i havia enviat la carta i un anell a Àtila. L'emperador de l'Orient, amb el consentiment de Valentinià, havia estat a punt d'ordenar que la condemnessin per alta traïció, però, les disputes de Pulquèria i Eudòxia van ajornar la decisió i la mort de Teodosi va fer caure el judici en l'oblit amb l'única execució de l'eunuc.

Amb Pulquèria al tron de Constantinoble, Àtila reprengué les seves exigències i Kerka va morir poc després, sobtadament. Alguns diuen que de mort natural, altres que va ser producte d'una infecció, tal vegada per alguna cosa que va menjar i que no li va caure bé, i, pocs, van gosar apuntar que, possiblement, Àtila va reflexionar i va estimar que li sortia a compte substituir una esposa per una princesa, per tal de poder oferir tan brillant títol a qui li podia aportar tota la Gàl·lia.

La negativa del senat de Ravena va ser interpretada per Àtila com un rebuig cap a la seva persona i el rei dels huns —prou que ho sabíem!— no acceptava de bon grat una derrota. Llavors, girà de nou els ulls cap a l'Orient i envià els seus ambaixadors al nou emperador per recordar-li, amb un to d'exigència, el pagament del tribut anual que el seu antecessor havia acordat per tal de mantenir la pau, però es trobà amb una resposta inesperada. Marcià no era Teodosi i s'havia format al camp de batalla.

Ara només li quedava per decidir quin dels dos imperis atacaria primer. I va ser l'Occident.

Amb l'excusa de prendre allò que legalment li pertanyia i un poderós exèrcit format pels huns, la cavalleria escita i les tribus germàniques, va sortir de la capital de la Panònia, va recórrer més de vuit-centes llegües, va entrar a la Germània inferior i va atacar camps, pobles i ciutats.

Les notícies es multiplicaven. A la confluència del Rin i del Nécker se li aplegaren els francs comandats per Clodió, i Colònia va caure en pocs dies sota la brutal envestida de quatre-cents mil bàrbars que van obrir les portes de la Bèlgica en trobar al Bosc Hercinià la fusta necessària per construir-hi un pont.

Després d'arrasar ciutats i més ciutats, de matar i d'escorxar tot ésser viu, de no fer cap mena de distinció entre soldats enemics i gent del poble, d'assassinar sacerdots al peu dels altars, de violar dones i nenes, de cremar camps de conreu i boscos, va prosseguir cap al sud. Estrasburg va ser la següent, després Metz, on no hi va quedar cap vestigi, excepte una petita capella. I així va continuar fins arribar a Reims i devastar-la fins no quedar pedra damunt de pedra. París va ser l'única de resistir el setge i Àtila no va voler perdre el temps i enfilà cap al sud, fins arribar a les muralles d'Orleans, perquè des d'allà podia fustigar els visigots d'Aquitània, que havien refusat sotmetre's.

*** ***

En aquells dies la princesa Hasàrdia va morir. Es va treure la vida en no poder suportar més la contemplació del seu rostre desfigurat. Vaig sentir molta pena per Teodoric i el vaig anar a visitar. Estava desfet. En aquell moment em va retornar a la memòria la imatge del rei, orgullós i fort, agenollat davant la seva filla, abraçant els seus genolls, plorant com un infant enmig del silenci de la sala on poc abans rèiem i menjàvem, mentre jo notava que la sang se'm glaçava i el món amenaçava de caure'm al damunt. I no puc apartar de la memòria el rostre absolutament desencaixat de Dània, la reina, incrèdula, intentant acaronar les galtes de la seva filla, amb unes mans tremoloses, sense gosar tocar les ferides que encara eren tendres. Però, allò que més em va colpir, va ser la mirada perduda d'Hasàrdia, aquells ulls sense vida que no miraven enlloc, que no ploraven, que ni tan sols parpellejaven. Déu meu! Com poden uns pares suportar tant de dolor i seguir vius?

Em sentia prou recuperat i havia decidit marxar cap a Tarraco quan va arribar una delegació d'Aeci encapçalada per Avit, que després d'haver ocupat amb dignitat el càrrec de prefecte del pretori i haver estat nomenat senador, s'havia retirat a una casa que tenia a prop de Marsella. Ens havíem conegut a Ravena, anys enrere, i tenia fama de ser un gran negociador i bon amic dels visigots. Era intel·ligent i afable, fort i amb prou capacitat per preveure situacions i avançar-se als esdeveniments. La seva agilitat mental per cercar arguments i replicar m'havien sorprès en diverses ocasions i tots els senadors, del primer fins al darrer, el respectaven.

Dos dies després em va venir a veure. Sabia que jo era allà i volia parlar amb mi. El vaig rebre en record d'altres temps i vaig escoltar allò que m'havia de dir.

S'havia entrevistat amb Teodoric. L'havia trobat assegut al tron. El seu posat era greu i abatut. Avit m'explicà que l'havia vist més vell, deu anys pel capbaix i que havia perdut bona part de l'energia que desplegava, veritats que jo ja havia constatat amb dolor. Llavors em va dir que havia cercat totes i cadascuna de les paraules per manifestar-li el seu condol i que havia encetat el tema principal de la seva visita, però un cop acabat el seu discurs, els dos fills de Teodoric s'hi van oposar. Eren contraris a enfrontar-se als huns i només pensaven en Genseric.

—Torismond té raó —li havia contestat Teodoric mentre els seus fills el miraven. No era el mateix home. Les llàgrimes amenaçaven d'escapar dels seus ulls. Un rei que havia estat capaç d'aixecar un setge, de derrotar Litorius i marxar fins a les ribes del Roine, ara semblava un ancià dèbil, caduc i perdut, a mercè de les paraules dels seus fills—. Hasàrdia és morta i la reina ha perdut el somriure per sempre més —llavors la seva mirada s'havia endurit—. Genseric ha de pagar el seu crim i aquest és el sentiment que omple el nostre cor de gom a gom. No em demanis que lluiti contra els huns.

Van seguir discutint. Tanmateix —m'explicava Avit — Teodoric semblava no veure l'evidència que Àtila havia començat pel nord i ara baixava i no s'aturaria fins arribar a la Mediterrània. Li havia dit que cap d'ells disposava d'un exèrcit que es pogués enfrontar amb una força de quatre-cents mil homes. Més aviat, quatre-centes mil bèsties. Però no havia aconseguit res. Les orelles del rei romanien sordes a tots els arguments que la fèrtil imaginació d'Avit va posar damunt la taula de negociacions, i s'havia retirat de palau amb el cor encongit, després d'haver aconseguit la promesa que s'ho rumiaria i l'endemà tornarien a parlar. Si més no, malgrat que el seus fills ho van intentar, Teodoric no havia tancat la porta definitivament. Potser perquè sentia afecte per l'ambaixador. Així i tot, era prou conscient que les possibilitats d'obtenir una resposta positiva eren minses i recorria a mi com a últim recurs per redreçar unes negociacions que havien nascut mortes.

—M'hi has d'ajudar —va fer—. A tu, Teodoric t'escoltarà.

—A mi? —vaig fer un somriure.

Després de tot el que havia passat, com gosava demanar-m'ho?

—Tot l'Imperi és en perill.

—Quin imperi?

—El nostre, perquè tu també ets romà.

Romà? Què vol dir ser romà? Només és una paraula. M'havien acusat, empresonat, torturat i robat totes les propietats. Tanmateix, va insistir i insistir i... li vaig dir que l'endemà l'acompanyaria a veure Teodoric, però que no li prometia res.

Al matí següent, amb el meu nét Aureli agafat de la mà, vam entrar a la sala del tron. Teodoric es va sorprendre de veure'm, i més encara acompanyat del meu nét que esguardava la immensa sala de sostres alts i mirava Teodoric i els seus dos fills, mentre m'agafava amb força la mà i premia contra el pit el seu cavall de fusta.

—Noble Teodoric, hem vingut a pregar-te que apleguis les teves forces a les d'Aeci i lluitis contra els huns —vaig fer. Avit romania callat.

—Com pots demanar-me que ho faci? —em preguntà —. Tu, que has estat expulsat de Ravena, que has vingut fins aquí, que has estat acollit com un amic i parent, que ja ets un dels nostres.

—Cert, noble rei. I tota la meva gratitud eterna és per al més gran dels monarques —respongují, mentre Aureli jugava amb el fileret del seu vestit—. Tanmateix, no soc jo qui t'ho demana, sinó ell —vaig prendre el meu nét en braços—. La resposta que ens hagis de donar, dirigeix-la a ell. Explica-li que els huns volen la Gàl·lia sencera, que ja són a les portes d'Aquitània i que si els seus avis no s'apleguen i lluiten, haurà de donar-los el seu cavall.

Teodoric va restar en silenci, contemplant Aureli.

—Pare, els sentiments no són cap argument — replicà Torismond.

—Doncs, vosaltres voleu atacar Genseric amb més sentiment que no pas arguments —vaig respondre, abans que el rei no badés boca—. Hasàrdia ha estat ultratjada i tota la vostra família també. Prou ens coneixeu, tant a Avit com a mi, i sabeu que compartim el vostre dolor —el vaig mirar directament als ulls, oblidant la presència dels seus dos fills—. Si la Gàl·lia cau, amb quines forces atacaràs els vàndals? Si els huns arriben aquí, com podràs defensar el teu poble? Àtila no és Litorius i el seu setge serà definitiu. Cap ciutat ha resistit el seu atac i cap home ha vist tornar a créixer l'herba després del seu pas. Des de Colònia fins a Orleans, tota la terra és erma. Aquest animal ha cremat totes les esglésies, no s'ha aturat davant res, ni el més sagrat d'aquest món ha representat cap fre a la bestialitat dels seus instints assassins. Aureli és fill d'un visigot i d'una romana i Gal·la Placídia va ser la vostra reina. Els romans i els visigots ens hem respectat, perquè estem condemnats a entendre'ns, perquè la nostra sang s'ha barrejat i res ni ningú no podrà canviar aquest fet. O ens unim o morirem tots, els uns més aviat i els altres més tard, però ningú no se n'escaparà, perquè Àtila no coneix ni la por ni la pietat.

—Pare... —va fer Torismond.

—Silenci —el va tallar Teodoric.

Es llevà i va baixar fins on érem nosaltres. Acaronà la galta d'Aureli i va intentar agafar-li el cavall, però l'infant el va apartar i el cobejà amb les dues mans.

—No me'l vols donar?

—Es diu Veloç i és meu —va fer amb orgull—. I és el més ràpid de tots —afegí arrossegant les esses i tapant encara més la seva joguina.

—No ho dubto —somrigué Teodoric—. I és evident que estàs disposat a defensar el que és teu —llavors es tombà cap a mi—. Estàs disposat a lluitar, malgrat tot el que t'han fet?

Vaig mirar Avit i vaig contemplar els seus ulls que em suplicaven. Ara tot depenia de la meva resposta.

Confesso que vaig dubtar de valent i durant uns instants, que se'm van fer eterns, la memòria va lluitar amb el seny, el dolor amb la força i l'odi amb la realitat. Però, finalment, la intel·ligència s'imposà.

—Som tots plegats, que estem en perill. No és moment de retrets ni de venjances.

—Entesos, però, quan acabem amb Àtila, atacarem Genseric. Aquesta és la meva condició.

—Pots estar ben segur que personalment li arrencaré la promesa a Aeci i, si no ho fa, la meva espasa li tallarà el cap. Tens la meva paraula —vaig respondre.

—Així serà. Prepararem l'exèrcit i els meus fills i jo comandarem les forces per aplegar-nos a Aeci.

Un cop fora de palau Avit em va abraçar. Aquell mateix matí, Teodoric va ordenar redactar una carta per Meroveu, el rei dels francs. En ella el feia coneixedor de les seves intencions i li demanava de prendre partit per la llibertat d'aquelles terres.

No hi havia temps per perdre i ens vam acomiadar d'Onegi, de Síntia, d'Adolf i de Serena per marxar cap a l'est. Però, abans, vaig voler endur-me el record de l'abraçada del meu nét i Avit tampoc s'hi va poder estar de fer-li un petó ben fort i dir-li:

—Algun dia, la història parlarà de tu, de com vas guanyar una batalla damunt del cavall més ràpid de tot l'Imperi.

*** ***

Arle no havia canviat en tot aquell temps. Tampoc sabia si Lídia hi era o si hi trobaria Carpili i vaig fer tot el camí amb el cor encongit, pensant en tot el que li diria.

Aeci va rebre d'immediat Avit i vam entrar a la sala d'oficials, però només veure'm s'alçà amenaçant. Al seu costat estava Carpili. El cor em va fer un salt. No l'havia vist des que va marxar cap a la Panònia i ara era tot un home, alt i fort com els seus germans. Em va mirar directament als ulls, seriós.

—Vaig dir-te que si et tornava a veure et mataria —va fer Aeci.

—Sever ens ha... —va encetar Avit.

—Calla! —el va tallar Aeci i em va mirar amb odi.

—He vingut per lluitar contra els huns, perquè necessites gent que els conegui —vaig fer.

—Ja em té a mi, que els conec prou bé —va respondre Carpili.

—No ho dubto, fill —se'm va escapar.

—Soc el tribú Carpili —va exclamar, ben dret i força tens.

El vaig mirar. Ja tenia una resposta. Carpili, indubtablement, coneixia els seus orígens i no n'estava gaire orgullós.

—Perdó, tribú Carpili —vaig fer una lleugera reverència. Llavors em vaig dirigir a Aeci i li vaig lliurar la carta de Teodoric.

La va llegir d'una esgarrapada i se'm va quedar mirant. En aquell moment no hi havia odi als seus ulls, sinó més aviat burla.

—De què em serveix algú amb la teva fila? —va somriure—. T'has envellit i has perdut pes i força. Potser, ni tan sols recordes com es maneja una espasa i dubto que el teu cap estigui en condicions per...

—Ja has llegit la carta —el vaig tallar. Ja en tenia prou d'aquell color—. Si jo no hi vaig, oblidat de Teodoric i de Meroveu —vaig fer i ell es posà tens davant la meva impertinència.

—Per què ho fas? —em demanà.

—Per l'Imperi. Soc romà.

—I... després...?

—No hi ha després. Per defensar l'Imperi ocuparia qualsevol lloc, encara que fos entre els soldats de primera fila i sense cap rang.

—Mai no toleraré que Sever tingui un rang inferior al de general —va fer Avit i va començar a explicar i a lloar la meva intervenció davant Teodoric fins que Aeci va enrogir. Tampoc va oblidar mencionar que havia afegit la seva paraula a la meva, prometen a Teodoric que atacaríem Cartago un cop derrotéssim Àtila.

—Però, només quan Àtila ja no sigui cap amenaça i, tal com el conec, puc assegurar-te que no serà senzill —respongué Aeci, em mirà i digué—: Espero que la presó no t'hagi fet oblidar cap de les teves habilitats com a general —després es tombà cap a Carpili i ordenà—: Serviràs a les seves ordres. Sever és el teu general. Prepara-ho tot.

Carpili anava a replicar, però guardà silenci, em mirà amb duresa, després mirà Aeci i féu:

—Sí, pare —i abandonà la cambra.

*** ***

En pocs dies ens van arribar notícies de tota la Gàl·lia. Animats per Teodoric, els laecis, els armoricans, els breons, els saxons, els sàrmates, els alans, els burginyons i els francs, que ja havien pensat en capitular davant la brutalitat dels huns, se'ns aplegarien al nord, a Orleans, l'antiga Cenabum que segles enrere s'havia rebel·lat contra Cèsar, en el bell mig de la Gàl·lia.

—Que Déu ens ajudi —vaig fer quan em vaig posar el casc. Feia tant de temps que no em vestia l'armadura, que em pesava i em feia nosa.

—Necessitarem alguna cosa més que l'ajut de Déu —somrigué Avit.

—De tota manera, no ens estarà de més un bon cop de mà.

Hauria volgut veure Lídia, encara que només fos un instant, però Aeci l'havia enviada a Ravena, juntament amb tots els seus parents. Poc segur havia d'estar de la victòria, per prendre tantes decisions.

I ens posarem en camí cap a una batalla decisiva, conscients que una derrota significaria la fi de l'Imperi.

14.- SALVEM L'IMPERI!

Contemplar tots aquells exèrcits aplegats era un espectacle com mai no havia vist. Allà hi érem tots els pobles, fins a un total de gairebé tres-cents mil homes. Hi era tota la Gàl·lia, des del nord, des de Bretanya, fins al sud, fins a la Mediterrània, des dels Pirineus fins a les planes de Bèlgica. No en faltava ni un. Teodoric venia acompanyat dels seus dos fills i Meroveu comandava els francs i els alans.

Quan vam arribar a Orleans, Àtila ja havia entrat als suburbis de la ciutat i havia començat el pillatge. Però, només veure'ns, a Meroveu pel nord i a nosaltres pel sud, Àtila es va donar de seguida del perill de veure's atrapat enmig de dues forces i va ordenar la retirada immediata. Els habitants de la ciutat ens van rebre amb l'alegria de que acaba de presenciar un miracle i lloaven Déu per haver-los deslliurat del diable. Vaig ordenar Carpili que s'endugués algunes de les columnes de l'avantguarda per fustigar els huns i els va perseguir mentre Teodoric i Aeci es reunien amb Meroveu i prenien la decisió de no esperar i sortir cap a l'est amb tots els exèrcits.

Carpili va tornar i se'ns aplegar per informar-nos que Àtila s'havia aturat al costat del riu Marne, als Camps Catalàunics, a prop de Châlons, tot esperant-nos. També ens va dir que una columna de francs s'havia enfrontat amb els gepides i que el resultat era una estesa de més de quinze mil cadàvers de les forces bàrbares, notícia que ens omplí de coratge, com si representés el preludi d'una victòria. Em vaig sentir orgullós d'ell, però Aeci es mostrà més prudent. Allò no era res més que una petita escaramussa i poc ens havíem de confiar. I el seu fill hi estava d'acord.

Vam discutir totes les alternatives. Àtila no ens esperava sol, sinó que l'acompanyaven diverses tribus germàniques i els ostrogots. Les seves forces eren superiors en nombre i, endemés, havia triat les planes al costat del Marne per poder bellugar la seva cavalleria amb llibertat. Però havia comès un error. Confiat que la seva victòria era segura, com sempre ho havia estat, i seguint el costum, havia anat cremant tots els camps i ara no tenia prou herba per als seus cavalls. Aeci ho va veure de seguit. Per primer cop la batalla es decidiria amb la infanteria, perquè ells no disposarien de prou cavalleria per aplicar les tàctiques que els havien fet famosos arreu del món. Aquesta era la nostra gran oportunitat i no la podíem deixar escapar. De manera que ens vam dirigir al seu encontre.

Em va sorprendre molt el canvi que s'havia produït en Teodoric. Tornava a ser el mateix home que va negociar amb mi a la riba oest del Roine i els seus dos fills havien reprès l'entusiasme i el coratge de la lluita. I em vaig sentir feliç, perquè la mort d'Hasàrdia havia estat un bàlsam per a la ferida. Suposo que no veure el patiment de la seva filla, que ja descansava en pau, li havia permès retrobar part de la vida i tombar els ulls cap a la realitat.

Avit també es queixà que l'armadura li feia nosa i vam riure de valent. Ja no érem els nois joves d'altres temps, però em va recordar que tot allò que amb els anys perdem d'energia ho guanyem d'experiència.

El quart dia de marxa vam arribar a la plana dels Camps Catalàunics i vam establir el campament. Érem una immensa ciutat, només d'homes, que es movia amb exquisida precisió, en silenci, com recordo que la història explica dels antics romans. De nit, les fogueres del campament es podien distingir de ben lluny i les tendes s'estenien fins on la vista es perdia.

*** ***

Aquell matí el sol es llevà entre una lleugera broma que s'esvaí ràpidament i parats damunt d'un turó vam poder distingir de ben lluny el campament dels huns, tant o més gran que el nostre. Havia arribat el moment decisiu.

Aeci ordenà formació de combat. Els visigots, amb Teodoric i els seus dos fills al capdavant, ocuparen la dreta, els alans i els francs comandats per Meroveu se situaren enmig i nosaltres, sota les ordres d'Aeci, vam prendre el nostre lloc a l'esquerra, a la riba del Marne.

Va ser allà que em vaig adonar de fins a quin extrem havia arribat la pèrdua de l'Imperi. A mig matí, els huns encara no havien desplegat les seves forces i això ens feia malpensar. Aeci va ser a punt d'ordenar l'atac, però ¿i si tot era un parany?

Vam esperar, mentre inspeccionàvem les tropes un i altre cop i miràvem que tot fos a punt. En arribar a un jove soldat, el vaig veure tremolar.

—Fa fred —va cercar una excusa, mentre mirava de mantenir-se ferm.

Vaig aixecar la vista per contemplar el cel serè i vaig notar la calor del sol a la meva pell. No era el fred, que el feia tremolar. Llavors, vaig esguardar els altres soldats. Molts d'ells també tremolaven. Aquells eren els nous romans, les restes d'un exèrcit que s'havia passejat per tota Europa i havia dut els estendards fins a Britània, on el fred era real i intens, i poc havien tremolat.

—Que Déu ens empari —vaig mormolar.

No va ser fins a primera hora de la tarda que l'enemic establí les seves formacions. Els ostrogots a la nostra dreta s'enfrontarien amb els visigots, els huns al centre plantarien cara als alans i als francs i els germànics s'oposarien a les nostres forces, a aquells homes que no paraven de tremolar.

Aeci es va passejar a cavall entre les formacions i els va recordar les virtuts dels romans, allò que jo estava més que convençut que era un record llunyà i que no veia reflectit en uns soldats que ofenien aquest títol, però que es van sentir reconfortats i més animats. Així i tot, la llarga espera feia estralls entre la moral de la tropa i estic segur que més d'un hauria sortit tot corrents i no s'hauria aturat fins no ser de nou a casa seva.

Per fi es va donar l'ordre d'avançar i la cavalleria escita va carregar contra Meroveu amb la rapidesa que jo ja havia presenciat molt temps enrere i que el meu fill Marc m'havia elogiat tant, corrent com el vent, lliscant damunt la plana i cobrint el cel d'una pluja de fletxes que empal·lidia la llum del sol, ensems que Teodoric, inflamat d'un coratge esparverador es llançava damunt els ostrogots i Aeci, Carpili, Avit i jo procuràvem que els romans mantinguessin la formació i apliquessin la disciplina com a millor arma contra els germànics.

La notícia ens arribà a la tenda on Aeci havia muntat el quarter general. Ja feia força estona que aquells camps s'omplien de cadàvers i la mort de Teodoric ens colpí de valent. El noble rei dels visigots havia pres personalment el comandament de l'exèrcit i havia atacat en primera línia, rebent la ferida mortal d'una javelina i caient del cavall per ser trepitjat per la cavalleria ostrogoda.

Vaig abandonar la tenda i em vaig retirar uns instants. Necessitava pensar, perquè estava convençut que aquell rei i amic havia triat voluntàriament la mort. Altra explicació al seu valor de plantar-se davant dels soldats, oblidant que un cap ha de mantenir la vida per dirigir els seus homes, no era capaç de trobar-la.

Quan vaig tornar a la tenda, les notícies no eren gaire afalagadores. Els visigots s'estaven retirant en desordre. Si un miracle no hi posava remei, allò era l'inici de la fi, perquè tot el plantejament de la batalla queia. Aeci, al contrari que Àtila, que havia situat els huns al centre, la seva millor força, per atacar en punta de fletxa, s'havia estimat més deixar els alans més desprotegits per atacar pels flancs i establir unes tenalles que ofegarien l'enemic, però, ara, amb els visigots en retirada, la tàctica d'envoltar-los ja no servia i les forces es desequilibraven.

Sortosament, nosaltres havíem estat prou hàbils com per ocupar l'únic petit turó de tota aquella immensa plana i els germànics ens havien d'atacar des d'un pla més baix que ens atorgava un evident avantatge, perquè ells no podien avançar tan ràpidament i les nostres javelines els atrapaven amb més facilitat.

Els homes van seguir caient i gairebé el sol s'amagava quan un missatger ens va informar que Torismond, el fill primogènit de Teodoric havia reprès el comandament dels visigots i havia reorganitzat l'exèrcit que contraatacava amb èxit. Aquest nou gir de la batalla ens encoratjà i Aeci ordenà els homes que es llancessin turó avall i destruïssin les defenses germàniques, maniobra que esdevingué tot un èxit. A partir d'aquí, ja podíem encarregar-nos del flanc dret dels huns, perquè els alans de Meroveu, tot i haver cedit terreny, van saber suportar l'embranzida sense perdre la formació i Àtila va haver de retirar-se i replegar-se fins a un cercle de carros que havia previst com a reducte en cas de no reeixir en el primer atac.

Llavors vam entendre les raons que l'havien conduït a no iniciar la batalla fins a la tarda. No estava segur de la victòria i volia protegir-se amb la foscor de la nit.

Llàstima que en aquell moment decisiu, quan podíem haver reorganitzat la formació de tots els exèrcits i haver reprès l'atac amb totes les possibilitats d'èxit, Torismond va cometre una errada pròpia d'un principiant i se'n va anar en persecució dels ostrogots que fugien esperitats i emparats per les ombres. Aquesta decisió absurda, d'atacar enmig de la nit, fruit de la precipitació, va estar a punt de costar-li la vida, perquè va caure del cavall i només el coratge dels homes que l'acompanyaven va evitar que seguís les mateixes passes que el seu pare.

Aeci es va assabentar d'aquest episodi i es va enfurismar. En una batalla el temps és el millor aliat, si les decisions són les adients. El retard va ser aprofitat per Àtila, que va poder aplegar tots els seus homes i amagar-los darrere dels carros.

L'endemà, amb les primeres llums de l'albada, em vaig quedar esgarrifat. Cossos i cossos cobrien els camps que encara fumejaven. Comptar-los era impossible i enterrar-los encara més. N'hi havia tants que dubtava que poguéssim passar per allà, i els voltors, a milers i milers, feia estona que gaudien dels més gran festí de tots els temps.

Havíem vençut, però. La major part dels morts pertanyien a l'enemic que restava confinat al cercle de carros.

Torismond va ordenar buscar el cos del seu pare i van trobar les restes trepitjades pels cavalls ostrogots. Quan vaig veure les seves despulles, vaig afegir el meu dolor al dels seus fills i vaig plorar amb ells. Teodoric va ser un gran home, com pocs n'he conegut, i el seu valor va rebre totes les lloances d'Aeci, mentre el seu cos era enterrat a l'únic turó d'aquella plana, davant mateix dels ulls d'Àtila i els càntics s'enlairaven i es barrejaven amb els crits de victòria. El millor homenatge que li podíem retre.

Un cop acabada la cerimònia, Aeci ens reuní a la tenda i ens proposà d'assetjar Àtila i tallar-li els subministres fins forçar-lo a una rendició i a un tractat vergonyós o a un combat desigual. Era pagar-li amb la mateixa moneda tot el mal que havia fet i em va semblar prou assenyat, perquè el temps jugava a favor nostre. Així i tot, malgrat que el pla era perfecte, Torismond s'hi oposà i va dir que havíem d'acabar amb el rei dels huns i girar-nos cap a Genseric. Fins i tot, va haver un cert moment que va amenaçar de prendre el comandament de totes les forces, destituir Aeci i atacar pel seu compte.

—Àtila encara no està vençut i no podem atacar obertament. La nostra única oportunitat és ofegar-lo lentament —repetia el general.

—El nostre pare és mort i reclama venjança. La nostra germana és morta i també reclama venjança. No podem esperar eternament —bramava Torismond.

Un matí va enviar part dels seus homes a un atac suïcida i pocs van tornar. Així i tot, malgrat que veia que les fletxes enemigues encertaven amb facilitat i els homes morien, encara va seguir discutint i discutint.

Albert Salvadó

És absurd, pensava jo. I vaig intentar raonar amb ell i fer-li entendre que el seu pare mai no hauria atacat d'aquella manera, però no m'escoltava. I tampoc va fer cas de les assenyades paraules de Meroveu, que pensava com nosaltres, fins a l'extrem que d'aliat va passar a ser un perill. No hi va haver manera que s'adonés que teníem la victòria a una passa i que la seva tossudesa podia engegar-ho tot en orris.

De mica en mica, les relacions entre Aeci i ell esdevingueren cada cop més tenses i Avit va trobar-ne la solució.

—L'hem de fer marxar —em va dir una nit.

—Com?

—He parlat amb un dels seus missatgers. Per un bon preu acceptarà portar-li notícies falses de Tolosa. Li dirà que, després de la mort de Teodoric el seu tron perilla, perquè els altres germans han decidit de prendre el poder i el tresor del rei. Això el farà sortir cap al sud i ens deixarà les mans lliures.

No hi havia gaire temps per rumiar i ens vam anar a trobar Aeci, que va escoltar la proposició d'Avit i la trobà d'allò més encertat.

L'endemà Torismond va arreplegar el seu exèrcit i es posà en camí. Gairebé ni es va acomiadar de nosaltres.

—Esperem que Àtila no se n'assabenti i ataqui —va fer Carpili, força preocupat.

Van passar els dies i un matí vam veure com Àtila abandonava la protecció dels carros. Ràpidament vam ocupar els nostres llocs de batalla, però les forces dels huns enfilaren cap a l'est. Vam respirar alleugerits. L'enemic es retirava. Una cridòria omplí la plana i enardí els nostres soldats, però Aeci ens va ordenar restar quiets, consigna que Meroveu no acceptà, sinó que va seguir els huns a certa distància, fins que van creuar el Rin.

L'Imperi s'havia salvat!

*** ***

Ravena era una immensa festa. Aeci, Avit i jo ens vam passejar per totes les avingudes fins arribar a palau, on ens esperava Valentinià acompanyat de l'omnipresent Heracli, que va estroncar el seu somriure només veure'm i va alertar l'emperador de la meva presència.

—Per què portes amb tu aquest traïdor? —va fer Valentinià.

—És un general i mai no ha traït ningú —va respondre Aeci—. Les accions del seu fill no són responsabilitat seva.

Aquest cop sí que vaig assistir a la cerimònia que coronava els herois de l'Imperi. No sé si ja era possible, però em va semblar que el porc d'Heracli encara estava més gras. Feia fàstic, allà dempeus, amb el seu somrís hipòcrita i les contínues reverències.

Vaig abraçar Màxim i vaig saludar Pere, que s'estava dret al capdamunt de l'escalinata de la plaça principal. Allà hi era tothom. Fins i tot havia vingut Lleó, el bisbe de Roma, a qui encara no coneixia personalment.

Lleó era un home gran, encara que conservava tota la força d'esperit, alt, amb un rostre quadrat i una barbeta poderosa. El seu tarannà tranquil el feia agradable i la seva veu pausada i greu el convertia en bon orador. No hi entenc gaire en aquestes coses i segur que tu, amic Pau, ho pots explicar millor que no pas jo, però sé que en els anys que portava com a cap de l'església s'havia enfrontat a Eutiques en diverses ocasions. Aquell monjo sostenia alguna cosa així com que subsistia la persona de Crist en una sola natura divina després de l'encarnació. Va formular obertament la seva tesi a Constantinoble i va obtenir el favor del bisbe Dìòscor, enemic declarat de Pulquèria, que a la mort de Teodosi va carregar contra tots ells i va decretar el desterrament per a Eutiques i va demanar a Lleó que convoqués el concili de Calcedònia, on es va condemnar el monofisisme i que va servir per destituir Dìòscor. En fi! Històries de religió que mai no m'han interessat. De tota manera, l'èxit no fou total, perquè les esglésies copta, etiòpica, jacobita i armènia van restar al costat de la tesi d'Eutiques. Tanmateix, el prestigi del bisbe Lleó era indiscutible.

Durant la celebració que seguí la cerimònia i que durà fins ben entrada la nit, amb un esplèndid banquet, vaig haver d'aguantar els afalagaments d'Heracli, que es movia com una papallona al costat de l'emperador i reia totes les gràcies dels importants. I, ara, jo tornava a ser un dels principals i aquell sac de greix repugnant va estar especialment amable amb mi.

En un moment del sopar, Valentinià, completament ebri, va preguntar a Aeci:

—Tornaràs a donar el comandament de les forces de Rimini a Sever?

—Si ell accepta, és seu —contestà Aeci.

—Doncs jo hi afegiré un altre regal. La seva casa de Ravena li serà retornada immediatament —es tombà cap a Heracli—. Te n'hauràs de desprendre —li va dir amb un somrís.

—La hi regalaré amb molt de gust —va fer una reverència l'eunuc.

—M'estimo més recuperar la terra de Rimini on estant enterrats el meu avi, el meu pare, la meva esposa i el meu fill Marc —vaig fer.

Valentinià somrigué, alçà la copa i digué:

—Heracli també te la regalarà.

L'eunuc va estroncar el seu somrís. «Això és massa», devia estar pensant. Vaig alçar la mirada i la vaig clavar als seus ulls. El fill de puta havia comprat la major part de les meves pertinences a la subhasta, tot plegat per un preu irrisori, i encara pensava que les meves peticions eren excessives.

—Demà mateix faré redactar els documents —tornà a plegar l'enorme panxa.

—Què me'n dius, del comandament de Rimini? —em va preguntar Aeci.

Me'l vaig mirar. En els seus ulls es reflectia la simpatia d'altres temps i em vaig sentir content i feliç.

—Soc massa vell i estic cansat.

—És una llàstima, perquè perdo un gran general. Tanmateix, sempre conservaràs el rangl i rebràs el respecte i la consideració de tot l'exèrcit —digué.

L'emperador va tornar a alçar la copa i va fer un brindis per una amistat que es renovava i amb veu pastosa em va dir:

—Et nomeno senador i si refuses ho consideraré un insult.

—Llavors, accepto —vaig fer.

Un cop acabada la festa, Aeci em va demanar que l'acompanyés a casa seva i quan vam arribar em va convidar a seure amb ell. Volia parlar amb mi i brindar un cop més per l'èxit, com en els vells temps, em va dir.

—Pots estar orgullós del teu fill —vaig dir-li—. Ha lluitat com un valent i serà un gran general.

—N'estic —va somriure. Llavors va canviar de conversa—. Saps què penso? Que hauria d'haver pres Ravena quan m'ho vas proposar i haver enviat Gal·la Placídia a un retir daurat, però lluny del poder —va somriure més àmpliament—. Saps que em va dir Àtila, en el darrer encontre? Ell no va conèixer personalment l'emperadriu, però tenia un retrat, una figura que li vaig fer arribar perquè ell me l'havia demanada. Volia conèixer-la, però l'emperadriu sempre es negà a entrevistar-se amb ell.

—Per què?

—Per pura intuïció femenina —rigué—. Les dones veuen molt més enllà que nosaltres i Gal·la Placídia era una femella de cap a peus, en tots els sentits, capaç d'embruixar qualsevol i fer amb ell el que volgués. He hagut d'esperar que morís per descobrir fins a quin punt era poderosa la flaire del seu cony —em va dir, emprant el llenguatge après amb els huns que tant em repugnava —. Tot home que estigués a la mateixa estança que ella, si era un home de debò, s'excitava, encara que fos un espai tan gran com el senat. I estic convençut que mig imperi s'ha masturbat en el seu honor. Àtila és un mascle perpètuament en zel i desitjava follar-se-la. En aquest darrer encontre, mentre jo intentava convèncer-lo que la seva pretensió de casar-se amb Honòria és absurda, em va confessar que havia planejat entrevistar-se amb Gal·la Placídia en diverses ocasions i que aquella mala puta (són paraules seves) tenia el poder de llegir-li el pensament. Per això es negava, perquè sabia que, en el moment que es trobessin, els homes d'Àtila atacarien la seva guàrdia i ell se la cardaria allà mateix.

—Violar una emperadriu...? —vaig fer—. Seria el més gran dels insults, una profanació.

—Per a ell, no. És més aviat un acte que permet que es restableixi l'ordre natural de les coses. Una dona és un forat on l'home escup el seu desig. Cap dona pot ocupar el lloc d'un home. I ell volia follar-se Gal·la Placídia com un favor personal cap a mi. Ho entens?

—No —vaig respondre.

—Segons la seva particular forma de pensar, un cop se l'hagués passejada ell, jo tindria el camí lliure per endur-me-la, tancar-la on volgués i obrir-li les cames tants cops com desitgés, fins que se'm podrís el penis o a ella se li estovés la figa.

—És repugnant.

—Per a una ment romana, sí. Per a una ment bàrbara i salvatge com la seva, no —guardà silenci, mentre jo acabava d'assimilar les seves paraules. Després, va dir—: Això encara no s'ha acabat.

—Què?

—Àtila.

—Què? —vaig tornar a fer. No el seguia. El meu cap encara no s'havia refet de la manca de respecte que el rei dels huns tenia per qualsevulla cosa que a nosaltres ens semblava sagrada.

—A l'Orient ja l'ha vençut prou vegades i a l'Occident encara no ho ha fet mai —va fer, tot pensarós —. Actua de la mateixa manera que amb les dones. No

Albert Salvadó

va poder follar-se Gal·la Placídia i ho vol fer amb la seva filla. Se l'ha d'entendre per saber com reaccionarà. Conquerir una dona és penetrar-la. Així de senzill. I quan ja has posseït una dona, el teu interès disminueix, perquè saps que ho pots repetir tants cops com desitgis. De manera que amb les forces intactes s'ha estimat més atacar-nos a nosaltres i ha perdut una batalla, però emprendrà una nova conquesta, perquè ja ha penetrat prou vegades l'Orient i ja li ha escopit el seu semen, mentre que l'Occident segueix verge.

Em vaig quedar astorat. Mai no l'havia sentit parlar amb aquell llenguatge tan vulgar i obscè. Habitualment, procurava no anar tan lluny. Però, vaig parar l'orella amb molta atenció perquè tot el que deia tenia sentit. Massa sentit!

Ens vam anar a dormir tard. Quan m'acompanyava a la porta, es va aturar, em va mirar als ulls i, amb un to misteriós, em va dir:

—T'atorgo la llibertat.

Em va semblar que havíem begut massa i que ja no sabia ni el que deia. Vaig fer que sí amb el cap i vaig marxar.

És difícil descriure la sensació que vaig tenir en arribar a casa meva. Era com si entrés en un lloc sagrat. Vaig empènyer la porta lentament, descorrent la cortina que em retornava al passat. El jardí estava descuidat, les flors que tant estimava Júlia romanien salvatges i les herbes cobrien tots els racons. Estava trist. Cercava la seva figura pertot arreu i esperava que, d'un moment a l'altre, apareixeria i em diria que el bany era a punt, que res no havia canviat.

De sobte, aparegué Heracli i els meus pensaments i records s'esvaïren.

—He ordenat preparar un bany calent i el llit t'espera —em va dir entre somriures, apartant-se del meu camí i fent reverències.

Vaig desitjar matar-lo allà mateix. Havia esperat sentir aquelles mateixes paraules, però la boca que les havia pronunciades era la més fastigosa de totes i ofenia la meva memòria.

—T'he deixat dos criats i he omplert el rebost. Demà, a primera hora, ordenaré que netegin el jardí, perquè l'esplendor retorni a la teva casa —es mossegà els llavis molsuts i grossos—. Em va saber molt de greu quan et van empresonar. Vaig parlar amb l'emperador... Ja saps que ell et té en gran estima, però Gal·la Placídia...

El vaig tallar. Em sentia cansat i no volia escoltar més mentides ni més hipocresies.

—Puc fer alguna cosa més per tu? —va dir, després d'un llarg silenci.

—Sí —vaig respondre—. A la presó hi havia un lladre que es deia Nicolau, condemnat per haver intentat robat la bossa d'algú important. Li dec la vida i m'agradaria que fos perdonat i alliberat.

El vaig notar neguitós.

—Jo no tinc cap poder per... —va encetar, però el vaig mirar i ell va copsar el meu missatge—. Si és viu, així es farà —em va dir.

—Que és viu i ben viu, ja t'ho puc assegurar —vaig fer, guiat per un sisè sentit—. A Ravena el coneix tothom i vol marxar lluny d'aquí, cap al nord. Em sentiria molt trist, si li arribés alguna desgràcia.

Mig tremolós va abandonar la casa i un criat em va venir a buscar.

L'endemà vaig rebre dos missatgers. El primer em duia les escriptures de la casa i de les terres de Rimini. El segon era de Lídia. M'esperava a casa seva. Vaig dubtar i vaig anar a trobar Aeci, que estava preparat per tornar a Arle, i li vaig mostrar la nota. Ni se la va mirar.

—Ahir ja et vaig dir que t'atorgava la llibertat —em va contestar, i em va deixar.

Els anys passen, però la vaig trobar formosa. Més que mai, perquè la seva mirada era viva. S'havia arreglat molt bé i s'havia perfumat amb aigua de roses. Em va convidar a dinar i vaig acceptar. Reia tota l'estona i no parava de xerrar i d'explicar coses, mentre m'oferia els millors menjars i el vi més bo de la seva bodega. A mitja tarda encara seguíem entaulats, feia calor i vaig començar a tenir son. Ella se'n va adonar.

—Et vindria de gust un bany? —em demanà i, sense deixar que repliqués, va picar de mans per cridar les serventes i ordenar-les que el preparessin.

Em vaig llevar i vaig acompanyar les dues noies fins al bany. Em van ajudar a despullar-me i em vaig submergir a l'aigua calenta que em proporcionava un plaer indescriptible. Vaig tancar els ulls per deixar que el vapor i els perfums m'acaronessin.

Una estona després (gairebé dormia) unes mans em van despertar. Lídia estava al meu costat, despullada i agenollada, amb una gerra de vi a les mans i el seu pit ben a prop de la meva boca. Lentament, va fer lliscar el contingut de la gerra damunt la seva espatlla i va deixar que regalimés fins atrapar el mugró i saltar cap a la meva boca.

Aquella escena ja l'havia viscuda, vaig pensar, però els pensaments se m'apareixien tèrbols i el desig se'm menjava.

Llavors, s'agafà el pit per sota i me l'amorrà als llavis mentre xiuxiuejava:

—En la seva darrera carta, des del llit de mort, Júlia em va demanar que fes per tu tot el que ella ja no podria fer i em va dir que ja eres un home lliure, que quan jo ho fos, si m'acceptaves, ella no tindria cap inconvenient, perquè m'havia perdonat.

Em vaig apartar del seu pit i la vaig mirar als ulls.

—Ets lliure?

—Aeci m'ha repudiat.

—Ho sento —vaig fer.

—Tot ha anat bé. Ell també ens ha perdonat. Per fi ha entès que ets noble i que el vas respectar. I sent Carpili com fill seu. Ell l'ha convertit en tot un soldat. Ell és el seu pare, malgrat que tu hi vas posar la llavor.

—Per què no m'ho vas dir?

—Ho vaig fer, el dia que ens vam retrobar a Arle, davant d'Aeci, quan vas conèixer Carpili. Recorda que et mirava a tu quan et vaig dir que era el nostre fill. I t'ho vaig repetir quan Carpili havia de marxar amb els huns. També et mirava quan et vaig dir que el nostre fill era un infant.

Tenia raó. El primer cop m'ho va dir amb un somriure i jo vaig imaginar... I el segon cop, els seus ulls reflectien la preocupació d'una mare que parla del seu fill amb el pare.

—Com he pogut estar tan cec? Si jo m'hagués adonat que...

Em va tapar la boca i va seguir abocant el vi.

—És ella, qui t'ho va explicar? —vaig somriure, mentre assenyalava la gerra.

Lídia assentí amb el cap.

—Algun dia et deixaré llegir les seves cartes. Hi ha detalls ben sucosos.

—Ja ho veig. I saps què més va passar?

Lídia tornà a fer que sí amb el cap i es posà dreta. No tenia el mateix cos que anys enrere, els pits no es mantenien tan ferms ni els malucs eren tan marcats, però jo tampoc era el mateix. Els meus braços havien perdut força, m'havia engreixat i feia panxa. S'obrí de cames i continuà deixant que el vi caigués pertot arreu.

*** ***

Em vaig cabussar en el ritme pausat de la vida a Ravena. Cada matí anava al senat i discutia noves lleis i noves disposicions, mentre la pau regnava a l'Imperi, però dintre del meu cap només hi havia una idea. Havia d'esbrinar, tant sí com no, les raons que van conduir Antoni a intentar matar Gal·la Placídia. Per aquesta raó havia tornat a Ravena.

Setmanes després em vaig adonar que m'enfrontava a un dels grans misteris d'aquest món. Ningú no en sabia res de res, ningú no era capaç de dir-me quines van ser les darreres passes del meu fill. Tots els senadors amb els que vaig parlar es feien creus. Mai no havia parlat de les seves intencions, mai no havia fet cap esment de l'emperadriu, com no fos per lloar-la i respectar-la. Llavors, què havia passat? Algun dels senadors va apuntar la possibilitat que hagués esdevingut foll. De fet, era un home solitari, que no s'havia casat, perquè mai no va existir cap compromís amb la filla de Polibi, excepte en la nostra imaginació. Tampoc se li coneixien aventures, sinó que el meu fill portava una vida gairebé espartana. I això, deien, és dolent per al cervell d'un romà.

Déu meu! Tot eren novetats per a mi. El coneixia tan poc, el meu fill, que no era capaç de poder resseguir cap dels seus pensaments i la seva vida privada era un misteri que em colpejava de valent. No sé què hauria donat per tornar enrere i recuperar el passat per canviar-lo i corregir tots els meus errors.

El temps va anar passant i no va aportar cap novetat, excepte que Heracli em va informar que Nicolau havia estat alliberat. Heracli havia ordenat donar-li roba, provisions i un parell de monedes i conduir-lo fins a fora de la ciutat. Em vaig sentir content. Segurament podria viatjar tal com deia i marxaria ben lluny, cap al nord. Si més no, algú havia sortit guanyant i se li oferia una segona oportunitat. Tant de bo la sabés aprofitar, vaig pregar.

Aquell any vam patir una bona sequera i les collites van ser pobres. Ja no disposàvem de les riques terres del nord d'Àfrica i la manca de previsió va dur la fam a moltes cases, per la qual cosa els senadors ens vam reunir per demanar a Valentinià que ordenés mesures excepcionals de racionament mentre no ens arribaven provisions de les províncies d'Hispània i de la Gàl·lia. I vam haver d'insistir-hi molt, perquè el malparit d'Heracli controlava el comerç d'aquelles mercaderies i apujava els preus per tal d'obtenir força beneficis. Finalment vam aconseguir que Valentinià se'ns escoltés i deixés en mans del senat la decisió d'establir els mecanismes de distribució. A l'eunuc poc li va agradar, però va callar. De manera que vam cridar una delegació de comerciants i mercaders i els vam encarregar un estudi acurat de les possibilitats, que van realitzar en uns dies i ens el van presentar.

Encara no havíem tingut temps per avaluar les conclusions a què havien arribat els nostres experts, que es va presentar un missatger de l'emperador. Duia amb ell una carta que va lliurar a Juli Antioc amb unes paraules de Valentinià:

—Responeu-la com es mereix, ha dit l'emperador — ens repetí textualment.

Juli Antioc va llegir la carta i ens vam quedar astorats. Era d'Àtila. En ella ens assabentava que el seu compromís amb la princesa Honòria restava en peu i que reclamava la Gàl·lia.

—Hem de posar fi a aquesta disbauxa —es llevà Juli Antioc, al meu costat—. Proposo que Honòria es casi amb algun dels nobles, allà a Constantinoble, i que el seu marit tingui cura d'ella.

—Què aconseguirem amb això? —preguntà Horaci.

—Àtila ja no podrà reclamar una dona casada.

—No podem obligar-la a casar-se —m'hi vaig oposar.

—Per què?

—Perquè no som ningú per decidir el destí d'una princesa. No tenim prou autoritat.

—Llavors, que ho faci l'emperador —va fer Juli Antioc.

—Sí —van corejar altres senadors—. La seguretat de l'Imperi és pel damunt del caprici d'una sola persona.

—No crec que l'amor sigui un caprici —em vaig alçar.

—El seu amor per Àtila? —em replicà Horaci—. Hem de defensar l'Imperi. Demano una votació!

—I si ella no accepta? —va fer Màxim.

—Nosaltres no som Gal·la Placídia ni Valentinià tampoc. Si no accepta, la confinarem en un lloc del sud d'Itàlia, tancada per sempre més i sense possibilitat de comunicar-se amb ningú.

—I en què canviarà la seva situació? —vaig fer—. Ja és una presonera.

—Una presonera que pot enviar cartes a Àtila i posar en perill l'Imperi —cridà Horaci—. Demano una votació!

—Aquesta idea és absurda! —va fer Màxim—. Àtila, quan vegi que hem casat Honòria, senzillament atacarà.

—Demano una votació! —repetí Horaci per tercera volta.

No cal dir quin va ser el resultat.

Horaci abandonà el senat enmig dels aplaudiments generals i Màxim em va venir a trobar.

—Ens hem quedat sols —va fer amb un somriure.

—Sí, però una estupidesa repetida per cent boques, continua sent una estupidesa —vaig afirmar amb el cap mentre em dirigia a la porta.

Aquella mateixa tarda una delegació va marxar cap a la capital de l'Orient. Fins i tot ja s'havien apuntat diversos noms i el més repetit va ser el del comte Favi, un home que podria passar tranquil·lament per pare de la princesa i, si m'apuren un xic, gairebé pel seu avi.

Deien que el seny d'un home gran tempera els impulsos d'una dona immadura.

—Pobra Honòria! —exclamà Lídia quan li ho vaig explicar.

Sí. Pobra Honòria! Això és tot el que podíem fer per ella. Dedicar-li un petit pensament.

Un mes després la van casar amb Favi i no hi va haver cap discussió. Honòria acceptà immediatament i abandonà el palau de Pulquèria en companyia del seu fill Brauli per anar a viure a una altra presó, a casa del comte. Confesso que em vaig endur una bona sorpresa. M'esperava un xic més de rebel·lia per la seva banda.

—Ho veus? —em va venir a trobar Horaci—. La captivitat li ha proporcionat seny. No hi ha hagut cap problema.

Tal com la recordava jo, recolzada a la borda del vaixell, digna, serena i amable, però forta i decidida, molt havia d'haver canviat per acceptar sense replicar.

15.- SALVEM ROMA!

Era més intel·ligent d'allò que ens havíem imaginat i ens va enganyar a tots plegats.

Durant un mes, Honòria es comportà com la perfecta esposa i semblava que li havia de donar la raó a Horaci, però, així que la vigilància per part de comte va minvar, ella prengué el seu fill i va fugir de Constantinoble. La van atrapar quan era a punt d'embarcar en un vaixell que venia cap a Itàlia, i Marcià va convèncer Pulquèria per treure's del damunt un problema que no havien demanat i allunyar el perill d'Àtila. Van ser decisions ràpides. Honòria voliaa tornar a Itàlia i l'hi concedirien. El comte anul·là el matrimoni i van enviar la princesa a

Valentinià, que no la va voler a Ravena i va ordenar confinar-la a Messina, a l'illa de Sicília, lluny de tothom i sota estreta vigilància.

—Moriran allà, ella i el seu fill bastard —va cridar enfollit.

La notícia va córrer per tot l'Imperi i va arribar a Sirmium, a orelles d'Àtila, que no va trigar ni dues setmanes a preparar l'exèrcit.

Aeci es desesperava per l'estúpida decisió d'un emperador sense seny, que no va voler escoltar ningú. Lluny quedava aquell temps que em considerava el seu millor amic i només tenia orelles per Heracli, el malparit eunuc que encara enardia més i més els sentiments de l'emperador. Ara Honòria tornava a ser una dona soltera i Àtila la reclamava, i amb ella tota la Gàl·lia. A més, se sentia ofès, perquè l'havíem rebutjat, perquè manteníem presonera la seva futura esposa i al seu fill estimat. I poc va baixar del ruc l'emperador quan els huns van entrar a Itàlia, arrasant-ho tot, matant tot aquell que trobaven al seu pas i no es van aturar fins a Aquilea, que va patir un setge horrorós.

L'exèrcit d'Àtila era tan nombrós com el que va dur als camps catalàunics i nosaltres no podíem comptar amb l'ajut de ningú, perquè tots els esforços d'Avit per convèncer Torismond van resultar inútils. El rei dels visigots tenia present que Aeci l'havia enganyat, que no va complir la seva paraula d'atacar Genseric i no volia ni sentir a parlar de defensar Itàlia. Totes les nostres esperances es van centrar en allò que pogués fer el general Octavi, l'home que comandava les forces d'Aquilea.

Durant tres mesos, les muralles d'aquella ciutat van resistir els atacs dels huns, que es llançaven damunt amb torres construïdes pels mateixos artesans romans que es venien a l'enemic per tal de conservar la vida. Sortosament, Octavi comptava amb una tropa de soldats gots sota el comandament d'Alaric i d'Antala que van saber mantenir-se ferms.

Quan ja semblava que Àtila renunciava a un setge impossible, un fet banal capgirà tota la situació. Expliquen que, tot passejant per davant de les muralles inexpugnables d'Aquilea, va veure una cigonya que enlairava el vol des d'una escletxa de les roques. Llavors, el rei dels huns esguardà amb molta cura i va tenir el pressentiment que allò era el presagi de la victòria. Va ordenar atacar la banda est i, mentre tothom estava distret amb la defensa, va dirigir les torres d'assalt cap a l'indret d'on havia sortit la cigonya i van aconseguir engrandir un forat que va permetre entrar els seus homes i obrir les portes de la ciutat.

No hi va quedar res, excepte fum, cendres, runes i cadàvers.

Perduda Aquilea, Itàlia era seva. Altinum, Pàdua, Concòrdia, Venècia, Verona, Bergamo, Torí i Mòdena no van ser altra cosa que petits entrebancs en el seu passeig per tot el nord de la península, que va ocupar de punta a punta per tal de separar les forces d'Aeci de les nostres, tallant-nos tota possibilitat de poder presentar batalla a camp obert amb totes les forces agrupades. Només quedava una única oportunitat, si els reforços que ens havia promès Marcià arribaven des de l'Orient i atacaven Àtila per la rereguarda.

En tan delicada situació, el senat es reuní. Havíem de prendre decisions i teníem poc temps. Les males collites del darrer any havien dut la fam al poble i els graners estaven buits. I, per si fos poc, la guerra i la mort van portar la pesta, que ja havia escampat una bona colla de cadàvers per tot el nord d'Itàlia. Si volíem resistir, hauríem de confiscar tot el blat, tots els animals i totes les provisions que trobéssim i no acollir cap desgraciat que vingués d'aquelles terres.

Aeci ens havia enviat un missatger per dir-nos que embarcaria els seus homes i vindria fins a Livorno per dirigir-se cap a nosaltres. Les forces de Cesena havien de desplaçar-se fins a Bolonya i esperar-lo. Allà podria enfrontar-se a Àtila i esperar un miracle. Mentre, nosaltres hauríem de resistir com poguéssim. Ravena tenia defenses prou segures i en elles confiàvem.

Va ser llavors que arribà Pere.

—L'emperador ha fugit cap a Roma —ens anuncià.

Vam córrer cap a palau. Era cert. Valentinià, la seva esposa Licínia, l'eunuc Heracli i tota la família imperial, amb tots els servents i part de la guàrdia havien marxat, enduent-se les seves riqueses.

—Si Àtila arriba a Roma, l'emperador embarcarà cap a l'Orient —ens informaren els pocs soldats que havien quedat.

—Bé! —va fer Màxim—. Ara l'Imperi només depèn de nosaltres.

Vaig intentar convèncer Lídia perquè abandonés Ravena i se n'anés cap a Roma, però no em va voler escoltar.

—Si tu et quedes, jo també —em va contestar ben digna.

I per més que vaig discutir amb ella, res no vaig obtenir. La vaig contemplar amb orgull. Tenia més valor que tots els nostres homes aplegats.

El senat em va encarregar d'acompanyar Pere amb una columna de soldats i baixar fins a Roma per mirar d'obtenir provisions i portar-les a Ravena. Vam sortir de pressa i vam travessar mitja península, però tot just en arribar a la nostra destinació ens vam assabentar que Àtila, enmig d'aquell panorama desolador, havia estat molt ràpid, més d'allò que podíem imaginar, i havia seguit cap al sud, deixant de banda Ravena, aïllada completament, menyspreant la ciutat i venint a la recerca de Valentinià.

Ja no hi vam poder tornar. Bolonya i Florència van caure, a l'igual que tots els pobles i totes les petites ciutats del voltant. Finalment, Àtila va arribar a Ardelica, als peus del llac Tresimé, i allà va establir el seu campament.

Valentinià va ordenar preparar-ho tot per embarcar. El molt covard fugia a la desesperada i abandonava Roma, on tot anava en dansa. Em vaig reunir amb els oficials i els vaig demanar que plantessin cara als huns mentre arribava Aeci i els exèrcits orientals, però tenien tanta por com el mateix emperador. A quin extrem havíem arribat?

Només un miracle ens podia deslliurar del desastre total, perquè el bàrbar no s'aturaria fins arribar a Sicília i endur-se Honòria.

Lleó, el bisbe de Roma, aquell home que havia conegut a Ravena el dia que vam tornar victoriosos de la Gàl·lia, em va venir a veure.

—Hem de parlar amb Àtila —va fer.

Me'l vaig mirar. Parlar amb Àtila, deia. Parlar amb un animal que no s'aturava davant de res?

—No és cristià —vaig somriure amb tristor.

—Però és intel·ligent —em va tornar el somriure.

—Sí —vaig assentir—. Té un gran intel·ligència per matar.

—Tu el coneixes. A tu t'escoltarà.

—I què li explico?

—Només li has de dir que vull parlar amb ell.

—Amb això no n'hi haurà prou.

—Els camins del Senyor són inescrutables. Tingues fe.

L'Imperi a punt de desaparèixer i em demanava fe amb un somriure beatífic. Els camins del Senyor són inescrutables. Per mi que no hi tocava. I me'n vaig anar a parlar amb Basili, un dels caps del senat de Roma i un home sincer.

—Nosaltres l'hi hem proposat i ell ha acceptat de jugar-se la pell i anar a trobar Àtila —em respongué.

—Aveni també hi està d'acord? —vaig preguntar, coneixent la rivalitat dels dos senadors.

—Sí. En moments com aquest les diferències de criteri s'esborren, perquè són en joc moltes vides.

—No pas la de l'emperador, que està a punt d'embarcar.

—L'hem convençut perquè esperi el resultat. Fins i tot, ell mateix ha proposat que Aveni i Trigeci, el prefecte del pretori, acompanyin Lleó.

Bé! Encara no sé com em vaig deixar convèncer, però l'endemà vaig enfilar cap al nord amb Lleó, Aveni, Trigeci, vint homes i una bandera blanca, malgrat que em semblava una pèrdua de temps.

Vam fer tot el viatge de dia, al descobert. Els soldats que m'escortaven tenien més por que les velles dels poblats que travessàvem. El primer dia no vam veure gairebé ningú. Molta gent havia fugit dels pobles i havia marxat cap al sud. El segon dia vam topar amb soldats huns. Per un moment vaig pensar que ens mataven, perquè ens envoltaren i apuntaren les seves llances cap a nosaltres. Sort que duia amb mi un soldat que parlava la seva llengua i els va convèncer que érem una delegació que s'havia d'entrevistar amb Àtila. El cap d'aquelles bèsties s'ho rumià i, finalment, decidí de conduir-nos a presència del seu rei i emperador que havia ocupat el palau d'Arderica.

Em va sobtar no veure com el fum s'enlairava ni sentir crits d'esgarrifor i de dolor. No va fer el mateix a la Gàl·lia ni a Germània i, menys encara, al nord, a les terres glaçades del Volga on el foc va fondre la neu. I si cercava indrets més càlids, la memòria em duia les terres de la Tràcia, un cop passat el Danubi, camí de Constantinoble. Allà no va quedar res de res, com tampoc no havia quedat res al nord d'Itàlia.

Els meus acompanyants es van quedar a les portes del palau i jo vaig entrar-hi. Un soldat em va conduir fins a la sala principal de palau i vaig trobar Àtila davant dels finestrals. L'amo de la Panònia, de la Dàcia i de totes les terres del nord, de les tribus dels huns, l'home que feia tremolar Europa sencera, contemplava la vall i el llac Tresimé. Camps de conreu, horts i frondosos boscos d'un verd intens. Potser era el primer cop, en tots aquells anys, que no arrasava tot allò que trobava al seu pas. Tal vegada perquè el fuet de Déu havia perdut força o perquè els seus homes havien de menester un descans o perquè ja n'estava fart, de tant de saqueig i destrucció. Tant se val! El fet és que s'havia aturat i Ardelica s'havia salvat. Només van haver de matar uns quants homes. Pocs, perquè de seguit es van sotmetre. I les dones... també havien capitulat. No hi havia hagut pillatge, encara. Ho farien en marxar.

Àtila es va tombar cap a mi. El seu rostre seguia sent tan feroç com sempre. Tal vegada, encara més, perquè tenia les galtes enceses i tot un seguit de petites venes violetes que amenaçaven d'esclatar en qualsevol moment. Durant una estona em va mirar, sense dir paraula, i jo vaig romandre callat.

—Ja sé que la teva mare és morta —va ser la primera frase que va pronunciar. Vaig ser a punt de petar-me de riure, recordant quan vaig acompanyar Aeci en aquella visita, molts anys enrere, però me'n vaig estar —. Puc oferir-te menjar o beguda? —va fer, assenyalant una taula llarga, farcida de viandes.

—Si tu beus amb mi, prendré un got de vi —li vaig contestar.

Va girar el cap lleugerament i un soldat dels dos que hi havia s'avançà, ens serví de la gerra que reposava damunt d'una taula gran i ens va passar les copes. Àtila llevà la seva en un brindis i jo vaig fer el mateix, per acabar apurant fins la darrera gota. Era un altre dels costums que Aeci va explicar a Marc abans de marxar cap a Sirmium, i jo el recordava. Àtila també apurà la seva copa i em mirà satisfet.

—Han passat molts anys —va dir.

—I moltes coses —vaig afirmar.

—Vaig sentir la mort del teu fill.

Es referia a Marc.

—I jo la de la teva esposa.

—També vaig sentir la mort del teu altre fill.

—Jo també vaig sentir la mort de la teva segona esposa.

Es va quedar callat.

—Com està el meu germà Aeci?

Ja havíem parlat prou de les respectives famílies i com bé deia el meu amic, els huns són ben difícils de conèixer. S'havien enfrontat, havien lluitat a mort i encara podia descobrir un deix de cordialitat quan pronunciava el nom del general que l'havia derrotat.

—Trist per aquest nou enfrontament, però ferm i serè. Ell sent un gran respecte per tu. Diu que no hi ha hagut en tota la història un home tan gran com el senyor de totes les terres del nord.

—Tampoc hi ha hagut un general més gran que ell i Roma no sap el que té. Ell hauria de ser l'emperador i no el podrit de Valentinià. Mira que li vaig dir, però no em va fer cas.

—Jo també l'hi vaig dir.

—De debò? —va fer estranyat.

—Sí. Quan Gal·la Placídia encara era emperadriu.

—Gal·la Placídia —mormolà—. M'hauria agradat de conèixer-la.

—Potser tu li hauries apagat el foc que duia entre les cuixes.

Es va quedar clavat, en silenci. Em va mirar als ulls, però no amb violència, sinó sorprès.

—Tu i jo ens entenem —va esclafir a riure—. Què vols? —em va demanar, així que deixà de riure. Havíem trencat el gel i jo havia superat per segon cop la prova.

—Lleó, el bisbe de Roma, vol parlar amb tu i et demana audiència.

—Què em pots dir d'aquest home?

—És magnànim, bondadós i pietós.

La riota omplí l'estança de gom a gom. Els dos soldats que guardaven la porta romanien quiets i en silenci.

—La bondat i la pietat són signes de debilitat i no s'hi adiuen gens amb el nom de Lleó —va fer.

—No és gaire assenyat menysprear un home que ha arribat a la cadira més alta de la religió cristiana tal com ell ho ha fet —responguí impertorbable—. S'ha enfrontat a Diòscor d'Alexandria, a Eutiques i a Nestori. A tots tres els ha vençut sense una sola lluita al camp de batalla. Els cristians coptes, els etíops, els siríacs occidentals, els jacobites i els armenis han capitulat davant d'ell. Un antecessor seu en el càrrec, Celestí, va començar a dir que el bisbe de Roma era pel damunt dels de Constantinoble, però Lleó ha fet més que parlar. Ningú no discuteix la seva supremacia. No crec que en el seu cas la bondat i la pietat es puguin prendre com a mostres de debilitat.

Àtila aixecà la mirada cap als sostres decorats amb les pintures. Tot allò tenia ben poca cosa a veure amb el seu palau de fusta a la Dàcia, just al costat del Danubi, tal com m'havia explicat Marc. Els romans viuen bé, devia pensar. I és clar! Són segles d'història. Així i tot, vivim tan rebé que ja estem podrits. Per això els seus exèrcits entren i surten de l'Imperi quan els ve de gust, remenen i trien i agafen tot allò que volen. Tanmateix, tot això m'ho vaig callar.

Els seus ulls es passejaren pels capitells i baixaren lentament fins a aturar-se als mosaics del terra. Colors vius que la llum del sol encara enriquia més. Allà podia extasiar-se amb les voluptuoses formes d'una dona que duia una gerra a les mans i l'oferia a un home tan formós i delicat com ella. Femelletes! Això és el que érem els romans per a ell. I pensar que havíem dominat el món i ara ens havíem d'agenollar davant de la incultura...

Vaig resseguir el mateix camí que els seus ulls i, de sobte, uns peus van trencar l'encant. Aquelles botes de pell d'os malmetien el quadre. Llavors, la meva atenció va saltar del mosaic al soldat i vaig esguardar els pantalons bruts i la samarra fins acabar al barret rodó heretat dels tàrtars, sense oblidar el rostre d'animal de l'amo de tota aquella disbauxa. Calen segles d'història per canviar l'aspecte de fera salvatge per la delicadesa dels cossos romans. Àtila s'assegué i em convidà a acompanyar-lo.

—Parla'm més de les seves qualitats —va fer—. Però, parla'm de les que jo considero bones qualitats. Ja m'entens.

Vaig fer que sí, amb el cap.

—Compleix la seva paraula —vaig dir. Aquesta sí que era una qualitat, per a ell.

—Sempre?

—Sempre.

—Llavors, no és romà. No existeix cap romà que mantingui la seva paraula —sentencià.

—Excepte els fills de puta —li vaig contestar.

331

Em mirà fixament i somrigué, mentre assentia lentament.

—Com Aeci o com tu? —preguntà

—Jo no en tinc, de mare. No te'n recordes?

—És cert. Però també compleixes la teva paraula. Si més no, això diuen els visigots. De manera que, si descomptem les mares mortes i les putes, queden pocs romans que són com cal —va fer un silenci—. Aeci —repetí lentament—. Tens raó, però no oblidis que Aeci és més nostre que no pas romà. O has conegut algun fill de puta més gran que ell? —rigué—. Si tu me la fots, la punta de la meva espasa et perseguirà arreu on vagis i, tard o d'hora, et trobarà. Per això guanyem.

—Potser Lleó també és un fill de puta o no té mare.

—És possible. Roma ja és a una passa. L'imbècil de Valentinià ha fugit de Ravena i fugirà de la capital de l'Imperi. I si l'empenyem encara seguirà corrent fins llançar-se de cap a la mar, perquè l'únic que podria salvar-lo no troba suport entre els vostres amics de la Gàl·lia —guardà un petit silenci, mentre em mirava als ulls—. Com veus, estic ben informat —va fer, i afegí—: Una cosa era defensar casa seva i altra de ben diferent venir a Itàlia. L'única raó per la que encara sou vius és que els homes han de menjar, beure i cardar i aquesta regió és maca i acollidora. Els seus estadants no han oposat cap resistència i les dones, menys encara. Potser podem dedicar un xic de temps a esbrinar si el bisbe de Roma és un bon fill de puta —rigué—. M'ho estic rumiant.

—Li dic que vingui acompanyat de la seva mare? —vaig gosar fer broma.

—No —negà Àtila amb el cap, prengué un got de vi, l'alçà com si anés a brindar i deixà escapar la més forta de les seves riotes—. Ja deu ser massa vella i a mi cada dia m'agrada més la carn tendra, potser perquè les meves dents ja no són el que eren.

Àtila se'n tornà cap a la finestra i contemplà la vall. Roma era a una passa. Gairebé podia olorar el perfum dels seus jardins. L'emperador romà s'havia imaginat que ell restaria a les portes de Ravena fins conquerir-la. Era un pobre diable que havia viscut tota la seva vida darrere les faldilles de la seva mare, la inexpugnable Gal·la Placídia, i ara volia jugar a general.

—Diuen que Marcià ha decidit enviar un exèrcit cap aquí —va dir—. Creus que hi seran a temps?

—No crec que una simple entrevista amb Lleó et faci perdre tant de temps com perquè t'hagis de preocupar.

—Entesos. El rebré, però només perquè tu m'ho demanes.

Ja m'aixecava per retirar-me quan s'obrí la porta i aparegué un soldat acompanyat d'una dona romana, formosa, morena, de llarga cabellera i suaus formes. Els seus ulls, negres com la més fosca de les nits, miraven directament l'emperador dels huns.

—Diu que no es deixarà deshonrar per un animal —va dir el soldat mentre empenyia la dona.

—Creus de debò que només sóc un animal?

—Sí —va fer ella, desafiant.

Àtila es tombà cap a mi i em va mirar. Hauria saltat damunt d'ell per arrencar-li la vida, perquè allò era un ultratge a Roma, però la meva missió era una altra i aquella dona s'hauria de sacrificar. Anys enrere, a l'Àfrica, jo feia el mateix. Només que sense tanta cerimònia. De manera que no era moment per pensar en ofenses.

—Després direu que sóc un salvatge, que violo les dones. Doncs ara podràs contemplar fins on arriba la magnanimitat de l'emperador dels huns —va dir Àtila, i ordenà—: Que vingui Eslaw. Ell serà testimoni de la nostra boda.

—Com podem casar-nos, si ja ets home casat? —preguntà la dona.

—Això ja és territori nostre i les lleis romanes no serveixen per a res —cridà enrabiat—. Puc casar-me tants cops com vulgui i tu ja no ets esposa de ningú.

—Perquè els teus homes han assassinat el meu marit —va gosar dir la dona.

Vaig creure que la matava, perquè els ulls d'Àtila s'enfosquiren i el rostre se li enrogí, però, tot d'un plegat, somrigué.

—No som bèsties. No assassinem. Lluitem —va fer i intentà acaronar-li la galta.

—I si jo no vull? —s'hi oposà ella i apartà el rostre.

—Si tu no vols, encara m'agradarà més —i la seva mà atrapà la cara de la dona—. Ja t'he dit que les lleis romanes no serveixen. No ets tu qui ha de voler, sinó jo. Sóc jo que et faig esposa d'un emperador. I quan marxi, tu vindràs amb mi.

Encara discutien quan va entrar Eslaw.

—Ets testimoni que prenc aquesta dona per muller —va fer Àtila, i Eslaw va assentir i va marxar.

Ni tan sols havia demanat el nom d'aquella dona ni el seu parer ni el seu consentiment. Llavors Àtila va ordenar que se l'enduguessin a l'habitació del costat i que esperessin mentre s'acomiadava de mi.

—Tenen més coratge les vostres dones que els vostres soldats. Ves a buscar Lleó, però no massa ràpid. Haig d'enllestir una feina —em va dir i se'n va anar cap a l'habitació.

Aquella tarda ens va rebre a la mateixa sala, només que aquest cop no era sol, sinó que l'acompanyaven tres homes, que ens va presentar i dels què ja havia sentit a parlar a bastament. Walamir era rei dels ostrogots i home de confiança de l'emperador dels huns. A tot arreu el tenien per modest i assenyat, gran servidor del seu senyor. Vestia més a la romana. Les seves sabates eren de cuir i l'armadura més pesant. En els hàbits també diferia de valent. No acceptava de bon grat la carn crua estovada i adobada sota la sella del cavall, tal com havien après dels tàrtars, i se li feia difícil de comprendre certes crueltats que Àtila practicava amb assiduïtat. No obstant això, servia amb devoció el seu senyor. Els altres dos, Scotta i Esla, semblaven tallats pel mateix patró. Ambdós alts i forts, ferotges i brutals quan calia, però, tal com m'havia dit Marc, en el fons, nobles i bons companys de gresca, capaços de beure fins a la matinada i mantenir-se drets i desperts per qualsevulla novetat. Portaven una bona colla d'anys amb Àtila i el seguirien fins a la mort. A Edecó i a Berik els havia perdut en l'única desfeta de tota la seva història, a mans d'Aeci, el seu germà de sang.

Durant tot el viatge no vaig deixar de parlar sobre aquell home i els seus costums, sobre tot allò que ens podíem trobar, recordant totes les paraules d'Aeci, i Lleó arribava ben preparat. Havia triat els millors vestits pontificals, va entrar majestuós, amb el cap ben dret i un caminar lent i mesurat. Àtila ens esperava dret i desafiant, però el bisbe no es va aturar, sinó que seguí caminant i l'abraçà.

No sé qui de tots els presents, llevat del bisbe de Roma, feia més cara de babau, però puc jurar que mai no havia vist aquella expressió a la cara d'Àtila. L'home més feroç del món es va sentir cohibit i perdut. Poc s'ho esperava, allò. I jo menys, encara.

—Que la pau de Déu sigui amb tu —somrigué Lleó —. I que totes les seves benediccions et siguin concedides perquè el teu cor s'il·lumini amb la bondat i la saviesa d'un home just i generós.

A partir d'aquell instant, els modals d'Àtila esdevingueren exquisits. Ens va oferir menjar i beure i va fer seure Lleó al seu costat, no pas al davant, mentre li dirigia mirades de respecte de tant en tant.

Soc incapaç de relatar tots i cadascun dels arguments que el bisbe va emprar, amb una eloqüència que ens va deixar a tots bocabadats. Semblava talment que Déu parlava per boca seva.

—Els camps han estat arrasats, les collites pobres i el poble té fam i està malalt —deia aquell home—. I el poderós Àtila s'ha aturat. Això és un senyal. Alaric, el valerós rei dels gots, va saquejar la Ciutat Eterna, però no sobrevisqué gaire temps. El rei dels huns és més gran que Alaric i més savi i sap que aquesta és una guerra absurda, que no conduirà a res que no sigui la destrucció. La pesta ens arriba pel darrere i Àtila ha de vetllar pels seus homes, perquè el seu poble l'estima i confia en ell. Ha demostrat que és el més gran de tots, un vertader emperador. Ha arribat a les portes de Roma i ningú no l'impedeix d'obrir-les i entrar-hi. Així i tot, ho farà?

Àtila es llevà i passejà per l'estança. Els huns són un poble supersticiós i el seu rei no se n'escapava. Lleó havia deixat damunt la taula un desafiament, més que una petició, i en cap moment no havia parlat d'Honòria ni de la Gàl·lia.

—No entraré a Roma —va fer, finalment, després d'un perllongat silenci que ningú no gosava trencar.

Què l'havia fet canviar? Mai no ho sabrem, perquè ell mai no ho va explicar.

—Roma és a una passa i amb ella l'Imperi sencer és nostre —féu Scotta. Fins aquell moment cap dels presents havia gosat badar boca—. Les tendres paraules d'aquest home t'han espantat?

L'emperador dels huns es tombà i el mirà.

—Quan volia, no vaig poder —digué amb veu ferma, i afegí—: I ara que puc, no vull. Que es preparin els homes. Tornem a casa —ordenà.

Lleó es llevà.

—Les generacions futures recordaran l'emperador dels huns com un home savi i prudent, com el més poderós de tots els monarques de la terra, i cantaran el seu nom —i l'abraçà de nou.

Aveni, Trigeci i jo també ens vam posar drets i vam fer una reverència. El miracle s'havia produït.

Just quan ja arribàvem a la porta, Àtila em va aturar.

—Tenies raó —va dir, abaixant la veu—. És un gran fill de puta —em posà la mà a l'espatlla—. Marxo, però tornaré. Volia follar-me Gal·la Placídia i no vaig poder, però Honòria serà meva.

Vaig fer que sí, amb el cap. No pagava la pena discutir. L'únic important és que Roma s'havia salvat.

16.- L'ANELL D'ÀTILA

No vaig estar gaire atent al discurs de Valentinià, que tan bon punt va rebre la notícia que Roma s'havia salvat es va sentir de nou emperador, va ordenar congregar tota la gent davant del Capitoli i va encetar una mena d'arenga tardanera, tot lloant les virtuts del poble romà, donant gràcies a Déu i jurant i perjurant que seria al seu costat dirigint els destins de l'Imperi, com sempre havia fet.

Aquells que coneixíem la veritat ens el miràvem i ens fèiem creus de veure les seves hipocresia i baixesa poguessin arribar tan lluny. Només va dedicar algunes paraules d'agraïment a Lleó, però sense entrar-hi en detalls, i va seguir enlairant la seva pròpia persona, mentre la gent l'aclamava com la figura més gran de tots els temps. No el vaig escoltar. Em feia venir basques.

El viatge fins a Ravena, acompanyant Valentinià, va ser una repetició del bany de multituds de Roma. Pertot arreu on passàvem, la gent sortia als camins i cridaven enardits lloances a l'emperador que, amb Heracli al seu costat, somreia tot el temps i se'l veia cofoi i estarrufat. La capital de l'Imperi s'havia salvat sense el concurs d'Aeci i l'emperador va saber com transmetre als seus súbdits que ell també era algú.

—Sembles trist —em va dir un dia Valentinià.

—Cansat —li vaig contestar.

—Però, feliç?

—Molt. L'Imperi s'ha salvat un cop més.

A Ravena ens esperava Aeci, que havia travessat tot el nord d'Itàlia. Els huns ja eren lluny. No vaig assistir a la cerimònia que va tenir lloc a la catedral per donar gràcies a Déu i per glossar una altra volta la gran gesta de Valentinià i el seu valor per no haver abandonat Roma, per haver esperat el resultat de les gestions de Lleó, i només entrar a ciutat me'n vaig anar a casa sense veure ni parlar amb ningú.

Just en arribar al jardí, un criat va sortir al meu encontre. La darrera setmana havia estat horrible, em va explicar. Parlava enforfollat, a salts, desviant els ulls com si m'amagués alguna cosa o no gosés dir-la. Les provisions, les poques que havien emmagatzemat, s'havien anat exhaurint i la ciutat havia patit fam. A més, les notícies del nord no eren gens afalagadores, malgrat tota la festa, perquè la gent moria de pesta i les ciutats havien estat tancades i barrades, mentre el fum de les fogueres, alimentades amb els cadàvers, cobria tot el cel.

—On és Lídia? —li vaig preguntar. Prou que sabia tot allò que ell m'explicava.

—És... és... morta —em va abocar i els ulls se li negaren de llàgrimes.

—No és veritat. Malparit! No és veritat! —el vaig agafar per les espatlles i el vaig sacsejar.

I tant que ho era! Em va conduir fins a la cambra que ella ocupava des que havia vingut a viure amb mi. Havia mort aquell matí i el seu cos era allà. Tenia el rostre blanc com la cera, estava prima i demacrada, però semblava dormir plàcidament.

Em sentia marejat. Vaig caminar les passes que em separaven del llit i vaig caure de genolls. La pobra havia emmalaltit d'espantoses febres, escoltava la veu del criat darrere meu, i ningú no va poder fer res de res per salvar-la. Fidel, el nostre metge i amic, també era mort. I dues serventes més.

—Ha estat espantós —gemegava el criat.

Dos dies després la vam enterrar al costat de Júlia, a la finca de Rimini. Aeci no s'hi va oposar. Ans al contrari, va assistir-hi, i Carpili i Gaudenci també, i li van retre un sentit homenatge. Tots plegats érem conscients que Lídia i Júlia havien estat les millors amigues i que es mereixien reposar l'una al costat de l'altra. Per tercer cop vaig escoltar paraules de consol dels meus amics i companys i em vaig entristir, perquè allà faltava algú. Faltava Antoni. Poc m'ho podia empassar, tota aquella desgràcia que semblava no tenir fi, perquè cada cop que retrobava la pau, una sotragada més forta que cap altra em colpia de valent. Ja no em restava ànim per seguir lluitant. Ho havia perdut gairebé tot. Sortosament, encara em quedava Serena i el meu nét estimat. Per a ells vaig tenir un pensament. Els escriuria per comunicar la notícia. Serena s'estimava Lídia com una segona mare.

En acabar la cerimònia, Aeci em va abraçar. Llavors, jo vaig abraçar Gaudenci, mentre Carpili es mantenia distant. Quan ja es retiraven, Carpili es tombà i em va venir a trobar.

—Em vaig estimar molt Marc i vaig sentir molt la seva mort —em va dir—. Ell em va conduir a la Panònia i hauria mort per mi. L'hi vaig llegir als ulls quan Àtila em va posar la daga al coll.

—El teu germà va ser un gran soldat —li vaig contestar.

—Sí, el meu germà —va fer, i m'abraçà.

En aquell instant érem una estranya família lligada per un vincle que reposava sota la terra.

Davant la tomba de les dues dones que havien omplert la meva vida vaig vessar fins l'última llàgrima, fins que els meus ulls van quedar secs. Després vaig tornar a Ravena i... Res ja no seria igual!

Vaig veure prou clar que aquella era la història de l'Imperi. De mica en mica ho anàvem perdent tot, malgrat que havíem salvat Roma, perquè tots els sentiments morien, l'un darrere l'altre, i els nostres cors quedaven eixuts. Em vaig plantejar la possibilitat de marxar cap a Tolosa o, potser, cap a Tarraco, tal com va fer el pare, i esperar tranquil·lament l'hora final.

Per què no ho vaig fer? No ho sé. Tal vegada perquè no tenia esma per prendre cap decisió i m'asseia força estona deixant que el meu cap vagués pels espais infinits del no-res. Tan sols em quedaven els records.

*** ***

Uns mesos després, un matí, quan entrava al senat, Màxim em va venir a trobar.

—Corren rumors que Valentinià vol jutjar Honòria i condemnar-la a mort per ser la responsable de l'atac d'Àtila —em va dir.

—Que és boig? —vaig fer, esgarrifat.

—Més que boig —em contestà Màxim—. No tan sols vol executar Honòria, sinó al seu fill. Hem d'avisar Aeci.

Vam viatjar a Arle i vam anar a visitar el general. Ell ja feia dies que ho sabia, des de l'última vegada que va ser a la capital, i estava d'acord amb nosaltres. Si Honòria i Brauli morien, Àtila atacaria de nou i aquest cop no hi hauria clemència. També ens va comunicar que havia parlat amb Valentinià i havia mirat de fer-li veure les conseqüències, però l'emperador comptava amb el recolzament de bona part del senat, que votaria a favor de la seva proposta, i gaudia de la popularitat, per la qual cosa el poble aprovaria qualsevulla decisió seva. La situació era en extrem delicada.

—Has de prendre el poder —li vaig manifestar per segon cop a la meva vida.

—No hi ha cap altra solució —em va recolzar Màxim.

Aeci es quedà pensarós. Finalment, va dir:

—Si Honòria és jutjada, Roma morirà i no ho puc permetre.

Més tranquils, amb la paraula d'Aeci que prepararia l'exèrcit, vam tornar a Ravena i dos dies després, quan pujava l'escala del senat, vaig veure que els senadors formaven petits grups i parlaven animosament. Alguns reien i molts es felicitaven. Màxim em va veure i va baixar tot corrents cap a mi. Se'l veia excitat.

—Ja saps la notícia? —va fer, i vaig negar amb el cap—. Àtila és mort. Ens ho acaba de dir un home que ha arribat de les terres del nord. Vine, que escoltaràs el seu relat.

Em va conduir fins a un grup més nombrós, just a l'entrada de l'edifici. Un mercader explicava un i altre cop la mateixa història, a mesura que arribàvem nous senadors. Tal vegada hauria estat més senzill esperar que hi fóssim tots, però aquell mercader repetia el que havia sentit dir.

Àtila, com si hagués oblidat l'existència d'Honòria, havia decidit prendre una nova esposa i, fidel al que m'havia dit, va cercar carn ben tendra que pogués mastegar amb unes dents que ja havien perdut la força d'altres temps. L'afortunada va ser Ildico, una dona jove i molt formosa, segons explicava aquell mercader. La nit de noces va haver un gran banquet, el més gran de tots, i el vi va córrer com l'aigua del Danubi. Ben entrada la foscor, quan ningú no s'aguantava dret, Àtila es retirà amb la seva jove esposa. L'endemà els servents no gosaven despertar-lo i van deixar reposar el matrimoni fins gairebé la tarda. Finalment, com ningú no responia, van obrir la porta. Ildico era en un racó, arraulida com una criatura, plorant esgarrifada. El cos d'Àtila reposava cara amunt, estirat al llit, inert, amb el rostre i el coixí coberts de sang. Ildico havia explicat que el seu marit va arribar al llit molt begut, es va estirar i li va ordenar que el cavalqués. Ella es muntà damunt d'ell, agafà el penis del seu marit, se'l ficà, tancà els ulls i començà a moure's fins que va sentir que les entranyes se li esgarraven. Notava que el seu marit també es movia amb força i que semblava tenir el major dels plaers per la violència que desfermava. Llavors, obrí els ulls i veié Àtila que escopia sang pel nas i per la boca i que les espernegades no eren altra cosa que l'intent per sobreviure a l'ofegament. S'espantà, s'esparverà, no va saber com reaccionar i l'emperador dels huns va morir allà mateix.

—N'estàs segur? —va demanar un dels senadors.

—M'ho ha explicat un mercader d'aquelles terres, que hi era present a Sirmium. Al rei dels huns li ha rebentat el nas i s'ha ofegat amb la seva pròpia sang. El seu cos ha estat exposat enmig de la plana durant cinc dies i milers i milers d'homes, de dones i de nens han vingut fins als seus peus per cantar lloances a l'home més gran que mai no ha trepitjat la Panònia. Els seus guerrers s'han tallat la cua i diuen que la pila de cabells és tan gran com una muntanya. Després, l'han enterrat dins de tres sarcòfags. El primer és tot d'or, el segon de plata i el darrer de ferro. Quan ha començat la cerimònia d'enterrament, els talls de dolor que els seus soldats s'havien infringit a la cara eren més que totes les ferides rebudes en totes les campanyes que van viure al seu costat. I quan tot ha conclòs, el poble sencer s'ha llançat a cantar i a ballar al voltant de la tomba, tal com ell hauria volgut, i ha acabat en una orgia que deixa en ridícul els temps de Calígula o de Neró.

—Qui l'ha succeït? —em vaig avançar. Ja estava fart de sentir històries i ningú, feliços com eren, havia posat la pregunta que de debò importava.

—Diuen que Ellak, Gheism i Ernak es disputen el tron i que altres fills s'han afegit a la discussió. Fins i tot, expliquen que han començat a lluitar entre ells i que Scotta també reclama territoris i molts dels seus generals demanen una part del tresor.

La notícia va córrer pertot arreu i es confirmà. Tota Ravena esdevingué una immensa festa, on la música, les danses i el vi omplien qualsevol racó. El diable és mort!, cridaven pels carrers. Déu ens ha deslliurat!

Un cop allunyat el major dels perills, Valentinià se sentí fort i poderós i ja somiava de nou amb la grandesa de l'Imperi, sense tenir en compte que Genseric encara era viu. Però la felicitat d'aquell desenllaç li va fer oblidar Honòria, que no va ser jutjada.

Durant uns mesos vam viure una pau desconeguda. Aeci s'havia traslladat a Ravena i assistia a totes les festes de palau. Fins i tot havia fet certa amistat amb Heracli, que el visitava sovint.

Un dia Màxim em va convidar a sopar a casa seva. Anna, com sempre, va ser la perfecta amfitriona. I el sopar a l'alçada de la seva casa. En un moment determinat, la política ocupà la taula. Era inevitable.

—Aeci ja ha obtingut el seu premi —va dir Anna.

—Quin premi? —ens vam tombar cap a ella.

—Ho he sabut aquesta mateixa tarda, a casa de Polibi. Diuen que Aeci mira de casar el seu fill Gaudenci amb Aèlia Eudòxia, perquè un cop morta Gal·la Placídia i sense que l'acord amb Genseric hagi estat signat, sempre poden dir que no existeix cap compromís, que tot és una invenció del rei vàndal —abaixà la veu—. Diuen que ha estat Heracli, que ha convençut Valentinià.

No en sabia res, però el rumor no va trigar gaire a esdevenir realitat. Ara tothom entenia l'amistat que unia el general amb l'eunuc, capaç de canviar lleialtats com mudava de túnica, intrigant fins on la imaginació l'hi permetia.

Pocs després em vaig trobar Aeci i ell m'ho confirmà. Se'l veia cofoi, feliç com mai.

Però el temps passava i el matrimoni no se celebrava. Valentinià havia de fixar la data i mai no trobava el moment oportú.

Va ser llavors que, una nit, m'estava a casa i vaig sentir soroll al jardí. Els criats lluitaven amb algú. Vaig prendre l'espasa i vaig sortir.

—L'hem enxampat quan saltava el mur —em va dir un dels criats—. És un lladregot.

Era un home de mitjana edat, amb cara de guineu i prim, que caminava lleugerament encorbat.

—Lliureu-lo a la justícia —vaig ordenar.

—No m'has reconegut? Sóc jo, noble Sever. Sóc jo! —va cridar aquell home, mentre intentava deslliurar-se de les mans dels servents.

Aquella veu… No és possible!, vaig fer.

—Porteu-me'l aquí, a la llum.

Li vaig mirar els ulls. Era ell! Era Nicolau, el lladre que Heracli va alliberar per intercessió meva. Com el podia reconèixer? Dins la cel·la, amb aquella barba que li arribava més avall del pit, grenyut, brut i pudent, no s'assemblava gens ni mica.

—He vingut per parlar amb tu —em va dir, de genolls.

—I no podies haver trucat a la porta?

—És el costum —va fer per disculpar-se.

La riota omplí el jardí i els criats em miraren sense entendre-hi res.

—Porteu menjar i veure —els vaig ordenar, i em vaig endur Nicolau cap a una cambra del darrere.

El seu relat em va fer riure de valent. Heracli li havia dit que si el tornava a veure, el mataria. De manera que dos soldats el van conduir fins a les muralles i el van fer creuar la porta. Com que va considerar que amb dues monedes no en tenia prou, va alleugerir la bossa que un dels soldats duia penjada a la cintura i va desaparèixer el més aviat que va poder.

—No és que n'hi hagués gaire, però... —m'explicà, mentre jo reia.

Va pujar cap al nord i va anar a trobar els huns. Amb la història de la meva vida havia construït una faula que els explicà amb tanta eloqüència que tothom se l'empassà. Era, segons la seva nova vida imaginària, un funcionari que va ser empresonat injustament perquè també era l'amant d'una dona rica a la que va deixar embarassada. El marit, un mercader de molta influència, el va acusar d'haver-lo volgut matar per casar-se amb la seva esposa i agafar-li tots els diners. Però, va poder escapar.

El sentia parlar i em feia creus de la seva fèrtil imaginació, capaç de tenir en compte el més petit dels detalls. Fins i tot s'havia creat una família, amb esposa i dos fills, els havia batejat i podia descriure cinc cops la seva casa amb les mateixes paraules i una exactitud esparveradora. I així va seguir durant força estona, prenent gots de vi i relatant-me aventures que em van fer viure instants de vertadera diversió. El huns van voler que lluités amb ells, però els va convèncer que seria més útil a intendència i no va haver de prendre les armes.

—S'ho van empassar tot, que era un funcionari, que treballava als magatzems de l'emperador, que... —deia amb llàgrimes als ulls, de tanta riota.

—I per què has tornat?

—Soc un lladre, però sempre pago els meus deutes. T'he dut un regal —va buscar una bossa que duia sota la camisa.

—Sí? I a qui li has robat? —vaig somriure.

—Oh! No t'hi has d'amoïnar. Ningú no el trobarà a faltar —em va dir, mentre obria la bossa.

—Com vols que accepti un regal, si l'has robat?

—Perquè és un record molt valuós.

—No vull records. Ja en tinc prou amb els meus —li vaig respondre, seriós. Acabava de pronunciar una paraula que jo odiava.

Em va mirar als ulls, sense acabar d'obrir la bossa.

—Aquest és especial. És l'anell d'Àtila. El vaig robar d'un mercader que l'havia comprat a Ildico.

Vaig negar amb el cap, però ell no em va mirar, sinó que acabà d'obrir la bossa, va furgar al seu interior i diposità l'anell a les meves mans.

Crec que vaig ser a punt de morir, perquè el cor se'm va aturar només veure els dos coloms damunt del niu que jo havia regalat a Júlia el dia que vaig marxar cap a Cartago, el mateix dia que ella va quedar embarassada del nostre fill Antoni.

No m'ho podia creure, que fos el mateix anell que Júlia havia regalat a Marc.

—Com saps que és l'anell d'Àtila? —va ser la primera pregunta que se'm va ocórrer.

—Perquè l'hi vaig veure i juro per Déu que és l'anell que Àtila va regalar a Ildico com a testimoni del seu compromís, cinc dies abans de la boda. I també recordo que tu me'l vas descriure amb un detall exquisit quan érem a la cel·la. Per això he cregut que el voldries tenir.

Em vaig aixecar lentament i vaig haver de recolzar-me per no caure ben rodó. El cap em bullia i les idees m'atrapaven sense que pogués aturar-les. Déu del cel!

—Aquest és l'anell que...

—Sí —va fer ell—. És l'anell que la princesa Honòria va enviar a Àtila en prova del seu amor. També ho sé del cert, perquè jo hi era present quan Àtila li va posar al dit a Ildico i li va dir: L«'anell d'una princesa per al dit d'una emperadriu».

—Marc va jurar que només li donaria a la dona que estimés de debò. Llavors, significa que l'amant d'Honòria era el meu fill —vaig respirar profundament. Em mancava l'aire. Nicolau es va espantar i es va alçar per ajudar-me a seure altre cop—. Això vol dir que Brauli és fill seu i, per tant, el meu nét.

No vaig poder dormir en tota la nit. L'endemà vaig espera que el sol apareGués per l'horitzó i me'n vaig anar a buscar Aeci. No el vaig trobar, però. S'havia llevat ben aviat i havia marxat a cavalcar. Vaig buscar Carpili i ell em va informar que el seu pare estava molt enfurismat, que volia parlar amb Valentinià i exigir-li que complís la promesa de casar Aèlia amb Gaudenci. Llavors li vaig explicar allò que feia al cas i que havia de parlar urgentment amb Aeci, perquè l'emperador havia donat ordres estrictes perquè ningú no pogués visitar Honòria i ell era l'únic que podia aconseguir-me un permís especial. Carpili m'escoltà amb molta atenció, però no va fer altra cosa que intentar dissuadir-me dels meus propòsits.

—No farà res per tu —em va dir—. Està massa capficat amb la boda de Gaudenci. No és un bon moment per demanar-li. Tingues un xic de paciència.

Vaig respondre amb un somriure, vaig deixar Carpili i me'n vaig anar a palau. Què en sabia ell? Era una bajanada dir que el meu amic no m'ajudaria.

Només arribar-hi, em vaig identificar i vaig dir que duia un missatge molt important per Aeci i que havia d'esperar-lo allà. Els soldats em van informar que havia arribat feia una estona i que s'estava amb l'emperador.

No podia aguantar més i vaig pujar l'escala que duia a la sala del tron. Millor si eren reunits, així, d'un sol cop, parlaria amb ell i amb l'emperador.

Quan vaig traspassar la porta em vaig quedar esgarrifat davant l'escena que se'm presentava davant dels ulls.

Aeci romania estirat al terra, damunt d'un toll de sang, mentre Heracli i altres cortesans li clavaven les espases i Valentinià s'ho mirava amb una de sagnant a les mans. Es va tombar i em va veure.

—Em volia matar —digué, apuntant amb l'espasa el cos d'Aeci i mirant de disculpar el seu crim—. No he tingut més remei. Em volia matar —repetí.

L'idiota feia cara d'espantat. Em vaig atansar i tothom s'apartà amb por. Vaig mirar Heracli, que va fer un vot enrere, increïble en aquella monstruositat. Llavors em vaig agenollar i vaig prendre el cap d'Aeci per abraçar-lo contra mi. Era mort.

—Crideu la guàrdia —ordenà Heracli, amb aquella veu malparida.

—Per què? —vaig dir—. Ja no farà res contra ningú —em vaig alçar i vaig mirar Valentinià, mentre senyalava l'eunuc—. Amb la teva mà esquerra acabes de tallar-te la dreta —i vaig apuntar amb el meu dit Aeci—. Espero que no hagis mort també l'Imperi.

—Ets amb mi o contra mi? —va fer Valentinià.

—Sempre he estat i sempre seré amb l'Imperi —vaig contestar.

Els soldats van entrar i van ocupar els llocs per protegir l'emperador. Vaig somriure amb pena, amb molta pena. Arribaven un xic tard i protegien a qui no necessitava protecció.

Boeci, prefecte del pretori i gran amic d'Aeci va morir aquella mateixa tarda, igual que disset dels seus oficials i bona part dels seus amics. Gaudenci va fugir, però Carpili va ser empresonat. A mi em van respectar perquè havia manifestat la meva lleialtat a l'emperador i no havia fet res contra ell.

El meu tercer fill va ser executat una setmana després, però abans vaig obtenir permís per acomiadar-me d'ell, tot just quan el venien a buscar per dur-lo al cadafal.

Érem sols, a la cel·la. Ell no estava trist, sinó que assumia el seu paper, malgrat que no era culpable de res. Jo, per contra, veia com el darrer dels meus fills també moriria sense remissió i poc podia contenir les llàgrimes.

—La mare deia que ets l'home més noble de tot l'Imperi —va fer amb un somriure—. El pare... —va dubtar uns instants i, finalment, rectificà—. Aeci també era noble, però en aquests darrers temps va canviar. Ja no paga la pena seguir ocultant els fets —va dir—. Ell prou que sabia que Brauli és fill del meu germà Marc.

—Què? —vaig fer, esmaperdut.

—Ho sabia des de feia mesos. El matí de la seva mort havíem discutit i se li va escapar. Va dir que Valentinià havia acceptat que Gaudenci es prometés amb Aèlia Eudòxia i que l'únic que li podia fer ombra era Brauli, però que res ni ningú no li barraria el pas cap al tron de l'Imperi. Parlava en plural. Ell i el seu fill! I es comportava amb un deix d'insolència, com si ja veiés la seva família enlairada fins a la porpra. Fins i tot em va mirar amb odi i em va dir que tu li volies furtar tot allò que ell posseïa.

—Per què no m'ho vas dir?

—Volia tornar a parlar amb ell, abans, i convèncer-lo que t'ho havia d'explicar. Éreu amics i confiava que encara guardava una espurna de gratitud i de lleialtat dintre seu.

—Déu meu! —vaig fer i vaig amagar el rostre entre les mans.

—Pare —em va dir, i vaig aixecar els ulls. Era el meu fill, el tercer—. No vull que em vegis morir. Desitjo que em conservis viu a la teva memòria.

—Però, fill...

—No, pare —em va tallar—. Mai no ens hem tractat, mai no hem tingut ocasió de parlar amb sinceritat i confesso que el dia que em vaig assabentar que no era fill d'Aeci, sinó teu, vaig odiar-te. Tanmateix, ara t'estimo i et demano que respectis el meu desig.

—Així serà, perquè jo també t'estimo, des del dia que vaig saber qui eres.

—Tens dos néts . Procura que visquin un món millor que no pas el nostre.

—T'ho juro.

La porta de la cel·la s'obrí i entrà el carceller. Quatre soldats l'esperaven fora. El vaig abraçar i ell m'arrapà amb la força de mil lleons, com si en aquella darrera abraçada volgués afegir-hi totes les que una vida d'ignorància i de patiment ens havia furtat.

Ja no el vaig tornar a veure.

*** ***

—Necessito respostes. Pren aquesta bossa, suborna qui calgui, compra tot el que necessitis, però fes allò que et diré —vaig ordenar a Nicolau.

I l'endemà, a primera hora, va abandonar Ravena.

Dues setmanes després Nicolau va tornar a casa. Havia complert tots els meus encàrrecs i duia resposta per a totes les meves preguntes.

—No ha estat senzill, però ho he aconseguit —em va dir—. He hagut de subornar una bona colla de soldats i oficials. Brauli és el teu nét. Honòria m'ho ha confirmat. També m'ha explicat que no et va dir res per mirar de protegir Marc. No va poder, però. Sospita que algú l'hi va dir a l'emperadriu i està convençuda que va ser ella que va ordenar matar-lo. Un accident.

—I Antoni ho va esbrinar —vaig fer. Més afirmació que no pas pregunta.

—Antoni sospitava alguna cosa i va aprofitar el seu viatge a Constantinoble per parlar amb Honòria. Ho va aconseguir gràcies a un eunuc que sentia gran afecte per la princesa. Quan va tornar, tenia prou clar que Gal·la Placídia havia de morir.

—Si m'ho hagués dit... —vaig fer amb tristor. El vaig mirar—. I la resta de l'encàrrec?

—Tot és fet, tal com tu vas ordenar. Només esperen les teves ordres.

—Són gent de confiança?

—Pots estar-ne ben segur. Amb el que tu pagues, són capaços de qualsevulla cosa.

—I el vaixell?

—A punt per fer-se a la mar.

—Bé. Ara marxaràs a Rimini, t'amagaràs a la casa que tinc allà i esperaràs que t'avisi.

—I tu?

—Haig d'acabar el que Antoni no va poder concloure.

—No t'entenc.

—Vull saber qui és que l'hi va dir a Gal·la Placídia i, si encara és viu, acabar amb ell.

—Però...

—No t'amoïnis. Si a mi m'arriba alguna desgràcia, ja saps què has de fer —li vaig posar la mà a l'espatlla—. Confio en tu.

—En un lladre? —va fer una rialla.

—Una cosa és certa —li vaig tornar el somriure—. No sé si m'enganyaràs o no, però estic ben segur que a tu ningú no t'enganyarà. I, posats a dir, no crec que siguis pitjor que qualsevol altre. Si més no, ets agraït.

Nicolau va marxar l'endemà a primera hora i durant molts dies vaig estant reflexionant-hi, sobre la història que m'havia explicat, però hi havia punts foscos que no lligaven. Que la mort de Marc no havia estat cap accident, no en dubtava. Era massa bon genet per caure per un penya-segat. Però que Gal·la Placídia hagués ordenat que semblés un accident, no tenia sentit. Ella era l'emperadriu i hauria manat empresonar-lo i ajusticiar-lo, perquè allò anava molt més amb el seu tarannà. A més, per què ens havia de manifestar el seu dolor per la seva mort? I la carta semblava sincera.

Llavors, vaig anar lligant caps. Totes les desgràcies havien arribat després que Aeci li tallés el dit a Heracli. I els meus ulls es giraren cap a l'eunuc. Qui havia suggerit a Gal·la Placídia que jo conduís Honòria fins a Constantinoble? Ell, sens dubte. Qui havia somrigut enigmàticament quan abandonava la sala? El malparit de l'eunuc. Qui havia dut a Aeci la notícia que el pare de Carpili era jo? Heracli, evidentment. Mirés on mirés, el seu nom s'alçava i el seu rostre em tornava la mirada.

Ho havia de confirmar, però com?

17.- L'EXECUCIÓ

Ningú no era capaç de dir fins on atrapava la ment malalta de Valentinià. Una ment podrida amb el pas dels anys i plena de cucs monstruosos que s'alimentaven dels ferums d'Heracli. Un cop mort Aeci, qui l'aturaria? Qui posaria fre a la seva disbauxa?

Durant els mesos que seguiren vam assabentar-nos de tot el que havia restat amagat i que ara ja no pagava la pena seguir tapant ni dissimulant. Heracli esdevingué el vertader poder a l'ombra. No hi havia res que ell no sabés, res que ell no suggerís a l'emperador i res que ell no decidís. I el secret del seu domini sobre el babau de Valentinià va sortir a la llum en forma de rumors.

L'emperador, un cervell esgarrat i dèbil, vivia cregut que la màgia el protegia. Heracli, procedent de les terres del Nil, practicava certs ritus sagnants que posaven els cabells drets. Explicaven que durant tots aquells anys havia mantingut una casa apartada on convidava joves, els feia menjar i veure, els subministrava drogues infernals i després els oferia unes esclaves voluptuoses, especialment formades per proporcionar plaers indescriptibles. Els joves vivien moments d'èxtasi en presència d'ell, muntant les esclaves. Una s'obria de cames sota el jove. Mentre la penetrava una altra se li afegia al damunt per evitar que pogués fugir i en l'instant precís de l'ejaculació, Heracli li tallava els testicles, amb els que preparava una potinga que feia prendre a l'emperador com si fos el filtre de la vida eterna. Després, els cossos dels infortunats eren cremats i les seves cendres espargides damunt la mar.

El nombre de crims comesos per aquell criminal infecte feia feredat. I ara gaudia de total llibertat per continuar practicant el seus ritus sense que ningú gosés alçar la veu. Tanmateix, el poble té orelles i ulls i no se'l pot enganyar eternament. No va aixecar ni un dit per venjar la mort d'Aeci, però, ara, s'adonava de tot.

Un dia vaig rebre un missatge d'Anna. Estava força preocupada i volia parlar amb mi per demanar-me consell. Màxim seguia jugant als daus, malgrat que li havia promès mil vegades que no ho tornaria a fer.

—Sé que cada cop aposta més fort i això no pot acabar bé —em va dir.

Portava temps i temps cercant la manera d'aconseguir que Heracli confessés tots els seus crims, però no podia fer-ho sense descobrir-me i, mentre ella havia estat parlant, em va venir una inspiració.

—D'aquí cinc dies és la vostra festa d'aniversari —li vaig dir—. Busca un regal personal, alguna cosa especial, i quan l'hi donis fes-li jurar que mai més no tornarà a jugar.

—Què podria ser?

—Si em deixes, jo te'l proporcionaré.

Vaig anar a veure un artesà que coneixia i li vaig mostrar l'anell amb els dos coloms damunt del niu.

—En vull un d'igual, però més gran, perquè és per a un home.

—Un treball difícil —va fer l'artesà, tot lloant la qualitat i la perfecció de la joia—. Et costarà uns bons diners.

—No importa el preu. Només procura tenir-lo per demà i que sigui ben igual.

La festa va ser esplèndida i Màxim no s'hi va poder negar. De manera que, quan va rebre l'anell i se'l ficà al dit, va jurar que mentre el dugués mai més no tornaria a jugar.

L'endemà mateix, a la tarda, el meu amic i senador em va venir a visitar a casa. Estava neguitós. Em va explicar que necessitava tres mil lliures d'or amb urgència i que només podia recórrer a mi.

—Són molts diners —li vaig dir.

—A canvi et donaré totes les finques i el palau que tinc a Roma —gairebé em suplicà.

—Valen molt més i l'oferta és temptadora, però no disposo d'aquest suma. Si més no, ara mateix. Tan greu és el teu problema?

Ho era. Sí que ho era. Perquè la sort és una dona encisadora i esquiva que et gira l'esquena en el pitjor dels moments. Havia tornat a jugar als daus amb Valentinià. S'havia sentit obligat, em va dir.

—Li vaig dir que seria el darrer cop que jugava i estic convençut que va fer trampes per tal de poder-se refer de totes les ocasions que va jugar amb mi i va perdre —va fer—. Heracli era allà i em va distreure, mentre Valentinià canviava els daus. N'estic ben segur, perquè a partir d'aquell moment la sort em girà l'esquena i Valentinià no em va deixar marxar fins que es va sentir prou satisfet.

—Tres mil lliures! —vaig fer—. Bé! Posa en venda algunes propietats i li pagues el deute.

—No puc —em va contestar amb ulls plorosos—. Si Anna se n'assabenta... Comprens?

—Sí —vaig respondre. I em sentia culpable. No hauria pogut imaginar que aquella història tingués aquell final, sinó que n'esperava un altre—. Ofereix-li a ell les finques i les cases de Roma —li vaig suggerir.

—No les vol. Veuràs. Ha passat una cosa molt estranya. Li he jurat a Anna que no tornaré a jugar mentre dugui l'anell al dit i he complert la meva paraula, perquè me l'he tret abans d'entrar-hi — m'explicà i em vaig posar tens.

—I...?

—Doncs que, en acabar la partida, quan ja marxava, me l'he ficat de nou. Heracli s'ha posat pàl·lid i ha cridat l'atenció de Valentinià, que m'ha agafat la mà i m'ha demanat d'on l'havia tret. Li he explicat allò que feia al cas, que me l'havia regalat Anna. Llavors m'ha dit que volia els diners immediatament i que li deixés com a penyora aquell anell. He intentat negar-m'hi, però no he pogut —alçà la mà nua i me la mostrà—. No puc tornar a casa sense ell.

—Què ha fet, llavors, Valentinià?

—S'ha quedat embruixat amb l'anell, com si fos una aparició —em va mirar suplicant—. Ajuda'm. T'ho prego.

Em vaig alçar i vaig passejar pel jardí. Valentinià també s'havia espantat en veure l'anell. Amb allò no hi comptava. O, potser, sí? De fet, era l'explicació més natural. Heracli volia venjar-se i Valentinià era un pobre idiota. L'eunuc, ell tot sol, no hauria gosat prendre certes decisions, però si el recolzava l'emperador... Tanmateix, Gal·la Placídia manava i em tenia certa estima. Segur que s'ho va manegar per fer veure Valentinià que si la seva mare s'assabentava que el pare de Brauli era Marc, encara podia prendre la decisió de consentir la boda i llavors Brauli esdevenia un candidat al tron. La resta ja queia pel seu propi pes. Un cop m'havien allunyat, tenien les mans lliures per assassinar el meu fill i fer que semblés un accident. Després es va assabentar que Carpili era fill meu i va coronar la seva venjança. Però, Antoni, per la seva banda, es va equivocar amb els seus raonaments i va triar com a culpable una dona que res no hi tenia a veure amb tota aquella història.

—Quants dies està disposat a esperar? —vaig preguntar, trencant els meus raonaments.

—Una setmana.

Pobre Màxim! Allò, tard o d'hora, havia d'arribar. L'hi havíem dit tots, però ell se'n reia i seguia confiant en la seva bona sort. Tanmateix, l'havia d'ajudar, perquè el responsable d'aquell desastre era jo, perquè l'havia utilitzat i perquè, si bé la fortuna que a ell li girava l'esquena a mi em donava la cara i ara ja sabia tot allò que havia de saber, si el deixava sol hi hauria una altra víctima innocent.

—És possible que tingui la solució —vaig fer.

Tolomeu el podia ajudar, perquè el meu cunyat tenia una immensa fortuna i el comerç l'obligava a disposar de diners en efectiu en quantitats importants. A més, a ell li faria el pes poder comprar unes bones terres i un palau a Roma. Amb allò faria ben contenta Sara.

No hi havia gaire temps, però si sortia de seguida i no s'aturava per res, podria baixar fins a Roma i tornar a pujar. Vaig redactar una carta i l'hi vaig donar.

—Parlaràs amb Anna? —em va preguntar—. Digues-li que he hagut de…

—Sí, home si! Ja me'n pensaré alguna —li vaig contestar.

Però, allò que de debò havia de pensar amb calma eren les següents passes.

*** ***

Màxim va tornar de Roma vuit dies després, un més dels concertats amb Valentinià, però jo no el vaig veure fins una setmana més tard, quan em van avisar que Anna era morta. S'havia suïcidat.

No m'ho podia empassar de cap de les maneres. Ella, cristiana de debò, s'havia tret la vida prenent-se un verí… I me'n vaig anar a casa del meu amic per manifestar-li el meu condol i assabentar-me de les circumstàncies.

El vaig trobar assegut a una cadira, envoltat de tots els seus parents i amics, abatut, amb els ulls enterbolits, sense que pogués pronunciar una sola paraula. Em va veure i es va aixecar per venir i abraçar-me. Plorava com un infant i s'arrapava a mi com a un pare.

—L'ha mort ell —no parava de dir-me a cau d'orella —. Ell és l'assassí.

Me'l vaig endur cap dintre, cap a les habitacions privades, lluny de la resta dels presents. Caminava recolzat a la meva espatlla i les llàgrimes no paraven de brollar.

—Què ha passat? Qui és ell? —li vaig demanar, un cop ja érem sols.

Encara va trigar una estona a poder parlar, perquè els sanglots l'hi impedien.

—L'emperador —va fer amb ràbia—. Ell l'ha mort.

—Explica't.

—Quan vaig tornar, me la vaig trobar tancada a la seva cambra. No volia parlar amb ningú, no volia ni tan sols menjar i no em volia rebre. Li vaig pregar, li vaig implorar que em deixés entrar, que em perdonés per haver jugat, perquè estava convençut que ella se n'havia assabentat. Llavors, obrí la porta i la vaig veure. No era ella. T'ho juro que no era ella —es va refer un xic—. Valentinià sempre se l'havia mirada i la desitjava, però Anna m'era fidel. Durant la meva absència la va cridar, però ella s'hi negà. Llavors li va enviar l'anell i li va dir que li havia d'explicar un fet molt greu sobre mi. Anna va acudir a palau i allà, aquest assassí, li va dir que jo me l'havia jugada als daus i que havia perdut. Ella es va esgarrifar i va intentar fugir, però Valentinià la va forçar.

—No és possible! —vaig exclamar.

—Li vaig jurar que era fals, però ella no em va creure. Em va dir que allò, tard o d'hora, havia d'arribar, que havia confiat en la meva promesa i que no volia seguir vivint al meu costat, i aquest matí l'han trobada morta.

Em vaig seure, marejat. Fins on podia arribar l'emperador? Fins on atrapava la seva ment malalta? En mans de qui havíem caigut? Què passaria amb tots nosaltres?

Anna va ser enterrada en una finca propietat de Màxim i cap sacerdot va assistir-hi ni va pronunciar cap paraula de comiat ni d'esperança ni de consol.

Tu, amic Pau, diràs tot el que vulguis, però jo no puc creure ni puc acceptar que Déu l'hagi condemnada al foc etern. A ella, que va dur tota una vida dedicada al seu marit i als seus fills, a la seva llar, que va lluitar per la seva honestedat, no puc imaginar que un acte, un error comès al final de la seva vida li hagi furtat tots els mèrits anteriors. Perquè Déu no és cap malparit.

Dies després, Màxim em va cridar a casa seva. Amb ell hi eren dos oficials huns, dels que havien servit amb Aeci i ara formaven part de la guàrdia imperial. Només reconèixer-me, em van saludar amb respecte. Hongar i Tarbe, eren els seus noms.

Ells sentien vertadera devoció pel seu general, l'amic d'Àtila, i estaven disposts a fer qualsevulla cosa, perquè tenien prou deutes com per exigir una reparació. I Màxim també, I jo, naturalment. I molts altres, que servien l'emperador. De mica en mica s'havien anat aplegant i ocupant els llocs més propers a Valentinià i ja tenien un pla, però necessitaven algú i Màxim m'havia cridat, perquè ell tot sol no gosava fer-ho.

—Hem de menester ajuda —ens van dir—. Algú que pugui arribar fins ell. Algú en qui confiï i que tingui prou valor.

—Doncs, ens haurem d'afanyar —vaig respondre—. Valentinià ha fet arribar al senat una petició perquè se celebri el judici contra Honòria i el seu fill. I ell és l'únic que pot accedir al tron.

—Això no pot ser —digué Màxim—. Tenen raó els nostres companys. Honòria és la responsable d'aquest desastre i no podem permetre que el seu fill accedeixi al tron amb les mateixes condicions que Valentinià, amb una mare que serà la regenta i que és filla de Gal·la Placídia. Passi el que passi, ells han de morir.

Vaig callar. Sortosament, no li havia comunicat els lligams que m'unien a la princesa i Màxim vivia convençut que els únics motius que em conduïen a acceptar la seva proposta eren venjar la mort d'Aeci i del meu fill Carpili.

Arribats els Idus de març, com si fos la premonició que li havien fet a Cèsar segles enrere, Valentinià assistí en companyia d'Heracli als jocs que van tenir lloc al Camp de Mart. Ambdós ocupaven la llotja imperial. Fins al darrer moment no vam saber si l'eunuc hi assistiria, perquè havia estat malalt. L'excés de menjar, havien diagnosticat els metges. Però, finalment, va poder anar-hi. Qui no va assistir-hi va ser Licínia. Deia que aquelles celebracions l'avorrien.

Jo havia escrit una nota a Heracli, tot comunicant-li que volia passar a visitar-lo per desitjar-li una prompta recuperació i que li duia un present, una petita escultura d'un gladiador saludant amb l'espasa. Ell, tal com vaig preveure, m'havia contestat que seria a la llotja amb Valentinià i em convidava a gaudir dels jocs amb ell, on rebria el meu present amb molt de goig. Sempre ho feia perquè li agradava sentir-se afalagat en públic i que l'emperador veiés les mostres d'afecte que li dedicàvem.

Màxim seguia jugant, com si no hagués passat res. Assistia a totes les festes i va simular prou bé que la mort d'Anna li havia trencat el cor. Ho va fer tan rebé que corrien les veus que s'havia tornat foll, fins a l'extrem que acceptava jugar amb el mateix emperador.

Feia uns dies que havia enviat ordres a Nicolau. Ell havia de fer la seva part i jo faria la meva. Confiava en ell i estava segur que no fallaria. Si vols conèixer de debò un home, no hi ha res com el patiment. Quan la mort et ronda, no hi ha secrets.

Aquell matí la guàrdia va estar formada per soldats especialment triats per Hongar, sota les seves ordres. Tarbe, per la seva banda, havia pres el comandament de bona part de les forces de Ravena i les mantenia aquarterades, però alerta.

Quan vaig arribar a la llotja aquell podrit fastigós d'Heracli era allà, mig estirat en una llitera, gras, immensament gras. Tan gras que dubtava que una espasa pogués atrapar-li les vísceres. Feia dies que no païa com cal, es va queixar, i que els metges l'havien posat a règim, però que ja es trobava millor i em va mostrar la taula plena de pastissos i me'n va oferir un. Valentinià ni s'havia tombat per saludar-me. Estava entusiasmat amb els jocs, amb els atletes que practicaven la lluita greco-romana. Hongar s'estava dempeus, quiet, amb la mà a l'espasa i vigilant. Instants després va arribar Màxim i es va oferir per una partida de daus.

—Ara no m'atabalis. Jugarem després —li va dir Valentinià, i se'l va treure del damunt.

Heracli va fer un comentari punyent sobre Màxim, que no va respondre, sinó que s'assegué allà, a la vora i em mirà tot esperant que jo prengués la iniciativa. El vaig esguardar. Estava tens i es mossegava els llavis mentre amagava les mans sota la túnica i, suposo, acariciava el punyal.

Llavors l'eunuc s'interessà per l'obsequi i jo em vaig atansar.

No va tenir temps per a res. Quan ja era a una passa d'ell, em vaig llançar al damunt i li vaig clavar l'espasa del gladiador a la gola, mentre el mantenia quiet amb tot el pes del meu cos. Va espernetegar com un porc, mentre em mirava amb ulls de foll, de vertader pànic i horror.

—De la part dels meus fills: Antoni, Marc i Carpili — vaig fer amb ràbia, mentre girava l'estàtua per assegurar-me que li partia la gola i que la sang l'ofegaria.

Valentinià es va adonar del fet i es va aixecar per cridar la guàrdia, però Hongar no es va moure del seu lloc i va fer que mirava a un altre costat i que la cridòria del poble l'impedia sentir els crits de l'emperador.

Màxim va treure la daga i la clavà al pit de l'emperador, un i altre cop, amb una violència que es desfermava com una tempesta i que ho omplia tot del color escarlata del fluid vital.

Quan va acabar esbufegava i el cos de l'emperador tenia més de cent ferides. Fins i tot vaig haver d'apartar el meu amic, perquè el volia mort i no parava de clavar-li punyalades, malgrat que es veia d'una hora lluny que ja havia complert el seu propòsit amb escreix.

Des de la llotja del costat els nobles s'ho miraven. Semblava un espectacle força més interessant que els lluitadors de l'arena. Tanmateix, ningú no va moure ni un dit per ajudar Valentinià.

En aquell mateix instant totes les sortides del circ van ser preses pels soldats de Tarbe, Hongar va proclamar Màxim com el nou emperador i el poble sencer l'aclamà. D'aquell pacte, jo no en sabia res.

—Hem fet justícia —em va dir Màxim, engrandit per les aclamacions.

—Sí —li vaig contestar.

—I hem guanyat —afegí, com si estigués parlant d'una batalla.

—Has guanyat. Ets l'emperador.

—Tu seràs el meu home de confiança —m'abraçà—. Plegats, governarem l'Imperi.

—No —vaig negar amb el cap—. Ja soc massa vell. Me'n torno a Tarraco, a la casa dels meus avantpassats, a esperar tranquil·lament la mort.

I me'n vaig anar.

Nicolau m'esperava a Rimini amb un vaixell, però ja no calia córrer. Ningú no em perseguiria.

EPÍLEG

Era un matí. Em trobava contemplant les aigües infinites i el vaig veure caminar entre esbufegades, tot pujant el lleuger repetjó que mena fins al petit turó on el meu avi va construir la casa que roman com un vigilant perpetu damunt la mar. Se'l veia cansat i brut per la pols que s'aixeca a l'inici de l'estiu, quan el terra ja és eixut i el sol escalfa de valent. Ningú no m'havia previngut de la seva visita i el vaig esguardar des del llindar que dóna pas a l'atri, des de la petita plaça que serveix de mirador, perquè aquell matí no parava de vigilar les extenses aigües i l'entrada al port, com si temés alguna cosa.

Albert Salvadó

Només feia tres mesos i deu dies que m'havia establert definitivament a Tarraco, arran de la mar, retirat de totes les intrigues de la cort de Ravena, lluny dels interessos amagats sota les túniques dels prohoms, i la tranquil·litat d'aquestes costes m'havien permès pensar i meditar. Feia tres mesos que havia rebut la teva carta i tot el meu temps l'havia destinat a escriure aquestes paraules.

Aquell jove senador, tot just arribar, es va plantar davant meu. Era moreno, amb uns ulls del color de les ametlles que creixen vora la Mediterrània, que et miren fixament i et mostren la sinceritat que només atorga la joventut.

—Ets tu, el noble Sever Antoní Brauli Teodosi, ambaixador, senador i antic general de l'exèrcit de Roma? —em va preguntar, afegint-hi tots els títols que han adornat la meva existència. Respirava pesant per causa de l'esforç dels darrers metres i pronunciava les paraules a salts. Parlava llatí amb absoluta correcció, amb un accent força peculiar que jo conec prou bé i que em recorda les terres de Roma, al costat de la mar Mediterrània, aquells perfums salats d'una mar tancada i el vent càlid que ens arribava del sud.

—Sí, el sóc. I tu, qui ets?

—Arcadi Setuli, senador de Roma.

—Ets un xic lluny del teu senat —vaig respondre.

—Haig de parlar amb tu.

—I has vingut caminant des de Roma? —vaig somriure davant la fila que feia, amb les sandàlies plenes de pols, la túnica mig rebregada i el cabell esvalotat.

—Gairebé —em va respondre, i assenyalà cap a la part baixa del camí—. He deixat el carruatge a baix, he preguntat per tu i he vingut cuita-corrents.

—Ha de ser molt important, el que m'has de dir —vaig afirmar amb el cap, mentre el convidava a passar.

Arcadi venia assedegat i es va deixar caure, més que no pas seure, a la cadira que li vaig oferir. Després, abans que no comencés a parlar, vaig ordenar que li portessin vi i fruita. Va menjar, però no gaire. Tenia més ganes de parlar que no pas fam.

—L'emperador Màxim és mort —em va anunciar, de sobte, sense cap preàmbul, com un cop de mall.

Llavors vaig entendre que la conversa hauria de ser privada, lluny de la presència dels criats.

Li vaig pregar que m'acompanyés a la part del darrere de la casa, a la biblioteca. Un cop dintre, tanquí la porta.

—Déu meu! Com ha estat? —vaig mormolar, movent el cap a dreta i esquerra, incrèdul davant la notícia.

—L'han mort a cops de pedra —m'explicà el jove Arcadi—. L'emperador Màxim era un covard —afegí amb menyspreu. No vaig replicar—. Volia fugir de l'assalt de Genseric i els seus vàndals. He vist com rebia el primer cop de pedra i com els servents de Licínia li esclafaven el cap i com el seu cervell s'ha escampat pertot arreu i ha estat trepitjat per la gent. Genseric no el podia reconèixer i hauria dubtat que fos ell, però la cicatriu del braç, de la ferida que es va fer quan era un infant, ha permès identificar-lo. Ha estat horrible. Durant catorze dies i catorze nits els vàndals han saquejat Roma. S'han endut tot allò que tenia algun valor, han pres milers i milers de presoners, però han respectat bona part de les vides perquè Lleó, el bisbe de Roma, finalment l'ha convençut. També s'han endut Licínia i la seva filla Aèlia, que es casarà amb Hunderic.

—Lleó, el bon Lleó, l'amic Lleó. Quin desastre! —he fet altre cop, esgarrifat.

—Roma ha caigut a la follia. Màxim va obligar Licínia a casar-se amb ell. O acceptava o moria. Hi ha qui diu que era la seva venjança per la mort d'Anna, però jo més aviat penso que era la forma de legitimar el seu accés al tron, perquè Honòria i Brauli havien desaparegut de Messina i podien tornar i reclamar allò que els pertany —va prendre alè per poder continuar el seu relat—. Després va establir-se a la Ciutat Eterna, perquè odiava Ravena i tots els seus records. Ha estat la seva nova esposa, vídua de Valentinià, filla de Teodosi de Constantinoble, que ha empès Genseric a atacar Roma, que sense defenses ha caigut. Te n'adones, de la insensatesa amb què hem topat? No queda res de seny, ni a Roma ni a Ravena —em va dir, gairebé amb llàgrimes als ulls.

No queda res de seny. I tenia raó. Ja fa temps que el vam perdre del tot.

—I tu?, com te n'has sortit? —vaig preguntar a Arcadi, deixant de banda els meus records i pensaments.

—Enmig de la confusió he atrapat el Tíber i l'he travessat. Hi havia massa enrenou i ningú no m'ha seguit. Els vàndals només estaven pendents d'endur-se l'or i la plata, de beure vi i de gaudir de les dones. I encara sort que Lleó ha aconseguit retenir-los.

—La immortal Roma, despullada —vaig fer i em vaig aixecar per mirar per la finestra. El sol pujava lentament—. Menja, bon amic. Menja, que altra cosa no podem fer.

—Oh, noble Sever! Un tron resta buit i ha de menester un nou estadant. Hem parlat amb altres senadors, hem discutit llargament i hem girat els ulls cap a tu. Accepta la nostra proposta i vine amb mi — vomità.

—Un senador m'ofereix el tron imperial —vaig somriure, sense tombar-me—. Bonifaci mort, Gal·la Placídia morta, Àtila mort, Aeci mort, Teodosi mort, Pulquèria morta, Valentinià mort, Màxim mort,... I un senador em demana que camini cap a la immortal Roma i l'aixequi de les cendres —no sóc del tot conscient, però em sembla que un somrís va allargar els meus llavis i esdevingué més aviat una ganyota entre còmica, irònica i dramàtica—. Per què no has anat a trobar Marcià? Ell és l'emperador d'Orient. Ell disposa d'un exèrcit.

—Creus que Licínia s'hauria casat amb Màxim, si l'Orient li hagués ofert el seu ajut? —respongué—. Ja ho va intentar, però morts el seu pare i la seva tia, el ceptre de Constantinoble ha passat a mans d'un estranger. Marcià no vol saber-ne res, de l'Occident.

—No m'estranya. Deu pensar que està massa podrit.

—Necessitem recuperar l'honor, necessitem un romà —em va dir de sobte.

—Sí, naturalment. Tanmateix, Aeci també era romà i és mort. Ara, el que necessitem és un miracle.

—Tu ets romà. I l'Imperi et necessita.

—Vols dir? —preguntí, i la pregunta no era per a la segona afirmació, sinó més aviat per a la primera.

De debò sóc romà? Per ser-ne, no te n'has de sentir? De debò tu i jo som romans? Quantes vegades no ho havíem discutit, tu i jo, quan érem dos vailets? Recordo que em deies, ben orgullós, que sempre series visigot i jo et responia que Roma és pel damunt de tot i de tothom. O ets romà o ets bàrbar. Ara no n'estic tant, de segur. Vaig néixer aquí, a Tarraco, gairebé per accident, en una de les moltes visites que el pare feia a l'avi. Aquí he passat la major part de la meva infantesa, en aquestes terres he jugat i he crescut. I fa tant de temps que aquestes contrades no senten l'escalfor de l'Imperi...

—A tu et respecta tothom —va insistir—. Diuen que ets el darrer dels grans romans.

—Sí. I aquests són els que deien el mateix d'Aeci. No obstant això, per embarcar-se en una aventura com aquesta cal una bona dosi de fe i jo he deixat de creure en la immortal Roma —neguí amb forts moviments de cap—. No pretenguis que faci el miracle de Llàtzer. No sóc Jesucrist.

Arcadi encara va mirar de convèncer-me, però ja no me l'escoltava. Els meus ulls romanien quiets i fixes en el vaixell que enfilava cap a l'entrada del port. Ell, segurament, duria les mateixes notícies i la gent s'esgarrifaria.

—Amic Arcadi, a Roma ja no li ve d'uns dies, de manera que et prego que mengis i descansis.

—No pots deixar el tron buit.

En aquell instant vaig veure el meu nét al peristil, que arribava acompanyat de la seva mare. Havien baixat a la platja, per recollir petxines i parlar amb els pescadors.

—Ja sóc massa vell i haig de pensar en ells —vaig fer. Arcadi es va llevar i es va atansar—. La meva filla i el meu nét —vaig assenyalar—. El tron no quedarà mai buit —vaig esclafir a riure—. Això ho saps tan bé com jo. Per desgràcia, a l'Imperi, sempre hi ha hagut més culs que cadires i, de vegades, el problema és que tot eren culs i no hi havia caps—. Tot un joc de paraules per recordar els excessos de Valentinià, d'Honori, de la pròpia Gal·la Placídia i de tants altres.

Arcadi és jove. Estic segur que és el senador més jove de Roma. Intel·ligent i hàbil amb la paraula, gaudeix de l'esperit emprenedor que cal per fer caminar els projectes, però sóc conscient que ens enfrontem a una situació que és massa pel damunt nostre. Aixecar un imperi, reconstruir-lo a partir de les cendres. T'ho imagines? Potser, per tal d'aconseguir-ho, cal oblidar el passat. Però, com es pot oblidar? I m'he mirat la mà i he contemplat, un cop més, l'anell que duc al dit petit. Com es pot oblidar?

Jo també vaig ser jove i m'he vist reflectit en Arcadi. Anys enrere, molts, molts i molts, també galanejava d'un entusiasme encoratjador i hauria creuat tota la Gàl·lia per salvar l'Imperi. Prou que ho saps, que ho vaig fer. El meu pare va ser un senador de Roma, força respectat. D'ell vaig heretar el sentit de la justícia, el coratge i la noblesa, malgrat que, molt em temo, que vistos els darrers esdeveniments i amb les mans plenes de sang, fa temps que ja ho he perdut tot. La mare era descendent d'una de les branques emparentades amb el gran Teodosi, el primer. Potser, per aquest detall, m'han ofert la porpra imperial. Sigui com sigui, malament quan hem d'anar a buscar sang reial massa lluny. No et sembla, estimat Pau?

Dintre de la casa un home esperava una resposta i jo la hi havia de donar. Només que, com poden demanar-me que oblidi tot el que ha passat al llarg d'aquests anys? Com poden pretendre que em posi al front d'un exèrcit que hem destruït i comenci a caminar? A caminar? Cap a on? En algun moment hem sabut què fèiem? Vertaderament algú ho sabia?

L'Imperi és mort. Ningú ja no l'aixecarà. I així l'hi he dit, a Arcadi, que ha marxat de seguida cap al nord, cap a la Gàl·lia, a la recerca d'Avit, que no és romà, però és valent. Potser ell... Vés a saber!

Tan bon punt va desaparèixer Arcadi me'n vaig tornar al peristil. Brauli va venir tot corrents.

—Avi, la mare diu que no és demà, que arriba el meu cosí Aureli. Oi que sí, que és demà?

—No ho sé. El viatge és molt llarg.

Ell tampoc se sent romà i, possiblement, haurà de conèixer el que va ser l'Imperi en els llibres d'història.

—Qui era? —em preguntà Honòria, referint-se a Arcadi—. Sembla un senador, però és massa jove.

—És un senador de Roma —li vaig confirmar.

—I què volia?

—Que l'ajudés a realitzar el somni impossible que tots plegats sempre hem desitjat. Redreçar la història, filla meva.

He nascut a Tarraco, Aureli a Tolosa i Brauli a Constantinoble, i la decisió és ferma. Viurem aquí i aquesta serà la nostra terra, perquè l'Imperi és mort.

Aquest matí han arribat Serena i Aureli. He abraçat les meves dues filles mentre contemplava els meus néts. Ja he entrat a l'edat de l'oci i espero que Júlia els pugui veure a través dels meus ulls, tal com li vaig jurar, fins que la llum s'apagui.

Amic Pau, prega amb força a Déu perquè Aureli i Brauli siguin capaços de construir un món millor.

ALTRES OBRES D'ALBERT SALVADÓ

Si heu gaudit amb la lectura, potser us interessi conèixer altres obres d'Albert Salvadó, totes disponibles en format de llibre electrònic.

ELS ULLS D'ANNÍBAL

Obra guanyadora del «PREMI CARLEMANY 2002»,

A la Roma dels primers temps la dona no tenia cap dret: era considerada una propietat i el matrimoni només era un contracte per tenir fills. Tot i així, en privat, la dona esdevingué el suport de l'home i el centre d'un poder silenciós i secret que va influir en les grans decisions.

Aquesta és la història d'Ariadna, una dona d'ulls foscos i misteriosos com la nit, i de Sinesi, el filòsof que era capaç de llegir als ulls dels altres i despullar les ànimes i que va descobrir que Ariadna guardava al seu interior tot un univers, ocult darrere del misteri de la seva mirada.

Una història en què l'amor amb majúscules s'uneix a les quatre derrotes consecutives, també amb majúscules, que Roma va patir a les mans del gran Anníbal. I tot per causa d'uns ulls.

També és la història de Publi Corneli Escipió, que esdevindrà el més gran dels generals romans, que va aprendre que els ulls són la porta que ens permet contemplar l'ànima i atrapar els sentiments de qualsevol.

El nom d'Anníbal ha passat a la història de la mà dels elefants, però un cop hagueu llegit aquesta obra, és possible que substituïu els paquiderms per alguna cosa molt més petita i infinitament més poderosa.

L'ENIGMA DE CONSTANTÍ EL GRAN

L'emperador Constantí el Gran és una de les figures més impressionants i controvertides de la història universal.

Les seves decisions són un vertader enigma que aquesta obra desvela magistralment. La seva vida és una infinitat de lluites i conquestes, amistats i odis, amors i desamors, grandeses i misèries, nobleses i crims, enganys i traïcions. I ell, des de la humilitat de l'home que s'enfronta a la seva mort, fa balanç de tot.

Va ser l'últim dels grans emperadors. Fill bastard de Constanci Clor, va unificar l'Imperi romà per última vegada, va concedir la llibertat als cristians, va crear el primer exèrcit mòbil, va instituir la moneda única (el Solidus, vertader precursor de l'Euro), va fundar

Constantinople, va assassinar amb les seves pròpies mans... i va viure un gran amor amb Minervina, la seva primera esposa.

Submergir-se en la vida de Constantí és reviure una època increïble i descobrir el gran misteri de les seves decisions, aparentment absurdes i contradictòries i, malgrat tot, carregades d'una lògica sorprenent i implacable que Albert Salvadó ens dibuixa amb pols ferm i mà mestra. Una obra que mai s'oblida i que va merèixer ser finalista en el I Premi Néstor Luján de Novel·la Històrica.

L'INFORME PHAETON

Aquesta no és una novel·la normal. Si la comenceu, heu d'acabar-la. No perquè ho digui l'autor, sinó perquè, potser, no podreu deixar-la fins a tancar l'última pàgina.

A través d'un relat ple de misteri, un escriptor troba una explicació alternativa a tot el que ens han explicat, que mou el seu interior i li obre les portes d'un món fascinant, fins a conduir-lo a un descobriment demolidor que ho canvia tot: el Diluvi Universal el vam provocar nosaltres mateixos, l'ésser humà. No va haver-hi cap intervenció divina. I ho demostra.

Diu la llegenda dels indis Hopi: «L'explosió demogràfica, la multiplicació de les mega-polis i dels transports aeris van fer que l'Home no es conformés únicament amb la creació... sempre desitjava més i més. No deixava de produir fins i tot el que no necessitava i com més tenia, més en reclamava.»

De quines «mega-polis» i de quins «transports aeris» parlaven? Perquè la llegenda Hopi té segles i segles d'antiguitat.

Per altra banda, hi ha un mínim de 83 relats i llegendes que parlen d'un gran cataclisme i de muntanyes d'aigua que ens van caure al damunt. I tots aquests relats parlen d'un home previsor, que en el nostre cas va ser Noè. Però cada regió té el seu salvador particular: Nata, Ouassou, Montezuma, Manu, Bergelmir, Yima, Nan-Choung i molts més Noè repartits per tota la geografia mundial.

La piràmide de Kheops... Només és una tomba per a un faraó? Realment va ser construïda per Kheops?

I, per si fos poc, hi ha un llibre silenciat i apartat de la Bíblia, anomenat el Llibre d'Enoc (un dels patriarques bíblics) que parla sense embuts d'experiments genètics, naus, estacions orbitals...

Davant de tot aquest desplegament d'informació silenciada, el protagonista d'aquesta misteriosa història es demana: El que ens han explicat és la veritat? I el que és més interessant: Les llegendes són només llegendes o són crits d'un passat que ens implora que no l'oblidem?

LA GRAN CONCUBINA D'EGIPTE

Obra guanyadora del IX Premi Néstor Luján de Novel·la Històrica (2005)

L'any 1100 aC governa el faraó Ramsès XI, els camins no són segurs, els comerciants estan espantats, les nacions veïnes no respecten Egipte, la nació es trenca... Herihor, general de l'exèrcit del faraó, viatja a Tebes per salvar l'imperi de les urpes de Penehasy, usurpador nubi.

Després de la gran victòria, rep una revelació dels Déus i ocupa el lloc de Summe Sacerdot. Ell serà el primer membre d'una nova dinastia: la dinastia dels sacerdots. I pacta amb l'altre gran general, Smendes, que Ramsès XI continuarà sent el faraó, però ara hi haurà dos reis: Smendes regnarà al nord i Herihor regnarà en el sud. Ells pacten la divisió de poders i prenen totes les decisions. No obstant això, la mort d'Herihor esdevé un misteri que amenaça amb desencadenar la pitjor de totes les crisis. El seu cos ha desaparegut i si no poden enterrar-lo el seu successor no pot accedir al tron. Llavors Ramsès podrà reclamar de nou el regne de Tebes. On està el cos d'Herihor?, es demana tothom i el misteri creix, mentre la seva esposa Nodyme, la Gran Concubina d'Egipte, mou els fils amb una subtilesa digna del millor dels governants i decideix per damunt de tots.

EL MESTRE DE KHEOPS

Obra guanyadora del PREMI NÉSTOR LUJÁN DE NOVEL·LA HISTÒRICA.

Aquesta és la història de l'època del faraó Snefrú i de la reina Heteferes, pares de Kheops, el constructor de la major i més impressionant de les piràmides. També és la història de Sedum (un esclau que va arribar a ser el mestre de Kheops), del summe sacerdot Ramosi i del naixement de la primera piràmide.

Sebekhotep, el gran savi d'aquells temps, deia: «Tot està escrit a les estrelles. La major part de nosaltres vivim sense ser conscients d'això; alguns són capaços de llegir en elles i veure-hi el destí; però molt pocs aprenen a escriure sobre elles i poden canviar el destí».

Ramosi i Sedum van aprendre a escriure i van intentar canviar els seus destins, però la seva sort va ser molt desigual. Vet aquí el relat de l'enfrontament de dues intel·ligències: una lluitava pel poder i l'altra per la llibertat.

EL RELAT DE GÜNTER PSARRIS

Els que l'han llegit diuen que es tracta d'un relat dur, però que és, al mateix temps, el més tendre i humà que ha escrit Albert Salvadó.

En una cabanya en meitat dels Pirineus, tres homes troben el cadàver d'un pastor, la fotografia d'un oficial nazi i un manuscrit.

383

Aquesta és l'apassionant història de Günter Psarris, a qui el món va convertir en assassí, malgrat que ell mai va deixar de ser una gran persona. Va viure durant la Segona Guerra mundial, a l'Alemanya de la bogeria, va ser tancat al camp de Mauthausen i va sobreviure. No obstant això, el preu que va pagar per això va ser molt elevat.

Aquesta és també la història d'algú que va estimar amb bogeria, que va ser deportat i que el món, lluny de casa seva, el va tractar amb duresa i li va robar tot el que tenia. Fins i tot l'amor. I aquesta és una història plena d'esperança i de lliçons, d'un episodi recent de la humanitat que ha quedat marcat per la violència, la brutalitat, el salvatgisme i el menyspreu absolut per tot allò que és sagrat: la vida humana. No obstant això, Günter Psarris sap que la vida contínua i que l'amor és etern. I això ningú l'hi pot robar.

EL PUNYAL DEL SARRAÍ

(Primera part de la trilogia de JAUME I EL CONQUERIDOR)

Sens dubte, la trilogia de JAUME I EL CONQUERIDOR és una de les obres més aclamades d'Albert Salvadó. Va estar durant més de quatre mesos en les llistes dels més venuts. S'han venut en format imprès més de 70.000 trilogies.

EL PUNYAL DEL SARRAÍ és la primera part d'aquesta trilogia i comprèn els primers 20 anys del monarca que es va asseure al tron durant més de 60 anys.

Ser fill de rei no és sinònim de nàixer predestinat, i LA HISTÒRIA DE JAUME I, anomenat EL CONQUERIDOR, constitueix la prova més evident. A la tendra edat de tres anys era un presoner, però un home amb una voluntat de ferro és capaç de canviar el futur i convertir-se en el rei més gran del seu temps. Pocs regnats han estat tan llargs com el seu. Més de seixanta anys al tron! No obstant això per arribar cal lluitar. I no tan sols al camp de batalla. Jaume va haver d'escalar els escalons que condueixen al tron, i per fer-ho, abans va haver de rebre l'ensenyament que s'adquireix a l'Escola dels Sons i que només podia atorgar-li Lluís d'Estemariu, un cavaller templer proscrit.

LA REINA HONGARESA

(Segona part de la Trilogia de JAUME I EL CONQUERIDOR)

LA REINA HONGARESA és la segona part de la trilogia de JAUME I EL CONQUERIDOR, una de les obres més aclamades d'Albert Salvadó. Ha estat més de quatre mesos en les llistes dels més venuts.

Jaume ja és rei. Ha aconseguit pujar els graons que ascendeixen fins al tron, ha pacificat ARAGÓ i CATALUNYA i s'ha assegut en el lloc més alt del poder. Ara arriba el moment de contemplar l'horitzó i iniciar les grans conquestes. MALLORCA i VALÈNCIA l'esperen.

És aquí on apareix amb tota força de la passió, la seva conquesta més important, Violant d'Hongria, LA REINA HONGARESA, una de les històries d'amor més tendres i, al mateix temps, més turbulenta. Entre places, castells i lluites internes amb els nobles, cauen les muralles i els cors. I enmig s'alça Violant, LA REINA HONGARESA. Sens dubte és l'etapa més apassionant i més apassionada de JAUME I EL CONQUERIDOR.

PARLEU O MATEU-ME
(Tercera part de la trilogia de JAUME I EL CONQUERIDOR)

PARLEU O MATEU-ME és la tercera i última entrega de la trilogia de JAUME I EL CONQUERIDOR, la gran aventura en l'Europa del segle XIII, una de les obres més aclamades d'Albert Salvadó, sens dubte. Més de quatre mesos a les llistes dels més venuts.

El rei Jaume ja ha conquerit Mallorca i València, però els seus enemics són cada vegada més poderosos. Ara s'enfronta a l'Església, a les enveges i intrigues dels nobles i a les lluites dels seus fills per conquerir el poder. Els regnes de Castella i Lleó s'enfronten amb Aragó i Catalunya i hi ha revoltes i aixecaments en la Corona.

En aquesta tercera part, Jaume I el Conqueridor, el rei que va conquerir terres i cors, ens ofereix el seu llegat ideològic i en ella descobrirem el desenllaç de la trilogia i com utilitzar l'última vocal de l'Escola dels Sons, la que

Lluís d'Estemariu, el cavaller proscrit, no va poder ensenyar-li i que obre la porta de l'esperit.

www.ingramcontent.com/pod-product-compliance
Lightning Source LLC
Chambersburg PA
CBHW070359260626
47161CB00001B/190